ULLSTEIN

Das Buch

Warschau ein Jahr vor Ausbruch des Zweiten Weltkriegs: Halina und Teresa sind Schwestern, grundverschieden und dennoch unzertrennlich. Als Halina heiratet, überstürzen sich die Ereignisse. Zwischen Teresa und Radek, Halinas Mann, beginnt eine heftige Leidenschaft, die im verborgenen bleibt. Doch dann bricht der Krieg aus, und die Schwestern werden als Zwangsarbeiterinnen auf ein Gut in das schlesische Rohrdorf gebracht. Dank der Hilfe des polnischen Traktorfahrers und Anna, der Tochter des Gutsbesitzers, entgehen die Schwestern einer Deportation. Sie leben im Dienerzimmer des Schlosses, einer ebenerdigen Kammer, von der Umwelt isoliert, körperlich unversehrt, aber psychisch am Rande ihrer Kräfte. Das Verhältnis der Schwestern gerät aus den Fugen, als Halina von der Affäre zwischen Radek und Teresa erfährt ...
Leonie Ossowski legt mit *Das Dienerzimmer* einen Zeitroman von beeindruckender Intensität vor, ein psychologisches Bravourstück, das alle erzählerischen Qualitäten zeigt: »Schwierige Wahrheiten anschaulich zu machen, ohne sie zu vereinfachen, komplizierte psychologische Vorgänge und soziale Konflikte zu schildern, ohne sie zu verfälschen, das ist die große Kunst von Leonie Ossowski.« (Berliner Morgenpost)

Die Autorin

Leonie Ossowski, in Niederschlesien geboren, lebt heute als Schriftstellerin in Berlin. Sie veröffentlichte zahlreiche Drehbücher, Theaterstücke, Erzählungen und Romane, darunter *Weichselkirschen*, *Stern ohne Himmel*, *Wolfsbeeren*, *Holunderzeit*, *Die Maklerin* und *Herrn Rudolfs Vermächtnis*. Für das Drehbuch zum Film *Die große Flatter* erhielt sie den Adolf-Grimme-Preis in Silber, für ihr Gesamtwerk den Schillerpreis der Stadt Mannheim. Mit dem vorliegenden Roman führt Leonie Ossowski uns erneut an den Schauplatz ihrer großen Schlesien-Saga zurück.

In unserem Hause sind von Leonie Ossowski bereits erschienen:

Neben der Zärtlichkeit
Weichselkirschen/Wolfsbeeren/Holunderzeit

Leonie Ossowski

Das Dienerzimmer

Roman

Ullstein

Der Ullstein Taschenbuchverlag ist ein Unternehmen
der Econ Ullstein List Verlag GmbH & Co. KG, München
1. Auflage 2001

Umschlagkonzept: Lohmüller Werbeagentur GmbH & Co. KG, Berlin
Umschlaggestaltung: DYADEsign, Düsseldorf
Titelabbildung: AKG, Berlin
Gesetzt aus der Sabon
Satz: hanseatenSatz-bremen, Bremen
Druck und Bindearbeiten: Clausen & Bosse, Leck
Printed in Germany
ISBN 3-548-25135-8

Kapitel 1

Zum ersten Mal glaubte Halina zu wissen, was Glück ist. Als sie das Brautkleid über den Kopf streifte, schloß sie die Augen, um sie erst wieder zu öffnen, als sie vor dem Spiegel stand.

Wie schön du aussiehst, sagte die Mutter mit Andacht in der Stimme und hielt der Tochter den Schleier hin.

Obwohl er drei Tage und drei Nächte gelüftet, gebügelt und über einem Stuhl ausgebreitet worden war, strömte er noch immer einen leichten Duft von Mottenpulver aus. Aber das merkten weder Brautmutter noch Braut.

Die Mutter hatte darauf bestanden, daß die Tochter ihren Schleier trug, der an die fünfundzwanzig Jahre zwischen Zeitungspapier und Naphthalin in einem Karton auf dem Schrank gelegen hatte und Halina nun, an ihrem Tag der Rosen und der Liebe, schmücken sollte.

Setz ihn auf, sagte die Mutter, und das Glück wird auf deiner Seite bleiben, so wie es mit deinem Vater an meiner Seite geblieben ist.

Ihr Atem ging schwer, keuchte und pfiff aus den Lungen, in denen sich durch das starke Herzasthma ständig Wasser sammelte. Die Mutter war krank, schwerkrank, und auf die Pflege der Tochter angewiesen.

Ach, Mama, seufzte Halina und behielt zögernd den Schleier in der Hand, ohne ihn aufs Haar zu stecken.

Daß die Mutter von ihrem Glück sprach, stieß Halina kopfüber und unerwartet zurück in die eigene Kindheit. Von Glück war darin nicht viel zu finden, schon gar nicht an der Seite des Vaters.

Der besaß, solange Halina denken konnte, in der Warschauer Altstadt, in der Ulica Piwna, eine Weinstube. Besser gesagt, und wie er es selbst ausdrückte, eine Sherry-Stube. Von Sherry verstand er am meisten, trank ihn auch am liebsten und sagte jedem, der es hören wollte oder nicht, daß Sherry eigentlich Jerez-Wein hieße. Er lehrte Halina schon als Kind, die Namen der verschiedenen Sorten auszusprechen. Den trocknen, hellen und ein wenig salzig schmeckenden Manzanilla, den aromatischen Amontillado, den halbsüßen Oloroso und den Tintilla, von dem die Mutter hin und wieder ein Schlückchen bekam, wenn sie die Gläser wusch und darauf achtete, daß der Laden gründlich geputzt wurde.

Der Jerez-Wein, der aus Andalusien komme, hatte der Vater Halina beigebracht, könne älter als ein Mensch werden und sei trotzdem noch genießbar.

Wie alt?

Achtzig bis hundert Jahre und noch älter, antwortete der Vater und erlaubte Halina, ihren kleinen Zeigefinger in sein Glas zu stecken, damit sie wußte, wovon die Rede war. Aber Halina mochte den Jerez-Wein ebensowenig wie die ganze Sherry-Stube. Der Geruch nach Alkohol, altem Holz und Tabak verursachte ihr stets leichte Übelkeit. Die bis an die Decke reichenden Regale, gefüllt mit Flaschen der verschiedensten Formen, schmalen und dicken, kugelrunden, langhalsigen und solchen, die in der Mitte eine Art Taille hatten, machten ihr angst. Immer glaubte sie, die Flaschen könnten herunterstürzen und sie erschlagen, womöglich mitsamt den Regalen. Das ärgerte den Vater, und damit sie sich an seine Sherry-Stube gewöhnte, hob er sie auf einen der runden Stehtische, von denen sie allein nicht herunterkam. Dort saß sie dann mit tränennassen Augen und zusammengedrückten Knien, die Hände auf das vom Jerez-Wein fleckige Holz gestemmt, und starrte so lange die Reihen der Flaschen an, bis die Mutter sie auf den Arm nahm und mit ihr nach Hause ging. Später kam Halinas kleine Schwester Teresa mit. Die hatte keine Angst, hüpfte, wenn keine Gäste da waren, auf den Stehtischen herum und behauptete, sie könne tanzen.

Daß ihre Mutter an der Seite des Vaters in der Sherry-Stube glücklich gewesen war, konnte Halina nicht finden. Denn wenn die Mutter kam, um Gläser zu spülen, die Messingtheke zu wienern oder die Putzfrau zu beaufsichtigen, die den Fußboden schrubbte und die Tische abwischte, ging der Vater aus dem Laden und überließ alles weitere seiner Frau, als sei sie nichts anderes als eine Angestellte.

Halinka, setz den Schleier auf, ich bitte dich.

Gleich, Mama, gleich.

Halina tauchte weiter in ihre Kindheit ein und suchte an des Vaters Seite nach dem Glück der Mutter. Aber auch zu Hause war es für sie auf Anhieb nicht zu finden. Die Familie wohnte mit den Großeltern in einem der kleinen Häuser am Rande der Altstadt. Schlafzimmer, Wohnzimmer, je ein kleines Zimmer für die Töchter, Bad und Küche, das Reich der Mutter, wie der Vater zu sagen pflegte, in dem er nichts zu melden hatte.

Und so verhielt er sich auch. Meist schwieg er, mußte, wie er fand, in der Sherry-Stube genug reden, war froh, zu Hause seine Ruhe zu haben, las Zeitung, aß oder schlief. Manchmal sah er der Mutter bei der Hausarbeit zu, manchmal spornte er auch seine Töchter an, der Mutter zur Hand zu gehen, einzukaufen, Kohlen zu schleppen oder Geschirr abzutrocknen. Er selbst, so erinnerte sich Halina, half der Mutter nie. Auch nicht, als sie anfing zu kränkeln, an Herzbeschwerden litt und mittags für das Kochen länger brauchte als früher. Dann saß er stumm und aufrecht mit geschlossenen Augen auf seinem Platz am Tisch in der Küche, und nur drei Finger seiner linken Hand tippten in immer der gleichen Abfolge rhythmisch und hörbar auf das Wachstuch. Erst der kleine Finger, dann der Ringfinger und schließlich der Mittelfinger. Manchmal glaubte Halina sogar, die Hand des Vaters nähme an Größe zu, und dann bildete sie sich ein, daß das Klopfen der väterlichen Finger die Lautstärke von Hammerschlägen annahm, unter denen die Mutter eines Tages zusammenbrechen würde.

Von da an begann sie, von sich aus den Tisch zu decken, Gemüse zu putzen und Kartoffeln zu schälen. Es dauerte auch nicht lange, bis sie kochen konnte. Je kränker die Mutter im Lauf der Jahre wurde, um so mehr wurde sie von Halina unterstützt, was nicht nur der Vater als selbstverständlich hinnahm, sondern auch die um zwei Jahre jüngere Teresa.

Ich bin im Haushalt viel zu ungeschickt, war alles, was sie dazu sagte, du machst das viel besser.

Auch sie konnte, ähnlich wie der Vater, nur ohne Ungeduld, der Mutter seelenruhig zusehen, wie sie sich abrackerte, bis alles seine Ordnung hatte.

War das Glück?

Halina betrachtete die Mutter, die, mit dem Schleier in der Hand, schwer atmend und für ihre Größe viel zu dick, im engsitzenden Sonntagsstaat vor ihr stand. Vom Friseur in ungewohnte Wellen gelegt, umrahmten die grauen Haare ihr blasses Gesicht mit den großen, ein wenig zu roten Lippen. Sie lächelte, aber Halina spürte, daß die Mutter Schmerzen hatte und sich lieber aufs Sofa gelegt hätte. Ihr Atem keuchte, als hätte sie gerade einen Berg bestiegen, und Halina glaubte einen Augenblick lang sogar den unregelmäßigen Herzschlag der Mutter zu hören.

Mama, sagte sie, ich seh's dir doch an, es wird alles zuviel für dich.

Nein, mein Kind, ich freu' mich doch nur, und nun setz ihn schon auf.

Sie hielt jetzt den Schleier so hoch, als wolle sie ihn selbst der Tochter aufs Haar drücken.

Er wird dir Glück bringen, glaub mir, Halinka.

Da war es wieder, dieses Wort, dieses Glück, mit dem die Mutter umging, als hätte es sie durchs ganze Leben getragen. Warum strahlte sie so, hatte feuchte Augen und wünschte der Tochter etwas, was sie selbst gar nicht kannte?

Ohne daß Halina sich dagegen wehren konnte, fiel sie langsam in den Blick der Mutter. Fiel wie in einen Brunnen und versank bis auf den Grund. Erst hörte sie die Stimme des Vaters, dann sah sie ihn. Er lächelte ein ihr unbekanntes Lächeln, hielt die Mutter im Arm und sagte: Ohne dich könnte ich nicht leben.

Ein anderes Bild wurde sichtbar. Diesmal war es die Stimme der Mutter. Sie hielt die Hände des Vaters fest, legte sie um ihren Hals und sagte: Ich liebe dich. Und das dritte Bild zeigte die Eltern am Tisch in der Küche sitzend, zwischen ihnen ihre Töchter Halina und Teresa, noch Kinder und festlich gekleidet, denn, so sagte der Vater, heute feierten die Mutter und er ihren zehnten Hochzeitstag. Darauf stand die Mutter auf, ging um den Tisch und küßte den Vater zum Erstaunen der Kinder stumm auf den Kopf. Danach blieb es so still in der Küche, daß die weiteren Erinnerungen darin verlorengingen.

Halina tauchte aus dem Blick der Mutter wieder auf, nahm endlich den Schleier in die Hand und trat vor den Spiegel. Obwohl sie jetzt das Mottenpulver deutlich roch, zog sie sich den zu einem altmodischen Häubchen gerafften Teil des Schleiers über das Haar und flüsterte, wie zu sich selbst: Mein Glück wird ein anderes sein.

Radek, Halinas Bräutigam, ging zu der Zeit am Ufer der Weichsel spazieren. Eigentlich war es mehr ein nervöses Hinundherlaufen. Die Einladung von Halinas Großeltern, die Stunden bis zur Trauung bei ihnen im Landhäuschen am südlichen Stadtrand von Warschau zu verbringen, hatte er höflich abgelehnt. Sicher, er war den beiden Alten zu Dank verpflichtet, da sie dem Brautpaar ihre Stadtwohnung im Haus von Halinas Eltern überließen. So konnte die Tochter auch weiterhin die notwendige Pflege der Mutter übernehmen, dem Vater den Haushalt führen und trotzdem mit ihm, Radek, über eigene vier Wände verfügen.

Er fiel hier am Fluß nicht nur durch seinen schwarzen Anzug auf, sondern auch durch seine Haltung. Er setzte in großer Hast einen Schritt vor den anderen, als liefe er vor etwas davon. Es kümmerte ihn nicht, daß seine auf Hochglanz geputzten Schuhe Schmutzränder bekamen. Er warf nicht mal einen Blick auf das Wasser der Weichsel, das in kleinen Strudeln und mäßigem Tempo an ihm vorbeizog. Er nahm nicht das Gras unter seinen Füßen wahr und nicht Sonne und Wolken über seinem Kopf. Er schien überhaupt nicht hier zu sein, obwohl er absichtlich wie unter Zwang den Ort gewählt hatte, an dem er schon einmal im Hochzeitsstaat die Stunde vor einer Trauung verbracht hatte.

Sehr hoffnungsvoll war er damals gewesen, aufgeregt und voller Pläne. Ein Haus hatte er bauen wollen, groß genug, daß die drei Kinder, die er sich von Eva wünschte, darin Platz hatten. Seine Stellung als leitender Heizungsingenieur im städtischen Elektrizitätswerk gab ihm genug Sicherheit, eine Familie zu gründen. Eva würde in Zukunft auf ihren Posten im Sekretariat der Großdruckerei verzichten können. Damals, es war ein paar Jahre her, hatte er auf das Wasser der Weichsel geblickt, hatte in die Sonne gelacht und die Wolken gezählt, hatte geträumt und die Zeit nicht abwarten können, bis er, pünktlich wie verabredet, im Haus der Braut erscheinen würde, um mit der Hochzeitskutsche und Eva an seiner Seite zur Kirche zu fahren. Das Herz hatte ihm bis zum Hals geklopft. Am liebsten hätte er mit hocherhobenen Armen vor Freude getanzt, denn das Ende seiner Einsamkeit war gekommen. Nun hatte er eine Frau, die er liebte, und ihre Familie hatte ihn gern. Nichts ließen seine zukünftigen Schwiegereltern auf ihn kommen. Sie hatten sogar darauf bestanden, die Hochzeit der einzigen Tochter allein auszurichten.

Er hatte Eva vor sich gesehen, ihre dicken blonden Locken, die ihr stets ein wenig ins Gesicht hingen und ihre hellblauen Augen verdeckten. Er hatte geglaubt, hier draußen am Fluß ihre Haut zu fühlen, warm und zart und von winzigen Sommersprossen überzogen wie mit Goldstaub. Er hatte ihre kleinen, unzähligen Küsse gespürt, die sie auf seinem Gesicht verteilte, wenn sie einander begrüßten. Und er hatte an ihr Schweigen gedacht, das sie von einem Augenblick zum anderen völlig grundlos überfiel. Dann konnte es passieren, daß sie ihr Gesicht vor ihm verbarg und ihn bat, sie in Ruhe zu lassen. Zärtlichkeit, Beweise seiner Zuneigung oder gar Trost schienen diese Abkehr von ihm und der Welt nur zu verlängern, und so hatte er es sich angewöhnt, Eva in solchen Momenten allein zu lassen und abzuwarten. Am nächsten Tag rief sie an, oder sie trafen sich, und dann überschüttete sie ihn mit ihren kleinen Küssen, unterbrochen von sich immer wiederholenden Entschuldigungen.

All das war ihm hier am Ufer der Weichsel in den Sinn gekommen, und es hatte ihn eine solche Liebe zu Eva ergriffen, eine solche Sehnsucht, daß er sich, ohne die verabredete Zeit abzuwarten, auf den Weg gemacht hatte.

Als er an der Tür von Evas Eltern klingelte, öffnete ihm schluchzend und tränenüberströmt die Mutter. Sie konnte kaum sprechen, und was sie sagte, verstand er nicht. Der Vater war nicht zu sehen, nur zwei kleine weißgekleidete Mädchen mit Blumenkörbchen in der Hand standen verstört im Flur und waren nicht dazu zu bewegen, Radeks Fragen, was denn passiert sei, zu beantworten.

Ein Unfall, hatte Radek im ersten Augenblick gedacht und gehofft, der hinge mit dem abwesenden Brautvater zusammen. Als er immer wieder zwischen den Schluchzern der Mutter Evas Namen verstand, packte ihn eine entsetzliche Vorstellung. Eva war tot, war verunglückt, lag im Krankenhaus auf der Totenbahre, während er seelenruhig am Weichselufer spazierengegangen war. Mühsam würgte er endlich ein einziges Wort heraus: Wo?

Es klang, als habe ein uralter Hund gebellt. Die Mutter griff nach seiner Hand und führte ihn, das Taschentuch vor Mund und Nase gepreßt, in Evas Zimmer und wies auf das Bett.

Dort lag in seiner ganzen Pracht das Brautkleid samt Schleier feierlich ausgebreitet. Für einen Bruchteil von Sekunden glaubte Radek, unter Kleid und Schleier Eva zu sehen. Ein Scherz also, ein wenig gelungener Witz?

Kein Witz. Unter dem Schleier verbarg sich keine Braut, und das Kleid war leer wie ein ausgeblasenes Ei.

Wo ist Eva, schrie Radek, und die vor sich hin weinende Mutter zeigte endlich auf einen zusammengefalteten Zettel, der, weiß wie das Brautkleid, im Ausschnitt steckte.

Es waren nur wenige Zeilen, aber Radek brauchte viel Zeit, um sie zu begreifen. Wort für Wort wiederholte er sie so lange, bis sie sich in sein Herz gebrannt hatten, um dort nie mehr in Vergessenheit zu geraten.

Lieber Radek, bis heute wußte ich nicht, daß meine Angst vor der Ehe größer ist als meine Liebe zu Dir. Es tut mir sehr leid. Bitte versuche, mir meine Flucht zu verzeihen.

Eva.

Uns hat sie auch geschrieben, schluchzte die Mutter und lief hinter Radek her, der wortlos das Zimmer und dann die Wohnung verließ.

Er stellte keine Frage nach Evas Verbleib und hörte auch nicht mehr zu, als die Mutter ihm nachrief, sie wisse ja selbst nicht, wo ihre Tochter sei. Als er aus der Haustür trat, fuhr die Hochzeitskutsche vor, und er mußte sich beeilen, um unbemerkt davonzukommen, damit ihn der Kutscher nicht als Bräutigam ohne Braut erkannte.

Der Gedanke, auch Halina könnte sich am Hochzeitstag davonmachen und vor ihm fliehen, versetzte Radek in Panik. Er mußte sich zusammennehmen, um nicht quer über die Uferwiesen zu rennen, als er plötzlich erstaunt vor seine Füße starrte. Da lag ein Frosch, tot, vertrocknet und hohl, nicht anders, als Evas Brautkleid auf dem Bett gelegen hatte. Vom Frost überrascht, von der Hitze im Sommer ausgedörrt, waren von ihm bis hin zu den winzigen Zehen an Vorder- und Hinterbeinen nur Haut und Knöchlein übriggeblieben. Selbst die Farbe war verschwunden und hatte sich in ein schmutziges Erdbraun verwandelt. Radek hob das Tier, das nicht länger als sein Zeigefinger und federleicht war, auf und überlegte, ob er den toten Frosch vielleicht als ein Symbol zu deuten habe. Im ersten Augenblick wollte er ihn in den Fluß werfen, aber dann steckte er ihn ohne weitere Überlegung hinter das weiße Ziertuch in seine linke Brusttasche.

Als er ganz und gar atemlos vor Halinas Elternhaus ankam und rücksichtslos durch den Flur an den Brauteltern vorbei in Halinas Zimmer stürmte, erwiesen sich alle Befürchtungen als unbegründet.

Halina nahm ihn wie ein Kind in die Arme, strich ihm über das Haar und sagte:

Du warst unten am Fluß, nicht wahr?

Radek, erleichtert über Halinas Nähe, konnte nur nicken, küßte sie in die Halsgrube und auf die Wangen und vergaß in seiner Aufregung, ihr zu sagen, wie schön sie aussah.

Er hielt sie nur fest. Und als sie sagte, daß ihre Liebe größer sei als alle Angst auf der Welt, küßte er sie zum zweiten Mal, diesmal auf den Mund.

Als sich wenig später die Kirchentür öffnete, die Orgel zu spielen begann und Halina am Arm von Radek den roten Teppich betrat, der bis zum Hauptaltar führte, waren die Augen aller Gäste auf sie gerichtet.

Halina konnte sich nicht besinnen, daß sich ihr jemals in ihrem Leben so viele Blicke zugewandt hatten. Es war gut, Radeks Arm zu spüren. Am liebsten wäre sie stehengeblieben, und Radek mußte sie ein bißchen ziehen, damit sie wieder an seiner Seite ging. Der Weg bis zum Altar schien endlos zu sein.

Die Augen der Hochzeitsgäste wirkten auf sie im Halbdunkel der Kirche wie winzige Ferngläser, die sie ins Visier nahmen, um zu prüfen, ob sie auch die richtige Frau für Radek sei. Die Eltern, die Großeltern, die Tanten, Cousinen und Vettern starrten sie an, die Nachbarn, die Arbeitskollegen aus der Bank, ihr Chef, der es sich nicht hatte nehmen lassen, zur Hochzeit zu kommen, Stammgäste aus Vaters Sherry-Stube, einige frühere Schulkameradinnen.

Nur Teresa war nicht zu sehen, war dem wichtigsten Tag der großen Schwester ferngeblieben, als sei die Bahnfahrt von Posen nach Warschau nicht zu bewältigen. Die Enttäuschung darüber trieb Halina Tränen in die Augen. Solange sie zurückdenken konnte, hatte sie die jüngere Schwester behütet, verwöhnt und ihr alles das zugute kommen lassen, was sie sich selbst versagte. Als Kind hatte sie ihre Puppe Teresa überlassen und sich nie gewehrt, wenn die Schwester aus Jux und Dollerei in ihrem statt im eigenen Bett schlafen wollte. Später, als Teresa erwachsen wurde, war es für sie selbstverständlich, daß Halina die Hausarbeit machte, die Verantwortung für die Mutter trug und damit auf eine Karriere in der Bank verzichtete. Und trotzdem liebte Halina die jüngere Schwester, nahm nichts übel, fühlte sich nicht ausgenutzt und war zutiefst traurig, als Teresa nach Abschluß ihrer Ausbildung als Bibliothekarin nach Posen ging. Halina war damals zumute, als verlöre sie ein Stück von sich selbst, und es dauerte lange, bis sie sich an die Abwesenheit der Schwester gewöhnte.

Die Blicke der vielen Menschen bohrten sich jetzt in Halina fest und beobachteten jeden ihrer Schritte. Vielleicht fragten sie sich, ob die Braut, die hier an der Seite von Radek auf dem roten Teppich zum Altar schritt, eine gute Partie sei. Vielleicht rümpften sie, die Mutter ausgenommen, insgeheim die Nasen. Wer war sie denn schon? Was hatte sie? Was konnte sie, außer halbtags als vertrauensvolle Kassiererin am Schalter einer Bank sitzen und den Rest des Tages den Eltern den Haushalt führen und die Mutter bei ihren Herzattacken pflegen?

Plötzlich lief vor Halinas innerem Auge der Alltag wie ein Film ab. Immer das gleiche, von morgens bis abends, Woche für Woche, Monat für Monat, Jahr für Jahr. Unterschiede waren kaum zu erkennen. Höchstens daß im Winter keine Öfen zu heizen waren und die Mutter im Sommer auf dem Balkon sitzen konnte. Daß es ab Juni bis in den Herbst hinein frisches Gemüse gab und Weihnachten panierten Karpfen mit Sauerkraut und Erbsen nach dem Rezept der Großmutter auf dem Tisch stand. Die einzige Veränderung war, daß Teresa nach Posen gegangen war und immer seltener nach Hause kam. Aber auch das hatte sich kaum auf den Tagesablauf von Halina ausgewirkt.

Trotz der Orgelmusik hatte sie unvermittelt das Klingeln ihres Weckers im Ohr. Sie sah sich aus dem Bett springen und mit großer Hast ihre Morgentoilette vornehmen. Da blieb wenig Zeit für Kosmetik und Schminke, denn schon rief die Mutter, die tagtäglich durch Halinas Hantieren im Bad wach wurde. Seit Teresa das Elternhaus verlassen hatte, schliefen die Eltern getrennt, und der Vater hatte sich in das Zimmer der Tochter zurückgezogen.

Wenn es dir nichts ausmacht, sagte die Mutter jeden Morgen, wäre ich dir für ein Täßchen Tee dankbar.

Gleich, Mutter, gleich.

Und Halina stürzte in die Küche, kochte Kaffee für den Vater und Tee für die Mutter, stellte dem Vater das Frühstück hin und trug der Mutter den Tee, ein Honigbrot und ein Töpfchen mit Quark ins Schlafzimmer.

Kannst du allein ins Bad und dich anziehen, Mama?

Aber natürlich, mein Kind, kümmere dich nicht um mich.

Ging es ihr schlecht und das Herzasthma raubte ihr den Atem, stützte Halina die Mutter beim Gang zum Bad und half ihr beim Waschen, kämmte ihr das verschwitzte Haar, machte das Bett und stellte Tee auf den Nachttisch.

Ich mach' dir soviel Arbeit, keuchte dann die Mutter, und Halina antwortete, daß das für sie keine Arbeit sei.

Der Vater saß derweil wortkarg wie immer mit seiner Zeitung am Küchentisch und trank seinen Kaffee. Nie kam ein Wort des Lobes über seine Lippen, auch kein Wort des Dankes. Alles, was Halina für ihn wie für die Mutter tat, nahm er mit freundlicher Selbstverständlichkeit hin. Wie sollte es auch anders gehen? hatte er einmal lächelnd zurückgefragt, als Halina ihn darauf hinwies.

Sie sah ihn genau vor sich in seinem braunen Anzug mit der Strickweste, hörte seine kleinen schlürfenden Schlucke, roch sein Rasierwasser, das von dem Zigarrenrauch, der in all seiner Kleidung steckte, bald überlagert wurde. Seine gepflegten Hände falteten auf die immer gleiche Weise die Zeitung zusammen, die er später in seine Tasche steckte.

Bis heute abend, sagte er dann, stand auf und ging in sein Zimmer zurück.

War die Mutter krank, mußte Halina sich doppelt beeilen, um pünktlich in der Bank zu sein.

Auch hier sah sie sich jetzt hinter dem Schalter sitzen, nahm

Geld entgegen und zahlte aus, stets freundlich, stets lächelnd und immer darauf bedacht, daß ihr kein Fehler unterlief.

Am Nachmittag hastete sie wieder nach Hause, kaufte auf dem Heimweg ein und putzte die Wohnung, bevor sie für den Vater, die Mutter und sich selbst das Abendbrot zubereitete.

Plötzlich fühlte Halina Radeks Arm, und der Film, der eben noch blitzschnell vor ihr abgelaufen war, riß und machte einem zweiten Platz. Einem Liebesfilm. Einem Film vom Glück, von Nähe, Geborgenheit und einem ihr bisher unbekannten Gefühl der Lust. Einem Film, in dem sie die Hauptrolle spielte und der kein Ende zu nehmen schien.

Dieses unbekannte Gefühl, für das sie sich stets ein wenig schämte, überfiel sie meist unerwartet. Radek löste es aus. Zum Beispiel mit diesem Druck seines Arms. Es konnte aber auch sein Blick sein, der Geruch seiner Haut, wenn er den Arm um sie legte, und neulich war es sogar sein Gang, als er über die Straße auf sie zukam, um sie zu begrüßen. Ein winziges Zittern lief dann über ihren Rücken, das zwischen ihren Beinen endete und ihr dabei die Röte in die Wangen trieb. Und genau das passierte ihr hier im Haus des Herrn auf dem Weg zum Altar.

Insgeheim bat Halina die Mutter Gottes um Verzeihung und kündigte zur Buße gleich mehrere Ave-Marias an.

Sieh doch mal, flüsterte unter den Hochzeitsgästen eine der Frauen ihrem Mann zu, wie schön die Halina ist.

Halina nützte kein Ave und kein Vaterunser. Radeks Arm löste ganz andere Erinnerungen in ihr aus, versetzte sie, ohne daß sie ihren Gedanken entrinnen konnte, ins Kino, und der Film vom Glück, von der Nähe und dem Gefühl der Lust lief ab.

Begonnen hatte es mit dem üblichen, gutgemeinten Lamento der Mutter, die wie so oft, kurzatmig und zu den Dingen des Alltags unfähig, auf dem Sofa lag.

Halinka, sagte sie in immer der gleichen Tonlage, ich stehl' dir mit meiner Krankheit dein Leben. Du bist mit deinen vierundzwanzig Jahren viel zu jung, um ständig meinetwegen zu Hause zu bleiben. Geh wenigstens mal ins Kino.

Wie oft hatte die Mutter diesen Satz schon heruntergeleiert. Wahrscheinlich wußte sie gar nicht mehr, daß sie ihn überhaupt aussprach. Er kam so selbstverständlich über ihre Lippen wie ein Gruß, ein Dankeschön oder ein Bittesehr. Und Halina wußte auch, daß die Mutter die immer gleiche Antwort der Tochter erwartete.

Laß nur, Mama, es macht mir nichts aus, nicht ins Kino zu gehn. Mir ist viel wichtiger, daß es dir gutgeht.

Dann lächelte die Mutter zufrieden, seufzte und schloß die Augen.

An diesem Tag war es anders. Es war ein Frühlingsnachmittag voll lauer Luft und Sonne. In den Stadtgärten wurde das erste Gras geschnitten, und die Bäume am Rand der Straßen und Plätze begannen zu blühen. Die Mutter nörgelte, wollte nicht auf dem Balkon sitzen, wollte Tee haben und im Bett bleiben, bis der Vater aus der Sherry-Stube kam. Dann erst wollte sie aufstehen und sich anziehen. Halina brühte schweigend den Tee auf. Als die Mutter den Mund aufmachte und sagte: Halinka, ich stehl' dir mit meiner Krankheit dein Leben, unterbrach sie die Tochter und sagte kurz: Ja.

Die Mutter riß die Augen auf, machte eine Pause und brachte dann ängstlich und wie aufgezogen, leiser und schneller als sonst, nur noch den Rest ihres übliches Satzes hervor: Geh doch ins Kino.

Und Halina, es war kaum zu glauben, sagte abermals: Ja.

Ohne ein Wort der Erklärung oder der Frage, ob es denn der Mutter wirklich recht sei, zog sie sich um und verließ die Wohnung.

Wo willst du denn hin, fragte die Großmutter erstaunt, der

Halina auf der Treppe begegnete, und Halina antwortete wahrheitsgemäß: Ins Kino.

Und die Mutter?

Du kannst ja zur Abwechslung mal nach ihr sehen, war Halinas Antwort, bevor sie die Haustür hinter sich zuzog.

Halina rannte durch die Straßen, ohne auch nur einen Atemzug lang den Frühling wahrzunehmen. Sie sah nicht das helle Grün der Bäume, nicht die Blumen in den Balkonkästen oder die bunten Kleider der Frauen, die ihre Mäntel zu Hause gelassen hatten. Sie kam nicht einmal auf die Idee, die Straßenbahn zu benutzen. Sie jagte zu Fuß ganze zwanzig Minuten lang, als sei der Teufel hinter ihr her, bis sie vor einem Kino stand. Das schlechte Gewissen hatte ihr Beine gemacht und hielt ihr ständig das Bild vor Augen, die Mutter sei auf dem Weg ins Bad gestürzt, habe einen Herzanfall, liege im Flur, vielleicht im Sterben, allein und von der Tochter verlassen.

Zurück? Nein, Halina biß sich die Lippen wund. Sie wollte nicht zurück, sie ließ sich auch nicht durch diese Horrorphantasien bekehren, denn einmal sollten die Worte der Mutter zur Wahrheit werden. Halina hatte das hohle, mit keiner Silbe ernstgemeinte Geschwätz, durch dessen ständige Wiederholung sie sich erniedrigt fühlte, satt. Vielleicht besann sich die Mutter ja, dachte nach und hörte endlich damit auf, Halinas Gutmütigkeit auszunutzen.

Die Vorstellung, so sagte die Frau an der Kasse, habe gerade begonnen. Halina kaufte sich eine Eintrittskarte und betrat den dunklen Kinosaal, ohne zu wissen, was überhaupt für ein Film gespielt wurde.

Die Platzanweiserin deutete mit dünnem Lichtstrahl auf einen leeren Stuhl. Halina setzte sich mit einem lauten Seufzer, lehnte sich zurück und schloß die Augen, als sei sie nur hergekommen, um zu schlafen.

Was sie sah, als sie die Augen wieder öffnete, ließ sie alles vergessen, sogar, daß sie in einem Kino saß.

Auf der Leinwand lief eine Frau in hohem Tempo über ein Feld. Sie schien verfolgt zu werden. Die Frau lief, wie Halina eben durch die Straßen von Warschau gelaufen war, sah sich nicht um, wie auch Halina sich nicht umgesehen hatte. Nur der Atem war zu hören, und das zu einem Knoten geschlungene Haar löste sich langsam auf. Verwirrt griff Halina nach dem eigenen Haar. Aber der Knoten saß wie immer am Hinterkopf, und nur über den Ohren hingen rechts und links zwei Strähnen, die sie jetzt automatisch nach hinten strich.

Die Frau auf der Leinwand machte vor einem allein stehenden Haus halt. Ohne daß sie zu klingeln oder zu klopfen brauchte, öffnete sich die Tür, und die Frau wurde von einem Mann in die Arme genommen. Sie küßten sich mit einer Wildheit, die Halina verlegen machte, und sie schloß wiederum die Augen. Sie war noch nie von einem Mann so geküßt worden. Einen Augenblick lang glaubte sie, sich schämen zu müssen, wenn sie zusah. Dann beugte sie sich vor, und ihr Mund öffnete sich, als sei sie es, die der Mann in den Armen hielt.

Nach der Vorstellung hatte Halina kaum etwas von der Handlung des Films begriffen. Nur wenige Szenen setzten sich später in ihrem Kopf fest, darunter nicht nur die der leidenschaftlichen Zärtlichkeit, sondern auch eine, die in ein anderes Leben gehörte. Die Frau, nunmehr ordentlich frisiert und mit einer Schürze bekleidet, steht in der Küche und bereitet eine Mahlzeit vor. Am Tisch sitzen zwei Kinder und ein wenig sympathisch dreinblickender Vater, der als der Mann der Frau zu erkennen ist. Es gibt wegen einer Nichtigkeit Krach. Der Mann, der offensichtlich jähzornig ist, brüllt herum, droht den heulenden Kindern Ohrfeigen und seiner Frau eine Tracht Prügel an, wenn sie noch einmal versäumt, das Vieh rechtzeitig zu füttern, oder das Essen zu spät auf den Tisch stellt. Wo sie gewesen sei, will er jetzt wissen, und Halina ist über die Lüge der Frau erleichtert, die etwas von einer Nachbarin murmelt, der sie, wie versprochen, Eier gebracht habe.

So wie die Frau das brutale Gehabe ihres Mannes hinnimmt, ist sie nicht wiederzuerkennen. Ihre Gesichtszüge wirken wie eingefroren, und als sie den Kindern tröstend über den Kopf streicht, ist dabei nichts von der Zärtlichkeit zu spüren, die sie eben noch dem anderen Mann so hingebungsvoll entgegengebracht hat. Vielmehr wirkt sie, als gehorche sie fremden Befehlen. Woher sie kommen, bleibt dem Zuschauer bis auf weiteres verborgen.

Halina wäre jetzt am liebsten nach Hause gelaufen, um nach der Mutter zu sehen. Aber sie traute sich nicht, mitten im Film die anderen Zuschauer in ihrer Reihe zu bitten, sie vorbeizulassen. Also blieb sie sitzen, unkonzentriert und nicht in der Lage, dem Inhalt des Films zu folgen. Sie begriff nur das ständige Hin und Her dieser Frau, die Danka hieß, ihren Mann fürchtete, einen anderen liebte und ihre Kinder nicht verlassen wollte.

Halina glaubte die Gefühle der Frau nachvollziehen zu können, kannte dieses Eingesperrtsein, den unerträglichen Druck der Pflicht, der die Seele krümmte und einen zwang, sich selbst zu vergessen. Sie dachte plötzlich an ihre Schwester, die sich wahrscheinlich ähnlich wie diese Danka verhalten hätte. Ja, Teresa wäre zu all dem fähig, was hier zu sehen war.

Halina kam sich dagegen lächerlich, armselig und obendrein hilflos vor. Das einzige, was bei ihr groß und stark zu sein schien, war ihr schlechtes Gewissen. Und weil ihr im Augenblick das eigene Schicksal näher war als das der fremden Frau auf der Leinwand, mußte sie sich die Nase putzen und die Tränen abwischen.

Plötzlich geschah auf der Leinwand etwas, womit nicht zu rechnen gewesen war. Der Mann, mit einer Pistole bewaffnet, schleicht seiner ahnungslosen Frau hinterher, ist wohl mißtrauisch geworden. Er glaubt der Geschichte mit der Nachbarin und den Eiern nicht mehr. Danka ahnt nichts von dem, was der Zuschauer zu sehen bekommt. Sie läuft den immer gleichen Weg, mit fliegenden Röcken und aufgelöstem Haar, über die Felder zum Haus ihres Liebhabers, der bereits mit offenen Armen in der Tür steht.

Und was nun geschah, ließ Halina ab sofort das eigene Schicksal vergessen.

Der Mann, jetzt mit hochrotem Kopf und der gezogenen Pistole in der Hand, tritt gegen die Tür, die sich sofort öffnet und den Blick auf das sich zärtlich umarmende Paar freigibt.

Das Bedrohliche an dieser Szene ist, daß der Mann keinen Laut von sich gibt, keine Warnung, nicht einmal einen Fluch. Er hebt schweigend die Waffe und schießt. Es sieht nicht so aus, als ob er zielt. Er schießt auf das Paar, und es scheint ihm gleichgültig zu sein, wen von beiden er trifft. Als dann Dankas Geliebter zusammenbricht und langsam zu Boden gleitet, lädt er, ohne auf den Schrei seiner Frau zu achten, in aller Seelenruhe nach. Es fällt auch jetzt noch kein Wort. Und bis auf Dankas Schrei hält diese Stille, die nur durch das Stöhnen des Opfers unterbrochen wird, an. Es sieht so aus, als habe der Mann seinen Rivalen in die Schulter getroffen, und als er jetzt eine Patrone nachschiebt, ist zu befürchten, daß er ein zweites Mal schießt.

Danka würdigt er keines Blickes. Er traut ihr keinerlei Verteidigung oder Angriff zu und vermutet deshalb für sich keine Gefahr. So bemerkt er nicht, wie Danka blitzschnell nach einem Jagdmesser greift, das auf einem Regal an der Wand liegt, mit einem Satz hinter ihn springt und ihm die Klinge bis zum Schaft in den Rücken stößt. Noch einmal löst sich ein Schuß, der aber nur ein Bild an der Wand zertrümmert, dann fällt der Mann kopfüber aufs Gesicht. Weder seine Arme noch die Beine zucken. Er liegt ganz still, und ragte nicht der handliche Schaft aus seinem Rücken, man könnte meinen, er sei von einer Sekunde zur anderen eingeschlafen.

Halina hatte kaum noch zu atmen gewagt. Bereits in dem Augenblick, in dem der Mann die Tür eintrat und das Liebespaar während der innigen Umarmung erwischte, hatte Halina nach der Lehne links neben sich gegriffen. Daß da der Arm eines Mannes lag, wurde ihr nicht bewußt. Sie krallte sich darin fest, suchte Halt, Hilfe, vielleicht auch nur, um ihre Nerven zu beruhigen. Jedenfalls ließ sie diesen Arm bis zur Schlußszene nicht mehr los, und erst als das Licht anging und sie zurück in die Realität versetzte, zog sie verwirrt und zutiefst geniert ihre Hand zurück.

Entschuldigen Sie bitte, sagte sie, und die Röte schoß ihr vom Hals aufwärts bis unter die Haarwurzeln. Der Mann lächelte, zog ihre linke Hand, mit der sie sich an ihm festgehalten hatte, an sich und küßte sie, wie zur Begrüßung einer Dame üblich. Das wirkte weder anzüglich noch aufdringlich, aber auch nicht selbstverständlich. Vielmehr erschien Halina diese Geste als ein Ausdruck des Trostes und des Mitgefühls.

Kommen Sie, sagte der Mann und verließ mit ihr das Kino, als hätten sie es anderthalb Stunden zuvor gemeinsam betreten.

Jetzt trinken wir zusammen einen Kaffee, fuhr er mit dem gleichen Lächeln fort, als sie auf der Straße standen. Im Tageslicht wirkte der Mann auf Halina nicht so groß wie im halbdunklen Kinosaal. Am meisten gefielen ihr seine steingrauen Augen, die in einem Kranz kleiner Fältchen lagen, obwohl er nicht älter als Mitte Dreißig war.

Trotz der gründlichen Betrachtung hätte Halina, wäre sie jetzt davongelaufen, den Mann niemandem genau beschreiben können. Höchstens hätte sie etwas über seine Größe gesagt und über die Farbe seiner Augen. Allein sein Lächeln zu erwähnen wäre ihr peinlich gewesen, davon, daß sie sich im Kino an seinem Arm festgehalten hatte, gar nicht zu reden.

Eigentlich habe ich gar keine Zeit, murmelte sie verlegen, und außerdem kenne ich Sie nicht.

Radek, sagte Radek, ich heiße Radek, und Sie?

Halina.

Einen Kaffee zu trinken dauert nicht länger als zehn Minuten. Und zehn Minuten hätte auch der Film länger dauern können. Kommen Sie.

Radek schob seine Hand unter ihren Ellenbogen und führte Halina langsam, als sei sie gebrechlich oder wüßte nicht, in welche Richtung sie gehen sollte, über die Straße in ein gegenüberliegendes Café.

Eine Weile saßen sie stumm am Tisch, was aber weder Radek noch Halina störte. Sie fühlte sich von seinem Blick ganz und gar eingehüllt. Und was sie am meisten verwunderte, es war ihr nicht unangenehm.

Sogleich fiel ihr der Film ein, die Liebesszenen und die Zärtlichkeiten, die ihr den Schauer über den Rücken gejagt hatten. Und plötzlich sagte sie: Ich hätte das nicht fertiggebracht.

Was, den Mord? fragte Radek.

Nein, ich meine, als verheiratete Frau einen Geliebten zu haben.

Und was ist mit dem Mord?

Halina sah Radek mit ihren großen Augen ruhig an, nickte und antwortete ohne Überlegung schnell: Den hätte ich fertiggebracht.

Für weitere Erklärungen fand Halina keine Worte, und als sie ihren Kaffee ausgetrunken hatte, stand sie auf und sagte, daß sie jetzt gehen müsse. Als Radek sich verabschiedete, fragte er weder nach ihrer Adresse, noch teilte er ihr mit, in welcher Straße er wohnte. Dagegen machte er ihr einen Vorschlag, ohne in irgendeiner Weise ihre Reaktion abzuwarten. Er hatte ihr sogar schon die Hand gegeben und sich ein wenig von ihr abgewandt, als er einen Satz sagte, der Halina fünf Tage lang verfolgte.

Radeks Worte waren: Nächsten Sonnabend, sagen wir um fünfzehn Uhr, hier in diesem Café, einverstanden?

Wie gesagt, er verhielt sich, als ob er gar nicht wissen wollte, ob sie kommen würde oder nicht. Er ging, ohne sich umzudrehen, davon, und Halina sah ihm sprachlos nach. Aus irgendeinem Grund zählte sie seine Schritte, als rupfe sie die Blütenblätter einer Margerite aus. Ich komme, ich komme nicht, ich komme ... Sie zählte, solange sie ihn sah, und wunderte sich nicht, als sein letzter Schritt mit Ich komme übereinstimmte. Erst dann lief sie selbst nach Hause und merkte nicht, daß ihr Haar ein wenig aufgelöst war.

Wo um Gottes willen bist du so lange gewesen? fragte die Mutter.

Im Kino, sagte Halina, so wie du es mir geraten hast.

Aber die Mutter blieb skeptisch, behauptete, die Tochter wirke anders als sonst und sei so ungewohnt heiter.

Und, fragte Halina, freut dich das nicht?

Doch, antwortete die Mutter mit einer kleinen Beunruhigung in der Stimme, ich wüßte nur gern, warum.

Halina gab keinerlei Auskunft, lächelte nur und veränderte sich von einem Tag auf den anderen. Der Grund dafür war nicht etwa der feste Entschluß, Radek am kommenden Sonnabend zu treffen. Ihre so offensichtliche Verwandlung hatte mehrere Gründe.

Da war zum einen die Tatsache, daß sie plötzlich ohne größere Überlegung den Entschluß gefaßt hatte, ins Kino zu gehen, statt die Hausarbeit zu erledigen und sich um die Mutter zu kümmern. Zum anderen war es der Film, der sie ein wenig aus der Bahn geworfen hatte. Diese Frau, die mit so großer Selbstverständlichkeit ihre Pflichten, ihre Kinder und ihren wenn auch brutalen Mann beiseite schob, um in die Arme eines anderen zu fliehen, hatte sie beeindruckt. Noch mehr aber war es der Mord an dem Mörder, der Halina imponiert hatte und dem sie, ohne sich die Frage nach der Moral zu stellen, im Innersten ihres Herzens zustimmte. Radek war der letzte Grund für ihr Verhalten, das der Mutter mehr und mehr auffiel. Inwieweit es die von ihm geschenkte und für sie ganz und gar ungewohnte Aufmerksamkeit war, die sie faszinierte, oder aber seine Person, das konnte sie sich zu diesem Zeitpunkt noch nicht beantworten.

Wie du aussiehst, hatte die Mutter am folgenden Tag gesagt und Halina die Strähnen rechts und links hinter die Ohren gestrichen. Und als der Vater mürrisch wie immer aus seiner Sherry-Stube nach Hause kam, wunderte auch er sich über seine Tochter.

Was ist mit dir los, fragte er und sah ihr kopfschüttelnd hinterher, du bewegst dich, als sei unsere Küche ein Tanzsaal.

Und, hatte Halina lachend geantwortet, ist das schlimm?

Wahrscheinlich wären ihr die Bemerkungen der Eltern wieder entfallen, wenn sie nicht am Nachmittag Fenster geputzt und dabei ihr Spiegelbild wahrgenommen hätte. Anfangs starrte sie sich nur an. Dann holte sie vorsichtig die Strähnen wieder hervor, die ihr die Mutter hinter die Ohren gestrichen hatte. Das Gesicht ganz dicht vor dem Glas, fuhr sie mit dem Mittelfinger den Schwung ihrer Brauen entlang. Sie berührte ihre Lippen, ihre Ohrläppchen, ihre Wangen und ihren Hals. Sie lächelte sich zu und bog den Kopf nach hinten, ähnlich wie ihn Danka im Film nach hinten gebogen hatte, bevor sie von ihrem Geliebten geküßt worden war.

Halina wußte nicht, was sie spürte, ihre Fingerkuppen, die Brauen über ihren Augen, die Lippen oder die Ohren. Der Wunsch, sich zu berühren, ließ nicht nach. Jedesmal wenn ihr Blick, wo auch immer, ihr Spiegelbild traf, blieb sie wie gebannt stehen, um zu berühren, was sie von sich zu sehen bekam.

Am Abend beeilte sie sich mehr als sonst, den Abendtisch abzuräumen, abzuwaschen und der Mutter das Bett für die Nacht herzurichten. Sie lehnte es auch ab, mit dem Vater Radio zu hören, zu lesen oder mit einer Handarbeit der Mutter Gesellschaft zu leisten. Für sich wollte sie sein, allein und ungestört. Und als sie sich in ihr Zimmer zurückzog, schloß sie zum ersten Mal hinter sich ab.

Halina machte keine der Lampen an. Sie hockte sich in das milchige Mondlicht, als könnte sie sich darin wie eine Larve verpuppen. Es dauerte lange, bis sie sich wieder bewegte und die Arme und Hände voneinander löste, mit denen sie ihre Knie umschlungen hatte. Dann hob sie den Kopf, und ihr Gesicht, das mit geschlossenen Augen dem Mond zugewandt war, wirkte verzückt. Der Schmetterling war seinem Kokon entschlüpft. Halina zog sich aus. Ordentlich legte sie Stück für Stück ihrer Kleidung auf einen Stuhl, bis sie nackt neben ihrem Bett stand. Nur die Haarnadeln nahm sie noch aus ihrem Knoten, und als ihr der schwere Zopf in die Hände fiel, schob sie ihn zwischen ihre Brüste. Sie legte sich auf ihr Bett, mitten hinein in das Mondlicht, und dachte nicht daran, sich zuzudekken. Langsam begann sie, ihren Körper abzutasten. Ihre Hände kehrten immer wieder zu dem Zopf zurück, als müßten sie sich an ihm festhalten. Ihre Finge umklammerten das Haar und zogen daran wie an einem Strick, bis der Kopf seitlich aus dem Licht des Mondes in das Dunkel des Schattens glitt. Sie fühlte nicht nur ihr Blut unter der Haut klopfen, sondern auch ihr Herz. Sie glaubte sich plötzlich in Danka, der Frau im Film, zu erkennen, und ihre Hände verwandelten sich in die des Geliebten. Sie strich sich über die Brüste, umkreiste zärtlich den Hof der Brustwarzen, bis sie sich unter den Fingerspitzen zusammenzogen und sich wie winzige, unreife Früchte anfühlten. Halina hörte nichts anderes als ihren Atem, und obwohl ihre Hände nach wie vor die des Geliebten von Danka, der

Frau im Film, waren, dachte sie nicht an Radek. Die Entdekkung ihres Körpers, den ihre Hände zu formen schienen, raubte ihr alle Sinne. Außer daß sie ihn täglich wusch, hatte sie ihm bisher nie Beachtung geschenkt. Immer wieder und mit wachsender Lust fühlte sie dem Schwung ihrer Hüften und der leichten Wölbung ihres Bauches nach. Sie schloß zum hundertsten Mal die Augen und sah große, buntgefüllte Kreise. Wie aus dem Nichts schossen sie auf sie zu, um gleich darauf wieder darin zu verschwinden. Erst die Berührung ihrer Schamhaare riß sie zurück in die Wirklichkeit. Und obwohl sie über sich selbst erschrocken war, sich auch ein wenig schämte, nahm sie die Hand nicht weg, sondern ließ sie dort liegen, bis sie endlich einschlief.

Am folgenden Morgen stand für Halina der Entschluß fest, Radek zu treffen. Der Mutter ging es viel besser. Sie saß auf dem Balkon und konnte von Halina mit gutem Gewissen allein gelassen werden.

Wo willst du hin?

In die Stadt.

Warum?

Zum ersten Mal fielen Halina die der Mutter zur Gewohnheit gewordenen Fragen auf, die eher der Kontrolle zu dienen schienen als ihrer Neugier. Und Halina, die am liebsten geantwortet hätte, daß das die Mutter nichts anginge, sagte nur: Weil ich Lust dazu habe.

Als sie das Haus verließ, hingen ihr zwei kleine Strähnen über den Ohren. Sie roch nach Lavendel, und als sie im Treppenhaus stand, malte sie sich die Lippen rot.

Radek war schon da. Nachdem er Halina begrüßt hatte, betrachtete er sie derart lange, daß sie ganz rot wurde.

Was ist denn? fragte sie schließlich zutiefst verlegen.

Sie sehen irgendwie anders aus.

Danach schwiegen sie eine Weile, warfen sich nur hin und

wieder einen Blick zu und schlürften ihren Kaffee. Halina machte die Stille zwischen ihnen nichts aus. Sie hatte genug Geduld und war nicht darauf aus zu reden. Vielmehr betrachtete sie Radeks schmale Hände, deren Sehnen bis in die Finger zu verfolgen waren. Und weil sich ihre Erinnerungen mit seinen Händen vermischten, lächelte sie.

Wundern Sie sich? fragte Radek.

Nein, ganz und gar nicht.

Warum lächeln Sie dann?

Weil wir beide unabhängig voneinander hierhergekommen sind.

Und warum sind Sie gekommen? Radek hatte seine Tasse beiseite geschoben und sich vorgebeugt, um Halina besser in die Augen sehen zu können. Sie ließ mit der Antwort auf sich warten, was auf Radek wirkte, als suche sie nach einer Lüge. Aber Halina log nicht. Neugierig sei sie gewesen, sagte sie, denn bisher hätte sich noch kein Mann nach einer Begegnung mit ihr verabredet.

Und trotzdem sind Sie gekommen?

Da sie nicht wußte, was darauf zu antworten war, lächelte sie abermals. Das wiederum veranlaßte Radek dazu, nach der Hand zu greifen, mit der sie während des Films seinen Arm umklammert hatte. Er küßte die Hand und legte sie wie ein geborgtes Feuerzeug wieder zurück auf den Tisch neben ihre leergetrunkene Kaffeetasse.

Dann schlug er, ohne nach ihrer Meinung zu fragen, einen Spaziergang im Łazienki-Park vor. Dort, sagte er, blühten die Kastanien, und es sei nirgendwo in Warschau jetzt schöner.

Sie gingen, ohne sich zu berühren, im Gleichschritt nebeneinander her durch den hohen Tunnel aus Bäumen. Die Blüten der Kastanien steckten wie winzige Weihnachtsbäume im Geäst, als leuchteten sie Halina den Weg an Radeks Seite.

Nachdem sie die Fragen nach Alter, Beruf und Wohnort ausgetauscht hatten, die Krankheit von Halinas Mutter erwähnt worden war, auch die Sherry-Stube des Vaters und Teresas Beruf als Bibliothekarin in Posen, trat wiederum unerwartete Stille ein. Nur ihre Schritte waren zu hören. Halina wünschte sich, daß die Allee kein Ende nähme. Radeks Nähe gab ihr nicht nur Sicherheit, sie machte sie auch stolz, und was sie als noch viel aufregender empfand, seine Nähe tat ihr körperlich gut. Zum ersten Mal befiel sie dieses kleine Zittern, das zwischen ihren Beinen endete und sie ebenso entzückte, wie es ihr peinlich war. Halina, sagte Radek plötzlich, ohne das Tempo ihrer Schritte zu ändern, ich würde Sie gern duzen.

Weil er die Frage so merkwürdig formulierte und nicht etwa vorschlug, daß sie sich beide duzten, sondern nur er sie, entfuhr ihr ein viel zu lautes: Warum?

Nun, sagte Radek und schob jetzt seinen Arm unter den ihren, weil es mir dann leichter fällt, dir etwas zu sagen, was für mich wichtig ist.

Halina blieb stehen, und die Kastanienblüten begannen plötzlich zu leuchten, als stünde sie mit Radek in einem Tempel.

Jetzt wußte sie es, sie war verliebt. Sie sah ihn an, öffnete ein wenig die Lippen und erwartete, daß er sie küßte.

Nur, Radek küßte sie nicht. Er schien auch nicht die Absicht zu haben, obwohl er sie lange ansah und ihr sogar eine ihrer Strähnen hinters Ohr schob. Sein Gesichtsausdruck schien angestrengt, und bis er zu reden anfing, kaute er sogar auf seiner Unterlippe herum.

Langsam und in für Halina schier unerträglicher Ausführlichkeit begann er, seine Beziehung zu Eva bis zu dem Tag der Hochzeit zu schildern, die nicht stattgefunden hatte.

Sie wagte es nicht, ihn zu unterbrechen. Wie Hagelkörner fielen ihm die Worte aus dem Mund und prasselten auf Halina nieder. Sie dröhnten in ihren Ohren und setzten sich in ihrem Kopf fest, ohne dabei ihr Herz zu berühren. Radek legte ihr unter dem Siegel der Verschwiegenheit und des Vertrauens seinen Kummer zu Füßen. Teresa würde jetzt sagen, daß er sich auskotzte und froh war, jemanden gefunden zu haben, der sich das alles anhörte.

An Halinas Stelle würde sich Teresa wahrscheinlich ohne Kommentar umgedreht und das Weite gesucht haben.

Aber Halina lief nicht weg. Sie hielt den Gleichschritt, ohne Radek zu unterbrechen, und als das Ende der Allee in Sicht kam, war er mit seinem Bericht fertig, erwähnte nur noch seine Einsamkeit und die Tatsache, daß er den Frauen nicht mehr so recht über den Weg traue.

Vielleicht war es dieser Satz, der sie herausforderte, denn wenn man jemandem trauen konnte, dann ihr. Das hatte sie ihr ganzes Leben lang zu beweisen versucht. Sie verdrängte den Wunsch, geküßt zu werden, und auch das kleine Zittern war längst verschwunden. Sie lächelte Radek an, wie sie die Mutter anzulächeln pflegte, wenn sie ihren schlechten Tag hatte und des Lebens nicht froh wurde.

Laß uns zum Chopin-Denkmal gehen, sagte sie, vielleicht wird dort Musik gemacht.

Und tatsächlich, unter dem überlebensgroßen, in Marmor gehauenen Chopin stand ein Flügel, an dem ein Mädchen saß und die Masowischen Mazurken spielte. Auf Stühlen und Bänken saßen die Menschen und lauschten mit ernsten Gesichtern den sich im Wind verflüchtigenden melancholischen Tönen.

Und Chopin, den der Künstler unter einen riesigen, wie vom Sturm gebogenen Baum gesetzt hatte, schien der Klavierspielerin zugewandt, als höre er mit Wohlgefallen seinen eigenen Kompositionen zu.

Er sieht dir im Profil ähnlich, sagte Halina.

Wer?

Chopin.

Für einen Augenblick wurde Halina aus ihren Erinnerungen gerissen. Der Brautschleier hatte sich an einer Unebenheit des Teppichs verfangen und wäre ihr beinah vom Kopf gerutscht. Aber da war, Gott weiß woher, plötzlich Teresa zur Stelle, löste den Schleier vom Teppich, rückte ihn der Schwester wieder zurecht und flüsterte ihr dabei ins Ohr:

Der stinkt ja nach Mottenpulver!

Halina antwortete nicht, drückte Radeks Arm, um mit ihm das letzte Stück zum Altar zu gehen. Ohne daß sie sich dagegen wehrte, stürzten ihre Gedanken wieder zurück in die Vergangenheit und zeigten die Bilder ihrer Liebe, die jetzt in wenigen Minuten vor dem Altar mit dem Segen Gottes und des Priesters besiegelt werden sollte.

Radek hatte sich immer öfter mit Halina verabredet. Und immer war er es, der die Vorschläge für ihre Unternehmungen machte. Mal gingen sie ins Kino, mal spazieren und bei schlechtem Wetter ins Café. Mit der Zeit kannte Halina Radeks ganze Lebensgeschichte, während von der ihren wenig zur Sprache kam. Sicher, sie hatte von der kranken Mutter berichtet, die sie pflegte, von den Großeltern, die gegenüber im Haus wohnten, und von der Sherry-Stube, die der Vater in der Altstadt betrieb und für die auch er hin und wieder ihre Hilfe benötigte. Daß ihre Eltern wegen ihres wiederholten Ausgehens beunruhigt waren, verschwieg sie Radek.

Wo treibst du dich eigentlich stundenlang rum, knurrte der Vater immer öfter, als stünde sie noch immer unter seiner Aufsicht, während sich die Mutter aufs Lamentieren verlegte und meinte, ein Recht darauf zu haben, am Leben der Tochter teilzunehmen. Ich bin kein Kind mehr, antwortete Halina dann freundlich, aber bestimmt, wenn es etwas gibt, was ihr wissen solltet, dann werde ich euch das rechtzeitig sagen. Und dabei blieb es. Nur Teresa gegenüber deutete sie bei deren Besuch aus Posen vorsichtig an, daß sie sich verliebt habe.

Und, hatte Teresa fröhlich gefragt, hast du schon mit ihm geschlafen?

Spinnst du? hatte Halina empört, aber mit knallrotem Kopf geantwortet und, als Teresa darauf Na, wart's ab erwiderte, wortlos das Zimmer verlassen.

Sosehr Halina die jüngere Schwester liebte, so wenig mochte sie deren loses Mundwerk und nahm sich vor, kein Wort mehr über Radek zu verlieren. Das war auch der Grund, daß sie Teresas Wunsch, Radek kennenzulernen, ablehnte.

Aber die Frage, ob sie schon einmal mit ihm geschlafen habe, ging ihr nicht aus dem Kopf. Sie tauchte in Begleitung des kleinen Zitterns immer öfter auf und, wie Halina fand, immer zu ganz unpassenden Gelegenheiten. Im Kaffeehaus zum Beispiel, wenn Radek in ein Stück Kuchen biß oder wenn sie im Łazienki-Park am Chopin-Denkmal vorbeiliefen. Neulich hatte es sie sogar erwischt, als sie neben ihm in der Straßenbahn saß und ihr ein altes zahnloses Männlein vergnügt zuzwinkerte. Was ist, hatte Radek gefragt und den Arm um ihre Schultern gelegt, du zitterst ja. Worauf sie behauptet hatte, ihr sei kalt, obwohl es ein heißer Sommertag war.

Es begann wie immer mit einem Spaziergang, bei dem beide von einem Regen überrascht wurden, der nicht aufhören wollte. Und da sie keinen Schirm bei sich trugen, suchten sie in der nächstliegenden Kneipe Zuflucht. Durch und durch naß geworden, tranken sie einen Wodka, und weil es nicht aufhören wollte zu regnen, tranken sie noch einen und noch einen. Der Alkohol fuhr ihnen in Kopf und Glieder. Halinas Augen glänzten, und ihre sonst makellose Samthaut nahm nach Radeks Meinung die Farbe eines reifen Pfirsichs an. So drückte er sich wenigstens aus. Und Radek, der Halinas Hände festhielt, als fürchte er, sie könne aufstehen und fortlaufen, sagte plötzlich: Ich möchte mit dir schlafen.

Er hatte recht daran getan, sie festzuhalten, denn im ersten

Augenblick wollte sie tatsächlich aufspringen. Mit der gleichen Selbstverständlichkeit, mit der er sie bei ihrem ersten Zusammensein, ohne nach ihren Wünschen zu fragen, zu einem Spaziergang im Łazienki-Park aufgefordert hatte, wünschte er jetzt, mit ihr zu schlafen. Aber da sie in der ständigen Obhut des autoritären Vaters und der pflegeverlangenden Mutter nicht gelernt hatte zu widersprechen, blieb sie stumm. Radek ließ sie nicht los, aber er ließ ihr Zeit, bis sie sich ein wenig beruhigt hatte. Dann flüsterte er ihr ins Ohr: Jetzt, sofort, komm.

Er wartete keine Zustimmung ab und schon gar kein Wort des Zweifels oder der Ablehnung. Er zahlte und schob sie hinaus in den Regen. Sie gingen zu Fuß. Der Weg bis zu seiner Wohnung war nicht weit, aber doch weit genug, daß sie dort abermals völlig durchnäßt ankamen. Die ganze Zeit über hatte Halina kein Wort gesagt. Nicht einmal geküßt hatten sie einander. Gehorsam lief sie neben Radek her, ohne einen Gedanken zu Ende denken zu können. Das einzige, was ihr ständig durch den Kopf ging, war die lächerliche Frage, wie sie ihre Sachen wieder trocken bekommen würde.

Radeks Wohnung bestand aus einem winzigen Flur, einem großen, ungemütlichen Zimmer, von dem aus eine Tür in eine kleine Küche führte und eine andere in ein Bad.

Du mußt dich ausziehen, Halinka, du erkältest dich sonst, sagte Radek zärtlich, holte seinen Bademantel und bat sie, ihre Kleider im Bad aufzuhängen. Sie schloß hinter sich ab und zog sich bis auf Büstenhalter und Höschen aus. Dann schlüpfte sie in Radeks Bademantel, nahm seinen Geruch auf, glaubte, in dem sie umhüllenden Frottee seine Umarmung zu spüren, und hörte Teresas Frage: Hast du schon mit ihm geschlafen?

Ihr Herz klopfte bis in die Fingerspitzen, mit denen sie jetzt ihren Haarknoten löste und die Nadeln ordentlich, eine nach der anderen, auf die Glasplatte vor den Spiegel legte. Sie betrachtete sich und sagte ebenso leise wie bestimmt: Ich will glücklich sein.

Kaum hatte sie die Tür geöffnet, nahm Radek sie in die Arme. Bis auf ein Handtuch, das er um seine Hüften geschlungen hatte, war er nackt. Seine Küsse, die kaum Worte zuließen, nahmen kein Ende. Seine Zunge fuhr durch jeden Winkel ihres Mundes, und Halina hatte das Gefühl, daß er sich sogar ihres Atems bemächtigte. Während er den Bademantel öffnete, von ihren Schultern zog und mit einem Griff ihren Büstenhalter aufhakte, schob er sie Schritt für Schritt zum Bett, denn allein war Halina zu keiner Bewegung fähig. Sie kam gar nicht auf die Idee, irgendeine Initiative zu ergreifen oder sich etwa zur Wehr zu setzen. Das einzige, was sie sagte, als Radek aufgehört hatte, ihren Mund zu küssen, und nun mit seinen Lippen eine ihrer Brustwarzen umschloß, war: Ich hab' das noch nie gemacht.

Bin ich wirklich der erste? fragte er, und als Halina nickte, preßte er sie wie ein Paket an sich.

Wie schön, flüsterte er, wie wunderbar, dann gehörst du jetzt ganz und gar mir.

Was für ein Satz. Er kroch Halina unter die Haut, schnürte sie zusammen und ließ keine weiteren Worte mehr zu. Sie hatte plötzlich das Gefühl, bei dem, was Radek mit ihrem Körper anstellte, zuzusehen. Während seine Küsse immer leidenschaftlicher wurden, begannen seine Hände, wie die des Geliebten im Film und wie einen Tag später auch ihre eigenen, ihr über Brust und Bauch zu gleiten. Nur gab es bei ihm keine Pausen und kein Verweilen. Radeks Hände fuhren zielstrebig abwärts zwischen die Schenkel, wo sie Halinas Vagina zu öffnen begannen. Kein Wort fiel mehr. Nur diese Küsse, die sie fast erstickten, und seine Hände, die eine Lust in ihr hervorriefen, die sie nicht sich zugestand, sondern Radek zuordnete. Mit Staunen betrachtete sie sein mächtiges Glied, das er jetzt umständlich in sie hineinstopfte, was ihr großen Schmerz bereitete. Radek stieß zu und stieß abermals zu. Halinas ganzer Körper bebte. Sie fühlte seine Ellbogen, die er rechts und links von ihrem Hals in das Kissen gestemmt hatte, so daß seine Unterarme ihre Wangen und Ohren umrahmten. Seine ineinandergefalteten Hände drückten ihren Kopf fest nach unten, und sie konnte keinem seiner Stöße ausweichen. Nur einmal hielt er in diesem sich langsam steigernden Rhythmus inne und sagte einen zweiten Satz, der ihr unter die Haut kroch und ihr das Denken fortnahm. Der Satz öffnete ihr Herz und Sekunden später auch ihre Arme, mit denen sie Radek heftig umschlang.

Halinka, hatte Radek unter kleinen und zärtlichen Küssen gesagt, jetzt weiß ich, daß ich zu Hause bin.

Die Orgelmusik verstummte. Halina und Radek waren am Ende des roten Teppichs angelangt und knieten vor Altar und Priester. Der fragte als ersten Radek, ob er sein Gewissen geprüft und frei und ungezwungen hierhergefunden habe, um mit Halina die Ehe einzugehen.

Radeks Ja war laut und deutlich bis in die letzte Bankreihe zu hören. Nun war es an Halina, Liebe und Treue vor dem Herrn zu schwören. Und während ihr der Priester die gleichen Fragen stellte, auf die sie mit Ja zu antworten hatte, war es Radek, dessen Gedanken zurückfluteten, wenn auch seine Erinnerungen sich an weit nüchterneren Bildern festmachten.

An seine sexuellen Erlebnisse mit Halina dachte er dabei weniger. Ganz andere Dinge wurden in seinem Gedächtnis lebendig. Zum Beispiel wenn Halina, bevor sie ein frisches Brot anschnitt, mit dem Messer auf der Kehrseite des Laibes ein Kreuz zeichnete. Oder wie sie sich freuen konnte, wenn er ihr Blumen mitbrachte, wie sie ihm aufmerksam zuhörte, wenn er ihr von sich erzählte. Er liebte ihr Schweigen, mit dem sie ihren Widerspruch auszudrücken pflegte, und die Innigkeit, mit der sie ihn ihrer Liebe versicherte, rührte sein Herz jedesmal aufs neue. Auch die Art und Weise, wie Halina nachgab oder sich unterordnete, bevor es zu einem Streit kommen konnte, gefiel ihm insgeheim mehr, als er je zugeben würde. Als er sich eines Tages fragte, was denn an ihr auszusetzen sei, fiel ihm nichts weiter ein als die Abhängigkeit von ihren Eltern, insbesondere der Mutter. Alles, was Halina betraf, schien sich nach dem Wohl dieser kranken Frau und den Forderungen des Vaters zu richten.

Hast du denn gar kein eigenes Leben? hatte er sie einmal gefragt und nur ein Lächeln zur Antwort bekommen. Mein Leben bist du, hatte sie schließlich gesagt und dabei ihre Arme um seinen Hals gelegt. Sogar ihre leichte Prüderie liebte er, wenn sie es vorzog, sich im Dunkeln auszuziehen, um sich ihm hinzugeben. Nachdem sie ein knappes Jahr befreundet waren, stand Radeks Entschluß fest, Halina zu heiraten.

Wie er jetzt vor dem Traualtar stand, konnte er sich nicht besinnen, sie je gefragt zu haben, ob sie ihn heiraten wolle. Hingegen erinnerte er sich genau an seinen Besuch bei ihrem Vater in der Sherry-Stube. So, hatte der gesagt und einen Sherry vor Radek hingestellt, Sie wollen also meine Tochter heiraten.

Wenn Sie nichts dagegen haben, war Radeks ebenso höfliche wie förmliche Antwort. Um so mehr verunsicherte ihn das Schweigen des alten Mannes, der, ohne sich selbst einzugießen, seine Sherryflasche hin und her rückte. Halinas Auserwählter war ihm sympathisch, und er sah die Zukunft seiner Tochter in der Ehe mit diesem Mann gesichert. Trotzdem suchte er nach Worten, Radek etwas zu erklären, von dem zu befürchten war, daß es nicht auf Verständnis stoßen würde.

Sie wissen, daß meine Frau sehr krank ist?

Radek nickte.

Also wissen Sie auch, daß meine Frau ohne Halinas Pflege

nicht leben kann. Und zudem, wer soll uns den Haushalt führen? Jemand Fremden würde meine Frau im Haus nicht akzeptieren, und ich könnte es mir auch finanziell nicht leisten.

Danach goß sich Halinas Vater keinen Sherry, sondern einen Wodka ein und trank ihn in einem Zug aus. Er wolle dem Glück seiner Tochter nicht im Wege stehen, fügte er hinzu, aber so, wie die Dinge lägen, wüßte er nicht, wie das Problem zu lösen sei. Wieder kam der Dialog ins Stocken, und da weder dem einen noch dem anderen eine Lösung einfiel, tranken sie, bis beide betrunken waren, einander duzten und gemeinsam nach Hause gingen.

Es war die Mutter, die auf die Idee kam, die Großeltern zu fragen, ob sie nicht dem jungen Paar ihre Wohnung gegenüber geben und in ihr Landhäuschen am Stadtrand umsiedeln könnten. Dann hätten es die Alten im Sommer nicht mehr so weit in den Garten, lebten gesünder und garantierten auf diese Weise ihrer kranken Tochter durch die Pflege der Enkelin ein langes Leben.

Halina hatte sich am wenigsten eingemischt, hatte auch kein Wort darüber verloren, daß sie mit dem Einzug nach der Hochzeit in die großelterliche Wohnung neben ihrem Beruf in der Bank und der Pflege der Mutter nun zwei Haushalte zu versorgen hatte.

Obwohl sie mit Radek kein eigenes Leben würde führen können, hatte sie behauptet, glücklich zu sein, und, wie es schien, war sie es auch, als sie jetzt die Worte des Priesters deutlich und langsam nachsprach.

Ich nehme dich, Radek, zu meinem Ehemann und verspreche, dir die Treue zu halten in guten wie in bösen Tagen, in Gesundheit und Krankheit. Ich will dich lieben und achten, bis der Tod uns scheidet.

Danach steckten sie sich gegenseitig die Ringe an, wurden gesegnet und verließen die Kirche als Mann und Frau.

Halinas Vater hatte in ein Restaurant eingeladen, und als das Brautpaar den Saal betrat, waren alle Gäste schon da. Als erste Gratulanten standen Mutter, Vater und Teresa da. Die Mutter konnte sich durch die Aufregung und Anstrengung in der Kirche kaum auf den Beinen halten und mußte vom Vater gestützt werden. So war es Teresa, die im Namen der Eltern den Brotlaib übergab, das Salz und den Wodka. Teresa reichte das Brot erst Radek, dann Halina. Beide küßten es und nahmen die Gläser in die Hand. Jetzt wurde es still im Saal, und alle lauschten Teresas Trinkspruch.

Halte offen stets die Tür
Für den Freund, den guten Gast
Und gib beiden, was du hast.

Applaus und Umarmung, die Gratulation begann. Jeder Gast küßte Braut und Bräutigam dreimal, rechts, links und auf den Mund. Glück wurde gewünscht, Erfolg, Kinder und ein langes gemeinsames Leben. Danach setzte man sich an die Festtafel.

Nein, Halinas Vater hatte sich nicht lumpen lassen. Es gab Vorspeisen, Suppe, Hauptgericht, Dessert und Wodka, soviel die Gäste trinken wollten. Auch drei Musiker waren bestellt, die, nachdem man gegessen hatte und die Tische beiseite gerückt worden waren, zum Tanz aufspielten.

Am Ende des Saals hatten sich die älteren Männer zusammengefunden, sprachen über Geschäfte, über Politik und die Deutschen, die um den Anschluß an Danzig kämpften und, seit Hitler an der Regierung war, alles andere als zuverlässig schienen. Die dazugehörigen Frauen hatten sich so gesetzt, daß sie der tanzenden Jugend zusehen konnten, lächelten und waren stolz auf Töchter und Söhne. Wenn es die Lautstärke der Musik erlaubte, warfen sie sich Sätze zu, die halb oder gar nicht verstanden wurden und deshalb zu allerlei Gerüchten beitrugen.

Was die Teresa wieder für ein Kleid anhat, sagte die eine.

Und wie die tanzt, sagte die andere.

Darauf sahen alle Teresa zu, wie sie in ihrem grasgrünen Seidenkleid übers Parkett hüpfte und die roten Locken zurückwarf. Bei jedem Schritt wippten die kleinen Volants an ihrem Rock, der kürzer als üblich war und, nach Ansicht der Frauen, absichtlich die Beine sehen ließ.

Teresa kannte die Blicke der Frauen, ahnte, wie sie über sie herzogen, und wußte, daß Halina der Liebling aller war. Halina die fleißige, Halina die gütige, Halina die verantwortungsvolle, zuverlässige und anständige, ältere Schwester.

Und Teresa?

Ihr Blick suchte Radek, den Bräutigam, den neuen Schwager, der neben der Braut saß und sie, Teresa, ansah. Es war nur der Bruchteil einer Sekunde, aber der hatte Teresa genügt, um ihren Tanzpartner stehen zu lassen und in den kleinen Vorgarten des Restaurants zu gehen.

Sie war überzeugt, Radek würde jeden Moment erscheinen und sich unter irgendeinem Vorwand neben sie setzen. Sie war sich ihrer Sache so sicher, daß sie die Augen schloß und lächelte. Gut sah er aus, der Schwager, mit seiner feinen, hochangesetzten Nase, den tiefliegenden Augen und den für einen Mann fast zu sinnlichen Lippen. Halina hatte am Telefon gesagt, er sähe im Profil Chopin ähnlich, und hatte damit nicht unrecht. Selbst seine Hände hätten einem Komponisten gehören können und waren für die eines Heizungsingenieurs viel zu schmal.

Stell dir vor, er liebt mich, hatte Halina weiter ins Telefon geflüstert, aber nach dem Blick, den der Schwager mit ihr gewechselt hatte, zweifelte Teresa daran.

Halina, der liebste Mensch, den Teresa auf dieser Welt besaß, schien mit dieser Hochzeit eine Riesendummheit zu begehen.

Als Teresa daran dachte, daß Halina ihre Zärtlichkeit an

Radek verschwendete, wurde ihr Gesicht finster, und die winzigen Kerben rechts und links ihrer Mundwinkel verfestigten sich. Es gab für sie keine Kindheitserinnerung, in die nicht Halina gehörte. Hatte sich Teresa gefürchtet, war es Halina, die ihr Mut machte, hatte sie Kummer gehabt, war es Halina, die sie tröstete, wollte der Vater sie strafen, war es Halina, die sie in Schutz nahm. Brauchte sie einen Rat, war es Halina, die ihn ihr gab. Und verlangte sie nach Zärtlichkeit, war es Halina, die sie in die Arme nahm, streichelte und ihr über das Haar strich.

Obwohl Halina nur ein paar Jahre älter als Teresa war, hatte sie, solange Teresa denken konnte, weit mehr die Rolle der Mutter als die der Schwester übernommen. Und obwohl sie beide erwachsen waren, Teresa das Elternhaus verlassen hatte und in Posen in der Bibliothek arbeitete, hatte sich für sie diese ungewöhnliche Beziehung zu Halina nicht geändert. Und jetzt sollte sie von einem Tag auf den anderen Halina mit Radek teilen, diesem hergelaufenen Heizungsingenieur, der wie Chopin aussah und sich im Kino an die Schwester herangemacht hatte, aber mit Blicken auf andere Frauen nicht sparte.

Teresa begann zu frieren, und weil dieser Radek nicht kam, wie sie angenommen hatte, ging sie wieder in den Saal zurück und geradewegs auf den Bräutigam zu. Halina war auf der Tanzfläche, ließ sich mit glücklichem Lächeln im Kreis drehen und winkte der Schwester zu.

Teresa setzte sich Radek gegenüber und musterte ihn, ohne sein freundliches Lächeln zu erwidern.

Wenn Halina nicht glücklich wird, gebe ich dir die Schuld, sagte sie und blickte Radek herausfordernd an.

Na hör mal, sagte der mehr erschrocken als erstaunt, und als sei ihm nicht durch die Hitze im Saal, sondern erst bei Teresas Anblick und Worten heiß geworden, griff er nach seinem Kavalierstaschentuch, um sich die Stirn abzuwischen.

Wie kommst du denn darauf? fuhr er fort.

Statt zu antworten, starrte sie auf den Tisch, auf dem jetzt der hohle und ausgedörrte Frosch lag, der Radek mit dem Taschentuch versehentlich aus der Brusttasche gefallen war. Teresa legte ihn auf die Innenfläche ihrer ausgestreckten Hand. Merkwürdigerweise wollte sie nicht wissen, woher er dieses tote Tier hatte und warum er es ausgerechnet bei seiner Hochzeit mit sich herumschleppte. Völlig unerwartet hob sie die Hand mit dem Fröschlein und küßte den Kopf des Tieres, als könnte es sich durch den Kuß augenblicklich in einen Prinzen verwandeln.

Kann ich ihn haben? fragte sie dann, und nun war sie es, die lächelte.

Von mir aus.

Radek wußte nicht recht, wie er mit dieser verrückten Schwägerin umgehen sollte, die ihn auf unerklärliche Weise irritierte. Während er sich noch in der Hoffnung, ob ihm jemand zu Hilfe käme, etwas ratlos umsah, steckte Teresa den Frosch ohne ein Wort des Dankes in ihre Tasche, stand auf und ging fort.

Das Fest war in vollem Gange. Selbst die Alten schwenkten mittlerweile ihre Frauen übers Parkett. Der eine oder andere legte, bevor er seine Tanzpartnerin umfaßte, sein Kavalierstaschentuch in die linke Handfläche, um, wie es auf dem Land üblich war, die Hand der Dame vor Schwielen und Schweiß zu schützen. Es wurde gelacht, gesungen, getrunken, und Halinas Mutter saß mit pfeifendem Atem zufrieden in der Ecke, obwohl sie schon längst zu Hause sein sollte. Der Wodka hatte Halina die Wangen gefärbt, und Teresa fand, daß die Schwester, die jetzt in den Armen des Bräutigams tanzte, noch nie so glücklich ausgesehen hatte.

Ein Tusch, und die Musik hörte auf.

Nun sei es an der Zeit, rief einer der Musikanten, den Schleier zu werfen. Er ließ einen Trommelwirbel hören, der so lange anhielt, bis Halina mit Radeks Hilfe den Brautschleier aus ihrem Haar gelöst hatte. Danach schob sie ihn zu einem Knäuel zusammen und warf ihn hoch über ihren Kopf hinter sich.

Wie eine Wolke schwebte der Tüll durch den Saal. Und während er sich noch in der Luft entfaltete, zog er einen Hauch von Naphthalin hinter sich her, den nur Teresa roch. Wie ein Schmetterlingsnetz senkte sich der Schleier ausgerechnet über ihren Kopf und verdeckte das Gesicht, so daß niemand ihre plötzliche Blässe wahrnehmen konnte.

Kapitel 2

Es gab weder eine Hochzeitsreise noch Flitterwochen. Radek und Halina hatten sich nur ein paar Tage freigenommen, um die Wohnung, die sie von den Großeltern übernehmen durften, zu renovieren und einzurichten. Zudem war der Mutter die Hochzeitsfeier zuviel geworden, und Halina mußte sich mehr denn je um sie kümmern, sie brachte sie ins Bett oder holte sie wieder heraus, kochte Tee, führte sie ins Bad, stellte die Medikamente bereit und kam auf diese Weise nicht dazu, Radek zur Hand zu gehen.

Laß nur, sagte der, ich schaff' das auch allein.

Teresa war schon am nächsten Tag nach Posen zurückgefahren, behauptete, nicht länger Urlaub zu haben, und überließ wie üblich der Schwester die Pflege der Mutter.

Deine Hochzeit, hatte sie lachend gesagt und Halina dabei herzlich umarmt, ist deine Angelegenheit. Ich kann deswegen nicht mein Leben ändern und meine Stellung in Posen aufgeben.

Natürlich nicht.

Kinder, hatte die Mutter vom Bett aus zu jammern begonnen, von wo sie das Gespräch ihrer Töchter mit angehört hatte, jetzt streitet doch nicht, ich halt' das nicht aus. Ihr Atem pfiff und kündigte das gefürchtete Asthma an.

Beruhige dich, Mama, wir streiten nicht. Teresa kam ins

Zimmer gelaufen, schüttelte die Kissen auf und versprach, einen Zug später zu fahren.

Ich lese dir vor, sagte sie, dann kann Halina Radek beim Tapezieren helfen, und jeder kommt zu seinem Recht.

Die Mutter antwortete mit einem Seitenblick auf Halina und ein wenig spitz: Wenn ich dich nicht hätte, Teresa.

Eine Viertelstunde später war sie eingeschlafen. Teresa nahm nicht wie versprochen den späteren Zug, sondern fuhr wie geplant eher weg und überließ es der Schwester, dem ständigen Druck der Mutter nachzugeben oder nicht.

Die Wohnzimmermöbel hatten die Großeltern nicht mitgenommen. Sie waren von Halina nur umgestellt worden. Aber sie kaufte mit Radek einen Sessel für ihn und eine dazugehörige Lampe, neue Gardinen und zwei Landschaftsbilder. Das Schlafzimmer und die Küche mußten neu eingerichtet werden. Die Auswahl der Möbel blieb Halina vorbehalten, denn Radek behauptete, ihm sei jede Einrichtung recht, wenn sie sich darin wohl fühlte. Eigentlich hatte sie gewollt, daß er wenigstens die Tapeten aussuchte, aber er überließ ihr auch das mit der Begründung, sie habe von ihnen beiden den besseren Geschmack. Halina hatte für das Wohnzimmer eine beigefarbene Tapete mit handbreiten dezenten Streifen gewählt, während sie sich für das Schlafzimmer Blumen wünschte. Frühlingsblumen, kleine pastellfarbene Blüten, die winters wie sommers aus den Wänden wachsen sollten.

Radek beschränkte sich darauf, das dazugehörige Handwerkszeug, Kleister und Farbe zu besorgen, und begann am nächsten Tag mit der Arbeit.

Halina hatte die Möbel der Großeltern in die Mitte gestellt und mit Tüchern zugedeckt. Radek arbeitete ohne Pause, schabte die alten Tapeten von den Wänden, gipste die Löcher zu und stopfte Schutt und Papierreste in Säcke.

Er klebte Bahn an Bahn, und mit jeder Rolle, die er an die Wand klebte, wuchs in ihm das Gefühl, nicht diese Wohnung, sondern sein Leben frisch zu tapezieren. Alles schien glatt, hell und unendlich sauber. Unser Schmuckkästchen, hatte Halina gesagt, und er hatte genickt. Mit seinem letzten Urlaubstag war alle Arbeit getan und die Wohnung fix und fertig. Sogar das Hochzeitsfoto war gerahmt und hing im Schlafzimmer zwischen den pastellfarbenen Frühlingsblumen neben der Frisiertoilette an der Wand. Auf dem Bild lehnte Halina gleich einem Bügelbrett an seiner Schulter, die Hände um den Brautstrauß geklammert, als könne er ihr jeden Augenblick entrissen werden. Nur die Gesichter paßten nicht zu dieser unnatürlichen Haltung. In Halinas Gesicht lag staunendes Glück, und in Radeks Augen konnte jeder, der dieses Foto betrachtete, nicht nur Hoffnung und Zufriedenheit erkennen, sondern auch einen Hauch von Befreiung und Erleichterung, wie sie normalerweise bei erwachsenen Menschen selten zu finden ist, schon gar nicht bei Männern in Radeks Alter.

Manchmal, wenn es Halina nicht merkte, blieb er vor dem Foto stehen und betrachtete es, als sähe er darauf ein ihm fremdes Paar. Hin und wieder hatte er es von der Wand genommen und war damit ans Licht getreten. Und dann war das Lächeln auf dem Foto plötzlich in seinem Gesicht zu sehen.

Radek wußte später nicht, waren es Wochen oder nur Tage gewesen, bis sich ein Alltag eingespielt hatte, der zwar wenig auf ein frischvermähltes Ehepaar schließen ließ, aber an Vertrautheit, Zuverlässigkeit und Geborgenheit nichts zu wünschen übrigließ. Es gab nichts, was Radek vermißte, nichts, was seine Entscheidung für Halina in Zweifel zog, und nichts, was seine Liebe zu ihr schmälerte. Es störte ihn nicht, wenn sie abends nach seiner Rückkehr von der Arbeit noch mit der Pflege ihrer Mutter beschäftigt war. Dann setzte er sich in seinen Sessel und las Zeitung, bis er zum Essen gerufen wurde. Es machte ihm auch nichts aus, statt allein mit seiner Frau das Abendbrot gemeinsam mit den beiden Alten einzunehmen. Mit der Zeit begannen sich sogar zwischen Radek und seinem sonst mürrischen und schweigsamen Schwiegervater Gespräche zu entwickeln, die die politische Lage des Landes und die ständig wachsende Spannung zu Deutschland betrafen.

Die Frauen mischten sich nie ein. Die Mutter, weil sie von Politik nichts verstand, und Halina, weil ihr bei jeder Bemerkung, die sie anfangs gemacht hatte, der Vater über den Mund gefahren war. Die ersten Male hatte sie fragend zu Radek geblickt und gehofft, er würde sie verteidigen, zumindest aber in Schutz nehmen.

Zum Beispiel, als das Gespräch auf den Nichtangriffspakt zwischen Deutschland und Polen im Jahre 1934 kam, von dem der Vater meinte, daß er verläßlich sei.

Nur solange er den Deutschen nützlich ist, hatte sie eingeworfen, wenn er ihnen heute, im Jahre 1938, nicht mehr in ihre Strategie passe, würden sie sich den Teufel drum scheren.

Darauf war der Vater aufgebraust, hatte gesagt, sie solle sich lieber um die Mutter und den Haushalt kümmern, als einen so gottverdammten Unsinn zu reden. Radek aber hatte nur die Schultern gehoben und gesagt, der Nichtangriffspakt mit den Deutschen schütze die Polen vor den Sowjets, und das sei das einzige, was zähle.

Als sie später nebeneinander im Bett lagen und der Septembermond die Frühlingsblumen an den Wänden so weit erkennen ließ, daß es aussah, als rieselten sie auf das gemeinsame Bett herab, brachte Halina noch einmal das Gespräch auf das Thema des Abends.

Im März dieses Jahres sind die Deutschen in Österreich einmarschiert, Hitler redet von nichts anderem als vom Sudetenland, das er wiederhaben will, und du und Vater, ihr glaubt an den deutsch-polnischen Nichtangriffspakt.

Radek war anzumerken, daß er den Disput nicht fortsetzen wollte. Er glaube nun mal an die Politik des polnischen Außenministers Beck, der einzige, der mit Hitler zurechtkomme, sagte er und zog Halina ein bißchen näher zu sich heran.

Aber du läßt es zu, daß der Vater mir den Mund verbietet, wenn ich eine andere Meinung habe.

Halinka, wenn ich abends nach Hause komme, will ich keinen Streit, verstehst du das nicht? Einen Mann wie deinen Vater kann man nicht mehr ändern, und du bist alt genug, dich selbst zu verteidigen.

Und weil sie darauf nicht antwortete, zog er sie noch näher an sich, roch die Lavendelseife an ihrem Hals und glitt mit beiden Händen schnell über ihre Brust und ihren Bauch. Die Selbstverständlichkeit, mit der sie sich ihm sofort hingab, erregte ihn. Und bevor er in sie eindrang, wiederholte er mehr als einmal den ihr längst bekannten Satz: Du gehörst mir, mir ganz allein.

Obwohl sie sich dagegen wehrte, mußte sie bei diesen Worten immer öfter an die Kunden ihrer Bank denken, wenn sie vor dem Schalter standen und ihre Scheine nachzählten, die sie abhoben und in ihre Brieftasche steckten, an ihre zufriedenen Gesichter und das Lächeln, mit dem sie sich von ihr verabschiedeten.

Das kleine Zittern, für das sie sich anfangs so geschämt hatte und das ihr bei den seltsamsten Gelegenheiten über den Rükken kroch, zwischen den Schenkeln endete und sie sogar bei ihrer Trauung auf dem Weg zum Altar erwischt hatte, spürte sie immer seltener. Eigentlich dachte sie kaum noch daran. Nur hin und wieder, wenn sie nach dem Liebesakt ins Badezimmer ging, um sich zu waschen, und ihr Blick in den Spiegel fiel. Dann las sie ihren Augen eine Sehnsucht ab, die sie beunruhigte, aber für die sie keine Bezeichnung wußte.

Manchmal setzte sie sich auf den Rand der Badewanne und blieb dort so lange sitzen, bis Radek nach ihr rief.

Wo bleibst du denn, ich kann ohne dich nicht einschlafen.

Sogleich folgte sie seiner Aufforderung, kam zurück ins Bett, schob ihren Arm unter seinen Kopf und zog ihn an sich, wie er sie zuvor an sich gezogen hatte. Die Sekunden, bis er einschlief, waren zu zählen. Und während sie noch lange wach lag, spürte sie das Auf und Ab seines Atems regelmäßig wie das Pendel einer Uhr über ihrer Brust.

Jedesmal wenn Radek mit Halina geschlafen hatte, brachte er ihr am darauffolgenden Abend, wenn er von der Arbeit kam, eine Blume mit. Nicht etwa einen Strauß, sondern eine einzelne Blüte, der Jahreszeit entsprechend. Nur im Winter, wenn es wenig Blumen zu kaufen gab, war es eine Süßigkeit, ein feines Gebäck oder ein Lebkuchen. Am liebsten aber überreichte er ihr eine Blume, die sie dann auf ihre Frisiertoilette stellte.

In der Bank war es zur Gewohnheit geworden, in den Pausen über Politik zu sprechen. Halinas Abteilungsleiter, Herr Korbut, regte sich nach dem Einmarsch der Deutschen in der Tschechoslowakei derart auf, daß es zwischen ihm und seinen Kollegen zum Streit kam, der die sonst übliche Stille der Schalterhalle durchbrach.

Erst die Tschechen und dann wir, hatte der Abteilungsleiter so laut gesagt, daß alle Köpfe herumfuhren und selbst die Kunden aufhorchten. Aber wie gesagt, die Kollegen waren anderer Meinung. Die polnische Regierung, an ihrer Spitze der Außenminister, glaubte von dem Einmarsch der Deutschen zu profitieren. Hitler habe den Polen schließlich das meist polnisch bevölkerte Teschener Gebiet an der Südgrenze von Ostoberschlesien zugesagt.

Diese Bemerkung brachte Herrn Korbut noch mehr in Rage, und er sprach so laut, daß es nun wirklich jeder hören konnte.

Unser Außenminister, fuhr er auf, der kriecht Hitler aus

Dummheit noch so weit in den Hintern, bis er erstickt und wir mit.

Jetzt mischte sich unerwartet ein Kunde ein. Recht habe der Herr, sagte er, denn der Außenminister habe gestern weder den englischen noch den französischen Botschafter empfangen, die wegen des Teschener Gebiets intervenieren wollten. Den Deutschen aber gehe es doch nur um Danzig und den freien Zugang zu Ostpreußen, das dürfe man nicht vergessen, entgegnete ein anderer. Das Teschener Gebiet, von dem außer den Polen sowieso niemand wüßte, wo es läge, spiele überhaupt keine Rolle. Ein Tumult war zu befürchten, und immer mehr Meinungen waren zu hören, immer mehr Mißfallensäußerungen über das Verhalten der polnischen Regierung Hitler gegenüber. Es konnte sich nur noch um Sekunden handeln, bis der Direktor aus seinem Büro kommen würde, und dann wäre es um Herrn Korbut, der diesen Disput ausgelöst hatte, schlecht bestellt.

Halina überlegte nicht lange, bat den nächsten Kunden um Geduld, schloß ihr Glasfensterchen und eilte zu ihrem Chef.

Herr Korbut, sagte sie so leise, daß es niemand sonst hören konnte, während sie ihre Hand auf seinen Arm legte, Herr Korbut, auch wenn Sie recht haben, beruhigen Sie sich. Der Herr Direktor hat uns erst neulich darauf hingewiesen, daß er keinerlei politische Ansichten seiner Angestellten in seinem Haus zu hören wünscht.

Aber Sie können doch nicht ...

Doch, ich kann, antwortete Halina, ohne daß sie Herrn Korbut hatte aussprechen lassen, war an ihren Schalter zurückgegangen, hatte das Fensterchen wieder geöffnet und den wartenden Kunden nach seinem Anliegen gefragt.

Dabei ging ihr durch den Kopf, daß es schön gewesen wäre, wenn Radek diese Szene miterlebt hätte. Sie hatte zwar nicht sich verteidigt, sondern Herrn Korbut, aber das war ihrer Meinung nach kein Unterschied. Denn Herrn Korbut, dem ständig das Herz auf der Zunge lag und der mit seinen Meinungen öfter, als ihm guttat, den Ärger des Direktors hervorgerufen hatte, mußte in diesem Fall geholfen werden.

Bis zum Ende des Jahres 1938 schien sich die bedrohliche Lage zwischen Polen und Deutschen beruhigt zu haben. Man hielt sich an die Wirtschaftsverträge, garantierte sich gegenseitig die Territorien und strebte allen Unkenrufen zum Trotz eine Bereinigung aller potentiellen Konflikte an.

Es blieb also genug Zeit und Muße, sich auf das Weihnachtsfest vorzubereiten. Wie immer kam Teresa für ein paar Tage nach Hause und plante, über Silvester zu bleiben. Erstmals wohnte sie allein bei den Eltern und schlief in Halinas ehemaligem Zimmer, da ihr eigenes vom Vater in Beschlag genommen worden war. Jetzt war sie es, die der Mutter morgens den Tee brachte, sie ins Badezimmer geleitete und dem Vater das Frühstück machte, während Halina zumindest morgens von der mütterlichen Pflege befreit war.

Seit ihrer Hochzeit war es tatsächlich das erste Mal, daß sie gemeinsam mit Radek den Morgenkaffee trank, ihm Brot, Butter und Wurst hinstellte oder auf seinen Wunsch ein Brötchen mit Marmelade schmierte.

Es könnte so schön sein mit uns, hatte sie am ersten Morgen nach Teresas Ankunft geseufzt. Aber Radek hatte ihr nicht beigepflichtet, hatte nicht einmal genickt, sondern nur gesagt: Es ist, wie es ist, Halinka, beklag dich nicht, ich beklage mich auch nicht.

Er war aufgestanden, hatte ihr übers Haar gestrichen, ihre vom schlechten Gewissen geröteten Wangen geküßt und sich auf den Weg zur Arbeit gemacht.

Die Mutter genoß die Abwechslung, über die Weihnachtszeit morgens von Teresa versorgt zu werden, und zeigte sich redseliger als sonst. Sie merkte nicht, daß ihr kleines Geschwätz Teresa auf die Nerven ging, störte sich nicht an der Einsilbigkeit der Tochter und begann fast jeden Satz mit den Worten: Weißt du noch ...

Ja, ja.

Wie dick die Mutter geworden war, aufgeschwemmt durch die vielen Medikamente und träge in jeder ihrer Bewegungen. Das Haar klebte ihr in Strähnen an Stirn und Schläfen, und so, wie sie jetzt aussah, war sie im Vergleich zum Tag von Halinas Hochzeit kaum wiederzuerkennen. Aber der Mutter war das ebensowenig bewußt, wie sie den leicht säuerlichen Geruch wahrnahm, den ihr Körper ausströmte und der Teresa Übelkeit verursachte. Während sie sich an den Arm der Tochter klammerte, schlurfte sie zum Bad und ließ sich das Nachthemd ausziehen. Noch auf der Toilette sitzend, plapperte sie weiter. Durch die Krankheit und die damit verbundene Pflege war ihr Schamgefühl verlorengegangen.

Sie wird mehr und mehr zum Kind, hatte Halina der Schwester gesagt.

Der schwere Körper wirkte in seiner Nacktheit auf Teresa monströs. Die viel zu weiße Haut spannte sich über die schwappenden Wülste neben den Brüsten, die der Mutter wie Flaschenkürbisse herunterhingen.

Der Bauch verdeckte das spärliche Schamhaar, wellenförmig fielen Fleischmassen von den Schenkeln hinunter zu den Knien.

Ein Monster, dachte Teresa, während sie begann, die Mutter zu waschen, sie sieht aus wie ein Monster.

Die Mutter sagte mit rührendem Lächeln und dankbarem Blick, wie gut ihr das kühle Wasser auf Schultern, Brust und Rücken tue, und fügte leise hinzu: Was wäre nur, wenn ich euch nicht hätte!

Du meinst Halina, Mama.

Einen Augenblick schloß die Mutter die Augen, öffnete sie

dann zu Schlitzen und flüsterte, als seien sie hier im Bad nicht unter sich: Halina ist immer so streng, und alles muß hopp, hopp gehen, nie hat sie wirklich Zeit für mich.

Mein Gott, wie hielt die Schwester das aus, Tag für Tag, Monat für Monat, Jahr für Jahr.

Teresa trocknete die Mutter ab, half ihr, Wäsche, Strümpfe und Kleid anzuziehen, und brachte sie zu ihrem Sessel im Wohnzimmer, nahe dem Ofen. Und während sie alle diese Handgriffe verrichtete und dem Geplapper nicht zuhörte, waren ihre Gedanken bei Halina.

Nur ein paar Schritte von ihr getrennt, über dem Flur hinter der Tür, hielt Radek die Schwester vielleicht im Arm und streichelte sie, während sie hier der Mutter Hemd und Hose über den massigen Körper zog.

Nichts war mehr wie früher, als Halina der kleinen Schwester im Urlaub das Frühstück ans Bett gebracht hatte. Kein Lachen und Kichern, nur das Geschwafel der Mutter. Und in der Küche saß der Vater, trommelte stumm mit den Fingern auf dem Tisch herum und wartete auf seinen Kaffee.

Vielleicht wurde Halina gerade von ihrem Mann geküßt, und er strich ihr mit seinen schönen Händen über Hals und Brust, während sie sich hier um die Alten zu kümmern hatte. Teresa war zum Heulen zumute, und wiederum packte sie die Wut auf Radek, der ihr nicht nur die Schwester weggenommen, sondern auch die gewohnte Atmosphäre des Elternhauses zerstört hatte. Von Eifersucht hervorgerufene Rachegedanken gingen ihr durch den Kopf, allesamt unausgegoren und von kindlichem Zorn geprägt.

Während der Vater in der Küche seinen Kaffee trank, döste die Mutter, von der Anstrengung der Morgentoilette müde geworden, in ihrem Sessel.

Teresa hockte im Flur, war am Türpfosten abwärts gerutscht, hielt ihre Beine umschlungen und den Kopf auf die Knie gedrückt. Da war sie wieder, diese Angst aus den Kindertagen, die in ihr wie ein nacktes Tier schlummerte. Es war mit den Jahren in ihr gewachsen, sprang sie an, raubte ihr den Verstand und ließ keinen vernünftigen Gedanken zu, wenn sie nicht beizeiten den Kampf aufnahm. Schon als Kind hatte sie gelernt, sich gegen diese Angst zu wehren, denn war das Angsttier schneller, sprang sie an und packte zu, dann war Teresa verloren. Es fraß sie auf, nahm ihr nicht nur die Sprache, sondern ließ auch keine Bewegung mehr zu. Weder Schreien noch Weglaufen war möglich. Es blieb eine Starrheit, die die Eltern früher verstockt nannten, und nur Halina war es gelungen, die kleine Schwester aus diesem unerträglichen Zustand zu erlösen.

Ich bin ja bei dir, hatte sie dann geflüstert und Teresa festgehalten, bis diese sich wieder bewegen und sprechen konnte.

Aber wie gesagt, Teresa hatte frühzeitig gelernt, es nicht so weit kommen zu lassen, gab ihre Angst nicht zu, sondern vertrieb sie mit einer Art Herausforderung oder auch Aufsässigkeit, die die Aufmerksamkeit ihrer Umwelt auf sie lenkte. Egal ob sie Liebe oder Ablehnung erfuhr, die Zuwendung, die sie brauchte, um Angst und Einsamkeit so schnell wie möglich zu überwinden, war ihr sicher. Nichts anderes als das war der Grund, wenn sie früher auf Vaters Stehtisch in der Sherry-Stube herumgehüpft war und behauptet hatte, sie tanze. Die Angst war auch der Grund, warum sie sich plötzlich in Halinas Bett legte oder mit Absicht Geschirr zerschlug, um nicht allein in ihr Zimmer gehen zu müssen. Es war diese ständige Abwehr, die ihr Handeln beherrschte und sie immer herzloser und egoistischer erscheinen ließ. Als sie Schule und Ausbildung hinter sich hatte, glaubte sie, in einer anderen Stadt und unter anderen Menschen endlich die Selbständigkeit zu finden, die sie an sich so vermißte.

Aber der Ortswechsel nützte nichts. Die Angst blieb, und die innere Einsamkeit wuchs. Es wollten sich keine echten Freundschaften unter den Kolleginnen und Kollegen in der Bibliothek ergeben, und Teresa nahm ihr altes Verhaltensmuster wieder auf, provozierte, war aufsässig und für jeden Spaß zu haben. Sie zog sich auffälliger an als andere Mädchen ihres Alters, und immer öfter schlief sie mit dem einen oder anderen Mann, ohne jemals das Gefühl der Zugehörigkeit oder gar Liebe erfahren zu haben.

Ruhe fand sie nur in Halinas Nähe. Die Mutter, die für ihre jüngere Tochter wenig Verständnis hatte, war Teresa immer fremd geblieben, während bei dem Vater bis zum heutigen Tag vor allem seine Autorität zählte.

Während Teresa von Vater und Mutter unbemerkt auf dem Fußboden im Flur hockte, spürte sie die Angst in sich wach werden. Die Wohnung vergrößerte sich, die Möbel wuchsen, während sie selbst zu einem Kind zu schrumpfen schien. Der Atem der Mutter pfiff laut wie ein Herbststurm durch die Stube, und das Schlürfen des Vaters, der seinen Morgenkaffee trank, gurgelte wie eine überlaufende Kanalisation. Gleich würde es ihr die Sprache verschlagen und die Glieder lähmen. Als sich jetzt der Schlüssel in der Wohnungstür drehte und Halina den Flur betrat, war der Augenblick der Abwehr ebenso verpaßt wie eine Flucht nach vorn. Teresa hob nicht einmal den Kopf. Sie hockte, ohne sich zu bewegen, gekrümmt wie ein Embryo auf dem Fußboden. Als erstes fühlte sie Halinas Hände, die ihr über Kopf und Schultern glitten und sie schließlich hochhoben. Dann spürte sie die Wange der Schwester und hörte ihr zärtliches Flüstern. Was hast du? fragte Halina so leise, daß es weder Vater noch Mutter hören konnten, warum sitzt du hier im Flur auf der Erde und versteckst dich?

Mit jedem Wort, das Halina sagte, wich die Angst von Teresa. Vernunft und Verstand kehrten zurück und suchten nach einer Ausrede, um nicht zugeben zu müssen, was sie nicht zugeben wollte.

Jetzt red schon, drängte Halina, wie soll ich dir sonst helfen.

Die Farbe war in Teresas Gesicht zurückgekehrt, ihre Augen verengten sich, und ihre Mundwinkel bewegten sich abwärts.

Ich habe mich so geekelt, sagte sie schließlich.

Geekelt, wovor?

Vor Mama, wie sie da nackt und dick vor mir stand, sich kein bißchen genierte und sich von mir waschen ließ.

Das mach' ich jeden Tag, Teresa. Sie ist unsere Mutter, und sie ist krank.

Ich weiß, antwortete Teresa, es tut mir ja auch leid, aber ich kann nichts dafür.

Die Mutter, die die Stimmen der Töchter hörte, rief jetzt, erzählte Halina, wie liebevoll ihr Teresa geholfen habe, und fügte dann ihren üblichen Satz hinzu, daß sie allen und jedem nur zur Last falle. Halina verneinte das, während Teresa schwieg. Der Vater hatte sein Frühstück beendet, faltete seine Zeitung zusammen, winkte Frau und Töchtern zu und verließ die Wohnung, ohne sich nach den Vorbereitungen zum Weihnachtsfest zu erkundigen.

Manchmal kotzt er mich an in seinem krankhaften Egoismus, sagte Teresa.

Er ist ein alter Mann, den man nicht mehr ändern kann, antwortete Halina und begann die Küche aufzuräumen.

Am Nachmittag schmückten die Schwestern gemeinsam den Tannenbaum, den Radek tags zuvor gekauft und nach Hause gebracht hatte. Erst hängten sie die Kugeln an die Zweige, dann das Lametta, und zum Schluß kamen die Kerzen. Es war ein Ritual, wie sie den Baum langsam verwandelten. Jede Kugel bekam den Platz, den sie jedes Jahr hatte, die Lamettasträhnen waren alle von gleicher Stärke, und die Kerzen wurden an übersichtliche Stellen gesteckt, weil der Vater stets mit einem möglichen Brand rechnete. Auch die Weihnachtslieder, die die beiden sangen, waren immer die gleichen, und es gab keine Strophe, die sie nicht bis zum letzten Vers auswendig konnten. Teresa, die sehr schön sang und deren Stimme in allen Räumen der Wohnung zu hören war, hatte ihre Angst längst vergessen.

Halina kam es vor, als zögere die Schwester das Schmücken des Baumes absichtlich hinaus. Aber sie brachte es auch nicht fertig, zur Eile zu drängen. Teresa wirkte so ausgelassen, so fröhlich und glücklich wie schon lange nicht mehr.

Als sie endlich fertig waren, die letzte Kugel am Baum hing und alle Kerzen aufgesteckt waren, bewunderten sie beide ihr Werk. Plötzlich umarmte Teresa die Schwester, drückte sie fast herrisch an sich und sagte: Du darfst mich nie allein lassen, hörst du, nie, nie.

Zur gleichen Zeit ging Radek durch die Stadt, um Weihnachtseinkäufe zu machen. Für die Schwiegereltern war schnell eine Kleinigkeit gekauft. Aber er brauchte lange, um für Halina ein Goldkettchen zu finden, das ganz und gar seinen Geschmack traf. Feingliedrig und flach sollte es sein, unauffällig am Hals anliegend und doch elegant. Er nahm sich Zeit, und während er von Juwelier zu Juwelier lief, schob er immer mehr den Gedanken beiseite, was er Teresa schenken sollte.

Seit zwei Tagen war sie da, und seit zwei Tagen plagte ihn eine seinen Alltag störende Unruhe. Sie war schleichend gekommen und, ähnlich einer bedrohlichen Krankheit, in Schüben.

Das erste Mal hatte er sie auf dem Bahnhof gespürt, nicht länger als ein Atemzug, aber doch so deutlich, daß er erschrokken war. Teresa war aus dem Zug gestiegen und hatte, wie sie später sagte, die Schwester am Bahnsteig erwartet. Aber Halina hatte Radek gebeten, die Schwägerin abzuholen, da es der Mutter nicht gutging und sie Halinas Meinung nach nicht allein gelassen werden konnte.

Teresa hüpfte wie ein kleines Mädchen aus dem Zug und

blieb genau da stehen, wo sie ausgestiegen war. Der Blick, mit dem sie darauf den Perron nach der Schwester absuchte, war der eines Kindes, das sich in großer Erwartung nicht von der Stelle bewegt. Radek, der nicht weit von ihr stand, rührte der Ausdruck in ihren Augen ebenso wie ihre Haltung, die so gar nichts mit der einer jungen Frau gemein hatte. Ganz langsam ging er auf sie zu und rief schließlich leise ihren Namen. Als Teresa sich umdrehte und ihn entdeckte, ging innerhalb von Sekunden eine Veränderung mit ihr vor, die ihn nicht nur erschreckte, sondern auch die Unruhe auslöste, die sich später ständig und verstärkt wiederholen sollte.

Aus dem Kind, das da eben noch in großer Vorfreude mit dem Koffer in der Hand auf dem Bahnsteig gestanden hatte, wurde blitzschnell die junge und attraktive Frau, die Radek schon auf seiner Hochzeit irritiert hatte. Teresa sah ihn zwar an, aber im gleichen Moment sah sie sich auch um, und ihre Augen wurden immer fragender.

Nein, sagte Radek, Halina ist nicht mitgekommen. Sie mußte bei deiner Mutter bleiben.

Noch immer sagte Teresa nichts. Sie erwiderte nicht mit einem Wort seinen Gruß.

Nur ein Lächeln, ein kleines, ungemein kokettes Lächeln, schenkte sie ihm. Während sie ihn umarmte, blieb sie so dicht vor ihm stehen, daß er den Druck ihrer Brüste spürte. Auch die Umarmung kam ihm besonders lang vor. Ob er wollte oder nicht, er roch nicht nur den Duft eines Parfums, der nichts mit Halinas Lavendelgeruch zu tun hatte, sondern auch ihr Haar und ihre Haut.

Wie schön, daß du es bist, der mich abholt, sagte sie, als er sie eingeholt hatte, und ihre Stimme klang tiefer und viel rauher, als er sie in Erinnerung hatte.

Ist doch klar, antwortete er unbeholfen, ohne sie anzusehen. In der Straßenbahn saß sie mit übereinandergeschlagenen Beinen so eng neben ihm, daß sie ihren Koffer noch auf die Bank stellen konnte.

Sicher ist sicher, lachte sie und ähnelte in nichts mehr dem kleinen Mädchen, das aus dem Zug gehüpft war und auf Halina gewartet hatte.

Das alles war zwei Tage her. Aber in diesen achtundvierzig Stunden hatte es unzählige Momente gegeben, die Radeks Unruhe immer mehr steigerten. Manchmal war es eine Berührung, die rein zufällig sein konnte, aber auf ihn absolut absichtsvoll wirkte, manchmal nur ein Blick oder ein Wort, und er wußte nie genau, ob Teresa damit vielleicht nur seine Aufmerksamkeit erregen wollte. Erst hatte er versucht, ihr aus dem Weg zu gehen, später nach Hause zu kommen oder sich am Abend länger als üblich in der eigenen Wohnung aufzuhalten. Aber das hatte wenig genützt.

Halina hat mich gebeten, dich zum Essen abzuholen, hatte Teresa eines Abends gesagt, nachdem sie, ohne zu klingeln, die Wohnungstür aufgeschlossen hatte. Dann war sie hinter seinen Sessel getreten und hatte sanft seine Schultern zu massieren begonnen.

Und weil er nichts sagte, fragte sie ihn, ob ihm das nicht guttue.

Radek konnte nur nicken. Er fühlte ihre Hände nicht nur im Nacken, sondern am ganzen Körper, was ihn in Verwirrung stürzte. Er sah nicht nur sich nackt, sondern auch Teresa, deren Hände eine solche Lust in ihm hervorriefen, daß er zu stöhnen begann und die Augen aufriß, um einen klaren Kopf zu behalten. Er fühlte die Schweißperlen an den Schläfen hervortreten und war kaum noch in der Lage, ruhig zu atmen.

Warum machst du das? flüsterte er schließlich, elend vor Verlangen, und drehte sich nach ihr um.

Teresas Augen wirkten im Gegensatz zu ihren Händen kalt, und er glaubte sogar Spott darin zu finden.

Weil du völlig verkrampfte Schultern hast, antwortete sie, du solltest dich regelmäßig von Halina massieren lassen.

Radeks unerwartetem Lustgefühl machte jetzt tiefe Beklommenheit Platz. Vor Verlegenheit räusperte er sich und stand derart schnell auf, daß der Sessel nach hinten rutschte und gegen Teresa stieß.

Entschuldigung, murmelte er, und noch einmal: Entschuldigung.

Nach dem Essen hatten die Schwestern begonnen, Weihnachtslieder zu singen, und weil Radek eine ausnehmend schöne Stimme hatte, baten sie ihn mitzusingen.

Ich begleite euch, sagte Halina, die besser Klavier spielen als singen konnte, und schlug die ersten Akkorde an. Die Stimmen der beiden harmonierten so gut miteinander, daß die Mutter unter Tränen beteuerte, noch nie so schön gesungene Weihnachtslieder gehört zu haben.

Über Halinas Kopf hinweg sahen sie sich jetzt an, und Radek kam es vor, als umarmten sich ihre Stimmen.

Es ist schön, mit dir zu singen, sagte Teresa fast liebevoll, und Halina war so begeistert, daß sie immer neue Lieder vorschlug, deren Noten und Texte sie aus einer Schublade zog, wo sie seit Jahren ungenutzt gelegen hatten.

Jetzt, während die Geschwister den Weihnachtsbaum schmückten und Radek dabei war, Weihnachtseinkäufe zu machen, mußte er wieder an das gemeinsame Singen denken und daran, wie ihm die Musik Teresa nahegebracht hatte. Da war kein Spott in ihren Augen gewesen, auch keine Provokation. Vielmehr hatte er geglaubt, Zärtlichkeit in ihrem Blick zu sehen, wie er sie von Kindern her kannte. Nur wußte er nicht, ob diese Zärtlichkeit Halina galt, die Teresa halb umarmt hielt, oder ihm, den sie die ganze Zeit, während sie sangen, angesehen hatte.

Die Kette für Halina war endlich gekauft und steckte jetzt schön verpackt in seiner Tasche.

Radeks Gedanken waren bei Teresa. Jeder Gegenstand, der ihm für sie als Geschenk einfiel, hielt kaum einen Augenblick seiner Kritik stand. Wie kopflos lief er durch die Straßen und starrte in die Schaufenster. Es gab nichts, was ihm für Teresa geeignet erschien, und wenn er so weitermachte, würde er noch zu spät in die Sherry-Stube kommen, um dort, wie es abgemacht war, den Schwiegervater abzuholen.

Er merkte gar nicht, daß er plötzlich völlig geistesabwesend in das Fenster eines Antiquariats schaute. Erst nach einer Weile begriff er, worauf er die ganze Zeit gestarrt hatte. Es war ein großes grünes, in Leinen gebundenes Buch, dessen Titel ihm in goldgeprägten Buchstaben entgegenleuchtete. Der Froschkönig. Und darunter, ebenfalls in Gold, zierlich und wunderhübsch, war ein Fröschlein zu sehen, ebenso groß wie das, welches er an der Weichsel gefunden hatte und das seit der Hochzeit in Teresas Besitz war.

Er fragte nicht einmal nach dem Preis. Er kaufte das Buch und machte sich auf den Weg in die Sherry-Stube.

Weil Weihnachten ist, sagte der Schwiegervater, schenkte Radek und sich einen alten Manzanilla ein, von dem er nicht mehr viele Flaschen besaß, und hob das Glas.

Prost, mein Junge, und gesegnete Weihnachten.

Zum Wohl, antwortete Radek, danke gleichfalls.

Dann schwiegen sie, drehten ihre Gläser und warteten darauf, daß der andere etwas sagte.

Wenn es den deutsch-polnischen Vertrag nicht gäbe, hätten wir jetzt Ärger, sagte der Schwiegervater schließlich.

Und wieso?

Die Deutschen wollen Danzig haben und freie Fahrt durch den Korridor nach Ostpreußen. Wenn sie das bekommen, soll der Vertrag auf zehn bis fünfundzwanzig Jahre verlängert werden. Hitler spricht ständig von einer Bereinigung der Grenzen, als wenn es den Vertrag von Versailles nie gegeben hätte. Was meint er damit?

Ich weiß es auch nicht. Ich weiß nur, daß dem Mann nicht zu trauen ist und wir auf der Hut sein müssen.

Der Schwiegervater schenkte ein zweites Mal ein.

Die Hauptsache ist, die Deutschen schützen uns vor den Sowjets. Alles andere ist halb so schlimm.

Du immer mit deinen Russen. Die haben ihre eigenen Probleme. Wenn du mich fragst, unsere Regierung wird sich von niemandem etwas gefallen lassen. Sie muß Hitler endlich beibringen, daß er uns Polen nicht unterschätzen darf.

Und wenn sie das nicht schafft?

Sie wird es schaffen, Vater. Außerdem sind ja die Franzosen und Engländer auch noch da. Die lassen Hitler nicht machen, was er will. Sie sind unsere Freunde, vergiß das nicht.

Und was ist mit den Juden, denen er alles weggenommen hat?

Radek hob die Schultern. Das ist ein deutsches Problem, sagte er schließlich nach längerem Zögern, das geht uns nichts an.

Als sie über den alten Marktplatz nach Hause gingen, hatte es angefangen zu schneien. Die Straßen wurden menschenleer, und in den Fenstern brannten die Lichter.

Mal sehen, sagte der Schwiegervater und legte an Tempo zu, ob den Frauen der Weihnachtsbraten gelungen ist.

Wie jedes Jahr gab es auch dieses Mal wieder die Auseinandersetzung mit dem Vater, der erst nach dem Essen den Baum anzünden wollte, um dann die Geschenke zu überreichen. Und wie jedes Jahr wurde der Vater überstimmt, der murrend nachgab und es Radek überließ, die Kerzen anzuzünden. Als Teresa das Deckenlicht ausknipste, machte sich eine Stimmung breit, die nicht nur auf alle feierlich wirkte, sondern sie auch miteinander verband. Halina griff nach Radeks Hand. Sie strahlte ihn an, und er küßte sie zärtlich auf die Stirn.

Teresa stand neben dem Baum und begann zu singen. Die brennenden Kerzen schimmerten durch ihr rotes Haar, und es sah wie ein Lichtkranz aus, der über ihrem Kopf schwebte.

Wie schön sie ist, flüsterte Halina und lehnte sich an Radek.

Dem sonst so mürrischen Vater schnürte es unerwartet die Kehle zu. Er blickte von einem zum anderen, als wollte er die Seinen alle einzeln umarmen. Und ohne größeren Vorsatz faltete er die Hände und dankte Gott für seine Familie, als wüßte er erst jetzt, wie sehr er sie liebte.

Die Mutter hingegen konnte sich von dem Anblick ihrer Töchter nicht losreißen. Auch sie dankte dem Herrgott, aber mehr für die Tatsache, daß ihre Kinder sie im Zustand der Krankheit nicht im Stich ließen, sie pflegten und, wie Halina ihr immer wieder versprach, sie nie allein ihrem Schicksal überlassen würden.

Und jetzt die Geschenke, sagte Teresa und verteilte die Päckchen, die unter dem Baum lagen. Halina ließ ihre Goldkette immer wieder durch die Finger gleiten, bevor sie Radek bat, sie ihr umzuhängen.

Noch nie, sagte sie, noch nie habe ich eine so wunderschöne Kette besessen.

Ihr eigenes Geschenk für Radek, eine Strickjacke, kam ihr dagegen spartanisch vor, noch dazu, als sie zusah, wie er Teresas Geschenk auspackte und ebenso verwundert wie erfreut eine Schneekugel in seinen Händen hielt. In deren Mitte, hoch auf einem winzigen Felsen, stand ein winziges Schloß, auf dessen Dächer sich, sobald man aufhörte, die Kugel zu schütteln, wild umherwirbelnd Schnee legte.

Und dann sah Halina der Schwester zu, wie sie Radeks Päckchen öffnete und das Buch vom Froschkönig auswickelte. Sie sah auch die Röte, die der Schwester ins Gesicht stieg, und das Lächeln, mit dem sie Radek bedachte.

Als Halina spät in der Nacht neben ihrem Mann im Bett lag

und beide noch nicht schliefen, fragte sie ihn, wieso er Teresa das Märchen vom Froschkönig geschenkt habe.

Er antwortete schnell und ohne Überlegung, als hätte er diese Frage erwartet, daß es sich bei dem Märchenbuch um eine antiquarisch seltene Ausgabe handele und er davon ausgegangen sei, daß Teresa als Bibliothekarin an alten Büchern Spaß habe.

Es war der Monat April des Jahres 1939, als Teresa ihre Schwester in der Bank anrief.

Stell dir vor, Halinka, ich habe eine Wohnung gemietet.

Und wo?

In der Nähe der Bibliothek. Zwei Zimmer, Küche und ein kleines Bad. Kannst du am Wochenende kommen und mir beim Umzug und Einrichten helfen?

Halina konnte nicht kommen. Der Mutter ging es wie immer im Frühling schlecht. Sie vertrug die ersten warmen Tage ebensowenig wie den ersten Blütenstaub. Sie hustete und keuchte, und ihr Atem pfiff mehr denn je durch Kehle und Mund. Ihr Herz schlug wild und unregelmäßig, trieb ihr den kalten Schweiß auf die Stirn und versetzte sie in Todesangst.

Nein, Halina konnte nicht nach Posen kommen, um Teresa zu helfen, aber vielleicht Radek. Sie könne ihn fragen, schlug Halina vor und versprach, am nächsten Tag zurückzurufen.

Und, wollte sie am Abend von Radek wissen, wirst du fahren?

Also, ich weiß nicht, gab Radek zurück und zeigte wenig Begeisterung, Teresa ist eigentlich erwachsen genug, um so einen kleinen Umzug selbst zu bewältigen.

Aber so unpraktisch, widersprach Halina, wenn sie das allein machen soll, wird sie mit nichts fertig. Ich kenn' doch meine Schwester.

Radek schwieg. Natürlich ging es ihm nicht darum, Teresa

beim Umzug nicht behilflich zu sein. Er fürchtete sich davor, mit ihr ein Wochenende allein zu verbringen. Bei den wenigen Malen, die sie sich nach Weihnachten gesehen hatten, war die Spannung zwischen ihm und ihr fast unerträglich geworden. Er war ihr, so gut es ging, aus dem Weg gegangen, und sie hatte ihn bei jeder Gelegenheit, die sich bot, provoziert.

Er ahnte, daß er die Situation, in die er sich begab, wenn er nach Posen fuhr, nicht beherrschen würde. Teresa würde ihm ständig zu nahe treten, und er mußte damit rechnen, daß er den Moment verpaßte, sie in die Schranken zu weisen. Was dann folgte, wollte er sich nicht ausmalen.

Ich habe keine Lust, sagte er, und ich sehe es auch nicht ein.

Dann tu's mir zuliebe, bettelte Halina, es würde mich so beruhigen.

Radek nahm seine Frau in den Arm, und während er sie streichelte, sah er über ihren Kopf hinweg aus dem Fenster.

Wann lernst du endlich, an dich selbst zu denken?

Sie lachte ihr kleines, lautloses Lachen, das er so an ihr liebte, und ihr Kopf preßte sich noch fester in seine Halsgrube.

Aber ich denke ja an mich, wenn ich dich bitte, Teresa zu helfen. Wenn es ihr gutgeht, geht es auch mir gut.

Als Halina Teresa am nächsten Tag sagte, daß Radek komme, um ihr beim Umzug und Einrichten der neuen Wohnung zu helfen, glaubte Teresa ihren Ohren nicht zu trauen.

Und warum kommst du nicht? fragte sie mit kleiner Stimme.

Mama geht es zu schlecht, ich kann sie nicht allein lassen.

Immer ist es Mama, die einem einen Strich durch die Rechnung macht. Wahrscheinlich ist sie gar nicht so krank, wie sie tut.

Red keinen Unsinn, Teresa. Außerdem ist Radek eine weit größere Hilfe für dich als ich. Sobald ich Mutter allein lassen kann, komme ich dich besuchen.

Dann legte sie auf.

Teresa stand noch ein paar Sekunden mit dem Hörer in der Hand im Büro der Bibliothek.

Schlechte Nachricht? fragte die Bibliotheksleiterin besorgt. Sie sind plötzlich ganz blaß geworden.

Nein, nein. Teresa legte den Hörer auf die Gabel, es ist keine schlechte Nachricht. Ich bekomme nur unerwartet Besuch.

Seit diesem Telefonat arbeitete Teresa unkonzentriert, verwechselte laufend Nummern, Daten und Namen der Kunden. Am Ende ihrer Arbeitszeit ging sie nicht nach Hause, um dort die restlichen Kartons vollzupacken, sondern lief durch die Stadt, in die Ulica Św. Marcin, wo ihre neue Wohnung lag. Aber sie stieg nicht die Treppen hoch, öffnete nicht einmal die Haustür.

Sie lief hin und her, von einer Kreuzung zur anderen, ohne einen Blick für Geschäfte oder die Menschen zu haben, die ihr begegneten. Sie sah nur Radek vor sich. Sie fühlte seinen Blick und seine Hand im Nacken. Sie glaubte sogar seine Stimme zu hören, und die ersten Anzeichen ihrer Angst machten sich bemerkbar. Aber die durfte sie nicht zulassen.

Das Spiel mußte weitergespielt werden, auch wenn es dabei nicht um Radek ging, sondern um Halina. Ihr galt es zu beweisen, daß sie einen Hallodri geheiratet hatte, um dessentwillen für Teresa die Welt aus den Fugen geraten war. Mit jedem Atemzug wurde ihr mehr bewußt, daß sie noch nie mit Radek allein gewesen war. Jedes Wort, jede Geste, jeder Blick und jede Berührung, die von ihr sorgfältig geplant und eingesetzt worden waren, hatten stets vor den Augen anderer stattgefunden. Nur den Frosch, den hatte sie von allen unbemerkt eingesteckt, und selbst Radek wußte nicht, daß sie ihn ständig bei sich trug. Der Frosch, dachte Teresa und verlangsamte endlich ihre Schritte, der Frosch mußte ihr helfen.

In der Nacht, die die letzte in ihrem möblierten Zimmer war, schlief sie kaum, und am nächsten Morgen hatte sie Ringe unter den Augen, war blaß und benötigte mehr Schminke als sonst. Sie holte Radek nicht vom Bahnhof ab, sondern hatte ihn gleich in die Ulica Św. Marcin bestellt. Als er ankam, wurden gerade die Möbel ausgeladen, die sie günstig aus zweiter Hand erworben hatte. Ein Bett, ein Schrank, ein Sofa, Tisch und Stühle. Alles andere würde sie in Begleitung von Radek neu kaufen.

Ihre Begrüßung war nicht nur kühl, sondern auch wortkarg, und Radek entschloß sich dazu, gleich mit anzupacken. Teresa vergaß sogar, ihm für sein Kommen zu danken, und da Radek keine Fragen stellte, bekam er auch keine Antworten. Er trug stumm Kisten und Koffer und half auch, die Möbel zwei Treppen hoch zu schleppen. Nach zwei Stunden war Teresas gesamter Besitz in die Wohnung geschafft, und die Helfer waren bezahlt.

Und jetzt, fragte Radek, was machen wir jetzt?

Wenn du mir hilfst, stellen wir alles dahin, wo es hingehört.

Radek folgte schweigend und ohne eine Meinung zu äußern ihren Anweisungen.

Dir macht es wenig Spaß, mir zu helfen, nicht wahr? fragte sie und sah ihn über ein paar Kartons hinweg an. Er sah nur ihren Kopf mit dem roten, in Unordnung geratenen Haar, dem von der Anstrengung geröteten und verschwitzten Gesicht, den Augen, die ihn kühl betrachteten.

Was glaubst du, warum ich nach Posen gekommen bin?

Weil dich Halina darum gebeten hat.

Es ärgerte ihn, daß sie das mit solcher Selbstverständlichkeit aussprach. Er fühlte sich ertappt. Am liebsten hätte er seine Tasche genommen, wäre zum Bahnhof gelaufen und zurück nach Warschau gefahren. Die gröbste Arbeit war getan. Bett, Schrank und Sofa standen an Ort und Stelle, Tisch und Stühle waren leicht hin und her zu rücken, und ihre Kisten konnte Teresa auch allein auspacken.

Weißt du was, sagte Radek und ging um die Kisten herum auf sie zu. Gekränkt und wütend wollte er sie an den Schultern rütteln und ihr die Meinung sagen. Er packte sie auch an den Schultern, aber von Schütteln war keine Rede. Er hielt sie fest. Der Geruch ihrer Haut, der ihm, gemischt aus Parfum und Schweiß, in die Nase fuhr, verwandelte seine Wut in Begierde. Er mußte sich zusammennehmen, um sie nicht zu küssen.

Teresa hatte diesen plötzlichen Wechsel sehr wohl bemerkt, und sie brauchte allen Mut, um so kokett wie möglich nachzufragen, was er denn wisse. Sie fühlte jeden seiner Finger auf ihren Schultern und starrte auf seinen Mund, dessen Lippen ein wenig geöffnet waren, als sei er nicht in der Lage, durch die Nase zu atmen. Sie hielt so lange still, bis er sie losließ und mit heiserer Stimme zum dritten Mal fragte: Weißt du was? Dann fuhr er nüchtern fort, daß sie beide am Abend essen gehen könnten.

Und Teresa antwortete: Ja, gern.

Bis zum Abend hatte Radek die Lampen aufgehängt, den Garderobenständer angebracht und in der Küche den Herd angeschlossen.

Später nahm sich Teresa viel Zeit, um sich für den Abend umzuziehen. Als sie endlich fertig war und Radek aufforderte zu gehen, verschlug es ihm den Atem, so schön fand er sie. Die roten Haare waren hochgesteckt und lagen wie ein Krönchen auf dem Kopf. Dadurch wirkte ihr sorgfältig geschminktes Gesicht noch schmaler als sonst. Ihre grünen Augen strahlten. Ihr Hals lag durch den tiefen Ausschnitt frei, ihre weiße und makellose Haut zierte keinerlei Schmuck. Die Bluse war rostfarben und glich im Ton dem Rot der Haare. Dazu trug sie einen engen schwarzen Rock, der bei jedem Schritt, den sie machte, die Bewegungen ihrer Hüften hervorhob.

Ich glaube, sagte Radek, ich habe bis heute nicht gewußt, wie schön du bist.

Auf der Straße überlegte er einen Augenblick, ob er sie unterhaken sollte, ließ es dann aber. Doch seinem Blick, mit dem er die Passanten beobachtete, ob sie Teresa Beachtung schenkten, war anzusehen, daß er stolz auf die Frau an seiner Seite war. Auf dem Mittelstreifen der Straße blühten die ersten Blumen, und das Grün der Bäume am Straßenrand war zart und hell. Radek hätte noch lange mit Teresa durch die Stadt laufen können. Es roch nach Frühling, und der Abendhimmel färbte sich langsam stahlblau.

Teresa erklärte, sie habe Hunger, und so betraten sie kurz vor dem königlichen Residenzschloß ein Lokal, von dem Radek über Freunde wußte, daß das Essen und der Wein gut waren. Auf den weißgedeckten Tischen standen kleine Lampen, und auf die Wände waren große, bis zur Decke reichende Bilder gemalt. Die einzelnen Räume trennten hohe Bögen, und in der Mitte stand ein Klavier, auf dem ein junger Mann dezente Unterhaltungsmusik spielte.

Ist das nicht ein bißchen zu vornehm für uns? flüsterte Teresa, die das Lokal nicht kannte.

So wie du aussiehst, kann das Restaurant gar nicht vornehm genug sein, flüsterte Radek zurück und ließ sich von einem freundlichen Kellner einen Tisch zuweisen.

Sie aßen das gleiche Gericht, tranken den gleichen Wein und bestellten das gleiche Dessert.

Unabhängig voneinander hatten sie das Gefühl, eine Grenze überschritten zu haben. Aber das merkwürdigste an ihrer beider Verhalten war, daß sie Halina mit keinem Wort erwähnten. Seit Stunden wußte Teresa, daß sie ihr Spiel verloren und sich in Radek verliebt hatte. Bewußt war ihr das allerdings erst geworden, als sie sich umgezogen, frisiert und geschminkt hatte. Sie hatte ihr Gesicht in den Händen vergraben und Gott, die Welt und Halina um Verzeihung gebeten. Sie hatte sich vorgenommen, Radek weder mit Worten noch mit Gesten oder Blicken zu reizen. Dann schlug sie das Kreuz über Kopf und Brust, so wie sie es als Kind schon getan hatte, wenn sie den Herrgott darum bat, daß alles gutgehen möge. In Gedanken umarmte sie die Schwester und versprach ihr beim heiligen Joseph, die Finger von Radek zu lassen. Radek dachte weniger an Halina. Die Reise nach Posen, die er sich weiß Gott nicht selbst ausgedacht hatte, stellte sich ihm inzwischen wie ein Sturz in einen reißenden Fluß dar, dessen Strudel ihn in eine Tiefe rissen, aus der er mit eigener Kraft nicht mehr herausfand. Er wußte, daß er nicht mehr lange in der Lage sein würde, Teresa zu widerstehen, und die Gefahr, seinen gesunden Menschenverstand zu verlieren, groß war.

So saßen sie sich beide steif gegenüber, aßen, tranken und lauschten dem Klavierspieler, bis Radek Teresa fast barsch aufforderte, etwas von sich zu erzählen.

Warum?

Weil ich nichts von dir weiß.

Teresas Blick glitt aus dem Fenster auf den Schloßplatz und wieder zurück in das Lokal von Tisch zu Tisch. Die Gäste kamen ihr plötzlich wie Marionetten vor, die alle an den gleichen Fäden gezogen wurden, um Essen in ihren Mund zu schieben. Die Damen trugen zum Teil kleine Hütchen, ihre eleganten Kostüme waren aus teuren Stoffen geschneidert. Andere hatten busenbetonte Seidenkleider mit weiten Ausschnitten an, in denen Perlenschnüre oder anderer Schmuck die Aufmerksamkeit auf sich zogen. Die Herren sahen dagegen in ihren dunklen Anzügen und weißen Hemden langweilig aus. Sie unterschieden sich neben Größe, Haarwuchs und Umfang nur durch ihre Krawatten. Teresa fiel auf, daß Radek der einzige Mann im Restaurant war, der keinen Schlips trug und trotzdem ins Bild paßte.

Sie wußte nicht recht, was sie von sich erzählen sollte. Die

Worte kamen ihr einzeln und wenig zusammenhängend über die Lippen, mischten sich mit den Tönen des Klaviers, und plötzlich tauchte Halina zwischen ihnen auf. Erst war es nur ihr Name, der fiel. Teresa berichtete aus der Kindheit, erzählte von der Mutter, die ihr nie nahegestanden habe, von dem Vater, dessen Strenge mehr zu spüren gewesen sei als seine Liebe. Um weiterzureden, mußte sie einen Schluck Wein trinken.

Schon als Kind habe sie stets eine unendliche Leere in sich gefühlt, sagte sie leise, und diese Leere, die mit jedem Tag, den sie älter wurde, gewachsen sei, habe ihr unerträgliche Angst bereitet. Nur Halina sei in der Lage gewesen und sei es auch heute noch, diese Leere mit ihrer Liebe, ihrem Verständnis und ihrer Zärtlichkeit zu füllen. Und mit jedem Beispiel, das Teresa von Halinas Rolle in ihrem Leben gab, tauchte die Schwester deutlicher als unsichtbarer dritter Gast am Tisch auf. Teresa sprach immer lauter, immer schneller, als könne sie sich mit ihren Berichten von der Liebe der Schwester vor Radek schützen. Nach und nach schien Halina wie ein Puzzle vor beider Augen zu entstehen.

Zuerst waren es nur die großen grauen Augen, dann das Gesicht. Plötzlich lagen ihre Hände auf dem Tisch, und ihr Lächeln flog Radek zu. Es störte sie nicht, daß ihr Kleid viel zu schlicht und alltäglich war. Natürlich aß und trank sie nichts, sie saß nur da, hörte zu und lächelte vertrauensvoll wie herzlich, als sei sie schon die ganze Zeit dagewesen.

Radek drehte in einem fort sein Weinglas zwischen den Fingern. Auch er schwieg und hatte die Lust verloren, noch mehr von Teresa zu hören. Die Realität hatte ihn eingeholt und zur Ordnung gerufen, als Teresa doch noch etwas hinzufügte.

Dann kamst du, sagte sie und betrachtete ihre Hände, die auf dem Tisch lagen, als müßten sie sich an denen von Halina festhalten. Radek erfuhr nicht mehr, daß er es war, der nun die ganze Liebe der Schwester in Anspruch nahm und ihr nichts davon übrigließ. Für ihn war nur der Satz »Und dann kamst du« zu hören.

Sie sah, wie er sich aufrichtete und unter großer Anstrengung die Zähne zusammenbiß.

Da hörte völlig unerwartet mitten in der Melodie das Klavierspiel auf, und ein grauhaariger Mann im schwarzen Anzug mit schwarzer Fliege bat um Ruhe und um Entschuldigung für die Störung. Alle Blicke wandten sich ihm zu, die einen ärgerlich, die anderen belustigt. Der Mann schwitzte, wischte sich ununterbrochen die Stirn mit einem Taschentuch ab und wußte allem Anschein nach nicht, wie er beginnen sollte. Er fuchtelte verlegen mit den Armen in der Luft herum, und Teresa hatte den Eindruck, daß er gleich wieder verschwinden würde. Aber er schien sich anders zu besinnen, denn er klopfte energisch mit einem Löffel gegen ein Bierglas, und sofort trat Stille ein.

Als erstes stellte er sich als der Besitzer des Restaurants vor, als der er seinen Gästen eine außerordentlich ernste Nachricht zu übermitteln habe, die man morgen bereits in der Zeitung lesen könne.

Hitler, so sagte er mit sich überschlagender Stimme, hat gestern den deutsch-polnischen Freundschaftsvertrag von 1934 gekündigt. Der Grund ist, daß wir Danzig nicht freiwillig übergeben und daß wir das britische Hilfsversprechen angenommen haben. Zudem wird der deutsche Botschafter für unbestimmte Zeit aus Warschau abberufen.

Der Restaurantbesitzer fuhr jetzt mit dem Zeigefinger seinen Kragenrand entlang und versuchte ein Lächeln.

Wenn ich das Bedürfnis habe, Ihnen das jetzt und hier mitzuteilen und Ihnen vielleicht damit auch noch den Abend verderbe, dann nur aus dem Grund, weil ich weiß, daß auch jüdische Gäste in meinem Haus verkehren, für die meine Nachricht bedrohlicher ist als für jeden anderen Polen.

Dem leisen Gemurmel war zu entnehmen, daß die meisten Gäste die Begründung dieser ungewohnten Nachrichtenübermittlung für seltsam hielten. Und plötzlich flog das Wort Krieg von einem Tisch zum anderen und verdarb den Gästen den Appetit. Die meisten wünschten zu zahlen, um nach Hause zu gehen.

Was bedeutet das? fragte Teresa, die sich wenig um Politik kümmerte und das Verhalten des Restaurantbesitzers störend fand. Der Dialog mit Radek war unterbrochen, und sie würde sicher kein zweites Mal in der Lage sein, den begonnenen Satz zu beenden.

Das kann vieles bedeuten, antwortete Radek. Zum Beispiel den Verlust von Danzig, schwierige Verhandlungen mit Deutschland. Im schlimmsten Fall läuft es auf einen Krieg hinaus.

Krieg? Mußt du dann Soldat werden?

Sicher, wenn die Deutschen kommen, wird jeder Pole Soldat.

Auch Teresa verging der Appetit, und sie aß ihr Aprikosensoufflé, auf das sie sich so gefreut hatte, nur zur Hälfte.

Laß uns gehen, sagte sie, ich möchte nach Hause.

Die Stimmung zwischen ihnen war verdorben, die unvermutete Nähe, die Teresas Bekenntnisse ausgelöst hatten, zerstört. Selbst Halina war für den Rest des Abends verschwunden. Jetzt aber schien sie wieder aufzutauchen und zwischen ihnen einherzulaufen, so weit hielten sie den Abstand voneinander. Auf der Ulica Św. Marcin war noch immer Betrieb. Die Menschen sahen fröhlich und unbeschwert aus und schienen von dem, was der Restaurantbesitzer in seinem Lokal verkündet hatte, nichts zu wissen.

Der stahlblaue Himmel hatte seine Farbe verloren und hing schwarz und sternlos über der Stadt. Es roch nach Regen, und von Westen her kam Wind auf. Keiner sagte ein

Wort, beide schwiegen darüber, daß sie an Halina denken mußten. Es fehlte bloß noch, daß ihre Schritte zwischen ihnen zu hören waren.

Zu Hause wühlte Teresa in Kisten und Koffern, bis sie für Radek Decken und Kissen gefunden hatte, mit denen er sich im Wohnzimmer auf dem Sofa ein Lager zurechtmachen konnte. Danach gaben sie sich die Hand, und Teresa bedankte sich förmlich für die Einladung und Radeks Hilfe.

Als sie in ihrem Bett lag, starrte sie mit wachen Augen in die Dunkelheit und horchte auf die ihr fremden Geräusche, die von der Straße zu ihr heraufdrangen. In den ersten Minuten, nachdem sie das Licht gelöscht hatte, glaubte sie, in die gefürchtete Leere zu fallen und von ihrer üblichen Angst gepackt zu werden. Gleich würden Arme und Beine gelähmt sein, der Mund würde zuwachsen, und das Entsetzen der Einsamkeit würde sie wie ein Haufen Steine füllen. Steine, die nur Halina wegräumen konnte. Nur stellte sich weder Leere noch Angst ein. Auch die Sehnsucht nach Halina blieb aus. Teresas Gedanken konzentrierten sich auf Radek. Jedes Wort, was er gesagt hatte, hätte sie wiederholen können. Jede Geste, jeden Blick, jede seiner Bewegungen hatte sie vor Augen. Längst wußte sie, daß es ihr nicht darum ging, ein Stück von Halina zu verlieren, sondern daß sie Radek für sich haben wollte, ganz und gar, mit Haut und Haar. Halina war plötzlich die Bedrohung, stand wie ein Mahnmal neben ihrem Bett, groß und mächtig und ohne das vertraute Lächeln.

Teresas Herz schlug bis zum Hals, unregelmäßig und kräftig. Die Dunkelheit hatte nichts Beruhigendes, beschützte sie nicht und ließ keine Träume entstehen. Halinas Gestalt wurde zu einem Alptraum, der sie zu erdrücken drohte.

Als müßte sie sich vor der Schwester retten, sprang Teresa auf, schlüpfte in ihren Bademantel und schlich, um Radek nicht zu wecken, lautlos in die Küche.

Aber auch Radek schlief nicht. Er saß schon da, rauchte und trank eiskaltes Leitungswasser.

Er hatte weder Alpträume gehabt, noch war ihm Halina übermächtig und bedrohlich in der Dunkelheit erschienen. In keiner Sekunde hatte er auch nur an sie gedacht. Seine Gedanken waren mit Teresa beschäftigt. Er sah sie nackt vor sich, und seine Phantasie wechselte ständig den Ort. Mal saß sie auf einem Felsen, mal hockte sie in den Ästen eines Baumes. Er sah sie im Regen stehen, und dicke Tropfen rannen von ihren Brüsten hinab zum Nabel und verloren sich in ihrem Schamhaar, das feuerrot leuchtete. Er nahm sie auf seine Arme, trug sie durch Wiesen und Felder bis zu einem Fluß, in den sie sich beide stürzten. Sein Verlangen, sie zu umarmen, wurde unerträglich, und ständig hatte er ihre drei Worte im Ohr, die letzten, die sie zu ihm gesagt hatte, bevor der Restaurantbesitzer zu sprechen begonnen hatte. Dann kamst du, hatte sie gesagt, und das hatte für ihn geklungen, als sei er es gewesen, der ihre Welt verändert hatte.

Es war ihm unmöglich gewesen, auf dem schmalen Sofa liegenzubleiben. Er hatte sogar überlegt, ob er an ihre Tür klopfen sollte. Einfach reingehen, dachte er. Reingehen, sie umarmen und küssen. Er stand auf, getrieben von einer Begierde, die er an sich nicht kannte. Weder Eva noch Halina hatten seine Gefühle in solche Aufruhr versetzt. Seine Erregung wurde so heftig, daß er sich erst wieder beruhigen mußte, bevor er an Teresas Tür klopfen wollte. Also ging er in die Küche, trank eiskaltes Leitungswasser und rauchte eine Zigarette. Er saß mit dem Gesicht zum Fenster gewandt am Tisch und sah in den finsteren Himmel. Wenn er die Augen schloß, glaubte er, in einen Tunnel zu gehen, an dessen Ende Teresa stand, schon wieder nackt, mit ausgebreiteten Armen und weitgeöffneten Augen, um ihn zu empfangen.

Genau in diesem Moment hörte er, wie die Tür sich öffnete, dann war es still. Sie mußte ihn gesehen haben. Sie rührte sich nicht von der Stelle, und keiner sagte ein Wort. In der Dunkelheit konnte einer den anderen nur mühsam erkennen. Radek brauchte seinen ganzen Willen, um nicht aufzuspringen und Teresa in die Arme zu schließen. Er schluckte und schluckte und spürte seinen Kehlkopf auf und ab hüpfen. Das einzige, wozu er sich fähig fühlte, war, ihren Namen zu flüstern. Erst dann drehte er sich um.

Komm her, sagte er und streckte die Arme aus, in die sie sich hineinstürzte, als habe sie das Entsetzen in die Küche getrieben. Wie zuvor in seiner Phantasie nahm er sie jetzt hoch und trug sie zwar nicht durch Wiesen und Felder bis zu einem Fluß, sondern rund um den Küchentisch durch das Schlafzimmer bis zu ihrem Bett. Sie küßten sich, und ihre Zungen glitten im Wechselspiel von einem Mund in den anderen. Hastig, als sei jede Sekunde verlorene Zeit, zogen sie sich aus und halfen einander, bis sie nackt auf Teresas Bett sanken. Sie flüsterten, und einer von beiden sprach das Wort Glück aus. Blicke konnten sie nicht austauschen, dazu war es zu dunkel. Es gab keine Stelle an Teresas Körper, die er nicht zärtlich streichelte, während sie mit hinter dem Kopf verschränkten Armen reglos auf dem Rücken lag.

Es ist schön mit dir, sagte sie leise, wunderschön.

Als seine Lippen ihren Nabel berührten und sich von dort langsam abwärts bis zwischen ihre Schenkel bewegten, fühlte er plötzlich ihre Fersen in seinem Nacken, die sein Gesicht tief in ihre Scham drückten. Er brauchte Kraft, um sich aus dieser unerwarteten Umklammerung zu lösen. Und als er jetzt mit ausgestreckten Armen über ihr kniete und ihre Hände sein Geschlecht umfaßten, um es in sie hineingleiten zu lassen, stieß er mit einer solchen Härte zu, daß Teresa glaubte, zerteilt zu werden.

Ihr Frühstück verlief so schweigsam wie das eines alten Ehepaars. Weder Radek noch Teresa erwähnten die gemeinsam verbrachte Nacht oder die Leidenschaft ihrer Umarmungen.

Wieder war es Halina, die sich zwischen sie drängte, und jetzt war sie auch in Radeks Gedanken gegenwärtig. Sicher, er versuchte wie Teresa, ihre Erscheinung zu verdrängen. Obwohl sie keiner von beiden erwähnte, war sie, wenn auch unsichtbar, in bedrückender Weise anwesend.

Wir sollten in die Stadt gehen, schlug Radek vor, ich brauche noch Schrauben für dein Badezimmerschränkchen und Kabel für die Lampe im Wohnzimmer. Teresa war ebenso erleichtert wie einverstanden, und es fielen ihr noch andere Dinge ein, die dringend zu besorgen waren.

Sie nahmen sich viel Zeit und schlenderten kreuz und quer durch die Stadt, als scheuten sie sich, zurück in die Wohnung zu gehen, in der wie eine Traumgestalt Halina hockte und sie an ihrer Liebe hinderte. Ihre Gespräche waren einsilbig, und ihre Gedanken wanderten immer wieder zurück in die Nacht, in der sie miteinander von Glücksgefühlen und einer Leidenschaft erfaßt worden waren, die keiner von beiden vorher erlebt hatte. Sie konnten auch nicht darüber sprechen. Sie berührten sich nur hin und wieder an den Händen, und dann hielten sie sich für Sekunden fest, als drohe einer, dem anderen wegzulaufen.

Mittlerweile waren sie am Stary Rynek, dem alten Markt, angelangt. Im Schatten des alten und mächtigen Rathauses mit seinen unendlichen Türmen, Zinnen, Arkadengängen und kleinen Balkonen ruhten sie sich zu Füßen der Rolandsäule aus. Von hier konnte man den ganzen Platz überblicken, an dem im Sonnenlicht die großzügigen Bürgerhäuser besonders zur Geltung kamen.

Ich wußte gar nicht, daß Posen eine so schöne Stadt ist, sagte Radek, der nur als Kind einmal hiergewesen war.

Der Pranger hier, sagte Teresa, wurde im 16. Jahrhundert von den Strafgeldern der Köchinnen für Kleiderluxus errichtet, wie findest du das?

Gemein.

Teresa plapperte weiter, wußte, daß die Grundfesten des Rathauses aus dem 13. Jahrhundert stammten und der Brunnen von einem Italiener erbaut worden war. Eigentlich wollte sie Radek noch etwas über die Entstehung der Bürgerhäuser erzählen, als er sie am Ärmel zupfte und auf einen Mann wies, der nicht weit von ihnen mit gezogenem Hut dastand und sich in mehrere Richtungen verbeugte.

Das macht der schon die ganze Zeit, sagte Radek.

Heißt das, du hörst mir gar nicht zu?

Terenia, sagte Radek zärtlich, sei nicht böse, aber mit dem Mann dort ist irgend etwas nicht in Ordnung.

Jetzt sah sie es auch. Das ist doch der Restaurantbesitzer, sagte sie und glaubte zu erkennen, daß der Mann weinte. Er schien nicht einmal in der Lage zu sein, sich die Tränen abzuwischen. Teresa ging auf ihn zu. Radek, der ihr nur zögernd folgte, war es peinlich, den Mann in seinem so offensichtlichen Leid anzusprechen. Aber Teresa lächelte den Restaurantbesitzer an und legte ihre Hand auf seinen Arm.

Können wir Ihnen helfen?

Der Restaurantbesitzer, der sich in keiner Weise seiner Tränen schämte, schüttelte den Kopf.

Wir waren gestern abend in Ihrem Lokal und haben Ihre Worte gehört, sagte Teresa freundlich, nur deshalb haben wir Sie jetzt erkannt.

Der Mann nickte und räusperte sich.

Ich bin Jude, sagte er und mußte sich ein zweites Mal räuspern, ich habe heute morgen mein Restaurant verkauft und werde nach England auswandern. Ich stehe hier, weil ich von meiner Heimatstadt und meinem Elternhaus Abschied nehme.

Aber doch nicht, weil Hitler Polen den Vertrag gekündigt hat, mischte sich Radek ein, der das Verhalten des Restaurantbesitzers nicht begriff und den Mann für verrückt hielt.

Doch, sagte der, denn in ein paar Monaten werden die Deutschen hier sein, und was mit uns Juden dann passiert, das wissen wir ja inzwischen.

Und weil Sie das glauben, haben Sie Hals über Kopf Ihr Restaurant verkauft?

Nicht gerade Hals über Kopf, aber jetzt bekomme ich noch Geld dafür.

Dann zeigte er auf eins der schmalen Bürgerhäuser mit einem geschwungenen Giebel und einem kleinen Laden im Parterre. Das hat einmal meinem Großvater gehört. Mein Vater und ich sind dort geboren ...

Weiter kam er nicht. Schon wieder erstickten Tränen jedes weitere Wort.

Radek, dem die ganze Geschichte theatralisch vorkam und der lieber gehen wollte, versuchte, die Unterhaltung zum Abschluß zu bringen.

Wenn Ihnen der Abschied so schwer fällt, würde ich mir die Sache an Ihrer Stelle doch noch einmal überlegen. Schließlich ist Polen nicht Deutschland.

Der Restaurantbesitzer kniff seine von Tränen geröteten Augen zusammen und reckte sich in voller Größe auf, so daß er Radek direkt in die Augen sehen konnte.

Hören Sie zu, junger Mann, sagte er, nehmen Sie Ihre hübsche Frau, verkaufen Sie Hab und Gut, und verlassen Sie Polen so schnell wie möglich, wenn Sie Ihre Existenz, wenn nicht Ihr Leben retten wollen.

Bei allem Ernst der Situation zog jetzt ein Lächeln über Radeks Gesicht, und einen Moment mußte er daran denken, sich mit Teresa für immer und ewig auf und davon zu machen. Aber dann hatte er das Bedürfnis, die Vorstellung des Restaurantbesitzers, daß Teresa seine Frau sei, richtigzustellen.

Aber wir sind ..., fing Radek an und wurde von Teresa unterbrochen. Sie legte zum zweiten Mal ihre Hand auf den Arm des Mannes.

Wissen Sie, sagte sie und nickte Radek zu, mein Mann und ich, wir sind beide keine Juden, und deshalb brauchen wir auch nicht unsere Heimat zu verlassen.

Der Restaurantbesitzer trat einen Schritt zurück und setzte seinen Hut wieder auf.

Erst die Juden, dann die Polen, sagte er. Sie werden noch an mich denken.

Er deutete eine Verbeugung an und ging mit schleppenden Schritten davon über den Stary Rynek, wo er zwischen den Passanten bald nicht mehr auszumachen war.

Noch bevor Radek Teresa für ihre Behauptung, seine Frau zu sein, zur Rede stellen konnte, schlug es zwölf Uhr. Am östlichen Uhrturm des Rathauses setzte sich das Figurenspielwerk in Bewegung und zeigte zwei Ziegenböcke, die bei jedem Stundenschlag mit den Köpfen aneinanderstießen.

Guck hin, und sag nichts, meinte Teresa lachend, sonst geht es uns wie den beiden, und für Streit ist die Zeit, die uns bleibt, viel zu wertvoll.

Zu Hause brachte Radek das Badezimmerschränkchen an und installierte die Lampe im Wohnzimmer. Später räumte er Teresas Bücher in die Regale und das wenige Geschirr, das sie besaß, in den Küchenschrank. Danach gab es keine andere Arbeit, die er ausführen konnte, und es sah fast so aus, als versuchten sie sich in der kleinen Wohnung aus dem Weg zu gehen. Teresa wußte, wenn sie sich jetzt zu nahe kamen, würden sie einander in die Arme fallen. Genau davor aber fürchtete sie sich, denn noch war ihr schlechtes Gewissen größer als ihr Bedürfnis, mit Radek zu schlafen. Nur ihre Körpersprache sagte das Gegenteil aus. Ihr Gang war ein anderer. Ihre Arme bewegten sich langsamer als sonst, ihre Haltung war aufrechter und brachte dadurch ihren Busen mehr zu Geltung, und die Art, wie sie den Kopf senkte und wieder hob, während sie Radek ansah, wirkte auf ihn kokett. Dabei leuchteten ihre grünen

Augen, und bis zum Abend wich dieses vieldeutige, kaum feststellbare Lächeln nicht aus ihrem Gesicht.

Radek konnte an nichts anderes denken als an Teresa. Sein Wunsch, sie zu lieben und sie zu spüren, wuchs von Stunde zu Stunde. Als er mit seiner Arbeit fertig war, machte er den Versuch, sich ihr zu nähern. Aber Teresa wich ihm aus, entschlüpfte seiner Hand, stand hinter ihm und flüsterte: Warte, bis es dunkel ist.

Er sah aus dem Fenster in den Frühlingsnachmittagshimmel, der in seiner Heiterkeit noch lange mit dem Abendlicht auf sich warten ließ. Radek schien es, als verlöre er alles Zeitgefühl. Zum einen kamen ihm die Stunden bis zur Dunkelheit unendlich lang vor, zum anderen verdrängte er die Vergangenheit ebenso wie die Zukunft. Nur die Gegenwart zählte. Nur Teresa und er. Die kleine Zweizimmerwohnung wurde zum Glashaus, in dem sie beide saßen, unbeweglich und eingeschlossen von ihrem Verlangen, sich zu umarmen. Es wäre jetzt gut, an den Ufern der Weichsel entlangzulaufen. Aber die Weichsel war weit, und der Fluß, der durch Posen floß und deren Ufer Radek nicht kannte, hieß Warta. Morgen war nicht etwa auch noch ein Tag, morgen mußte er wieder nach Warschau zurück.

Als die Schatten länger wurden, lag Radek auf dem Sofa und malte sich Teresas Körper in den Farben des Regenbogens aus. Er glaubte jede Stelle zu kennen, jede Falte, jede Wölbung. Nur wie ihre Füße aussahen, das wußte er nicht. Waren ihre Zehen leicht gekrümmt oder langweilig gerade mit breiten Nägeln und herausstehendem Ballen?

Ich will deine Füße sehen, rief er vom Sofa aus in die Küche, komm her und zeig sie mir.

Und als sie nicht kam, sondern weiter herumkramte, fuhr er fort: Nur die Füße, Teresa, ich versprech' es dir.

Sie kam, streifte Schuh und Strumpf vom Fuß und schob ihn vorsichtig auf Radeks Oberschenkel. Die Spitzen ihrer leicht gekrümmten Zehen waren auf der Unterseite rund wie kleine Himbeerbonbons, und ihre Fessel war so schmal, daß er sie mit einer Hand umfassen konnte.

Geh nicht weg, flüsterte er und küßte einen Zeh nach dem anderen.

Es ist noch nicht dunkel, antwortete Teresa, nahm ohne Zärtlichkeit ihren Fuß zurück und zog Strumpf und Schuh wieder an.

Warum tust du das? fragte Radek mit gepreßter Stimme, wir haben nur noch diesen Nachmittag und die Nacht. Und Teresa antwortete leise: Ich weiß das.

Als die Dunkelheit so weit fortgeschritten war, daß man die Gegenstände im Zimmer nur noch schemenhaft erkennen konnte, stand Teresa plötzlich wie aus dem Boden gewachsen nackt vor Radek und umarmte ihn. Im ersten Augenblick erschrak er vor ihrer Direktheit. Aber kaum fühlte er ihren Kuß, packte ihn ungezügelt Lust. Der ganze Raum schien sich mit ihrer beider Liebe zu füllen. Sie hörten nicht auf, sich zu umarmen, sprachen kaum miteinander, tranken hin und wieder eiskaltes Wasser in der Küche, um sofort wieder ineinander zu versinken. Als sie schließlich einschliefen, wurde der Himmel hell, und so, wie sie dalagen, sah es aus, als habe sie der Schlaf mitten im Sinnestaumel überrascht.

Obwohl Radek es nicht wollte, brachte ihn Teresa anderntags zum Bahnhof.

Bei Tageslicht hatte es keine Umarmung mehr zwischen ihnen gegeben, und sie verhielten sich die letzten Stunden ähnlich distanziert wie am Vortag. Teresa dankte Radek noch einmal für seine Unterstützung bei ihrem Umzug, wobei sie mit keinem Lächeln oder Blick auf die gemeinsam verbrachten Nächte hindeutete.

Radek, der Teresa für diese Abgrenzung dankbar war, küßte ihr zum Abschied nur die Hand.

Erst als er in den Zug gestiegen war und sich aus dem Fenster beugte, glaubte er Tränen in ihren Augen zu sehen. Als sich die Räder langsam in Bewegung setzten und sie noch ein paar Schritte neben dem Zug herlief, fragte sie: Und was ist mit Halina?

Da lehnte er sich noch weiter aus dem Fenster und legte für einen Augenblick den Finger auf den Mund, was allerdings eher aussah, als werfe er ihr eine Kußhand zu.

Der Sommer des Jahres 1939 zeigte in Warschau nur auf den ersten Blick das gewohnte Bild. Die Menschen sprachen mehr denn je von Politik und der Bedrohung durch die Deutschen. Ständig hieß es, sie wollten Danzig wiederhaben. Aber hatten sie nun den Ersten Weltkrieg verloren oder nicht? Und mit dem Korridor, der ihnen den Zugang zu Ostpreußen garantierte, gaben sie sich auch nicht zufrieden. Die wollen Krieg, sagte Halinas Vater, während er seinen Sherry ausschenkte, sonst hätte Hitler uns den Vertrag nicht gekündigt.

Ein paar Stammgäste widersprachen. Immerhin hätten England und Frankreich militärische Hilfe zugesagt, wenn die Deutschen sich an Danzig ranmachten. Aber Halinas Vater blieb skeptisch. Was nützen uns England und Frankreich auf der anderen Seite von Deutschland, sagte er, wenn die Deutschen bei uns einmarschieren.

Vielleicht werden sich die Engländer und Franzosen mit den Sowjets gegen Deutschland verbünden, und dann sitzen die Deutschen in der Klemme.

Jetzt mischte sich Radek ein, der es sich zur Gewohnheit gemacht hatte, nach der Arbeit in der Sherry-Stube des Schwiegervaters vorbeizuschauen.

Das wird nicht passieren, sagte er.

Und warum nicht?

Weil England damit die Sowjetunion unterstützen müßte, und daran haben die Briten nicht das geringste Interesse.

Und wenn man den Deutschen Danzig zurückgibt und nur die Rechte am Zugang zum Meer behält?

Radek winkte ab. Hitler versteht nur die Sprache der Macht. Wer klein beigibt, hat bei ihm verloren.

Also doch Krieg?

Die Antwort war wie immer ratloses Schweigen.

Solche und ähnliche Gespräche fanden nicht nur in der Sherry-Stube von Halinas Vater statt. Man redete bei der Arbeit über die Deutschen, an den Schnapsbuden, in den Familien, beim Sonntagsausflug und nach dem Kirchgang. Am pessimistischsten waren die Alten, die noch während der letzten polnischen Teilung groß geworden waren. Die Deutschen, sagten sie und begannen sich wie früher heimlich umzusehen, die Deutschen stehlen uns die Freiheit und die Russen unsere Seelen.

Radek trank nach solchen Diskussionen so schnell wie möglich sein Glas aus und ging statt nach Hause über die Kierbedziabrücke hinüber in den Praskipark ans Ufer der Weichsel. Er liebte diesen Ort der Ruhe. Stundenlang konnte er auf das Wasser starren, dessen Strömung, von kleinen Strudeln unterbrochen, in immer gleichem Tempo an ihm vorbeizog. Wenn er dann über die Weichsel auf die Dächer und Türme der Altstadt blickte, hatte er zunehmend das Gefühl, der Strom schließe ihn ein und schütze ihn nicht nur vor einer in der Ferne liegenden Kriegsgefahr, sondern auch vor Halinas Sanftheit, ihrer drängenden Nähe, ihrer Zuwendung und ihrer Aufrichtigkeit, die ihn so oft verstummen ließen.

Hier, im Gras liegend, Himmel und Wolken über sich, den Fluß in seiner ganzen Breite zwischen sich und Halinas Liebe, erlaubte er sich, an Teresa zu denken. Hier schien sie ihm zu gehören. Er fühlte und roch sie, er durchlebte jeden einzelnen

Liebesakt mit ihr noch einmal. Er dachte an die Worte des jüdischen Restaurantbesitzers und träumte, mit Teresa auf dem Grund der Weichsel, wie zwei Fische, von niemandem bemerkt, für immer davonzuschwimmen.

Zu Hause war er freundlich und liebenswürdig wie immer und ließ Halina nichts von seinen Sehnsüchten spüren, nur daß er immer seltener mit ihr schlief. Als er ihr das erste Mal an einem Abend eine einzelne Blüte mitbrachte, ohne sie die Nacht vorher umarmt zu haben, schloß sie sich im Badezimmer ein und weinte. Es war weniger der Gedanke, Radek könnte eine Geliebte haben, der sie quälte, als vielmehr die Vorstellung, daß sie seinen Ansprüchen nicht mehr genüge, es ihr an Reizen fehle, an Schönheit und dem Talent, sich einem Mann begehrenswert zu machen. Um so mehr verwirrte es sie, wenn er sich vor dem Einschlafen an sie schmiegte und sich an ihr festzuhalten schien, als fürchte er, im Schlaf aus dem Bett zu fallen.

Ist dir das unbequem, wenn ich so dicht bei dir liege? hatte er einmal gefragt, als sie in ihrer Verunsicherung ein wenig von ihm abrückte.

Nein, hatte sie erschrocken geantwortet, wie kannst du das sagen.

Nicht viel später, im Juli, kam Teresa zu Besuch. Radek wußte, daß ihn das in Unruhe versetzen würde.

Du freust dich ja gar nicht, sagte Halina und sah ihn fragend an, während er ihr half, den Einkauf nach oben zu tragen. Radek war erleichtert, daß sie in dem dunklen Flur nicht die Röte sah, die ihm unversehens ins Gesicht geschossen war.

Natürlich freu' ich mich. Aber in erster Linie kommt sie doch dich besuchen.

Aber du bist ein Teil von mir.

Radek haßte diese Art Dialoge, die in ihrer Verlogenheit Halinas Aufrichtigkeit in den Dreck zogen.

Dann kam es vor, daß er unwirsch wurde, ihr über den

Mund fuhr und behauptete, sie möge nicht so einen Unsinn reden.

Später behielt er von Teresas Besuch außer dem gemeinsamen Spaziergang an der Weichsel nichts in der Erinnerung. Halina hatte ihnen vorgeschlagen, ein wenig spazierenzugehen, um nicht ständig dem Lamento der Mutter ausgesetzt zu sein. Sie selbst habe noch zwei Stunden in der Bank zu tun, und danach könne man gemeinsamen kochen. Weder Teresa noch Radek kamen auf die Idee, Halinas Vorschlag zu widersprechen, den warmen Sonnabendnachmittag im Praskipark zu verbringen und damit ein wenig Zeit füreinander zu haben.

Ich werde dir zeigen, wo ich den Frosch gefunden habe, sagte Radek, als sie in der Straßenbahn nebeneinandersaßen. Teresa war schweigsam. Sie vermied es, Radek anzusehen, und ihre Hände lagen gefaltet in dem weiten, mit bunten Blumen übersäten Sommerrock, als säße sie in der Kirche. Plötzlich fragte sie, den Blick immer noch geradeaus gerichtet: Hat Halina was gemerkt?

Nein, sagte Radek und sah seinerseits geradeaus, sie hat nichts gemerkt.

Radek führte Teresa an eine Stelle am Weichselufer, die nur wenige Spaziergänger kannten. Es war eine kleine Ausbuchtung, die, von wilden Sträuchern umgeben, unwirtlich aussah und auf den ersten Blick wenig einladend wirkte.

Hier, sagte er, teilte die Zweige des Gebüschs, und sichtbar wurde ein schmaler und kaum benutzter Pfad.

Warst du mit Halina auch schon mal hier?

Nein, sagte Radek verärgert, mußt du sie denn ständig erwähnen?

Teresa raffte ihren Rock, um ihn vor dem Gesträuch zu schützen, und lief jetzt vor Radek her, der Sonne entgegen, so daß ihre Haare im Gegenlicht feuerrot leuchteten.

Du wirst gleich verstehen, warum ich dich das gefragt habe,

sagte sie, während sie sich auf ein Stück Wiese setzte, das bis hinunter zum Fluß reichte. Dieses Fleckchen Erde mit seinem dunkelgrünen und dichten Gras sah aus, als gehöre es gar nicht hierher. Wie ein Inselchen, aus dem Paradies geholt, lag es da, friedlich und fern von Menschen und Stadt. Über dem Fluß segelten im unaufhaltsamen Hin und Her die Schwalben, während landeinwärts die Feldlerchen ihre Fluglieder in den Himmel trällerten. Die Weichsel hielt plätschernd ihr Tempo von Süd nach Nord, trug hin und wieder einen Zweig vorbei, ein Stück Holz oder auch nur weggeworfenes Papier, wie einen Gruß aus einer anderen Welt.

Hier habe ich den Frosch gefunden, sagte Radek und setzte sich neben Teresa. Und weil er nicht genau wußte, ob sie von ihm geküßt werden wollte, legte er sich ins Gras und schloß die Augen. Er wußte ja, wie es hier aussah, kannte jeden Strauch, jeden Stein, kannte das Licht auf den Dächern der Altstadt gegenüber und die Breite des Flusses. Selbst der leichte Wind, der vom Wasser her wehte, war ihm vertraut.

Nur Teresa in ihrem bunten Rock und der engen Bluse, in die er jetzt gern seine Hand geschoben hätte, beunruhigte ihn. Sie hatte sich jetzt ebenfalls ausgestreckt und lag neben ihm, berührte ihn aber nicht. Trotzdem war er der Meinung, daß ihrer beider Atem den gleichen Rhythmus hatte.

Erst stockend und leise, als dringe ihre Stimme vom Strom her, fing sie zu reden an. Dann kamen ihr die Worte flüssiger über die Lippen. Radek traute seinen Ohren nicht. Teresa schilderte bis ins kleinste Detail ihre Nächte in Posen. Sie beschrieb ihre Umarmungen mit heiterer Schamlosigkeit und einer Genauigkeit, als habe alles nicht nachts im Dunkeln stattgefunden, sondern in einem Licht, wie es die Sonne jetzt vom Himmel schickte.

Hör auf, Terenia, sagte er ebenso verwirrt wie geniert, ich bitte dich.

Aber Teresa dachte überhaupt nicht daran, ihre Schilderung abzubrechen. Sie malte mit ihren Worten immer eindringlicher das Bild ihres gegenseitigen Verlangens und ihrer Begierde.

Zuerst hast du mich auf meinem Bett geliebt, und dann hast du mich, ohne daß wir uns trennten, auf das Sofa getragen. Und während ich dich mit meinen Armen und Beinen umklammerte, habe ich dich die ganze Zeit gespürt. Das Sofa war zu schmal, jetzt lachte Teresa, und du mußtest dich mit einem Knie auf dem Fußboden abstützen. Später habe ich deinen Schwanz geküßt. Er hat salzig geschmeckt und auch ein bißchen nach Pfeffer.

Teresa, sei still.

Weißt du, daß ich so etwas noch nie bei einem Mann gemacht habe? Jetzt wurde ihre Stimme vor Zärtlichkeit dunkel. Ich war ein Teil von dir, Radek. Und als du wieder in mir warst und ich auf dir saß, bin ich ganz und gar mit dir verschmolzen. Wir waren eins, Radek.

Sie redete und redete in einer für Radek kaum zu ertragenden Ausführlichkeit und ließ nichts aus, keine Geste, keinen Kuß.

Die ganze Zeit über lag sie bewegungslos neben ihm. Ihre Hände hielten einander krampfhaft fest, und als Teresa endlich schwieg, lief ein Schauer über ihren Körper.

Wo wart ihr denn so lange? fragte Halina, als sie nach Hause kamen, ich habe schon alles für unser Essen vorbereitet.

Dann umarmte sie die Schwester und küßte sie auf beide Wangen. Ich bin so froh, sagte sie, ich bin so froh, daß du hier bist und ich dich ein bißchen verwöhnen kann.

Ende Juli begannen die Provokationen zwischen Volksdeutschen und Polen zuzunehmen. Das war nicht nur in Danzig so, sondern im gesamten Grenzgebiet zu Deutschland. Es ging sogar so weit, daß sich der polnische Außenminister schweren Herzens und um des Friedens willen bemüßigt fühlte, sich offiziell für die polnischen Provokateure zu entschuldigen. Die Stimmung im Land heizte sich auf und fand am 22. August in der Bekanntmachung des Freundschaftsvertrages zwischen der Sowjetunion und Deutschland ihren Höhepunkt. Da half es kaum noch etwas, daß England drei Tage später mit Polen einen militärischen Beistandspakt abschloß. Es roch nach Krieg, vor allem, weil die polnische Regierung in keinem Fall bereit war, Danzig und damit den Zugang zum Meer aufzugeben.

Am 1. September 1939 wurden die Polen beschuldigt, den Sender Gleiwitz in Oberschlesien überfallen zu haben. Daß deutsche Kampfgruppen diesen Übergriff in polnischen Uniformen inszeniert hatten, erfuhr man erst später. Das Oberkommando der Wehrmacht meldete den »Gegenangriff« deutscher Truppen zu Lande, zu Wasser und in der Luft. Und Hitler verstieg sich zu dem später berühmt gewordenen Satz: Seit 4.35 Uhr wird zurückgeschossen.

Mit der polnischen Mobilmachung, die kurz vorher in Kraft trat, wurde auch Radek zum Militär gerufen. Zeit für einen großen Abschied gab es nicht. Radek wußte nicht einmal, an welchem Abschnitt er zum Einsatz kommen würde.

Man muß dir doch irgend etwas mitgeteilt haben, sagte Halina unter Tränen. Aber Radek wußte nur, bei welchem Infanterieregiment er sich in zwei Stunden zu melden habe.

Den Schwiegereltern hatte er bereits Lebewohl gesagt, und während er die Umarmung der Mutter geduldig über sich ergehen ließ, versprach er dem Vater, die *Szkopy*, wie das Schimpfwort für die Deutschen hieß, so schnell wie möglich in die Flucht zu schlagen. Die haben schon den letzten Krieg verloren, sagte er und drückte Radek an seine Schulter, die werden auch diesmal zu Kreuze kriechen.

Halina fand nicht die richtigen Worte. Die Angst, Radek könnte an der Front den Tod finden, hatte sie überwältigt. Sie hielt ihn mit beiden Händen an den Unterarmen fest, was aussah, als wolle sie mit ihm durch die Stube tanzen, und Radek hatte Mühe, ihre Finger zu lösen.

Halinka, sagte er und strich ihr die Haare aus dem Gesicht, mach es uns doch nicht so schwer.

Ich habe solche Angst, flüsterte sie, und zu ihrem Erstaunen antwortete Radek: Ich auch.

Er versuchte ein Lächeln und küßte sie auf den Mund. Leb wohl, sagte er, und auf Wiedersehn. Dann ging er aus der Wohnung und die Treppe hinunter, als wäre er auf dem Weg zur Arbeit.

Am folgenden Tag war die polnische Luftwaffe zerschlagen. Am 3. September erklärten England und Frankreich Deutschland den Krieg. Am 6. September wurden Kielce und Krakau besetzt. Am 7. September kapitulierte das polnische Heer auf der Westernplatte nördlich von Danzig, und am 8. September wurden die Außenbezirke von Warschau eingenommen. Am 11. September wurde Posen besetzt, und am 13. September war der Ring der Deutschen um Warschau geschlossen. Die Deutschen hatten bei Radom schon 60 000 polnische Gefangene gemacht, und bereits nach zehn Tagen schien alles verloren.

Die Versorgung fing an, schwierig zu werden. Es gab keinerlei Außenverbindung mehr und infolgedessen auch keinen Nachschub. Aber das größte Entsetzen löste die Tatsache aus, daß die Sowjetunion Polen sieben Tage nach Deutschland gleichfalls den Krieg erklärte. Damit war alle Hoffnung dahin. Am 28. September wurde die bedingungslose Kapitulation der Stadt unterschrieben, und am 1. Oktober zogen die deutschen Truppen in Warschau ein.

Dem war ein fortwährender Beschuß vorausgegangen, der, wie man später erfuhr, 78 000 Wohnungen zerstörte, einen Großteil der Krankenhäuser sowie die Wasser- und Stromversorgung und die öffentlichen Verkehrsmittel lahmlegte. Warschau war innerhalb kürzester Zeit eine mehr oder weniger lebensunfähige Stadt geworden.

Die drei Wochen des Krieges erlebte Halina wie in Trance. Die Bank, in der sie gearbeitet hatte, fiel als eines der ersten Gebäude den Bomben zum Opfer. So konnte sie wenigstens zu Hause bleiben und sich um die immer kränker werdende Mutter kümmern. Es war kaum möglich, sie vor Aufregungen zu schützen, wenn Halina und der Vater sie fast jede Nacht und später auch am Tag in den Keller bringen mußten. Halina haßte diesen Keller, der jede Hoffnung lähmte und nur Sorgen und Ängste schürte. Allein der Geruch, der modrig aus den alten Mauern drang, gemischt mit dem Angstschweiß der Hausbewohner, dem Gestank voller Windeln und dem Eimer für die Notdurft, bereitete Halina Übelkeit. Die Hausbewohner, mehr als zwanzig Personen, saßen auf Brettern und Stühlen zwischen den Verschlägen, hinter denen sie Kohlen, Holz und Kartoffeln aufbewahrten. Die paar Lebensmittel, die es noch zu kaufen gab, waren inzwischen längst rationiert, und so war es nicht verwunderlich, daß die einzelnen Keller mit Schlössern versehen wurden. Keiner wußte vom anderen, was sich noch hinter den Latten verbarg, vor denen die Menschen jetzt schweigend hockten. Die Angst vor der Zukunft hatte ihnen die Münder zugestopft. In den ersten Tagen hatte Halinas Vater noch die eine oder andere Nachricht aus der Sherry-Stube mitgebracht. Die *Szkopy*, so sagte er, hätten im Weichselbogen 170 000 Gefangene gemacht und die Sowjets 120 000.

Sei still, hatte Halina ihn angefahren, und hilf lieber Mutter auf den Eimer.

Darauf hatte er geschwiegen, seine Frau am Arm gepackt und in den hinteren Teil des Kellers gezerrt, von wo bald zu hören war, wie sie sich stöhnend entleerte.

Den Eimer, zischelte die Nachbarin vom oberen Stock, den wirst du aber nachher wegbringen, Halina.

Von draußen waren jetzt nicht nur die Explosionen der Bomben zu hören, sondern auch das Dröhnen der Artillerie. Dann verlosch die einzige Glühbirne über den Köpfen, und wer eine Kerze dabeihatte, zündete sie an. So ging es Tag für Tag, Nacht für Nacht. Bald würde kein Haus mehr stehen und kein Stein mehr auf dem anderen sein.

Halina mußte sich zusammennehmen, um sich nicht ständig Radeks Tod oder seine Gefangennahme vorzustellen. Sie sah ihn blutend, ohne Arme und Beine, mit Kopf- oder Bauchschuß verlassen zwischen Trümmern, auf Feldern oder Wiesen liegen. Sie glaubte seine Schreie zu hören, sein Seufzen und seine Hilferufe. Und wenn sie nicht an Radek dachte, sorgte sie sich um Teresa. Auch von ihr gab es keinerlei Nachricht, seit die Deutschen Posen besetzt hielten. Halinas Phantasie kannte bei dem Gedanken an die Schwester keine Grenzen. Vielleicht war Teresa schon verschleppt, vergewaltigt oder im Gefängnis.

Wenn die Mutter vor Erschöpfung nicht schlief, jammerte sie lauthals ihre Angst heraus, die sich selten um Teresa und schon gar nicht um den Schwiegersohn drehte, sondern hauptsächlich um das eigene Leben oder den Verlust von Hab und Gut.

Mama, sagte dann Halina, und ihre Stimme zitterte vor Wut, denkst du denn gar nicht an Teresa und Radek?

Natürlich denke ich an sie, antwortete die Mutter stets ein wenig beleidigt, aber ich kann schließlich nur an sie denken, wenn ich selbst am Leben bin.

Kurz bevor Warschau aufgegeben und von den Deutschen eingenommen wurde, fiel auch die Sherry-Stube des Vaters in der Ulica Piwna dem Beschuß zum Opfer. Von diesem Tag an stellte der Vater das Reden ein. Außer ja oder nein war aus ihm kein Wort mehr herauszukriegen, und es schien, als sei ihm alles gleichgültig, selbst der Gesundheitszustand seiner Frau.

An einem Montag, es war der 25. September, hörte der Beschuß auf. Die darauffolgende Stille war noch bedrohlicher. Der Tod schien nahe zu sein, Polen endgültig verloren. Es gab kaum Nahrungsmittel zu kaufen. Mit Hilfe von Lebensmittelkarten bekam man etwas Brot, Marmelade und Kartoffeln. Obst und Gemüse waren teuer und nur auf dem Schwarzmarkt für viel Geld von den Leuten zu bekommen, die Schrebergärten besaßen.

Für Halina wurde es immer schwerer, die Eltern und sich zu ernähren, zumal der Vater kaum noch eine Hilfe war. Er saß den ganzen Tag am Fenster und starrte hinaus, ohne zu wissen, was er sah, und wartete auf Teresa, deren Namen er hin und wieder murmelte. Zeitweise war es für Halina sogar leichter, mit der kranken Mutter umzugehen als mit ihm.

Eines Tages, nicht lange nach der Okkupation durch die Deutschen, sprang er plötzlich mit der alten Energie von seinem Stuhl auf und rannte in den Flur. Und bevor es klingelte, riß er mit einem krächzenden und ganz und gar ungewohnten Schrei die Tür auf. Teresa war gekommen.

Was ist passiert, rief die Mutter ängstlich von ihrem Sessel im Wohnzimmer aus, und auch Halina stürzte erschrocken aus der Küche in den Flur.

Dort stand der Vater mit einem seltsamen Lächeln im Gesicht, schob seinen Arm unter den von Teresa und führte die Tochter in die Wohnung wie ein Bräutigam die Braut.

Teresa ist da, sagte er, jetzt wird alles gut.

Teresa hatte den Vater nicht umarmt, sie eilte auch nicht ins Wohnzimmer, aus dem die Stimme der Mutter immer eindringlicher zu hören war. Teresa stürzte sich mit geschlossenen Augen in die Arme von Halina, und eine Zeitlang standen sie einer Skulptur ähnlich bewegungs- und wortlos da, als wäre eine an der anderen festgewachsen. Sie empfanden die Nähe als Glück, und keine der beiden dachte in diesem Augenblick an Radek. Sie streichelten sich unter Tränen, küßten einander und ließen sich erst los, als der Vater zu murren begann und das Rufen der Mutter immer lauter wurde.

Jetzt begrüßte Teresa auch die Mutter, und der Vater holte seine letzte Flasche Sherry, einen Manzanilla, hervor und goß jedem ein Gläschen halb voll. Auf unsere Teresa, sagte er und hob das Glas.

Teresa sah elend und abgerissen aus. Sie war viele Kilometer zu Fuß gelaufen. Hin und wieder hatte sie jemand in einem Fahrzeug mitgenommen. Ein Stück war sie auch mit dem Zug gefahren. Aber die Angst vor deutschen Kontrollen war zu groß gewesen.

Die *Szkopy* verhaften unsere Leute ohne jeden Grund und transportieren sie ab, sagte sie, es heißt zur Arbeit nach Deutschland.

Teresa trank in winzigen Schlucken von dem Sherry und fragte dann, ob sie etwas Brot bekommen könne. Seit drei Tagen habe sie nichts Richtiges gegessen. Während sie die wäßrige Kohlsuppe schlürfte, die Halina ihr vorsetzte, und dazu genüßlich eine Scheibe trockenes Brot kaute, berichtete sie von dem Verlust ihrer Wohnung und ihres ganzen Besitzes bis auf den kleinen Koffer, den sie gerade noch hatte packen können.

Man habe alle Angestellten in der Bibliothek verhaftet, erzählte sie, und so sei es auch in anderen Einrichtungen zugegangen. Sie aber habe Glück gehabt, weil sie sich in dem Augenblick, als die Deutschen in die Bibliothek gekommen seien, auf dem Klo aufgehalten habe. Von dort sei sie durch das Fenster geflüchtet, in ihre Wohnung gelaufen, habe das Wichtigste zusammengepackt und sei auf und davon. Mit den Worten: Sonst wäre ich wohl jetzt auch schon auf einem Transport, beendete sie ihren kurzen Bericht.

Die Mutter bekreuzigte sich und verlangte nach ihren Tropfen. Jetzt fehlt nur noch Radek, sagte Halina leise.

Wenn er noch lebt, sagte der Vater und trank seinen Sherry

aus, ohne zu bemerken, wie beide Töchter bei seinen Worten zusammengefahren waren.

Teresa, die Tränen in den Augen der Schwester sah, stand auf, umarmte sie und blickte über Halinas Schulter den Vater an.

Warum sagst du das, Vater.

Aber der winkte ab und knurrte, daß man heutzutage mit allem rechnen müsse. Wer weiß, fuhr er fort, wer weiß, wie lange ich oder Mutter noch leben.

Teresa wohnte nicht, wie die Eltern es sich wünschten, in Halinas ehemaligem Zimmer, sondern zog zu der Schwester. Dort wollte sie in Radeks Bett schlafen, bis der Schwager aus dem Krieg zurückkäme.

In der Stadt war noch nicht wieder Ordnung eingekehrt. Das einzige, worauf man sich verlassen konnte, war die Sperrstunde, die um neunzehn Uhr begann und früh um fünf Uhr endete. Wer dazwischen auf der Straße erwischt wurde, mußte mit Haft oder auch mit dem Tod rechnen. Es kam immer wieder vor, daß am Morgen die Leichen von Erschossenen gefunden wurden.

Nach der Besetzung der Stadt mußten alle Polen ihre Radios abgeben. Es hieß, die Deutschen hätten 87 000 Apparate kassiert. Auch Halina und ihr Vater waren dieser Aufforderung gefolgt. Seitdem waren sie auf Gerüchte angewiesen, und die wenigen Nachrichten, die hin und wieder durch die Mutigen verbreitet wurden, die ihre Radioapparate versteckt hatten und heimlich abhörten, waren deprimierend genug.

Nachts lagen die Schwestern nicht nur lange wach, sie lagen auch wie früher als Kinder dicht nebeneinander. Und zwar so dicht, daß sich Teresas Kopf an Halinas Hals schmiegte. Da sie ihre Angst um Radek nicht mit Halina teilen konnte, suchte sie wenigstens in deren Nähe Trost. Nach des Vaters rücksichtsloser Bemerkung hatten sie nicht mehr über Radek gesprochen.

Teresa erzählte von ihren Erlebnissen in Posen, und Halina berichtete von den Schwierigkeiten, Nahrungsmittel und Medikamente für die Mutter aufzutreiben.

Auf den Vater ist kein Verlaß mehr, flüsterte sie, als könnte er zuhören, er ist an nichts mehr interessiert. Vielleicht wird es jetzt, nach deiner Rückkehr, besser. Er hängt an dir. Als du in der Tür standst, habe ich ihn seit Kriegsbeginn zum ersten Mal wieder lächeln sehen.

Es trat eine Pause ein, in der sie unabhängig voneinander mit ihren Gedanken bei Radek waren. Erst ein entfernter Schuß löste ihr Schweigen. Er drang von der Straße herauf und ließ beide zusammenfahren.

Wenn er tot ist, sagte Halina mit nüchterner Stimme in die Dunkelheit, wird mein Leben keinen Sinn mehr haben.

Jetzt war es Teresa, die den Kopf der Schwester an sich zog. Mit beiden Armen umfaßte sie Halinas Schultern und wiegte sie sanft hin und her, genau so, wie es Halina früher gemacht hatte, wenn die Angst sie überfiel.

Er ist nicht tot, flüsterte sie, er lebt, und er wird zurückkommen. Als sänge sie ein Schlaflied, sprach sie unablässig die gleichen Worte. Er ist nicht tot, er lebt und wird zurückkommen.

Schließlich schlief Halina ein. Vielleicht vor Erschöpfung, vielleicht auch durch Teresas beruhigenden Singsang, der mit jeder Wiederholung beschwörender klang, Halina allmählich einlullte und endlich auch in den Schlaf schickte.

Mit jedem Tag zeigten sich wieder die alten Abhängigkeiten. Auf der einen Seite Teresas unbewußter Wunsch, Halina werde sie aus der Bedrängnis ihres augenblicklichen Lebens herausholen, auf der anderen Seite Halinas ungebrochenes Bedürfnis, Teresa zu beschützen. Radek spielte in dieser Zweisamkeit keine Rolle. Beide hatten jede auf ihre Weise von ihm Besitz ergriffen, und wenn sie von ihm sprachen, dann nur in der Erwartung, daß er am Leben sei und bald nach Hause käme.

Während Halina mit wachsender Angst um sein Leben bangte, rechnete Teresa tagtäglich mit seiner Rückkehr. Immer öfter schlich sie sich heimlich davon, lief über die Kierbedziabrücke in den Praski-Park und suchte das Ufer der Weichsel ab, als käme Radek den Fluß heruntergeschwommen und stiege an der Stelle aus dem Wasser, an der sie beide zuletzt gelegen hatten. Stundenlang saß sie am Wasser und starrte auf die kreisenden Strudel, glaubte, wie damals Radek, mit ihm vereint darin zu versinken. Der Blick über die Weichsel auf die Dächer der Altstadt war ein anderer geworden. Es gab kaum noch Dächer, und die Zerstörung der Stadt war auf deprimierende Weise sichtbar. Überall Ruinen und Trümmer. Es flogen auch keine Schwalben mehr über dem Fluß, und keine einzige Feldlerche trällerte über den Wiesen hoch in der Luft. Bomben und Artilleriebeschuß hatten nicht nur das Leben der Menschen vernichtet, sondern auch das der Natur. Statt Spaziergängern waren deutsche Soldaten im Park zu sehen. Die Bewohner von Warschau verließen ihre Wohnungen und Keller nur noch, um Nahrungsmittel zu organisieren. Auch geregelte Arbeit gab es kaum. Man lebte von dem, was man hatte, vom Tauschhandel und manch einer vom Diebstahl.

Mit jedem Tag war Teresa mehr davon überzeugt, Radek hier am Ufer der Weichsel zu treffen. Er würde es fühlen, daß sie hier bis zu seinem Kommen ausharrte, um sie als erste in den Arm zu nehmen, zu küssen und zu streicheln. Manchmal schloß sie die Augen, hörte seine Schritte im Gras hinter sich, fühlte seine Hände auf ihren Schultern, roch seine Haut und schmeckte seinen Kuß auf der Zunge. Dann saß sie in sich zusammengesunken am Ufer, die Füße so dicht am Wasser, als würde sie jeden Moment hineingleiten.

An einem Sonntag kam sie nachmittags viel später als ausgemacht heim. Die Dämmerung hatte schon eingesetzt, der Himmel hatte nach Regen ausgesehen, und es war höchste Zeit, nach Haus zu gehen, damit Halina sich keine Sorgen um sie machte.

Ich bin wieder da, rief sie in die Wohnung der Schwester, ohne eine Antwort zu bekommen, und glaubte daraufhin, daß Halina bei den Eltern sei. Aber dann hörte sie aus der Küche Halinas Stimme. Es war eine lachende, gurrende Stimme, die Teresa an der Schwester nicht kannte und die ihr albern vorkam. So leise wie möglich drückte sie die Klinke herunter.

Seitlich am Tisch, mit dem Rücken halb zur Tür, saß Radek, und auf seinem Knie hockte Halina, den Arm um seine Schultern geschlungen. Sie hatten beide Teresas Kommen nicht gehört, so daß ihr genug Zeit blieb, das Paar zu betrachten, das ganz ineinander versunken schien. Radeks Kopf lag auf Halinas Schulter, genau an der Stelle, wo Teresa ihren Kopf hinzulegen pflegte, wenn sie die Nähe der Schwester brauchte. Und Halina, die Radek festhielt, ihn sanft und kaum sichtbar hin und her wiegte, sprach ununterbrochen Sätze in sein Ohr, von denen Teresa nur wenig verstand. Aber sie hörte die Worte Liebe und Glück, mit denen sie sich den Rest selbst zusammenreimen konnte.

Es war nicht nur die Enttäuschung, es war auch die alte Angst, von den beiden liebsten Menschen, die sie hatte, ausgeschlossen zu werden. Radek nahm ihr Halina weg, und Halina machte sich Radek zu eigen. Einen Herzschlag lang war die Schwester nicht nur Rivalin, sondern auch Feindin.

Radek sah schlecht aus. Mager und unrasiert, wirkte er sogar alt. Als er jetzt den Kopf hob und Teresa in der Tür stehen sah, glaubte sie wahrzunehmen, daß seine Hände zitterten.

Du hast recht gehabt, rief Halina, die jetzt auch Teresa bemerkt hatte. Radek ist nichts passiert, und er sitzt hier, als wäre er nie weggewesen.

Teresa umarmte Radek nicht. Sie gab ihm auch nicht die Hand. Sie setzte sich nur langsam an das andere Ende des Tisches, und als Halina aufstand, um der Schwester eine Tasse Tee zu holen, sagte Teresa: Während ich an der Weichsel im Praski-Park auf dich gewartet habe, bist du zu Halina zurückgekehrt.

Noch am selben Tag zog Teresa mit ihren Sachen in die elterliche Wohnung um. Niemandem fiel ihre Schweigsamkeit auf, auch nicht Halina, die nur noch damit beschäftigt war, Radeks Wünsche zu erfüllen. Und Radek? Er hatte weder für die eine noch für die andere Schwester Augen. Er hatte nur Hunger, Durst und den Wunsch zu schlafen.

Es dauerte Monate, bis die Stadt und ihre Bewohner wieder erwachten. Die Zerstörung hatte sich wie eine Krankheit in die Häuser gefressen, und die Menschen, gejagt, verängstigt und hungrig, lebten nur noch von einem Tag zum anderen. Eine Zukunft schien es nicht mehr zu geben. Ein Lachen löste Bestürzung aus, etwas Eßbares dagegen Glücksgefühle.

Erst im Jahr 1940 gab es wieder so etwas wie ein normales Leben. Die Wohnverhältnisse waren katastrophal. Zum einen mußten nicht nur die Bewohner der zerschossenen und zerbombten Wohnungen untergebracht werden, sondern auch die Zwangsumsiedler aus den Gebieten, die von jetzt an zum Deutschen Reich gehörten, zum anderen benötigten auch die Warschauer Bürger eine Unterkunft, deren Wohnungen von Deutschen beschlagnahmt worden waren. Es waren ganze Straßenzüge betroffen. So mußten in einer Dreizimmerwohnung fünf und in einer Vierzimmerwohnung sieben Personen wohnen.

Von jetzt an gab es Geschäfte, Restaurants, Kinos und sogar Straßenbahnen nur für Deutsche. Auch Warschaus schönster Park, der Ogród Saski, zu deutsch Sachsenpark, wurde für Polen gesperrt. Jeder Pole mußte eine Kennkarte und eine Arbeitskarte besitzen. Konnte er diese Papiere bei einer Kontrolle nicht vorweisen, lief er Gefahr, verhaftet, schlimmstenfalls auch erschossen zu werden.

Ständig wurden Razzien durchgeführt, bei denen es immer wieder zu Massenverhaftungen kam, um auf einfache Weise billige Arbeitskräfte für das Reich zu beschaffen. Ein anderer Kampf galt der polnischen Intelligenz, deren Liquidierung sich der Generalgouverneur Frank zu einem seiner wichtigsten Ziele gesetzt hatte.

Da die Deutschen den Bewohnern die Radios weggenommen hatten, wurden die offiziellen Informationen der Okkupanten durch Lautsprecher mitgeteilt, die sie in den Straßen der Stadt angebracht hatten. Ob die Polen wollten oder nicht, sie mußten sich anhören, was ihnen da in die Ohren gebrüllt wurde, egal ob es Verordnungen waren, neue Gesetze oder die Listen ihrer erschossenen Landsleute. Spluwaczki nannten sie diese Megaphone, was auf deutsch Spucknäpfe heißt.

Die Besatzer gingen radikal gegen die Untergrundbewegung vor, die sich schneller als erwartet gebildet hatte und für die sich außer den Kollaborateuren die meisten Polen einsetzten, so gut sie konnten. Egal, ob es dabei um die Beschaffung von Waffen, die Herstellung und Verteilung illegaler Zeitungen, die Vernichtung von deutschem Propagandamaterial oder die Teilnahme an Diskussionen und Versammlungen ging, man nahm die Gefahr, von der Gestapo erwischt zu werden, in Kauf.

Nur das Wasser der Weichsel blieb unverändert, floß mal braun, mal schiefergrau in immer dem gleichen Tempo nordwärts, unberührt von Tod, Leid und Zerstörung, während die Bewohner von Warschau lernten, zwei Leben zu leben und zwei Gesichter zu tragen. Das eine gehörte der Straße, zeigte Gleichgültigkeit und verbarg Angst. Nicht, daß sich die Polen an die Besatzung gewöhnten, aber sie lernten damit umzugehen, so wie es ihre Vorfahren während der drei Teilungen Polens seit 1772 gelernt hatten. Das andere Leben und das andere Gesicht gehörte dem Untergrund, dem Widerstand. Waffen wurden gestohlen, gekauft, repariert, Dokumente gefälscht, Geld gesammelt und illegale Zeitungen gedruckt.

Was auch jeder wußte: Der Warschauer Untergrund hatte eine eigene Gerichtsbarkeit, und obwohl die Deutschen genug Menschen verschleppten und umbrachten, wurde mit Kollaborateuren kurzer Prozeß gemacht, sie wurden erschossen.

Ein Jahr nachdem der polnische Feldzug beendet war, hatte sich im Elternhaus von Halina und Teresa eine Menge geändert. Um nicht fremde Menschen aufnehmen zu müssen, waren Radek und Halina in die Wohnung der Eltern gezogen und hatten ihre eigene Zwangsumsiedlern aus den von Deutschen besetzten Gebieten überlassen. Nun lebten sie zu fünft in der viel zu kleinen Behausung. In Halinas ehemaligem Zimmer hatten gerade zwei Betten, ein Schrank und ein Nachttisch Platz. Der Vater mußte wieder neben der kranken Mutter schlafen, floh aber jede Nacht auf das Sofa im Wohnzimmer. Teresa bewohnte das kleinste Zimmer. Aus Angst, eine weitere Person aufnehmen zu müssen, hatten sie noch die Großeltern als Mitbewohner angegeben. Dank Halinas Arbeitsstelle beim Städtischen Verpflegungsamt, wo sie die Ausgabe von Lebensmittelmarken verwaltete, war der kleine Betrug möglich. Die Großeltern kamen regelmäßig, zeigten sich den Nachbarn, blieben ein paar Stunden in der Wohnung und brachten Gemüse und Kartoffeln aus dem Garten mit. Was die Familie nicht selber verbrauchte, wurde für teures Geld auf dem Schwarzmarkt verhökert. Diese Aufgabe hatte der Vater wahrzunehmen.

Irgend etwas mußt du schließlich auch machen, sagte Teresa energisch, als er sich wieder in schweigende Resignation zurückziehen wollte.

Ich kann nicht, war seine Antwort, und ich will nicht.

Tränen glitzerten in seinen alten Augen. Tränen der Hilflosigkeit. Seit er seine Sherry-Stube verloren hatte, war ihm zumute, als sei ihm alle Autorität abhanden gekommen. Sein ausgeprägtes Selbstbewußtsein war armseligem Selbstmitleid gewichen. Aber Teresa blieb hart, hob das Kinn des Vaters, sah ihm in die Augen und sagte:

Weinen kannst du wie wir in der Nacht. Am Tag mußt du kämpfen, wenn du etwas zu essen haben willst. Die kleine Drohung war unüberhörbar und hatte Halina veranlaßt, den Vater in Schutz zu nehmen.

Wenn er nicht will, kann ich ja nach Feierabend ...

Gar nichts machst du nach Feierabend, hatte die Schwester sie unterbrochen, Vater ist nicht krank, und ich sehe nicht ein, warum er im Gegensatz zu uns anderen nichts tun sollte.

So hast du früher nie mit mir geredet, protestierte der Alte und mußte sich von seiner Tochter sagen lassen, daß früher die Zeiten anders gewesen seien.

Wochen nach seiner Rückkehr hoffte Radek, nicht mehr als Deserteur verfolgt zu werden, wagte sich auf die Straße und versuchte, Arbeit zu finden. Bei seiner alten Arbeitsstelle als Ingenieur im Elektrizitätswerk meldete er sich der Sicherheit halber nicht. Die Gefahr, dort als ehemaliger Soldat oder als Person in einem gehobenen Angestelltenverhältnis von den Deutschen verhaftet zu werden, war zu groß. Also mußte er sich anderweitig umsehen, wie er zu einer Beschäftigung und der lebensnotwendigen Arbeitskarte kommen konnte. Schließlich fand er eine Anstellung in einer Großbäckerei. Die Arbeit war ebenso staubig wie primitiv. Er mußte Mehlsäcke schleppen, den Boden fegen, heizen, und wenn er Spätschicht hatte, die Brote aus den Öfen holen und zum Abkühlen in Regale legen, von wo sie später zum Abtransport in großen Körben aufeinandergeschichtet wurden. Am Anfang glaubte er, nicht durchhalten zu können. Der Mehlstaub, der ihn schon nach kurzer Zeit wie Rauhreif überzog, in Ohren, Augen und Nase saß, in die Atemwege drang und ihn ständig husten ließ, schien auch sein Hirn einzunebeln. Er konnte nicht mehr denken. Der schwere Geruch nach dem meist modrig schmeckenden Brot hing in jeder Ritze der Bäckerei. Das einzige, worauf er sich konzentrieren konnte, war, in der Woche ein oder zwei Brote mitgehen zu lassen und nach Hause zu bringen. Die Vorstellung, wie in Mehl gewälzt hier Tag für Tag arbeiten zu müssen, lähmte ihn lange Zeit und machte ihn stumm. Nachts schlief er traumlos in Halinas Armen, während er es soweit wie möglich vermied, Teresas Blikken zu begegnen und Worte mit ihr zu wechseln.

Teresa wollte keine so primitive Arbeit annehmen, wie Radek sie ausübte. Sie bemühte sich um die Erlaubniskarte eines Sonderberufes, worunter nach den neuen Verordnungen die Arbeit in einer Bibliothek fiel. Aber in den wenigen Bibliotheken, die zugelassen waren und nicht dem Krieg zum Opfer gefallen waren, gab es keine freien Stellen. Das Angebot, in einem Hotel für Deutsche zu arbeiten, lehnte sie unter dem Vorwand ab, sie stehe unter Tuberkuloseverdacht.

Bevor ich für die *Szkopy* arbeite, schimpfte sie, daß man es in der ganzen Arbeitsvermittlungsstelle hörte, geh' ich in die Weichsel.

Halten Sie den Mund, wenn Ihnen Ihr Leben lieb ist, zischte die Frau hinter ihrem Schreibtisch und sah erschrocken nach allen Seiten. Aber Teresa trafen nur bewundernde Blicke und hier und da ein kleines Lächeln.

Die Frau hinterm Schreibtisch überlegte, blätterte in ihren Papieren und sah immer wieder zu Teresa, die sich so einfach nicht abspeisen ließ.

Wie wär's mit dem St.-Lazarus-Spital? Die brauchen jemanden an der Pforte, der gleichzeitig Büroarbeit macht. Die Frau hinterm Schreibtisch lächelte, was ihr Gesicht veränderte und ihr fast den Ausdruck einer Madonna gab.

Zu Hause erzählte Teresa beim Abendbrot, es wäre der Gesichtsausdruck dieser Frau gewesen, der sie dazu bewogen habe, die Stelle anzunehmen. Jedenfalls kämen da keine Deutschen hin.

Seither saß sie mal am Tag, mal in der Nacht in einem winzigen Kabäuschen hinter einer großen Glasscheibe mit einem kleinen Türchen. Die Glasscheibe war mit Packpapier zugeklebt und gab nur den Blick durch das Türchen frei. Teresa hatte nicht nur die Ein- und Abgänge der Patienten einzutragen und Auskunft zu geben. Sie mußte auch die Dienstzeiten der Ärzte, Schwestern und Angestellten des Spitals kontrollieren.

In der Zwischenzeit, hatte der Leiter der Klinik gesagt, überprüfen Sie bitte die Lieferungen der Medikamente, damit mir da keine Ungenauigkeiten unterlaufen.

Meinst du, du kannst für Mutter die Medizin organisieren? fragte der Vater.

Vielleicht, antwortete Teresa, vielleicht.

Nun saß sie also hinter der mit Packpapier verklebten Glaswand, führte die Patientenlisten, überprüfte die Medikamentenlieferung und trug die Arbeitszeiten der Spitalangestellten ein. Das alles wäre nicht weiter anstrengend, wenn nicht ständig jemand an das kleine Türchen der Glaswand gepocht hätte. Öffnete es Teresa, hatte sie immer nur ein Gesicht vor Augen. Mehr gab die Größe des Türchens nicht preis. Wie überdimensionale Paßbilder zogen die Köpfe an ihr vorbei. Teresa lernte schnell, in diesen Gesichtern zu lesen, wenn nach Station und Zimmer von Patienten gefragt wurde. Da gab es Pflichtbesuche, wo schon die Frage nach der Station lästig zu sein schien und der Besucher hoffte, der Patient habe das Spital bereits wieder verlassen. Manche Besucher teilten Teresa ihren Verwandtschaftsgrad mit dem Kranken mit. Die einen dankten höflich für die Auskunft, andere verschwanden wortlos aus Teresas Blickfeld. Dann aber gab es die Leute mit den weit aufgerissenen Augen und den heiseren Stimmen, den schiefen Mündern und bebenden Lippen, die kaum in der Lage waren, den Namen eines Patienten deutlich auszusprechen. Die Angst um Leben und Tod, die aus jeder Silbe herauszuhören war, die Furcht, vielleicht zu spät zu kommen, berührte Teresa auch noch nach mehreren Wochen Dienstzeit. Dann überkam sie jedesmal der Wunsch, aus ihrem Kabäuschen herauszulaufen, die Person, zu der dieses Gesicht gehörte, zu umarmen und ihr Trost zuzusprechen. Hin und wieder sah sie den einen oder anderen Besucher wieder mit gesenkten Köpfen an ihrem Fensterchen vorbeigehen. Dann gab es keine Fragen mehr, sondern nur noch Leid und Kummer, und Teresa wußte, daß sie am Ende ihres Arbeitstages einen der aufgelisteten Patienten auszustreichen hatte.

Wenn Teresa nach Hause kam, fing die Anspannung für sie erst richtig an. Halina, die in einer städtischen Behörde eine geregelte Arbeitszeit hatte, kochte meistens. Das kostete wenig Anstrengung, da es kaum etwas anderes als Suppen gab, in dem selten genug ein Stück Fleisch schwamm. Die Familie lebte von dem Gemüse, das die Großeltern aus ihrem Garten mitbrachten. Für Mehl sorgte Radek hin und wieder, Margarine, Öl und ein bißchen Wurst mußte der Vater entweder auf Karten kaufen oder auf dem Schwarzmarkt eintauschen. Je länger er es machte, um so geschickter wurde er, und es gelang ihm mitunter sogar, ein Stück Butter oder Schweineschmalz zu beschaffen. Dafür verschwanden Mutters Pelzkragen aus dem Schrank, ihre Perlenkette und das eine oder andere Paar Schuhe, die sie mit ihren geschwollenen Füßen sowieso nicht mehr tragen konnte.

Immer war es Halina, die versuchte, gute Stimmung zu machen und die Familie aufzuheitern.

Wir können froh sein, daß es uns geht, wie es uns geht, war ihr Lieblingsspruch. Dabei streichelte sie Radek über den Kopf oder küßte sein Ohr, egal, ob er darauf einging oder nicht. Es war, als spürte sie die Enge der Wohnung nicht, nicht den Geruch, der von der immer kränker werdenden Mutter ausging, der sich mit dem Dampf der Kohlsuppe mischte und für immer in die Tapeten zog.

Halina lief behend durch Küche und Zimmer, als hätte die Wohnung die Größe des Krasiński-Palais. Keine Arbeit war ihr zuviel, kein Weg zu lang, keine Zeit zu schade, wenn es darum ging, Radek das Leben zu erleichtern.

Ich bin dem Herrgott so dankbar, daß er wieder bei mir ist, sagte sie mehr als einmal zu Teresa und merkte nicht, daß die Schwester keine Antwort darauf gab. Als Teresa sich einmal beklagte, daß Radek beim Verteilen der Wurst stets die dickeren Scheiben bekam, lächelte Halina und sagte: Er ist schließlich mein Mann.

Früher hättest du mir das größere Stück angeboten, muckte Teresa auf, jetzt bin ich dir wohl gleichgültig geworden?

Red keinen Unsinn, Teresa. Neben Radek bist du das Liebste, was ich auf der Welt habe. Sie nahm die Schwester in den Arm und strich ihr die Haare aus dem Gesicht, so wie sie es immer gemacht hatte, als Teresa noch ein Kind war.

Nur wenn Halina im Bett neben Radek lag und er traumlos neben ihr schlief, ohne sie vorher umarmt zu haben, verließ sie die Heiterkeit, die sie der Familie zur Schau stellte. Nacht für Nacht kämpfte sie mit der Enttäuschung, daß Radek kein Bedürfnis zeigte, sie zu lieben, obwohl er nicht einschlief, ohne ihre Nähe zu suchen. Zu schüchtern, ihn zu provozieren oder gar aufzufordern, sie zu streicheln, blieb ihr nichts als trostlose Schlaflosigkeit. Wenn sie es gar nicht mehr aushalten konnte, stand sie auf und schlich sich davon. Als erstes betrat sie das Zimmer der Schwester. Teresa lag immer in der gleichen Haltung im Bett, seitlich mit angezogenen Knien wie ein Embryo. Ihr Kopf lag flach auf der Matratze, während sie ihr Kissen in den Armen hielt und es fest an die Wange preßte. Halina, die im trüben Licht, das vom Flur aus ins Zimmer fiel, die Schwester betrachtete, zog schließlich sanft das heruntergetretene Bettzeug hoch und deckte Teresa zärtlich zu. Dabei fiel jedesmal ihr Blick auf den Nachttisch, auf dem neben der kleinen Lampe das Buch vom Froschkönig zu sehen war, auf dessen Deckel ein vertrocknetes, hohles Fröschlein lag, von dem Teresa behauptete, es sei ihr Talisman.

Meine kleine Teresa, murmelte Halina dann, ohne daß Teresa wach wurde oder sich auch nur bewegte, wenn ich dich nicht hätte, dich und Radek.

Dann verließ sie das Zimmer und ging hinüber ins Wohnzimmer, wo der Vater auf dem Sofa schnarchte. Er lag auf dem Rücken, ordentlich zugedeckt, und hatte die Hände über der Brust gefaltet. Selbst sein Kopf war geradeaus gerichtet. Wenn er einatmete, zog sich die Oberlippe einwärts und gab ihm das Aussehen eines sterbenden Greises. Atmete er aus, blähten sich für Sekunden die faltigen Backen auf, und bevor der Atem ruckartig mit einem Zischlaut den Lippen entfuhr, erinnerte Halina sich an die Zeit, als sie über die Weichselwiesen gelaufen waren und er gemeinsam mit ihr Pusteblumen ausgeblasen hatte. An ihm war nichts zuzudecken und kein Kissen zurechtzurücken. Er sah im Schlaf genauso abweisend und mürrisch aus wie im wachen Zustand, vielleicht ein wenig hilfloser. Trotzdem kam Halina nicht auf den Gedanken, ihn zu berühren. Leise schloß sie die Tür und öffnete die zum Zimmer der Mutter. Die war wach, lag in ihren aufgetürmten Kissen und starrte der Tochter entgegen. Ich bin froh, daß du kommst, sagte sie vorwurfsvoll, ich habe Durst.

Halina reichte ihr stumm das Wasserglas, an das die Mutter ohne weiteres auch selbst herangekommen wäre.

Komm, sagte Halina, ich schüttle dir die Kissen auf.

Die Mutter beugte sich ächzend vor, und aus den verschwitzten Kissen stieg der säuerliche Geruch ihres kränkelnden Körpers.

Reib mir den Rücken ein, sagte sie, und Halina rieb der Mutter den Rücken mit dem Franzbranntwein ein, den Teresa regelmäßig im Spital organisierte. Halina hantierte im spärlichen Flurlicht, wußte, wo alles stand, und hätte der Mutter den Rükken auch im Dunkeln einreiben können. Deren aufgeschwemmtes Gesicht zerfloß in der kärglichen Beleuchtung zu einer teigigen Scheibe, in der die Augen wie Backpflaumen steckten.

Halinka, wisperte die Mutter, hast du noch ein kleines Stück Schokolade für mich?

Halina, die mit dieser Bitte gerechnet hatte, holte tatsächlich zwei winzige, in Staniolpapier eingewickelte Täfelchen hervor und gab sie der Mutter, die sie mit flinken Fingern auswickelte. Bekommst du noch mehr? fragte sie.

Nein, antwortete Halina bestimmt und dachte an die junge Frau, die ihr ein paar von den Täfelchen zugeschoben hatte, weil sie neben den eigenen auch Lebensmittelkarten für eine sogenannte »tote Seele« beantragte. Aber ich kannte Ihren Vater, hatte Halina gemurmelt, und ich weiß, daß er nicht mehr lebt.

Darauf waren die Täfelchen über den Tisch gewandert, und Halina, die daran dachte, daß die Mutter versessen auf Süßigkeiten war, hatte sie eingesteckt.

Vielleicht hat die Frau noch mehr Schokolade, wenn du ihr noch mal Karten für eine »tote Seele« gibst.

Willst du vielleicht, daß ich verhaftet werde und ins KZ komme?

Natürlich nicht, entschuldige.

Die Mutter fiel zurück in ihre Kissen. Halina zog die Decke glatt, stellte das Wasser in Griffnähe und ging. Die Tür knarrte ein wenig und unterbrach für kurze Zeit die regelmäßigen

Schnarchlaute des Vaters. Als Halina sich vorsichtig in ihr Bett legte, fühlte sie Radeks Hand auf ihrem Kopf.

Wo warst du denn, fragte er mit geschlossenen Augen.

Ich habe nach den anderen gesehen, antwortete Halina, ohne daß Radek es hörte. Er war schon wieder eingeschlafen.

So lief ihr Leben wie ein sich immer wiederholender Film ab. Es gab keine Höhepunkte, kaum Abwechslung, dafür einen ständigen Kampf um die notwendigen Nahrungsmittel, vielleicht ein bißchen Tabak oder Kaffee, den der Vater vom Schwarzmarkt mitbrachte.

Ohne sich dessen bewußt zu sein, durchbrach Teresa ganz langsam diesen zähen Ablauf des Alltags. Sie begann sich plötzlich wieder zu schminken, legte Wert auf ihre Kleidung, wusch sich öfter als nötig die Haare und wechselte häufig ihre Frisur.

Was ist mit dir los? wollte Halina wissen, und Teresa antwortete: Nichts.

Wenn sie keinen Spätdienst im Spital hatte, ging sie abends weg, nahm an Versammlungen von Widerstandsgruppen teil, verteilte illegale Flugblätter und sammelte Geld für die Arbeit im Untergrund. Um die Eltern nicht aufzuregen, erzählte sie ihnen nichts davon, während Halina, die Teresa aufgefordert hatte mitzumachen, meinte, es genüge, wenn sich einer aus der Familie in Gefahr begebe. Sie sagte zwar nichts, aber jedesmal, wenn sich Teresa davonmachte, fürchtete sie um das Leben der Schwester, sah ständig aus dem Fenster und horchte auf jedes Geräusch. Und wenn sie nachts ihre Runde machte und wie ein Hütehund von einer Schlafstätte zur anderen lief, stand sie am längsten an Teresas Bett. Manchmal wachte Teresa auf, lächelte die Schwester verwundert an und fragte schlaftrunken, ob etwas passiert sei.

Nein, flüsterte dann Halina und strich über die Bettdecke, es ist nichts passiert, schlaf ruhig weiter.

Radek, dessen Aufmerksamkeit Teresas Veränderung eigentlich galt, nahm am wenigsten davon Notiz. Er ging seiner Arbeit in der Großbäckerei nach, aß, was ihm vorgesetzt wurde, beteiligte sich wenig an den Gesprächen der Familie und schlief nachts traumlos in Halinas Armen. Die kurzen, aber schrecklichen Erlebnisse an der Front, über die er mit niemandem sprechen konnte, hielten ihn noch immer gefangen. Es war ihm nicht möglich, die Bilder auszulöschen. Immer wieder tauchten sie auf, überfielen ihn und nahmen ihm den Willen, am Leben teilzunehmen, den Tag zu planen oder nachts seine Frau zu lieben. Teresa schien für ihn überhaupt keine Rolle mehr zu spielen. Er ging ihr vielmehr aus dem Weg, als fürchte er sich vor ihrer Gegenwart.

Eines Tages ergab es sich, daß beide Spätschicht hatten und sich unabhängig voneinander vor ihrem Arbeitsbeginn in der Küche trafen. Halina war nach Büroschluß zu den Großeltern gefahren, um Kartoffeln zu holen. Der Vater ging seinen kleinen Schwarzmarktgeschäften nach, und die Mutter döste im Wohnzimmer in ihrem Sessel.

Als Teresa die Küche betrat, saß Radek im schwindenden Tageslicht stumm und reglos am Tisch, starrte vor sich hin und erwiderte nicht einmal ihren Gruß. Er glich eher einer Gipsfigur als einem Mann, der gleich zur Arbeit aufbrechen mußte. Teresa überlegte nicht lange, setzte sich ihm gegenüber, genauso stumm, genauso reglos, als habe sie viel Zeit. Die Möbel und Gegenstände um sie herum versanken mit jeder Minute mehr in der Dämmerung, wurden grau und zerflossen in ihren Umrissen. Teresa konnte ihn gerade noch erkennen. Das einzige, was von ihm zu hören war, war sein Atem, schnell und regelmäßig wie eine Maschine.

Radek, sagte Teresa endlich, du redest nicht mit mir, du siehst mich nicht an und du faßt mich nicht an. Ich halte das nicht mehr aus.

Er sah auf ihre Hände, die dicht neben seinen lagen, schmal

und schön wie gemalt. Er hatte Lust, sie zu berühren, seine Finger darunterzuschieben, und er sehnte sich danach, daß diese Hände ihn streichelten. Statt dessen sah und roch er Blut. Die Gesichter der Sterbenden tauchten auf, leblose Körper, kopf-, arm- und beinlos. Aufgerissene Bäuche, zerschossene Schädel. Alles war anfangs ganz klein, paßte in die Kaffeetasse vor ihm, in Teresas Wasserglas, in die Zuckerdose auf dem Küchenschrank. Aber Radek wußte: Sie blieben nicht so klein. Sie wuchsen und wuchsen. Und dann dieses Stöhnen und Wimmern. Diese Schreie, die ihm galten, er solle sie mitnehmen, nicht allein lassen und nicht dem Feind überlassen. Und er? Er lief los, so schnell er konnte, auf zwei gesunden Beinen, mit zwei gesunden Armen, einem unversehrten Körper und Kopf, immer schneller und schneller, bis er zu Hause war.

Sie sind alle tot, sagte er plötzlich mit einer Stimme, als hätte er seit Wochen kein Wort gesprochen.

Wer?

Die Kameraden aus meinem Zug. Ich bin der einzige, der nicht verwundet wurde. Er redete so leise, daß Teresa Mühe hatte, ihn zu verstehen. Statt ihnen zu helfen, bin ich abgehauen, flüsterte er.

Und wie hättest du ihnen deiner Meinung nach helfen können?

Ich weiß nicht, aber außer mir lebt von ihnen keiner mehr.

Nur das Ticken der Küchenuhr war zu hören. Kein Wort des Trostes kam über Teresas Lippen, keine Geste, die ihm bewies, daß sie ihm helfen wollte, sein schlechtes Gewissen zu ertragen. Als ihm der Gedanke durch den Kopf ging, daß es vielleicht hilfreicher für ihn gewesen wäre, sich Halina mitzuteilen, spürte er Teresas kleine und kühle Hand, die sein Kinn anhob. Ob er wollte oder nicht, er mußte ihr in die Augen sehen.

Warum nimmst du dein Leben, das du im Gegensatz zu deinen Kameraden behalten durftest, nicht als Geschenk?

Als Geschenk wofür?

Für dich und für mich.

Sie küßte ihn auf die Nase, als sei er ein kleiner Junge, dann ließ sie ihn los. Sie müsse jetzt gehen, sagte sie und suchte nach ihrer Tasche, sonst käme sie zu spät ins Spital. Er sah ihr zu, als sie sich bückte, betrachtete ihre Beine, und als sie die Wohnung verließ, roch er plötzlich das Parfum, das sie sparsam und selten benutzte.

Von diesem Tag an hatte er das Gefühl, aus einem Alptraum erwacht zu sein. Er nahm zur Erleichterung der ganzen Familie wieder an allem teil, und eines Tages stellte Halina voller Glück fest, daß ihr Mann wieder lachen konnte. Jetzt, so hoffte sie insgeheim, würde auch die Nacht nicht mehr fern sein, in der er sie wieder umarmte.

Ein paar Wochen später, während der Besuchszeit, tauchte plötzlich Radeks Gesicht in dem kleinen Glasfensterchen auf, hinter dem Teresa saß, ihre Listen führte und Auskunft gab. Er sagte nichts, sondern sah ihr nur zu, wie sie schrieb. Und wieder einmal fielen ihm ihre schmalen Hände auf. Wenn sie hier mit ihrem Dienst fertig war, würden ihn diese Hände streicheln, und ihre Lippen, auf denen sie jetzt, während sie etwas auszurechnen schien, herumkaute, würden seinen Körper berühren. Ihre Augen würden sich auf dem Höhepunkt weit öffnen und später mit Tränen füllen.

Teresa?

Jetzt blickte sie hoch, und langsam stieg Freude in ihr blasses Gesicht.

Was machst du hier, Radek?

Ich will dich abholen, wie lange hast du noch Dienst?

Noch eine halbe Stunde, antwortete sie und sah ihn für die kurze Mitteilung viel zu lange an.

Teresas Stimme klang, als wisse sie schon jetzt, was er vorhatte. Schließlich wäre es ganz normal, daß er zufällig am Spital vorbeikam und sie nach ihrer Arbeit nach Hause begleiten wollte. Aber irgendwie schien sie zu ahnen, daß der Weg sie woanders hinführen würde. Als er sich von dem Glasfensterchen abwandte und sich auf eine der Bänke setzte, lächelte er, und als Teresa pünktlich nach einer halben Stunde ihr Kabäuschen verließ und ihm entgegentrat, lächelte er immer noch.

Gehen wir in den Praski-Park ans Weichselufer, hatte sie gefragt, und Radek hatte den Kopf geschüttelt, sie wie ein Kind an die Hand genommen und war mit ihr in eine der überfüllten Straßenbahnen gestiegen. Es gab wenige in Warschau, man hatte Glück, wenn man überhaupt mitkam. Sie fanden auf der hinteren Plattform nur soviel Platz, daß sie dicht aneinandergedrängt zwischen Leibern, Köpfen und Füßen gerade noch stehen konnten. Ihre Gesichter waren einander zugewandt und ihre Blicke ineinander versunken. Fuhr die Straßenbahn in eine Kurve und drückten die Fahrgäste, die ihr Gleichgewicht suchten, die beiden noch mehr zusammen, küßten sie sich. Es roch nach Schweiß, billiger Seife und ebenso billigem Tabak. Die Menschen um sie herum sahen müde aus, hungrig und von der Mühsal des Alltags zermürbt. Nur der Himmel über ihnen war heiter, zeigte kleine, vom Wind langgezogene Wolken, die auf gutes Wetter hoffen ließen, auch wenn es längst Zeit war, an den Winter zu denken. Obwohl sie mitten durch die Stadt fuhren, roch es nach Herbst. Das Licht wurde härter, lag kräftiger als sonst auf den beschädigten Dächern der Stadt, und es hieß, im Ogród Saski, dem Sachsenpark, den kein Pole mehr betreten durfte, würden schon die ersten Blätter gelb.

Als Radek Teresa aufforderte auszusteigen, sah sie sich fragend um.

Was sollen wir hier?

Radek zeigte auf die gegenüberliegende Straßenseite, und Teresa las das Reklameschild einer Großbäckerei.

Das ist deine Arbeitsstelle?

Statt einer Antwort nahm er ihren Arm, führte sie über die Straße, öffnete die Tür zum Hinterhof und schob sie hinein.

Was soll ich denn hier?

Er sah nicht nur die Ungeduld in ihren Augen, sondern auch die Enttäuschung, die sie nicht zu verbergen suchte. Sie weigerte sich weiterzugehen und sagte, daß sie nach Hause wolle.

Ohne sie loszulassen, schloß er eine Tür auf, und sie befanden sich in einem riesengroßen Backraum, an dessen Wänden mit Brot gefüllte Regale standen, aufgereiht wie Schuhe. Auch in Körben lagen Brote, große und kleine, Brötchen und Hörnchen. Alles war mit Mehl bestäubt, weißgrau und irgendwie unwirklich. Auch der Mann, der jetzt von den Öfen herüberkam und Teresa vergnügt zuzwinkerte. Seine Haut war grau vom Mehl, auch seine Haare, Ohren und Wimpern. Nur seine Hände, in denen er einen mannshohen Holzschieber hielt, mit dem er die Brote aus dem Ofen holte, waren blitzblank und weich wie Teig.

Alles in Ordnung, Radek, sagte er, und selbst seine Stimme klang mehlig, geht nur, ich pass' auf.

Radek nickte seinem Kollegen zu, klopfte ihm auf die Schulter, wodurch er ein kleines Wölkchen auslöste. Dann nahm er Teresa abermals an der Hand.

Komm, sagte er, komm mit.

Er führte sie zu einer kleinen Tür, die nur angelehnt war.

Unser Pausenraum, sagte Radek und schloß hinter ihnen ab. Auch hier war alles mit Mehl überzogen. In der Mitte des kleinen Raumes standen ein Tisch und vier Stühle.

Auf dem Tisch standen Papierblumen in einer kleinen Vase. An der einen Wand waren zwei Blechschränke zur Verwahrung der Arbeitskleidung aufgestellt, und gegenüber sah Teresa ein mit Plüsch bezogenes Sofa, dessen Farbe nicht mehr zu erkennen war. Über dem Sofa hing ein mittlerweile vergilbtes Plakat aus der Vorkriegszeit, auf dem Kuchen und Törtchen abgebildet waren.

Hier? fragte Teresa mehr ratlos als verwundert.

Mach einfach die Augen zu.

Teresa gehorchte. Und als sie die Augen schloß und Radeks Lippen spürte, seine Zunge, seine Hände in ihrem Nacken, seine Haut und seinen Körper, vergaß sie die Backstube, den mehlbestäubten Kollegen und den Pausenraum, in dem sie jetzt mit Radek auf dem Sofa lag.

Radek hingegen schloß die Augen nicht. Er störte sich nicht an der Anwesenheit des Kollegen nebenan in der Backstube, auch nicht an dem für die Liebe so ungeeigneten Ort.

Er sah nur Teresa, fühlte ihren Körper unter und über sich. Er war ganz und gar beglückt von der Kraft, die von ihm ausging, froh, sie zu besitzen, und alles, was ihn seit seiner Heimkehr aus dem Krieg bedrückt hatte, verschwand zunehmend. Er war besessen davon, sie zu umfangen, in sie einzudringen, in ihr zu verharren, sich in ihr zu bewegen, um mit ihr in einen Augenblick tiefster Einheit zu fallen.

Sie waren zu atemlos, um zu sprechen, zu erschöpft, um sich zu bewegen. Nur streicheln konnten sie sich und lächelnd den Geruch ihrer Körper wahrnehmen, der, mit dem aufgewirbelten Mehlstaub vermischt, süß und milde in ihre Nasen stieg.

Als Teresa am frühen Abend die Wohnung betrat, hatte Halina schon die Graupensuppe gekocht und den Tisch gedeckt. Sie sagte, daß sie mit dem Essen auf Radek warten wollte, der sicher jeden Moment von der Arbeit kommen würde, denn manchmal, so fuhr sie fort, mache er freiwillig Überstunden, um Brot mitzubringen.

Als sie endlich alle in der Küche saßen und die karge Suppe löffelten, in der außer den Graupen ein paar Möhren und Sellerie herumschwammen, strich Halina plötzlich Teresa über den Kopf und fragte lachend: Ist das Mehl, oder was hast du da in deinen Haaren?

Ich weiß es nicht.

In dem folgenden Jahr 1941 hatte sich Warschau kaum verändert. Die Stadt und ihre Bewohner atmeten zwar wieder etwas auf, aber die Luft war dünn, und das Leben bestand nach wie vor aus Angst, Verboten und ständig neuen Verordnungen, die durch die Megaphone, die Spucknäpfe, ebenso durch die Straßen gebrüllt wurden wie die langen Listen der von der SS erschossenen Männer und Frauen. Auch die Razzien waren nicht weniger geworden. Im Gegenteil. Jetzt ging es dem Gouverneur Frank nicht mehr darum, nur die polnische Intelligenz zu vernichten, er machte sich jetzt dafür stark, in regelmäßigen Abständen polnische Bürger einfangen zu lassen, um sie als billige Arbeitssklaven ins Reich transportieren zu lassen.

Es mag verwunderlich sein, aber trotz aller Erniedrigung durch die Okkupanten, wie die Deutschen in Polen genannt wurden, trotz aller Beschwerlichkeiten des Alltags und der ständigen Bedrohung durch Verhaftung oder Erschießung, entwickelte sich unter den Bewohnern der Stadt wieder ein Lebensgefühl. Es gab Cafés, in denen man sich traf, illegale Theatervorstellungen, und es wurde Musik gemacht.

Die von den Deutschen zugelassenen Filme wurden sabotiert und kaum besucht. Wer es trotzdem wagte, mußte mit allerhand Belästigungen rechnen. Nicht nur, daß man die Kleider der Besucher mit Säure bespritzte, es wurde manchmal auch Tränengas in den Saal gesprüht, man zerstörte die Filmapparate oder steckte alles in Brand. Es hieß: Nur Schweine sitzen im Kino.

Auch Radek, Halina und Teresa lehnten es ab, sich Filme der Deutschen anzusehen. Sie hatten alle drei zu einem Leben gefunden, das sie den Verhältnissen entsprechend erträglich fanden. Halina war inzwischen zur Abteilungsleiterin avanciert. Noch immer lief sie nachts durch die Wohnung, deckte die Schwester zu, hörte auf das Schnarchen des Vaters, schüttelte der Mutter die Kissen auf, und wenn sie zurückkam, legte Radek im Schlaf seinen Arm um ihre Schultern.

Nachdem er das erste Mal wieder mit ihr geschlafen hatte, erzählte es Halina glückstrahlend der Schwester. Jetzt wird alles gut, hatte sie gesagt, jetzt ist Radek wieder der alte.

Auch Teresa empfand zwischenzeitlich so etwas wie Glück. Die Angst, Halina an Radek und Radek an Halina zu verlieren, war verschwunden. Jetzt gehörte ihr die Liebe von beiden. Die der Schwester gab ihr zu Hause Fürsorge und geschwisterliche Nähe. Radeks und ihre Liebe fand außerhalb statt. Darauf bedacht, Halina nicht zu verletzen, gerieten sie mit ihren Gefühlen niemals außer Kontrolle. Um so leidenschaftlicher fielen sie im Pausenraum der Großbäckerei übereinander her, liebten sich bis zur Erschöpfung und nutzten jede Minute für Zärtlichkeiten. Schon längst störte sich Teresa nicht mehr an dem primitiven Raum, auch nicht an dem fröhlich zwinkernden Kollegen, der ihre Schäferstunden bewachte.

Nur einmal hatte es in nun fast zwei Jahren einen kleinen Disput zwischen ihnen gegeben.

Du schläfst mit Halina? hatte Teresa gefragt, nachdem die Schwester ihr davon berichtet hatte.

Natürlich, war Radeks Antwort gewesen.

Warum?

Sie ist meine Frau.

Und ich, wer bin ich?

Du bist auch meine Frau.

Aber ... hatte sie begonnen und dabei ein Gesicht gezogen, das Unmut versprach, vielleicht eine Szene.

Es gibt kein Aber, Teresa, sagte er mit Bestimmtheit, merk dir das.

Die winzige Schärfe, die sie den letzten drei Worten herauszuhören glaubte, hatte sie derart erschreckt, daß sie nie wieder darauf zurückkam.

Anfangs hatte Radek sich mit der Tatsache gequält, zwei Frauen zu lieben. Dann hatte er geglaubt, sich entscheiden zu müssen, und hatte sich Wochen und Monate lang gefragt, wen er mehr liebte. Aber er war zu keinem Ergebnis gekommen. Und als er feststellte, daß er Halina so liebte wie Teresa und Teresa so wie Halina, betrachtete er beide Frauen als ein Geschenk des Schicksals, auf das er nicht mehr verzichten wollte und für das es galt, dankbar zu sein.

Halinas Geburtstag fiel auf einen Sonntag. Der November war dieses Jahr kalt geworden. Es hatte sogar schon Frost gegeben, und die Bewohner von Warschau begannen sich um das Brennmaterial für ihre Öfen zu sorgen. Jede Familie sparte an Holz und Kohle, wo sie nur konnte. So wurden auch nur das Zimmer der Mutter und die Wohnstube geheizt, die anderen Räume blieben kalt.

Ich lade euch zur Feier des Tages in ein Café ein, sagte Halina beim Frühstück zu Radek und Teresa. Sie strahlte, sah glücklich aus und zeigte allen einen schmalen Goldring mit einem stecknadelkopfgroßen roten Steinchen, den Radek ihr geschenkt hatte.

Findest du ihn schön? fragte Halina die Schwester, jetzt habe ich außer der Kette auch einen Ring.

Teresa antwortete mit kleinem Lächeln: Ich finde ihn wunderschön.

Halina ahnte nicht, daß Teresa den Ring mit Radek zusammen erstanden hatte. Sie waren die Woche zuvor, nachdem sie sich im Pausenraum der Großbäckerei geliebt hatten, zum Kercelak, dem größten Schwarzmarkt der Stadt, gefahren und hatten das Ringlein für Geld und Mehl erworben. Zwei standen zur Auswahl, wobei Radek auch für einen entsprechenden Preis beide hätte kaufen können. Aber er kaufte nur einen und ließ ihn Teresa aussuchen. Als der Handel perfekt wurde und der Besitzer der Ringe den anderen wieder an sich nahm, konnte Teresa nicht anders und fragte Radek: Und was bekomme ich?

Nichts, sagte er freundlich.

Und warum nicht?

Erstens, weil du nicht Geburtstag hast, und zweitens kann ich nicht soviel Mehl beiseite schaffen.

Teresa hatte darauf geschwiegen, fürchtete die leise Schärfe, die in Radeks Stimme auftauchte, wenn er glaubte, sie sei eifersüchtig, und nahm sich vor, Halina den Ring zu gönnen.

Sie hatten sich alle drei so schöngemacht, wie es ihnen möglich war. Sogar Halina war gegen ihre sonstige Gewohnheit geschminkt. Nur mit ihren Schuhen mußten sie auf das Wetter Rücksicht nehmen. Teresa duftete nach den letzten Tropfen ihres Parfums, und Halina trug neben dem Ring und der Kette die einzigen Seidenstrümpfe, die sie besaß.

Sie hatten Radek in die Mitte genommen, rechts und links eingehakt, und gingen im Gleichschritt auf dem Weg zum Fregata, ein Lokal in der Ulica Mazowiecka, von dem sie wußten, daß es dort Wein und Wodka gab.

Wir werden uns ein bißchen betrinken, ja? sagte Teresa und drückte Radeks Arm.

Aber nur ein bißchen, antwortete Halina, und Radek meinte, jeder solle soviel trinken, wie er vertragen könne, und legte den Schwestern die Arme um die Schultern.

Später wußten Halina und Teresa nicht mehr, wo sie sich genau befunden hatten, als es passierte. Zumindest mußte es eine Straße gewesen sein, in der eine größere illegale Veranstaltung stattgefunden hatte, denn es waren mehr Menschen als üblich auf den Bürgersteigen. Einige schienen hastig einem Ziel zuzustreben, ihre Gesichter waren erregt, sie sahen sich öfter als notwendig um und redeten nicht miteinander, obwohl sie dicht nebeneinander herliefen.

Hier ist irgendwas los, sagte Radek, blieb stehen und nahm die Arme von den Schultern der Mädchen.

Dann laß uns lieber einen anderen Weg gehen, schlug Halina vor.

Aber dazu war es zu spät. Es fielen bereits von allen Seiten Schüsse. Plötzlich fingen die Menschen an, in mehrere Richtungen zu laufen, hin und her, wie eine von Hunden gehetzte Schafherde. Auch Radek und die Mädchen liefen erst zurück und dann wieder vor. Aber das alles nützte nichts. Die hintere Straßenfront war mit einem LKW gesperrt, aus dem SS-Männer stürmten, und als sie in die andere Richtung liefen, stand dort ebenfalls ein LKW quer auf der Straße. Die SS-Männer benutzten nicht nur Pistolen, sondern auch Knüppel. Sie brüllten mit sich überschlagenden Stimmen Befehle, die niemand verstand. Was hier geschah, war eine Razzia, bei der Polen wie wilde Tiere eingefangen und dann abtransportiert werden sollten. Die Menschen begannen zu schreien, klopften an die verschlossenen Haustüren, versuchten, in Fenster zu klettern und sich in Keller zu retten. Ein älterer Mann, auf dessen Schultern ein kleiner Junge saß, versuchte, an einer Regenrinne in ein Fenster zu klettern. Aber kaum überragte sein Kopf die Menschenmenge, fiel ein Schuß, und er stürzte mit dem Kind zu Boden. Eine Frau, die sich in ihrer Angst tot stellte, um auf diese Weise einem Abtransport zu entgehen, wurde mit Tritten in Leib und Rücken wieder auf die Beine gebracht.

Vorwärts, Tempo, Tempo, ihr verdammten Polacken!

In der Mitte zwischen den beiden LKWs gab es jetzt ein Knäuel schreiender Menschen, die von den SS-Männern mit Knüppeln auseinandergetrieben wurden. Halina und Teresa hielten sich an den Händen, als wären sie aneinander festgewachsen. Radek war abgedrängt worden. Sie sahen ihn wenige Schritte hinter sich, schrieen, bis Teresa ein Hieb auf den Kopf traf und ihr schwarz vor den Augen wurde. Sie hatte noch das Gesicht des SS-Mannes wahrnehmen können, bevor er zuschlug. Der sieht ganz normal aus, hatte sie gedacht, weder wütend noch haßerfüllt, nur konzentriert, als habe er hier Maßarbeit zu leisten. Dann fiel der Schlag, und sie sank in die Knie. Aber Halina ließ sie nicht los und sorgte dafür, daß sie wieder zur Besinnung kam.

Genau in diesem Augenblick verschwand Radek aus ihrem Blickfeld, und als Teresa wieder auf den Füßen stand, war er nicht mehr zu sehen. Nur Schüsse fielen, immer wieder Schüsse, von denen niemand wußte, ob sie in die Luft zielten, um die Razzia zu beschleunigen, oder ob sie den Menschen galten, die zu fliehen versuchten.

Halina und Teresa wurden mit anderen Polen, die sich auf der Straße befanden, in einen der LKWs gestoßen. Es nützte nichts, daß sie ihre Ausweise und Arbeitskarten zeigten.

Als sie noch einen Blick auf die Straße warfen, bevor ihnen eine Plane die Aussicht versperrte, waren die Bürgersteige bis auf ein paar Erschossene, die auf dem Pflaster lagen, leergefegt.

Radek ist tot, wimmerte Teresa, während ihre Zähne ohne Pause aufeinanderschlugen.

Nein, sagte Halina merkwürdig ruhig, er ist nicht tot.

Kapitel 3

Die SS-Männer ließen die Plane der Rückwand herunter, und in der plötzlichen Dunkelheit war im ersten Augenblick kaum etwas zu erkennen. Draußen dröhnten deutsche Kommandos. Es fiel ein Schuß, Schreie waren nicht mehr zu hören.

Langsam gewöhnten sich die Augen an das dämmrige Licht, in dem ein Gesicht nach dem anderen auftauchte, Frauen jeden Alters, auch Mädchen, kaum älter als sechzehn. Noch waren sie still, noch verschlossen ihnen der Schock und die Angst vor Prügeln und Tod die Lippen. Sie standen dicht aneinandergedrängt und starrten sich mit weit geöffneten Augen an. Wie Schlachtvieh hatte man sie zusammengepfercht, und alle hatten Mühe, den Boden unter den Füßen zu spüren. Einige konnten nicht einmal die Arme heben, so eng standen sie nebeneinander. Als der Lastwagen anfuhr und scharf einbog, schlugen ihre Köpfe aneinander. Sie rochen ihren gegenseitigen Atem. Sie begannen zu schreien. Sie riefen um Hilfe, riefen nach ihren Männern, ihren Eltern und Kindern. Sie brüllten, bis ihnen der Speichel aus den Mundwinkeln tropfte und die Stimme versagte. Die Schreie gingen in klagendes Jammern über und endeten in Tränen und schluchzendem Weinen. Der Lastwagen fuhr in schnellem Tempo und mit heulendem Motor. Halina, die einen Schlitz in der Plane entdeckt hatte, erkannte die Richtung. Es ging zum Bahnhof. Die Frauen wurden wie vom Sturm geschüttelt, bogen sich von einer Seite zur anderen, traten sich gegenseitig auf die Füße und hielten sich aneinander fest. Das Entsetzen wich langsam aus ihren Gesichtern und verwandelte sich in Angst und in das noch nicht faßbare Leid der Trennung. Einer Trennung vom bisherigen Leben, von Verwandten, die nie erfahren würden, was hier passiert war, und die zu Hause auf sie warteten. Halina und Teresa standen eng umschlungen am hinteren Rand des Lasters, die seitlichen Planken im Rükken, vor sich die wankenden Körper der Frauen, aufgelöste Frisuren, tränenverschmierte Gesichter, glasige Augen, noch vom Schrei geöffnete Münder.

Sie werden uns erschießen, rief plötzlich eine der Frauen mit hysterischer Stimme.

Noch nicht, bekam sie zur Antwort, erst müssen wir für sie arbeiten, oder was glaubst du, wozu sie uns verhaften und abtransportieren?

Die Mutter wird ohne uns sterben, sagte Halina ins Ohr der Schwester. Und als hätten die Worte der Schwester nichts mit ihr zu tun, erwiderte Teresa: Radek ist tot.

Halina hielt Teresa noch fester als zuvor. Nein, er lebt, sagte sie sanft, aber die Eltern, denkst du nicht an sie?

Nein, ich denke daran, ob und wie wir abhauen könnten, wenn der LKW hält.

Das schlag dir aus dem Kopf, wenn du nicht erschossen werden willst, antwortete die Frau neben ihnen. Sie gehörte zu den wenigen, die weder geschrieen hatten noch weinten, noch irgendwelche Namen riefen. Ihr Gesicht hatte den Ausdruck einer Greisin, obwohl sie nicht älter als vierzig sein konnte.

Wir müssen dem Herrgott danken, wenn wir nicht in einem KZ landen, flüsterte sie.

Wo dann?

In einer Fabrik, auf dem Land, in einer Ziegelei oder beim Straßenbau, was weiß ich.

Den Rest der Fahrt schwiegen Halina und Teresa, dachten beide, ohne daß sie es voneinander wußten, mehr an Radek als an die Eltern und hofften noch immer, auf Grund ihrer Arbeitspapiere bei Ankunft des Transports, wo immer das sein mochte, auf freien Fuß zu kommen.

Es war typisch für Halina, daß sie ihre Angst um das eigene Schicksal mit der Sorge um Radek und die Eltern verdrängte. Immer wieder hatte sie den auf der Straße liegenden toten Mann vor Augen. Aus ihrem Blickwinkel, von dem davonfahrenden LKW aus, war nicht genau zu erkennen gewesen, ob es Radek gewesen war oder nicht. Selbst an der Kleidung hatte sie es nicht erkennen können. Graue Hosen und eine dunkle Jacke, das trug heutzutage jeder Pole. Das Gesicht war nicht zu sehen gewesen, auch nicht die Schuhe. Der Mann hatte auf dem Bauch gelegen, unbeweglich, die Arme über dem Kopf.

Halina schloß die Augen. Wenn Radek nicht der Tote war, wo war er dann? Sie sah ihn in den verschiedensten Situationen. Zum Beispiel als Gefangenen in dem anderen LKW, der die Straße abgesperrt hatte, oder auf einem Fußmarsch in ein Lager. Sie sah ihn in einem KZ, sie sah ihn an eine Wand gestellt, um erschossen zu werden. Sie sah ihn verwundet, sah ihn sterbend und sah ihn unversehrt dem Lastwagen nachlaufen, in dem sie mit Teresa abtransportiert worden war. Halina merkte, daß sie nicht weinte. Kein Schluchzer drang aus ihrer Kehle. Auch nicht Radeks Name. Es blieb bei seinem Bild, das sich übergroß, mal bunt, mal schwarzweiß, über jeden Gedanken legte. Die Mutter war wahrscheinlich schon längst unruhig, sah dauernd auf die Uhr und verlangte nach Tee und ihren Medikamenten. Die Kissen würden verrutscht sein, das Bettzeug verschwitzt. Ob sie der Vater zur Toilette begleitete? Halina glaubte die Klagen der Mutter zu hören, das Murren des Vaters, sie möge warten, bis die Töchter zu Hause seien. So lange könne das ja nicht mehr dauern.

Der Vater war nicht fähig, die Mutter zu pflegen. Vielleicht würden die Großeltern vom Häuschen am Stadtrand zurückkehren. Als Halina in die Gesichter der dicht um sie herum gedrängt stehenden Frauen starrte, begriff sie, daß alle von der gleichen unerträglichen Sorge gequält wurden, was zu Hause ohne sie passierte. Wie eine tonnenschwere Glocke hing die Verzweiflung über ihnen und lähmte ihre Willenskraft.

Nur Teresa schien von all dem nicht berührt zu sein. Sie dachte weder an die Mutter noch an den Vater. Ihre Gedanken gehörten allein Radek, den sie in dem Toten erkannt zu haben glaubte. Sie war damit beschäftigt zu überlegen, wie sie mit Halina fliehen könne, um nach ihm zu suchen. Längst hatte sie die Befestigung der Plane abgetastet, aber kein Schlupfloch gefunden. Während der Fahrt abzuspringen war unmöglich, auch wenn sie Verletzungen in Kauf nähme, von Halina ganz zu schweigen. Und ohne Halina würde es keine Flucht geben. Wenn der Wagen anhält, wiederholte sie ihren Vorschlag, hauen wir ab. Sie sagte es so leise, daß es die Frau mit dem Greisengesicht nicht verstehen konnte.

Du bist verrückt, Terenia, die *Szkopy* werden uns erschießen.

Wart's ab.

Teresa sah nicht das Leid und die Verzweiflung der anderen, ihre ganze Konzentration gehörte ihrer Flucht. Es galt, den günstigsten Moment zu nutzen. Ein Stolpern der Mithäftlinge, eine Prügelei oder sonst eine Situation, die die SS-Männer ablenken würde. Am besten war es, vom Laster zu springen, darunter zu kriechen und die Gelegenheit abzuwarten, um davonzulaufen.

Du mußt Mut haben, Halinka, und an dein Leben denken.

Ich denke an Radek, antwortete die Schwester, und zum ersten Mal war Halina den Tränen nah.

Gut, wenn's dir hilft, rechtzeitig mit mir abzuspringen, dann denk an Radek.

Hast du denn gar keine Angst?

Mehr als du glaubst, flüsterte Teresa, aber ich will hier raus.

Sie sah durch den Schlitz und rief in den Wagen, daß sie jetzt am Güterbahnhof angekommen seien. Jede der Frauen wußte, was das bedeutete. Einige fingen an zu beten, andere weinten. Kaum hielt der LKW, wurde die Plane geöffnet, hochgeschlagen, die Rückwand heruntergelassen, und die Frauen wurden herausgetrieben. Wie Teresa es vorausgeahnt hatte, stolperten einige, fielen hin und rissen andere mit sich. Die SS-Männer brüllten und schlugen auf die Unglücklichen ein.

Jetzt, keuchte Teresa, sprang seitlich vom Wagen und war im selben Augenblick darunter verschwunden. Sie hatte recht, die Aufmerksamkeit der Männer gehörte dem Durcheinander der übereinanderfallenden Frauen, und vielleicht wäre der Plan aufgegangen, wenn da nicht die Hunde gewesen wären. Halina war der Schwester noch nicht gefolgt, als die Tiere wild zu bellen anfingen, an den Leinen zerrten und unter den Wagen kriechen wollten.

He, schrie einer der Männer, komm raus, du Schlampe!

Er ließ seinen Hund so weit an Teresa heran, daß er zuschnappen konnte und ihr den Mantel zerfetzte.

Na, rief der SS-Mann, willste gefressen werden oder rauskommen?

Der Hund zerrte an der Leine, stand auf den Hinterbeinen und fletschte mit hechelnder Zunge die Zähne. Er tanzte so dicht vor Teresa hin und her, daß sie die Wärme seines Atems spürte. Seine Augen glühten, und Teresa wußte, wenn sie jetzt nicht hervorkam, würde sie von dieser auf Angriff dressierten Bestie zerfleischt.

Plötzlich stand Halina neben dem SS-Mann. Teresa erkannte sie an den Seidenstrümpfen und den Schuhen. Mehr konnte sie von der Schwester nicht sehen, aber sie hörte die Stimme, die jetzt in unbeholfenem, aber verständlichem Schuldeutsch auf den Mann einredete.

Meine Schwester ist krank.

Wo?

Im Kopf, sagte Halina, sie hat Angst, verstehen Sie?

Weiß der Himmel, womit Halina den Mann beeindruckte, aber er holte den Hund zurück, schrie aber nochmals und lautstark: Rauskommen.

Teresa kam unter dem Wagen hervor, hielt mit der einen Hand ihren zerrissenen Mantel fest, mit der anderen schützte sie in Erwartung eines Schlages ihren Kopf. Aber der SS-Mann schlug nicht zu, er trat zu. Und zwar mit einer solchen Wucht, daß Teresa direkt in Halinas Arme flog. Die zerrte die Schwester sofort hinter sich her ans Ende der Kolonne.

Hopp, hopp, hieß es und schnell, schnell, Tempo, Tempo!

Knüppel wurden geschwungen, Hunde bellten, und irgend jemand schoß zur Beschleunigung in die Luft. Die Frauen stolperten über die Schienen, und Halina sah jetzt, daß ihr Laster nicht der einzige war, der verhaftete Polen hierherbrachte.

Dort drüben laufen Männer, schrie Teresa plötzlich und war drauf und dran, sich schon wieder davonzumachen. Da brüllte Halina sie an, wie sie die Schwester noch nie angebrüllt hatte. Sie krallte ihre Hand mit Gewalt in Teresas Arm. Du bleibst jetzt hier, hast du denn noch nicht genug?

Einen Augenblick sah es aus, als wollten sich die beiden prügeln, und sie lösten damit unter den SS-Männern Heiterkeit aus. Dann ging alles schnell. Sie mußten in einen Güterwagen klettern, und erst als der so voll war, daß wirklich kein Mensch mehr hineinpaßte, wurden die Türen zugeschoben und verriegelt.

Wie anfangs auch im LKW begann ein fürchterliches Jammern und Weinen. Da sie eng aneinandergepfercht waren, schrieen sie sich ihr Leid und ihre Angst gegenseitig in die Ohren, bis sie halb taub waren und es seine Zeit dauerte, bis sie eine nach der anderen vor Erschöpfung und Verzweiflung still wurden.

Halina und Teresa hatten Glück, daß sie dicht an der mit Stacheldraht versehenen Luke standen. Das war allerdings auch ein Nachteil. Die Luke ließ frische Luft herein und schützte vor dem sich langsam entwickelnden Gestank nach Schweiß, Urin, später auch nach Kot. Aber mit der frischen Luft strömte auch Novemberkälte durch die Sichtklappen, und als der Viehwagen sich endlich in Bewegung setzte, fuhr sie ihnen beißend ins Gesicht. Sie mußten sich ducken, um nicht der ständigen Zugluft ausgesetzt zu sein. Aber es half wenig, und nach einigen Stunden waren ihre Lippen blau und ihre Ohren rot. An Sprechen war nicht zu denken, und schließlich tauschten sie ihre Plätze mit denen, die die Enge und die verpestete Luft weiter innen im Wagen nicht mehr aushalten konnten.

Zu sehen war in den schmalen Schlitzen der Luke nichts. Inzwischen hatte die Dunkelheit eingesetzt und hüllte den Zug, den Viehwagen und die Landschaft in ein alles verschlingendes Schwarz.

Sie lehnten aneinander, rutschten in die Hocke, dösten ein und wurden von dem ständig zunehmenden Gestank wieder wach.

Ich hab's nicht mehr halten können, flüsterte Teresa, ich hab' mir eben in die Hosen gemacht, und Halina antwortete mit verlegenem Lächeln: Ich auch.

Gegen Morgen hielt der Güterzug, und es dauerte nicht lange, bis die Türen aufgerissen wurden.

Rauskommen!

Es wurden sechzig Frauen abgezählt, der Rest ging - Gott weiß wohin - weiter auf Transport. Im letzten Moment bevor die Tür zuknallte, sprangen Teresa und hinter ihr Halina aus dem Waggon.

Das waren doch schon sechzig Stück, schrie einer der Männer, die müssen zurück!

Wer?

Na, die zwei.

Welche zwei?

Halina und Teresa waren nicht zu sehen, hockten zitternd unter dem Traktoranhänger, auf den die sechzig Frauen verladen worden waren. Teresas Gesicht glühte. Sie hatte Fieber, und wenn sie hustete, glaubte sie, ihr zerspränge der Brustkasten.

Ich kann nichts mehr sehen, flüsterte Teresa und legte sich, ohne auf die Gefahr ihres Tuns zu achten, unter den Hänger auf das Straßenpflaster, als wolle sie schlafen.

In dem Augenblick sah Halina in das besorgte Gesicht eines jungen Mannes, der keine Uniform trug und jetzt auf polnisch sagte: Wenn ich losfahre und man entdeckt euch, seid ihr verloren. Er griff nach Teresa und warf sie wie eine Puppe in den Hänger, auf dem schon die anderen Frauen, dicht an dicht wie Kornsäcke, aneinandergedrückt hockten.

Und jetzt du. Der junge Mann half Halina über die Seitenwand ins Wageninnere, lief, so schnell er konnte, nach vorn und schwang sich auf den Traktor, dessen Motor die ganze Zeit lief. Er gab Gas und fuhr unter lautem Getöse davon. Mit dem Rücken zu ihm, das Gesicht den Frauen zugewandt, stand ein kleiner Polizist, der, um sich Respekt zu verschaffen, ständig mit einem Karabiner herumfuchtelte. Die Frauen zeigten kein Interesse an ihm. Durst, Hunger und Kälte hatten sie teilnahmslos gemacht. Keine von ihnen versuchte, den Namen des kleinen Städtchens zu ergründen, durch das der Traktor jetzt fuhr. Die Häuser am Marktplatz umrundeten schmalgiebelig das quadratische Rathaus. Die Leute auf den Straßen kümmerten sich nicht um den ungewöhnlichen Menschentransport auf einem offenen Wagen mitten im November.

Manche blinzelten, manche nickten, was aussah, als stimmten sie dem, was sie da sahen, zu, und manche guckten einfach weg. Nirgendwo eine Geste des Protests.

Als der Traktor das Städtchen verließ, bog er links in eine Allee, die ein winziges Hügelchen hinaufführte. Auf dessen Spitze stand in einer Parkanlage ein aus Feldsteinen gemauerter Turm, in dessen Ostseite eine runde Bronzeplatte mit dem Profil Bismarcks eingelassen war. Von den Frauen hatte wohl nur Halina die Bronzeplatte wahrgenommen und Bismarck erkannt. Sie waren also in Deutschland.

Die leeren, zum Teil mit Rauhreif bedeckten Felder waren brettflach, reichten bis zum Horizont, und nur hin und wieder unterbrach ein wilder Birnbaum oder eine Eiche die eintönige Weite. Blickte man geradeaus, an dem immer noch stehenden und mit seinem Karabiner herumfuchtelnden Polizisten vorbei, war ein Dorf zu erkennen. Es zog sich kilometerlang hin, war von Holunderbüschen umrandet und hatte als Mittelpunkt einen Turm. Keinen Kirchturm, sondern einen Turm, der zu einem Schloß gehörte. Er ragte mit seinen schiefergrauen Dachschindeln über die Baumwipfel hinweg und wirkte im Gegensatz zum Dorf ein wenig pompös. Als der Traktor das Dorf erreichte und auf einem Straßenschild der Name Rohrdorf zu lesen war, wurde auch das Schloß sichtbar, das wie ein überdimensionaler Kaffeewärmer in einem Park hockte. Der Traktor fuhr an der Parkmauer entlang und hielt auf einem großen, von Ställen und Scheunen eingerahmten Gutshof.

Mitten auf dem Hof stand ein grauhaariger Mann, der die Frauen mit sichtbarer Ungeduld erwartet haben mußte, denn er rieb ohne Unterlaß seine Hände aneinander.

Was denn, sagte er und begutachtete die unterkühlten, durstigen und hungrigen Frauen, diese Leute sollen meine Rüben ernten? Die sind doch aus der Stadt, so wie die angezogen sind.

Andere gab's nicht, Herr Major, anwortete der Polizist, ich

hab' schon mehr mitgebracht, als Sie wollten. Ich dachte, zwei von denen können wie einer von uns arbeiten. Man muß ihnen bloß Beine machen.

Wo kommen die her, Janik, sagte der Herr Major, an den Traktorfahrer gewandt, der daraufhin die Frauen auf polnisch nach ihrer Herkunft fragte.

Die Frauen blieben stumm, wußten nicht, wer sie da auf polnisch anredete und ob ihnen die Wahrheit vielleicht schaden könnte.

Hört zu, ich heiße Ludwik Janik, bin polnischer Zwangsarbeiter und hier nach Rohrdorf verschleppt, so wie ihr jetzt.

Endlich antwortete eine Frau: Wir sind aus Warschau und wurden bei einer Straßenrazzia verhaftet.

Ludwik Janik gab die Auskunft an den Herrn Major weiter, der darüber höchst unzufrieden zu sein schien. Er veranlaßte, daß die Frauen vom Wagen stiegen.

Im hinteren Teil des Hofes stünden zwei Klohäuschen, sagte er, die könnten benutzt werden, und in dem zur Zeit leeren Pferdestall sei ein Wasserhahn. Die Frauen sollten sich aber beeilen, denn in spätestens einer Stunde würden sie aufs Feld gefahren.

Halina hatte Mühe, die vom Fieber geschüttelte Schwester vom Wagen zu holen. Es war Ludwik Janik, der ihr half. Teresa schien nicht mehr zu wissen, wo sie war, murmelte unverständliche Worte, unter denen hin und wieder Radeks Name zu hören war. Sie wird sterben, flüsterte Halina Janik zu, das hält sie nicht aus.

Bis Feierabend muß sie durchhalten, dann sehen wir weiter.

Halina schleppte Teresa in den Pferdestall zum Wasserhahn. Die Frauen machten Platz, als sie sahen, in welchem Zustand Teresa war. An den Klos war großes Gedränge, und vor der Fahrt zum Rübenfeld hatte der Dorfpolizist eine Menge zu tun, bis alle wieder auf dem Wagen waren. Teresa kauerte in einer Ecke und starrte mit glasigen Augen blicklos in den grauen Novemberhimmel.

Die kräftigeren Frauen bekamen eine zweizinkige Rübengabel mit kurzem Griff, die sie wie einen Spaten zu bedienen hatten, um die kiloschweren Zuckerrüben aus der Erde zu hebeln. Den Schwächeren wurden Sicheln in die Hand gedrückt, mit denen sie den geernteten Rüben das Kraut abhacken sollten. Es war ein jämmerlicher Anblick, wie sich diese verstörten Warschauerinnen auf dem Feld bewegten. Die meisten von ihnen trugen dünne Fingerhandschuhe, manche gar keine. Ihre Kleidung war städtisch, ihr Schuhwerk konnte dem teils angefrorenen, teils feuchten Boden kaum standhalten. Einige hockten sich einfach hin, zogen die Röcke über die Knie und versuchten, sich auf diese Weise zu wärmen, und wenn sie ihre Handschuhe auszogen, waren ihre Finger vor Kälte blau. Die Zahl der Rüben, die sie aus dem Erdreich holten, war lächerlich und brachte den Major zur Verzweiflung.

Die kommen morgen wieder weg, sagte er zu dem Dorfpolizisten, der sich große Mühe gab, die Frauen zur Arbeit anzutreiben. Als der Major Ludwik Janiks Blick auffing, sagte er nur, daß er in erster Linie für seine Rübenernte verantwortlich sei und nicht für verhaftete Warschauer Frauen. Er habe aber Suppe und Tee kochen lassen, damit die Gefangenen etwas Warmes in den Bauch bekämen.

Teresa, die nicht fähig war zu arbeiten, hatte Ludwik Janik in das Fahrerhäuschen seines Traktors verfrachtet. Dort lag sie mehr oder weniger auf dem Fahrersitz, lallte, stöhnte und hustete vor sich hin. Dazwischen schien sie die Besinnung zu verlieren, hing, den Kopf nach hinten gebeugt, wie tot auf dem Sitz, die Hände am Steuer, als wolle sie sich jede Sekunde mit Hilfe des Traktors vom Leben in den Tod befördern.

Die Frauen mochten vielleicht zwei Stunden auf dem Feld gewesen sein, als Anna, die Tochter des Herrn Majors, mit

Pferd und Wagen Tee und Suppe brachte. Näpfe und Blechtöpfe wurden verteilt, und weil sie nicht reichten, mußte nacheinander gegessen werden.

Vielleicht arbeiten sie dann, sagte der Herr Major und sah kopfschüttelnd zu, wie die Frauen die Suppe verschlangen.

Seit gestern haben sie nichts gegessen, Papa, sagte Anna leise.

Und woher weißt du das?

Von Janik, er hat sie gefragt.

Dann ging Anna zum Führerhaus des Traktors, um der kranken Teresa einen Teller Suppe zu bringen. Aber die, gerade mal bei Besinnung, schlug Anna den Napf aus der Hand, daß die Suppe durch das ganze Führerhaus spritzte.

Freundlich ist die ja gerade nicht, sagte Anna zu Ludwik Janik, der darauf Halina holte, von der sich Teresa sofort Tee einflößen ließ. Für die zwei muß ich mir noch was überlegen, flüsterte Ludwik Janik der Tochter des Majors zu.

Als die Frauen auch nach der Mahlzeit nicht in der Lage waren, die Rüben aus dem Boden zu heben und das Kraut abzuschneiden, gab der Herr Major auf.

Janik, rief er seinem polnischen Traktorfahrer zu, Janik, fahren Sie die Frauen in ihr Quartier. Ich rufe in der Stadt an, morgen werden sie wieder zum Bahnhof gebracht.

Wer Deutsch verstand, wußte, daß die Anordnung des Herrn Majors für alle der sichere Transport in ein KZ bedeutete. Für Halina war damit das Todesurteil über Teresa ausgesprochen. Sie ließ ihre Rübengabel fallen und rannte querbeet zu Ludwik Janik, der sie schon erwartet hatte.

Ganz ruhig, sagte er, ich krieg' das schon hin.

Er gab Halina knappe und genaue Anweisungen. Im vorderen Teil des Anhängers lag eine Plane. Bevor er das Signal zur Abfahrt gebe, würde er ihr winken, um Teresa auf den Hänger unter die Plane zu legen. Dann solle Halina dazukriechen und so lange neben Teresa liegenbleiben, bis er sie hervorholte, egal, was geschah, wie laut der Dorfpolizist brüllte, selbst wenn er in die Luft schoß. Es hinge alles davon ab, ob sie es schaffe, mit Teresa stillzuhalten. Der Haufen der geernteten Rüben wurde nicht größer. Die Frauen arbeiteten immer weniger, weil ihnen Füße, Hände und der Rücken weh taten. Hinzu kam die Kälte, die ihnen durch die für eine Landarbeit ungeeignete Kleidung die Haut erstarren ließ. Da nützten auch die Drohungen des Dorfpolizisten nichts, und der Herr Major wies ihn endlich an, den Mund zu halten.

Sie sehen doch, daß das alles keinen Zweck hat.

Er winkte Janik, und der gab Halina ein Zeichen. Obwohl sie am liebsten gerannt wäre, kam sie so langsam wie möglich über das Feld gegangen. Während der Dorfpolizist noch von dem Herrn Major in ein Gespräch verwickelt war, hoben Halina und Ludwik Janik die halb ohnmächtige Teresa, so schnell sie konnten, vom Führerhäuschen in den Wagen unter die Plane. Und wie es Ludwik Janik befohlen hatte, legte sich Halina dazu, preßte Teresa an die Vorderwand, um die Schwester mit dem eigenen Rücken gegen die zu erwartenden Puffe und Tritte der Frauen zu schützen.

Dann hörte sie, wie Ludwik Janik auf polnisch den Befehl gab, in den Hänger zu steigen, um ins Quartier zu fahren. Der Polizist brüllte trotz Verbot schon wieder herum. Aber er hatte wenig Grund, denn die Frauen beeilten sich, so gut sie konnten, vom Feld zu kommen. Ob sie bemerkten, daß da jemand unter der Plane versteckt war, wußte Halina nicht. Sie bekam weder Tritte, noch benutzte sie jemand als Sitzgelegenheit. Sie hatte eher das Gefühl, daß man mit der Plane und dem, was eventuell darunter lag, vorsichtig umging.

Das Gerüttel des Anhängers war trotz der Last der Frauen unerträglich. Halina hielt die Schwester mit beiden Armen umfaßt und fing auf diese Weise jeden einzelnen Stoß mit dem eigenen Körper auf. Die Plane, die nach fauligen Kartoffeln roch, nahm ihr fast den Atem, und irgend etwas Glitschiges beschmierte ihr Gesicht. Als Teresa zu wimmern anfing und Halina befürchten mußte, daß das Wimmern in Schreien übergehen würde, sie aber keine Hand frei hatte, um Teresa den Mund zuzuhalten, begann sie die Schwester in ihrer Not zu küssen. Sie ließ Teresas Lippen so lange nicht los, bis diese wieder in die Besinnungslosigkeit ihres Fiebers fiel.

Den Geräuschen nach fuhren sie jetzt über den Gutshof, und das Kopfsteinpflaster zeigte Halina an, daß die Fahrt an der Parkmauer entlang zur Dorfstraße ging. Dann bog der Traktor rechts ab und schien etwa zweihundert Meter weiter zu halten. Teresa lag bewegungslos in ihren Armen, muckste sich nicht, und wenn Halina nicht ihren heißen Atem am Ohr gespürt hätte, dann hätte sie geglaubt, die Schwester sei tot.

Hopp, hopp, rief der Polizist, zählte, so gut er konnte, die vom Wagen taumelnden Frauen und jagte sie mit seinem Karabiner in den Saal einer Gastwirtschaft, der für die Nacht mit Stroh ausgelegt war. Halina hörte auch, wie Ludwik Janik auf Anordnung des Polizisten mitteilte, daß die Latrinen im Garten ausgegraben seien, wo es auch Wasser gäbe. Als die letzte Frau vom Wagen kroch, klappte Ludwik Janik die Rückwand des Wagens hoch.

Fertig, sagte er, es sind alle runter.

Aber da fehlen zwei, behauptete der Polizist, stellte sich auf eines der Räder und starrte auf die Ladefläche, wo nur die Plane lag.

Und was ist da drunter?

Rüben.

Für wen?

Für den Leutevogt vom Oberdorf. Seine Frau will Sirup kochen. Sie können ja nachsehen.

Einen Augenblick sah es aus, als wolle der Polizist der Aufforderung Folge leisten. Aber weil Ludwik Janik grinste und kein Interesse an dieser Kontrolle zeigte und es zudem mühsam war, mit dem Karabiner über den hohen Wagenrand zu klettern, ließ es der Polizist bleiben und wandte sich der Tür der Gastwirtschaft zu, hinter der die letzten Frauen verschwanden. Um keine Sekunde schneller als sonst stieg Ludwik Janik auf seinen Traktor, gab Gas, wendete und fuhr die Dorfstraße entlang. Obwohl er sich Mühe gab, vorsichtig zu fahren, schüttelte es Halina und Teresa in dem unbelasteten Hänger noch mehr als zuvor hin und her. Lange, das wußte Halina, würde sie diese Fahrt mit der Schwester im Arm nicht mehr aushalten, und jetzt war sie es, die glaubte, die Besinnung zu verlieren.

Als der Traktor endlich hielt, war Halina so benommen, daß sie sich nicht mehr bewegte.

He, sagte Ludwik Janik, der über den Wagenrand sah, wir sind da. Ihr könnt jetzt langsam unter der Plane vorkommen. Und weg war er.

Halina fühlte jeden einzelnen Knochen. Es dauerte seine Zeit, bis sie sich hervorquälte und auch Teresa wieder frische Luft atmen konnte. Sie standen nun in einem kleinen Hof, der zu einer Gaststätte gehörte, denn hier waren neben einem Hühner- und Karnickelstall Bierfässer und Flaschenkisten gelagert. Der Hund, der an einer Kette vor seiner Hütte stand, kannte Ludwik Janik, bellte nicht und wedelte mit dem Schwanz. Die Wirtschaft wirkte heruntergekommen, die Stufen zum Haus waren ausgetreten, und die Tür mit der schiefen Klinke hatte schon lange keine Farbe mehr gesehen. Halina konnte sich nicht erklären, was sie hier sollten, denn noch immer waren sie im Dorf, wenn es sich auch um das letzte Haus handelte. Wenn sie zwischen den Ställen hindurchblickte, sah sie nur Felder, an deren Rändern der Wald begann. An Flucht war mit der todkranken Teresa nicht zu denken, und wo sollte sie hier bleiben? Ihre Gedanken drehten sich im Kreis, und erst jetzt wurde ihr bewußt, daß sie ja mit Teresa längst auf der Flucht war. Wenn man sie entdeckte, hatten sie beide mit dem Tod zu rechnen.

Endlich öffnete sich die Tür mit der schiefen Klinke, und neben Ludwik Janik kam ein Mann um die Fünfzig heraus, der ein Holzbein hatte. Es klopfte bei jedem Schritt merkwürdig dumpf auf die Steinstufen, ohne daß es den Mann zu behindern schien. Er lief schneller als Ludwik Janik und war mit ein paar hastigen Humpelschritten am Hänger des Traktors. Er begrüßte die Schwestern auf polnisch: *Witam panie.*

Sind Sie Pole? fragte Halina verwundert.

Nein, sagte der Mann mit dem Holzbein weiterhin auf polnisch, ich bin der Hofmannswirt von Rohrdorf. Dann besah er sich Teresa. Die braucht einen Wodka, besser zwei, fuhr er fort, und zu Ludwik Janik gewandt, sagte er: Wenn die mir heute nacht stirbt, bringst du sie mir weg, ist das klar?

Ludwik Janik nickte und trieb zur Eile. Noch war es nicht dunkel, und sie hatten jederzeit mit dem Auftauchen des Dorfpolizisten zu rechnen.

Ziethen war heute schon da, sagte der Wirt. Zweimal kommt der nicht, und wenn doch, dann nur, um einen zu heben.

Und wer ist Ziethen? fragte Halina ängstlich.

Na, der Dorfpolizist. Er wird im Dorf so genannt, eben wie Ziethen aus dem Busch, irgend so ein General vom Alten Fritz.

Zu weiteren Auskünften war der Hofmannswirt nicht bereit. Er befahl Ludwik Janik, Teresa aus dem Hänger zu holen und über den Hof in den Schweinestall zu tragen. Er selbst wollte Decken, Kissen und Wodka holen, und dann würde man weitersehen.

Allerdings nur für eine Nacht, sagte er und klopfte auf sein Holzbein, das hier genügt mir. Mein Leben will ich wenigstens behalten.

Ludwik Janik nickte ein zweites Mal. Als der Hofmannswirt mit den Decken und Kissen zurückkam, betteten sie die fiebernde Teresa in einen leeren Schweinetrog, in dem sie wie in einem Sarg lag. Nur ihr ständig wachsender Husten zeigte an, daß sie noch lebte.

Jetzt kriegt sie Wodka, der brennt die Krankheit weg, sagte der Hofmannswirt, zauberte einen Löffel aus seiner Tasche, goß den Schnaps hinein und schüttete ihn Teresa zwischen die Lippen. Sie schluckte und hustete, und kaum schnappte sie wieder nach Luft, schob ihr der Hofmannswirt den nächsten Löffel hinterher.

Sie bringen sie um, flüsterte Halina und wollte ihm den Löffel wegnehmen.

Ich bring' sie nicht um, ich mach' sie nur besoffen, das hilft so oder so, du wirst sehen. Und schon schob er der inzwischen völlig benommenen Teresa den dritten Löffel Wodka in den Mund. Als ihr Kopf darauf stumm zur Seite rollte und das Gehuste aufhörte, war er zufrieden.

Du kannst hier schlafen, sagte er jetzt zu Halina und zeigte auf einen zweiten leeren Trog. Im Koben daneben, durch ein paar Bretter getrennt, lagen zwei Schweine, die grunzend und von Neugier getrieben ihre glänzenden Rüssel durch die Latten preßten.

Die kommen nicht durch, lachte der Hofmannswirt, als er Halinas entsetzte Augen sah, aber sie geben Wärme ab und gehen nicht aus wie ein Ofen. Die werden erst kalt, wenn ich sie geschlachtet habe.

Um Halina nicht ganz der Finsternis im Stall auszusetzen, hatte er noch eine Kerze und Streichhölzer mitgebracht.

Aber paß auf und zünd mir den Stall nicht an.

Er wollte gehen. Auch Ludwik Janik hatte keine Zeit zu verlieren, wenn sein spätes Eintreffen auf dem Hof nicht auffallen sollte.

Aber was wird denn aus uns? rief Halina, verzweifelt über ihre Lage.

Ich komm' morgen wieder, keine Angst, mir fällt was ein, sagte Ludwik Janik, ohne auch nur im geringsten zu wissen, was ihm einfallen sollte. Er ahnte auch nicht, daß Ziethen, der Dorfpolizist, um diese Zeit schon längst den Leutevogt vom Oberdorf gefragt hatte, ob Janik schon die Rüben gebracht habe.

Na, ich denke, deine Frau will Sirup kochen.

Red keinen Quatsch, murrte der Leutevogt, und hör auf, deine Nase in alles zu stecken. Was geht dich an, wann wir Sirup kochen. Darauf war Ziethen so lange auf dem Gutshof geblieben, bis Ludwik Janik mit seinem Traktor durchs Tor fuhr, um nachzusehen, was nun tatsächlich unter der Plane lag.

Der Hofmannswirt, der wie Ludwik Janik die Angst aus Halinas Stimme herausgehört hatte, blieb zögernd in der Stalltür stehen. Wenn's mit ihr da, und er zeigte auf die im Rausch liegende Teresa, schlechter steht, dann komm ins Haus. Zur Not hol' ich Jula, die weiß immer Rat.

Und weg war er, zog die knarrende Tür hinter sich zu und überließ Halina ihrer vom Wodka trunkenen, todkranken Schwester und den grunzenden Schweinen, die sich inzwischen wieder zur Ruhe gelegt hatten.

Bis auf die Laute der Tiere war es jetzt still. Durch die Spinnweben des schmutzigen Stallfensters drang der matte Schein einer Hoflampe, die der Hofmannswirt wohl absichtlich angelassen hatte. Halina konnte das Gebälk über sich nur mühsam erkennen, die Bretterwand, die sie vor den Schweinen schützte, und die Umrisse Teresas, die bewegungs- und besinnungslos vor ihr lag. Je mehr Halina zur Ruhe kam, desto mehr erschienen ihr die letzten vierundzwanzig Stunden wie ein Alptraum, aus dem sie hoffte, jeden Moment zu erwachen. Noch gestern war sie mit Radek und Teresa in Warschau unterwegs gewesen, um ihren Geburtstag zu feiern. Schön angezogen und einander untergehakt, waren sie auf das von Teresa ausgesuchte Lokal zugegangen, als diese Brüllerei einsetzte, die Schreie, die Schläge und der Schuß. Ein Mann lag auf der Straße. Ein Mann, der tot war und von dem sie nicht wußte, ob es vielleicht Radek war. Und jetzt saß sie hier in einem Schweinestall, irgendwo in Deutschland, von den Eltern und Radek getrennt, mit der halbtoten Teresa vor sich, in einem Trog, der normalerweise für das Futter der Tiere benutzt wurde. Wenn Halinas Gedanken nicht mit Teresas Zustand beschäftigt waren, gehörten sie Radek und den Eltern. Die Mutter würde sterben, das wußte sie jetzt. Und wenn die Großeltern sich nicht um den Vater kümmerten, würde er körperlich und geistig verkommen. Aufgeben würde er sich, nicht mehr essen und trinken und eines Tages tot umfallen. Überall war der Tod, hing auch hier im Gebälk, schwebte über Teresa, bereit zuzugreifen, um Halina das Letzte zu nehmen, was ihrem Herzen nahe war.

Es blieb ihr nichts anderes mehr übrig, als im Gestank der Schweine versteckt auszuharren und auf Rettung zu hoffen. Darauf war sie, halb ohnmächtig vor Müdigkeit, eingedöst. Als sie aufwachte, würgte Teresa den Wodka hervor, hustete mit fliegendem Atem, nicht mehr fähig zu sprechen. Halina zündete die Kerze an und leuchtete in das vom Fieber fleckige Gesicht der Schwester, deren Augen sich drehten und das Weiße sehen ließen. Halina überlegte nicht lange, lief über den Hof in das Haus des Hofmannswirts und rief, so laut sie konnte, seinen Namen, bis der Hund im Hof zu bellen anfing.

Ich komm' ja schon, hör auf, so zu brüllen, rief er aus seiner Schlafstube zurück. Dann riß er, noch in der Unterhose, von deren Beinen eins leer hin und her baumelte, die Tür auf, hielt sich am Rahmen fest und ließ sich berichten, was mit Teresa los war.

Ich hol' die Jula, die wird helfen. Geh du wieder zurück in den Stall.

Halina sah noch, wie er nach seinem Holzbein griff, das wie verloren neben einem Stuhl stand, und es anschnallte. Dann ging sie. Es mochte eine Stunde gedauert haben, bis der Hofmannswirt, in Begleitung von Jula, im Schweinestall erschien. Einen Korb hatte sie mitgebracht, aus dem sie jetzt allerhand Tinkturen holte. Unter anderem auch einen tellergroßen gelben Pilz, der in einer braunen Flüssigkeit lag und merkwürdig säuerlich roch.

Mach die Kleider auf, sagte sie zu Halina auf polnisch, ohne sich daran zu stören, daß der Hofmannswirt dann Teresas nackten Busen sehen könnte. Sie drückte den Pilz ein wenig aus, breitete ihn wie ein Kissen über Teresas Brust, legte ein Stück Ölpapier drüber und darüber wiederum ein Handtuch, das sie mitgebracht hatte und das stark nach Kräutern duftete. Dann leuchtete sie Teresa mit einer Taschenlampe in die Augen, strich ihr über das Gesicht, ließ ihre Hände auf Schläfen und Hals liegen und wandte sich wieder dem Hofmannswirt zu.

Hast du ihr etwa Wodka gegeben? fragte sie ihn auf deutsch.

Sicher hab' ich das, was sollte ich ihr denn sonst geben.

Die Alte schüttelte wütend den Kopf. Du gehörst auch zu denen, die denken, daß der Wodka ein Wegweiser zum Himmelreich ist.

Na, was sollte ich machen, knurrte der Hofmannswirt, eine andere Medizin kenne ich nicht.

Jula kramte in ihrem Korb, holte Salben und Tinkturen hervor, mit denen sie Teresa die Schläfen und Handgelenke einrieb. Dann massierte sie ihr die Füße, wobei sie ständig unverständliche Worte wie eine Art Gebet vor sich hin murmelte und immer wieder ihren Leberfleck berührte, der ihr wie eine kleine Frucht über der Nase zwischen den Brauen hing.

Teresa wurde immer ruhiger. Vor allem hörte sie auf, mit den Augen zu rollen. Die Iris rutschte wieder in die Mitte, und als Jula sie auf polnisch fragte, ob sie Durst habe, nickte Teresa. Sofort hatte Jula ein Kännchen und ein Blechtöpfchen zur Hand, in das sie einen Sud goß, der ebenso abstoßend aussah, wie er roch. Aber Teresa störte das nicht. Sie trank und trank und wollte noch mehr.

Was gebt Ihr da meiner Schwester? fragte Halina, der die Alte unheimlich war. Jula lächelte, und jetzt sah Halina, daß diese Frau gar nicht so alt war, wie sie wirkte.

Meinst du, ich verrate dir meine Rezepte?

Aber als sie sah, daß Halina den Tränen nahe war, wurde ihre Stimme warm und herzlich. Einen Augenblick ließ sie Teresa los, strich Halina über das Haar und hielt ein paar Atemzüge lang eine ihrer Hände.

Beruhige dich, Kind, deine Schwester kommt durch, ich kann so etwas sehen. Und das hier, sie zeigte auf das kleine Kännchen, das ist ein Sud aus Bilsenkraut, Efeu, Schierling und Schöllkraut. Die richtige Mischung und das Kraut zur richtigen Zeit gepflückt, holt noch jedesmal dem Teufel die Seele aus den Armen.

Dem Hofmannswirt, dem die ganze Prozedur auf die Nerven ging, knurrte und schimpfte so lange vor sich hin, bis Jula ihn ins Bett schickte.

Mach, daß du zurück in die Federn kommst, sagte sie, wer viel schläft, dem hilft Gott.

Der Hofmannswirt zog sich seufzend, aber erleichtert zurück.

Und du, sagte Jula zu Halina, der vor Erschöpfung ständig die Augen zufielen, du legst dich jetzt in deinen Trog und schläfst auch. Ich bleib hier, bis der Tag kommt. Halina gehorchte, wollte aber wissen, wie es mit Teresa weitergehen sollte.

Kranke und Gesunde haben ungleiche Stunden, antwortete Jula, ich seh' zu, was ich machen kann.

Sie nahm den Fladenpilz von Teresas Brust, tauchte ihn in

die Flüssigkeit, in der er vorher geschwommen hatte, und legte ihn abermals auf Teresas Brust.

Wie heißt ihr eigentlich? fragte Jula und strich Halina über Stirn und Augen.

Halina und Teresa, konnte sie gerade noch sagen, dann war sie fest eingeschlafen.

Ziethen, der Dorfpolizist, hatte keine Ruhe gegeben. Nicht nur, daß er noch am Abend Ludwik Janik und das Fräulein Anna in ungewöhnlicher Nähe nebeneinanderstehen sah und sogar Zärtlichkeiten zwischen den beiden vermutete. Am folgenden Tag fehlten beim Abtransport der Polinnen zum Güterbahnhof abermals zwei Frauen. Also hatte der Janik doch zwei unter der Plane versteckt, und das, so nahm es sich Ziethen, der Dorfpolizist, vor, wollte er umgehend dem Herrn Major melden.

Während Halina und Teresa unter Julas Aufsicht in den Schweinetrögen des Hofmannswirts in den Morgen hineinschliefen, hatte Anna einen ungewöhnlichen Entschluß gefaßt. Sie klopfte an die Tür des Schlafzimmers ihrer Eltern.

Ist was passiert? rief der Herr Major ärgerlich und übertönte mit seiner Stimme das freundliche Herein seiner Frau Sophie.

Etwas verlegen stand Anna am Fußende des Bettes ihrer Eltern und wußte nicht, wie sie ihr Anliegen vorbringen sollte. Sie starrte erst in das noch ein wenig verschlafene Gesicht der Mutter, dann in die ungeduldig blickenden Augen des Vaters und schließlich auf die großen blauen Blumen der Tapete.

Ludwik Janik hat gestern zwei Polinnen versteckt, die zu dem Transport gehörten.

Ist der verrückt geworden? Die müssen sofort wieder zurück.

Die eine ist todkrank, sagte Anna langsam und sah jetzt ihre Mutter an, ich habe gesagt, wir würden helfen.

Wir? Die Stimme des Vaters überschlug sich, und sein Gesicht wurde rot.

Ist dir klar, was das bedeutet?

Vorläufig gar nichts, antwortete Anna langsam, vorläufig hat sie der Hofmannswirt in seinem Schweinestall versteckt. Aber das geht nur für eine Nacht.

Der Herr Major, der sein Bett verlassen hatte und im Schlafanzug vor seiner Tochter stand, schien sich auf nichts einlassen zu wollen. Der Transport der Frauen geht erst heute morgen zurück. Da können die beiden noch mit. Wenn Janik sie rausgeschmuggelt hat, soll er sie auch wieder reinschmuggeln.

Es sind Schwestern, und eine davon würde sterben, so krank, wie sie ist. Willst du das?

Frag nicht so dumm.

Anna sah jetzt ihre Mutter an. Es ist schon schlimm genug, was mit den anderen Polinnen passiert. Man hat sie in Warschau auf der Straße wie Tiere eingefangen und abtransportiert. Das muß man sich mal vorstellen.

Ich könnte sie ins Haus nehmen, sagte Sophie, das würde nicht weiter auffallen.

Nur verdammt unangenehm kann das werden, unterbrach sie ihr Mann und rieb seine Hände aneinander, wie es seine Art war, wenn ihn etwas erregte.

Also gut, sagte er zu Anna, nimm die geschlossene Kutsche, und hol die beiden beim Hofmannswirt ab, während die anderen von Janik zum Güterbahnhof gefahren werden. Sieh zu, daß die Sache nicht weiter auffällt.

Eigentlich wollte Anna ihrem Vater um den Hals fallen, aber es blieb bei einem Lächeln, das er nur mit den Augen erwiderte.

Und du, sagte er zu Sophie, du überlegst dir in der Zwischenzeit, wo die beiden wohnen sollen.

Im Dienerzimmer, sagte Sophie, das wird nicht gebraucht. Ich werde mich drum kümmern.

Kaum war Ludwik Janik in Begleitung von Ziethen mit Traktor und Hänger vor die Bodachwirtschaft gefahren, um die Frauen aufzuladen und sie zum Güterbahnhof zu bringen, da begann Ziethen zu zählen.

Es fehlen zwei, sagte er und sah Ludwik Janik an. Aber der zuckte nur mit den Schultern und ließ sich auch nicht beeindrucken, als ihm der Polizist vorwarf, die Frauen versteckt zu haben.

Wo denn? fragte er nur zurück und behauptete, daß ihn das alles nichts anginge.

Wart's ab, drohte Ziethen, noch ist nicht nicht aller Tage Abend. In der Zwischenzeit spannte Anna den geschlossenen Wagen an.

Wo wollen Sie denn damit hin? fragte der Kutscher Lenart verwundert, der ihr beim Anspannen geholfen hatte.

Jemand abholen, der krank ist, antwortete Anna freundlich und fuhr in scharfem Trab davon, die Dorfstraße bis zum Ende hinunter und bis in den Hof vom Hofmannswirt. Sie war ein bißchen stolz, daß sie es geschafft hatte, im Auftrag von Ludwik die Eltern zu überreden. Außerdem empfand sie es als Abenteuer, wenn nicht gar als kleine Heldentat, die polnischen Schwestern abzuholen und unbemerkt durchs Dorf bis ins Schloß zu bringen.

Teresa ging es besser. Das Fieber war zwar noch nicht gesunken, aber sie war dank Julas Behandlung wieder bei Besinnung, hustete nicht mehr soviel und konnte auch wieder sprechen.

Abholen? fragte der Hofmannswirt verblüfft, mit der Kutsche und dann durchs Dorf?

Warum nicht? Es wird sie keiner sehen.

Und wen wird man sehen?

Jula, sagte Anna und lachte die Alte an, du kommst doch mit, nicht wahr? Ohne dich wird's für mich schwierig. Du weißt, was es heißt, wenn einer sieht, wer wirklich in der Kutsche sitzt.

Jula lächelte zurück und sagte: Kein Weg ist lang mit einem guten Begleiter.

Dann gingen sie alle drei in den Schweinestall, wo Teresa noch immer im Trog lag, während Halina Anna mit ängstlichen Blicken entgegensah. Schon wieder ein neuer und fremder Mensch, dem sie sich anvertrauen sollte. Jula erklärte ihr auf polnisch, wie ihr und Teresas Leben gerettet werden sollte.

Ihr werdet im Schloß unterkommen und dort arbeiten, beendete Jula ihren Bericht.

Teresa, die mit unbewegtem Gesicht und halbgeschlossenen Augen zugehört hatte, antwortete darauf: Für Deutsche arbeite ich nicht.

Was hat sie gesagt? wollte Anna wissen.

Daß sie dir dankt, antwortete Jula mürrisch.

Dann trugen Halina und der Hofmannswirt Teresa, ohne auf deren Protest Rücksicht zu nehmen, in die Kutsche. Halina stieg dazu, drückte sich tief in das Wageninnere und zog die Schwester auf ihren Schoß, während Jula für die Dorfbewohner sichtbar auf dem vorderen Teil der Bank saß und mal rechts und mal links grinsend aus den Kutschfenstern guckte.

Was das nun wieder soll, sagten die Dorfbewohner und blickten kopfschüttelnd der Kutsche nach, ohne daß einer Halina oder Teresa gesehen hatte.

Die Fahrt dauerte nicht länger als tags zuvor mit Ludwik Janik. Sie fuhren auch wieder an der Parkmauer entlang, aber sie blieben nicht auf dem Gutshof stehen, sondern bogen vorher rechts ab und hielten direkt vor dem Schloß. Als Halina sich vorbeugte, sah sie ein zweiflügeliges schmiedeeisernes Portal mit verschlungenen Initialen einer Krone. Das Glas dahinter war blank geputzt und spiegelte das kühle Novemberlicht wider.

Wir sind da, sagte Jula und stieg aus.

Hilfst du mir nicht? fragte Anna.

Jula schüttelte den Kopf und erklärte, im Schloß hätte sie nichts verloren. Sie wolle das Pferd halten, damit Lenart nicht angelaufen käme, um im Hof rumzuposaunen, wer hierhergefahren worden war.

Verstehen Sie Deutsch? fragte Anna jetzt etwas verlegen die Schwestern und bekam nur von Halina Antwort. Teresa hatte sofort die Augen geschlossen.

Nicht viel, antwortete Halina.

Sie sah in die freundlichen Augen des jungen Mädchens. Jula hatte gesagt, sie heiße Anna und sei die Tochter des Gutsbesitzers, der sich bereit erklärt habe, sie und Teresa hier aufzunehmen. Und als Halina zögerte, ein Leben im Schloß, wie Jula gesagt hatte, als Rettung anzusehen, fügte Jula hinzu: Wo Herz ist, da ist auch Glück, vergiß das nicht.

Als Anna jetzt nach Teresas Armen griff, um ihr aus dem Wagen zu helfen, zog die sich gleich einer Schnecke ins Wageninnere zurück und kreuzte die Hände über der Brust. Ihr Blick war derart haßerfüllt auf Anna gerichtet, daß diese erschrokken zurückwich.

Die Kranke will nicht aus dem Wagen, Jula. Was soll ich denn machen?

Halina, die nicht alles verstand, hörte nur die Ungeduld in Annas Stimme und begann jetzt, Teresa aus dem Wagen zu zerren.

Mach dich nicht so schwer, Terenia, flüsterte sie, du mußt raus, ob du willst oder nicht. Du mußt ja die Deutsche nicht anfassen. Leg deinen Arm um meine Schultern, versuch zu gehen, und halt dich an mir fest. Mühsam und mit zitternden Beinen kroch Teresa aus dem Wagen, während Anna die Portaltür öffnete und die beiden sanft hineinschob.

Teresa glaubte im ersten Augenblick, wieder in einen Fiebertraum gefallen zu sein, und auch Halina zweifelte an der Wirklichkeit des Ortes. Der Unterschied zwischen den Schweinetrögen des Hofmannswirts und dem Eingang des Schlosses überwältigte die beiden. Die Eingangshalle, die von Anna Portal genannt wurde, mochte dreimal so hoch sein wie die elterliche Wohnung in Warschau. Über den blauen und grauen Fliesen lag ein roter Teppich, der in der Mitte der Halle über ein paar Stufen in den zweiten Teil des Raumes führte. Hier standen rechts und links an den Wänden zwei Meter hohe, wuchtige, mit Intarsien verzierte Schränke. Der rote Teppich reichte bis zu einer zweiflügeligen Tür, deren Rahmen aus dunkler Eiche geschnitzt war. Im oberen Teil der T-förmigen Halle standen rechts und links der Eichentür zwei mächtige Truhen, die dem Stil der Schränke entsprachen. Aber so weit kamen Halina und Teresa nicht. Wie angewurzelt standen sie unterhalb der Stufen neben einer weiteren Truhe, an die sich Teresa jetzt lehnte, um nicht umzufallen.

Halinas Blick wanderte nach oben, und sie entdeckte dort an den Wänden halbrunde Bögen, in denen zwischen Blumen und Säulen aus bemaltem Gips kleine Putten herumturnten, die den Betrachter mit kindlich-freundlichem Lächeln zu begrüßen schienen. Über den Stufen hing an schwarzen Ketten ein riesiger, mit kerzenförmigen Glühbirnen bestückter Eisenkranz, der die dämmrige Halle mit einem Licht überflutete, das heller als jedes Tageslicht war.

Da hinein, sagte Anna und zeigte auf eine kleine, unauffällige Tür, die den gleichen Anstrich wie die Wände hatte.

Anna öffnete die Tür, und ein warmer, ein wenig miefiger Geruch schlug ihnen entgegen. Nachdem sie, obwohl es heller Tag war, gleich neben der Tür das Licht angeknipst hatte, war als erstes eine schmale Wendeltreppe zu sehen, die in ein kleines Zimmerchen unterhalb der Empfangshalle führte.

Gehen Sie vor, sagte Anna zu Halina, damit Ihre Schwester nicht fällt. Die Treppe ist steil und das Geländer ein wenig wacklig.

Halina stieg Stufe für Stufe hinab in dieses karge Zimmer, das nun ihre und Teresas Bleibe werden sollte. Anna hatte oben einen Riegel vor das Türchen zum Portal geschoben und war den beiden gefolgt. Am Nachmittag, sagte sie zu Halina, käme der Doktor, um die Schwester zu untersuchen. Bis dahin sollte sich Teresa ins Bett legen.

Und Sie, fuhr Anna fort, kommen jetzt am besten mit mir in die Küche.

Sie schob Halina durch die Tür gegenüber dem Fenster in einen langen Flur.

Teresa konnte noch lange die Schritte der Schwester hören. Jetzt, wo sie allein war, sah sie sich gründlich um. Der rechteckige Raum mochte vielleicht drei mal fünf Meter umfassen. Das in Schulterhöhe liegende, sauber geputzte Fenster war mit einem schmiedeeisernen Zaun vergittert, dessen Stäbe nach oben spitz zuliefen und mit einem eisernen Band verbunden waren. Das Zimmer lag nach Norden, und wenn sich Teresa auf die Zehenspitzen stellte, konnte sie von der Auffahrt genau das Stück vor der Portaltür sehen, wo noch immer die Kutsche stand und Jula das Pferd hielt.

Teresa öffnete das Fenster und rief, den Kopf an die Stäbe gepreßt, Jula zu, sie möge ihr sagen, was das hier alles zu bedeuten habe. Jula antwortete nicht gleich, sondern schob nur ihr Kopftuch zurück und reckte ein bißchen den Hals, bis sie Teresas Gesicht sah und die Hände, die sich an die Eisenstäbe klammerten.

Das bedeutet, sagte Jula jetzt langsam, freundlich, aber ohne den Anflug eines Lächelns, daß Glück und Unglück im gleichen Schlitten fahren. Und jetzt geh ins Bett, sonst nimmt der Tod dich ein zweites Mal auf die Schippe.

Im gleichen Moment sah Teresa die Deutsche aus der Portaltür kommen. Sie half Jula liebevoll in die Kutsche und fuhr mit ihr davon. Teresa wurde von einem Schwindel gepackt, der sie aufs Bett warf. Das winzige Zimmer drehte sich mitsamt den zwei Betten, der Waschkommode, dem Schrank, dem Tisch und den zwei Stühlen. Mehr Möbel gab es nicht. An der Decke kreiste eine Glühbirne mit einem Blechschirm, nicht anders als im Schweinestall des Hofmannswirts. Die schmucklosen Wände waren gelb getüncht, mit einem Muster von braunen, ineinander verflochtenen Schlangenlinien. Teresa mußte die Augen schließen, wenn sie hinsah, damit sich die Schlangenlinien nicht in über die Wände kriechende Würmer verwandelten, die auf sie herabzufallen drohten. Das einzig Gemütliche in diesem Raum war der Kachelofen. Er machte ihr durch seine beschützende Wärme ihre körperliche Schwäche bewußt, die sie von einem Augenblick zum anderen einschlafen ließ. Was weder die Schwestern noch Anna und deren Mutter, die Baronin, wußten, war, daß Ziethen, der Dorfpolizist, nach seiner Rückkehr vom Güterbahnhof beim Herrn Major vorsprach.

Ich meine festgestellt zu haben, begann Ziethen und bemühte sich einer Ausdrucksweise, die er für angemessen hielt, daß der Pole Janik unerlaubterweise zwei polnische Frauen von dem Transport entfernt und versteckt hat.

So?

Mehr sagte der Herr Major nicht und brachte damit Ziethen nicht nur in Verlegenheit, sondern verunsicherte ihn auch.

Ich habe die Frauen bei Ankunft und Abtransport gezählt und feststellen müssen, daß zwei Stück fehlten.

Die zwei Stück, wie Sie die Frauen bezeichnen, hat Janik nicht versteckt, sondern auf meine Weisung ins Schloß gebracht. Ich brauche sie in der Gärtnerei.

Ziethen klappte der Unterkiefer herunter, und er kam sich mit seiner Meldung lächerlich und mißachtet vor. Da ihm nichts anderes einfiel, sagte er: Aber die eine ist krank.

Dann wird sie eben wieder gesund.

Es war nichts zu machen, Ziethen wurde mit seiner Meldung von dem Herrn Major nicht ernstgenommen, und langsam stieg Wut in ihm hoch.

Ich glaube, sagte er und gab seiner Stimme soviel Gewicht wie möglich, da muß ich eine Meldung machen.

Tun Sie das, mein Lieber, wenn Sie es für nötig halten. Aber wenn ich dreißig Frauen für meine Rübenernte beantragt habe, sechzig bekomme und von diesen Städtern gerade mal zwei für meine Gärtnerei gebrauchen kann, dann melden Sie das, wem Sie wollen. Ich jedenfalls habe andere Sorgen.

Damit war Ziethen, der Dorfpolizist, entlassen und mußte unverrichteter Dinge das Herrenzimmer des Majors verlassen.

Der Flur, den Halina jetzt hinter Anna entlangging, war dunkel und führte im Souterrain unter dem Schloß entlang von einem Ausgang zum anderen. Fenster gab es nur neben den niedrigen Türen am jeweiligen Ende, und die waren ähnlich vergittert wie das Fenster von Halinas und Teresas Zimmer. Am Ausgang zum Park lag die Küche, die Anna jetzt mit Halina betrat. Auch hier schien so wenig Tageslicht herein, daß über dem Herd und den Tischen Lampen brannten. Die Decke war ein Gewölbe und endete in schlanken Säulen. Durch sie wurde die Küche von der Größe einer normalen Vierzimmerwohnung zu verschiedenen Nutzungen unterteilt. Aber das bemerkte Halina nicht. Sie sah nur die drei Frauen, die sie jetzt anstarrten, grußlos und ohne ein Lächeln.

Was gibt's, Fräulein Anna? fragte die Dickste von den dreien, die Anna Mamsell nannte.

Bitte richten Sie für Halina und ihre Schwester zweimal Frühstück.

Frühstück? Der Mamsell glitt das Messer aus der Hand, mit dem sie gerade Zwiebeln schnitt. Jetzt? Es ist elf Uhr, Fräulein Anna, in einer Stunde wird hier Mittag gegessen.

Mag ja sein, und aus Annas Stimme war eine leichte Arroganz herauszuhören, aber die beiden haben seit gestern nichts gegessen.

Und wer sind die beiden, wenn ich fragen darf? Die Mamsell nahm ihre Arbeit wieder auf.

Zwei Polinnen, die von heute an im Haus mitarbeiten sollen.

Polen dürfen nicht mit Deutschen an einem Tisch sitzen, sagte jetzt eine der Frauen, die im hinteren Teil der Küche Gemüse putzte, ohne daß irgendeiner darauf reagierte.

Und wo sind die beiden untergebracht? fragte die Mamsell scheinheilig, obwohl das gesamte Schloßpersonal längst von der Ankunft der Polinnen erfahren hatte.

Sie wissen es doch, Mamsell, sagte Anna und lachte, im Dienerzimmer. Warum fragen Sie?

Dann schob sie Halina wie eine Schaufensterpuppe vor und gab sie der Mamsell, Käte, die was gegen Polen am Eßtisch hatte, und Frau Klimka zur Begutachtung frei.

Sie heißt Halina und kann etwas Deutsch. Meine Mutter will, daß sie Martha beim Saubermachen hilft. Essen wird sie mit ihrer Schwester im Dienerzimmer.

Halina hatte das alles wie eine Theaterszene wahrgenommen und dachte darüber nach, warum das Zimmer, in dem man sie und Teresa untergebracht hatte, Dienerzimmer genannt wurde. Gern hätte sie Anna gefragt, zu der sie langsam Vertrauen gewann, aber sie traute ihrem Deutsch nicht und fürchtete, sich lächerlich zu machen. Die Mamsell versprach, ein Tablett mit Broten und Kaffee herzurichten, das Halina in einer Viertelstunde abholen könne. Danach machte sich jeder wieder an seine Arbeit, und nur Käte rümpfte die Nase, als verbreite Halina einen penetranten Gestank. Wieder auf dem Flur, begegneten sie Martha, einem Mädchen in schwarzem Satinkleid und weißer Schürze. Den Wäschekorb, den sie trug, stellte sie ab, gab Halina die Hand und sagte: Ich bin Martha, das Dienstmädchen. Ich soll Ihnen alles zeigen.

Anna schien froh zu sein, daß sie sich nicht länger um das Wohl der Polinnen kümmern mußte, und ließ Halina neben Martha allein zurück. Wieder ein neues Gesicht, das Halina neugierig betrachtete. Es war freundlicher als das der Mamsell und der Frau Klimka in der Küche. Es fehlte auch die Häme, die Halina in den Augen der noch jungen Käte gesehen hatte.

Martha schien mit größter Selbstverständlichkeit einen Auftrag auszuführen, über dessen Auswirkung, sei er richtig oder nicht, sie sich keine Gedanken machte. Alles an Martha war ein wenig rund. Der Kopf mit den blauen Augen unter dem sauber gescheitelten Haar, die roten Bäckchen, die Schultern, das kleine Bäuchlein unter der Schürze und das feste Hinterteil, das sich unübersehbar durch das Satinkleid drückte.

Gegenüber der Küche lag die Waschküche, die Martha Halina jetzt zeigte, denn dort könne sie jederzeit Wasser holen. Der Korb wurde zur Seite geschoben, denn Martha machte mit Halina einen kleinen Rundgang. Die Toilette lag auf halber Treppe zu den oberen Räumen, und schräg gegenüber vom Dienerzimmer war der Kohlenkeller, wo sich Halina Briketts und Anmachholz holen sollte.

Wieviel? fragte sie ängstlich.

Soviel Sie wollen, antwortete Martha, Sie müssen es doch warm haben.

Martha zeigte Halina auch die Plättstube, die Tür zur Gärtnerei und die Ausgänge, von denen einer zum Gutshof führte, der andere zum Park. Danach holte Martha wieder den Korb und begleitete Halina zum Dienerzimmer. Jetzt, dachte Halina, ist der richtige Moment, jetzt frage ich.

Warum heißt unser Zimmer Dienerzimmer?

Vor dem Krieg, sagte Martha mit immer der gleichen freundlichen, aber unpersönlichen Stimme, haben hier die Diener gewohnt. Deshalb auch die Treppe zum Portal. Wenn ein Gast vor dem Schloß an der Glocke zog, klingelte es im Dienerzimmer, damit der Diener rechtzeitig die Portaltür öffnen konnte.

Müssen wir das jetzt machen?

Natürlich nicht. Martha mußte ein bißchen lachen, ließ Halina vorgehen und folgte ihr in das Zimmer der Schwestern, wo Teresa auf dem Bett lag und schlief. Martha begann Handtücher, Wäsche, Strümpfe, Kleidung und Hausschuhe hineinzulegen.

Was ist das?

Sachen zum Anziehen. Die Frau Baronin hat das angeordnet, weil Sie nichts weiter haben, sagte Martha, ohne Halina zu fragen, warum sie mit ihrer Schwester in diese verzweifelte Lage gekommen war. Teresa war aufgewacht und zog sich mit angezogenen Beinen auf den hinteren Teil ihres Bettes zurück. Martha begrüßte Teresa ähnlich wie zuvor Halina, streckte die Hand aus und sagte ihren Namen. Nur daß Teresa die Hand nicht ergriff und wortlos ihr Gesicht abwandte.

Na dann nicht, sagte Martha, ohne nach einer größeren Erklärung für Teresas abweisendes Verhalten zu verlangen, am Nachmittag kommt der Doktor.

Meine Schwester kann kein Deutsch, sagte Halina schnell, was zwar nicht stimmte, aber die Situation retten sollte.

Dann wird sie's lernen, antwortete Martha ebenso gelassen wie nachdrücklich und verließ grußlos das Dienerzimmer. Sofort witterte Halina Gefahr. Sie lief Martha hinterher, holte sie im dunklen Flur ein und hielt sie an der Schulter fest.

Verzeihung, sagte sie, und Martha spürte, wie die Hand der Polin zitterte, bitte, meine Schwester ist krank, Fieber, verstehen Sie? Und Halina tippte sich an die Stirn, als wolle sie damit ausdrücken, daß Teresa nicht ganz richtig im Kopf sei.

Ja, ja.

Martha nickte, als interessiere sie das alles nicht sehr, und erinnerte Halina daran, sich in der Küche das Frühstück zu holen. Und morgen früh, sagte sie noch, klopf' ich um halb sieben an die Tür. Dann geht bei uns der Tag los.

Halina schlich erleichtert zur Küche. Martha hatte Teresas Unhöflichkeit offensichtlich nicht übelgenommen. Die Küchentür war geschlossen, und obwohl Halina mehrmals, erst zaghaft, dann lauter, an das Türblatt gepocht hatte, war kein Herein zu hören. Halina wollte schon wieder gehen, fürchtete, etwas falsch gemacht zu haben, als die Tür aufgerissen wurde und Käte mit frecher Stimme krähte:

Hier wird nicht geklopft, die Salons sind eine Treppe höher.

Halina rutschte die Entschuldigung auf polnisch heraus. *Przepraszam*, flüsterte sie und verbesserte sich gleich mit Verzeihung.

Mehr brachte sie nicht heraus und blieb an der Tür stehen.

Rechts von ihr, auf einem langen Tisch, stand ein Tablett mit Brot, Margarine, Marmelade und einer Kanne Milchkaffee. Gut roch es hier. Aus den Töpfen auf dem Herd von der Größe eines breiten Bettes stieg ein so wundersamer Duft nach Gemüse und Fleisch in Halinas Nase, daß ihr vor Hunger die Beine zu zittern begannen und sie sich am Türrahmen festhalten mußte. Niemand nahm von ihr Notiz, nicht die Mamsell, nicht Käte und nicht Frau Klimka, die jetzt Kartoffeln schälte. Und weil niemand ein Wort sprach, niemand von Halina Notiz nahm, sondern sie in der Tür wie einen abgestellten Besen stehen ließ, brauchte Halina allen Mut, um zu sagen: Frühstück, bitte.

Die Mamsell, die mit einer Mehlschwitze beschäftigt war und an dem großen Herd wie an einer Theke hantierte, nickte endlich, ohne von ihrer Arbeit hochzublicken, mit dem Kopf zu dem Tablett hin und brummte ein unfreundliches: Da!

Halina griff blitzschnell nach dem Tablett und verschwand so lautlos, wie es ihr möglich war.

Sie aßen mit einem Heißhunger, der ihnen kein Wort erlaubte. Sie kauten und schluckten schweigend, sich gegenübersitzend, bis kein Krümelchen mehr übrig und kein Tröpfchen Milchkaffee aus der Kanne zu schütten war.

So ein gutes Brot, dachte Teresa, ohne es laut zu sagen, habe ich schon lange nicht mehr gegessen. Dann zog sie sich bis aufs Hemd aus und ging ins Bett, von dem aus sie ihre Schwester stumm beobachtete. Halina packte Stück für Stück aus, was Martha in dem Korb mitgebracht hatte, und räumte die Sachen sorgfältig in den Schrank. Bis auf die Nachthemden war alles gebraucht, aber sauber gewaschen und gebügelt. Da Halina zuvor Wasser in der Waschküche geholt hatte, wusch sie sich nach so langer Zeit gründlich und zog sich um. Der Rock paßte zwar nicht ganz, aber Halina fühlte sich darin wohler als in den völlig verdreckten eigenen Kleidern.

Hier, sagte sie zu Teresa, zieh wenigstens ein sauberes Nachthemd an.

Ich trage nichts, was die *Szkopy* angehabt haben.

Die Nachthemden sind neu, Teresa, mach nicht so ein Theater, und wasch dich. Nachher kommt der Doktor. Was soll er von uns als Polinnen denken, wenn du derart stinkst.

Das leuchtete Teresa ein. Mit Halinas Hilfe wusch sie sich, soweit ihre Kräfte reichten, und zog auch das Nachthemd an. Die Anstrengung genügte, daß das Fieber wieder stieg, sie zu husten begann und es eine Weile dauerte, bis sie wieder ansprechbar war. In der Zwischenzeit hatte Halina das Geschirr zurückgebracht, erfahren, wann es Mittagessen gab, und Briketts im Kohlenkeller geholt.

Draußen hatte es zu regnen begonnen, und wenn Halina zwischen den Eisenstäben aus dem Fenster sah, blickte sie durch dichte Kastanienzweige in ein Stück Himmel, aus dem die Regentropfen niederfielen und ihre Gedanken in eine tiefe Hoffnungslosigkeit stürzten. Sie sah Radek, wie er nach ihr suchte, hörte die Mutter in den Kissen stöhnen und den Vater ungeduldig, vielleicht sogar wütend im Hausflur auf und ab gehen, immer noch auf seine Töchter wartend. Halina hätte gerne geweint, an den Stäben gerüttelt und nach Radek geschrieen. Statt dessen setzte sie sich zu Teresa ans Bett und nahm deren heiße Hand in die ihre. Hör zu, Terenia, sagte sie, du darfst nicht so unhöflich zu den Deutschen sein. Immerhin geht es uns hier besser als woanders. Wenn du die Leute wütend machst, schicken sie uns in ein Arbeitslager, in eine Fabrik oder ins KZ, und das kann für uns den Tod bedeuten.

Teresa verzog das Gesicht. Ihre Augen glühten vor Fieber, und ihre Finger zupften verächtlich an dem grauen Pullover, den sich Halina angezogen hatte.

Mach, was du willst, flüsterte sie mit heiserer Stimme, aber ich will lieber sterben, als denen die Hand zu geben oder mit ihnen zu reden.

Und um eine weitere Diskussion zu vermeiden, drehte sie sich zur Wand und schloß die Augen. Sie sah Radek vor sich auf der Straße liegen. Er war nicht tot, sondern stand unversehrt auf, winkte ihr zu und ballte die Faust, als wolle er ihr mitteilen, daß sie durchhalten solle. In ihrem Fiebertraum kam er sogar zur Tür herein, schob ihr das Nachthemd hoch und küßte sie zwischen ihre Brüste.

Nur war es nicht Radeks Kuß, den sie kühl und tröstend neben ihrem Herzen spürte, sondern das Stethoskop des Arztes, und es war auch nicht Radek, der sich über sie beugte, sondern ein großer, freundlich blickender Mann, der ihr Herz und Lunge abhörte. Als es an die Tür geklopft hatte, wurde die Klinke heruntergedrückt, bevor Halina herein sagen konnte. Eine Frau um die Vierzig stand in dem kleinen Dienerzimmer, elegant und in ihrer Haltung unnahbar. Der Mann, der neben ihr den Raum betreten hatte, nannte sie Frau Baronin.

Das ist der Doktor, sagte die Baronin, ohne sich Halina vorzustellen, und sah zu, wie der Arzt nach einem kurzen gemurmelten Gruß begann, mit aller Sorgfalt Teresa zu untersuchen. Sie ist sehr krank, hörte Teresa den Mann sagen.

Um nicht reden zu müssen, schloß sie wieder die Augen, und als sie gefragt wurde, ob sie Schmerzen habe, gab sie keine Antwort. Halina wußte nicht, wie sie sich diesem überfallartigen Besuch gegenüber verhalten sollte. Also schwieg sie. Der Hauch von Parfum, der die Baronin umgab, löste in ihr eine unerwartete Abwehr aus, und sie schämte sich plötzlich des abgelegten Rockes dieser Frau, den sie eben noch voller Dankbarkeit angezogen hatte. Zum ersten Mal verstand sie die Aggression der Schwester und haßte mit ihr die Deutschen, die sie erniedrigten und menschliche Hilfe nicht für selbstverständlich hielten, sondern für eine gute Tat.

Der Arzt wiederholte, daß Teresa sehr krank sei und eine Lungenentzündung habe. Er holte aus seiner Tasche Tabletten, die sie morgens, mittags und abends einnehmen solle. Dazu stellte er eine Flasche Hustensaft auf den Tisch und forderte Halina auf, Teresa Wadenwickel zu machen. Da sie das Wort nicht verstand, erklärte ihr die Baronin freundlich, aber ohne spürbare Anteilnahme mit einfachen Worten, was der Doktor mit den Wadenwickeln bezweckte. Danach gingen beide so schnell, wie sie gekommen waren, und wünschten Teresa zum Abschied gute Besserung.

Noch vor Mitternacht sank das Fieber dank der Wadenwickel, und Teresa kam wieder zur Besinnung. Auch wenn beide davon überzeugt waren, daß Teresas langsame Genesung eher Julas Fladenpilz und ihren Tinkturen als den Tabletten und den Wadenwickeln zu verdanken war, hatte Halina die Anordnungen des Arztes genau befolgt.

Morgen muß ich arbeiten, sagte sie, bevor sie das Licht löschte und ihrerseits ins Bett ging, du wirst den ganzen Tag allein sein.

Von mir aus, zischelte Teresa und drehte sich zur Wand, mich kriegen die *Szkopy* nicht dazu, für sie den Buckel krumm zu machen.

Obwohl sie noch lange nicht schliefen, schwiegen sie und dachten beide an Radek. Halina holte zum ersten Mal seit der Verhaftung den kleinen Ring aus dem Mund, den sie von Radek zum Geburtstag bekommen und bisher mal in der einen, mal in der anderen Backentasche verborgen hatte, und steckte ihn an den Finger. Und Teresa griff unter ihr Kopfkissen und holte den kleinen, hohlen und ausgedörrten Frosch hervor, den Radek an der Weichsel gefunden und ihr auf seiner Hochzeit geschenkt hatte. Da sie ihn in einem Schächtelchen wie einen Talisman immer bei sich trug, hatte er sie in der Tasche ihrer Jacke bis hierher begleitet und lag nun in ihrer Hand. Sie küßte ihn zärtlich, bis sie einschlief.

Als Martha am nächsten Morgen wie versprochen an die Tür klopfte, war Halina schon gewaschen und angezogen.

Frühstück, sagte Martha und ging vor Halina her in die Küche, wo schon das Tablett mit Brot, Margarine, Marmelade und Milchkaffee auf dem Tisch neben der Tür stand. Während das Haus- und Küchenpersonal sich um den Eßtisch neben der Küche zum Frühstück niederließ, trug Halina das Tablett ins Dienerzimmer, wo Teresa noch schlief.

Eine halbe Stunde später klopfte Martha zum zweiten Mal und holte Halina, die, bevor sie die Tür öffnete, Radeks Geburtstagsring in den Mund schob, zur Arbeit ab.

Der Gegensatz zwischen dem Souterrain, in dem neben Küche und Eßraum für das Personal die Dienstbotenzimmer, die Plättstube, zwei Kohlenkeller, Vorratskammern und Waschküche lagen, und der ersten Etage war so gewaltig, daß Halina der Atem stockte. Nicht die Größe der Räume wirkte auf sie verwirrend, sondern die Einrichtung. Im ersten Augenblick hatte sie das Gefühl, ein Museum zu betreten. Und Martha, die ihr Zeit ließ, alles in Ruhe zu betrachten, führte sie mit sichtlichem Stolz von einem Raum in den anderen, als sei sie es, die hier zu Hause war.

Das ist das Eßzimmer, sagte sie und zeigte auf einen ovalen Eßtisch, um den zwölf Stühle standen, deren reichgeschnitzte Lehnen bis in Kopfhöhe reichten. Die Wände waren getäfelt, und in den Nischen gegenüber der Fensterfront standen wie hineingewachsen Schränke in Schulterhöhe, auf denen sich silberne Kannen, Kandelaber, Schalen und Krüge befanden. Martha öffnete jeden Schrank gerade so weit, daß Halina einen Blick hineinwerfen konnte. Porzellan und noch mal Porzellan. Für zwölf, vierundzwanzig und sechzig Personen, sagte Martha, als handele es sich um ihre Aussteuer. Es gab noch zwei kleine Türen. Die eine führte in eine Vorratskammer für Delikatessen, Cognac und Liköre, in der Halina Marthas Meinung nach nichts zu suchen hatte. Hinter der anderen Tür verbarg sich die Glaskammer, deren Wände von oben bis unten mit Regalen bestückt waren, auf denen Hunderte von Gläsern aller Art standen. Die müssen ab und zu ausgewischt werden, erklärte Martha und ging nun zum anderen Ende des Eßzimmers, wo ein bis zur Decke reichendes, aus dunkler Eiche geschnitztes Büffet stand, ebenfalls voller Geschirr, mit Zwiebelmuster versehen und für den täglichen Gebrauch, wie Martha sagte. Vom Eßzimmer aus gingen sie durch eine Flügeltür in den Salon. Hier war alles hell. Die Barockmöbel, weiß mit Gold verziert, fielen zuerst ins Auge. Auch der große Flügel, auf dem eine weit herunterhängende spanische seidenbestickte Decke lag. An den Wänden standen kleine Tische, nicht von Beinen getragen, sondern von buntbemalten Putten, die dem Betrachter zulächelten. In einer Glasvitrine lagen verblichene Urkunden, Silbertaler, Tabakdosen sowie Nähzeug in Elfenbeinkästchen, Orden, ein goldener Fingerhut mit Porzellankopf auf Samt. Darunter standen seltene Tassen in allerlei ausgefallenen Formen. An den Wänden hingen in schweren Goldrahmen Porträts der Vorfahren der Familie, mehr oder weniger gelangweilt bis mißmutig aus den Rahmen blickend. Auf keinem Gesicht war ein Lächeln, ein Augenzwinkern oder sonst ein Ausdruck der Freude und Zufriedenheit zu sehen. Quer vor dem Kamin stand eine Chaiselongue, daneben zwei zierliche Sesselchen, ungeeignet für längeres Sitzen, aber sehr dekorativ. Auf dem Parkett lag ein fast den ganzen Raum ausfüllender beigefarbener Teppich, in den Blumen und grüne Zweige gewebt waren. Mehr nahm Halina im ersten Augenblick nicht wahr, zumal sich Martha hier weit weniger lange aufhielt als zuvor im Eßzimmer. Es schien, als nähme sie den Salon von ihrem Zuhause aus, da sie selbst nicht recht wußte, wo sie es sich hier gemütlich machen könnte.

Im Damenzimmer roch es nach Zigaretten und dem Parfum der Baronin. Die Wände waren mit einer grünen Seidentapete beklebt, und neben dem breiten Fenster, das die ganze Front einnahm und auf den Park hinausging, stand ein hoher Biedermeierschreibtisch. Daneben ein Tischchen mit Familienfotos und einem Papierkorb aus Messing in Form eines Kübels. Dem Schreibtisch gegenüber stand eine Biedermeiertruhe, und darüber hing, von einem schmalen Goldrahmen eingefaßt, ein Fächer aus Elfenbein und Spitze.

Der gehörte der Königin Luise, sagte Martha und klopfte andächtig gegen das Glas. Dann ließ sie sich unversehens auf die Kante eines der Biedermeiersessel fallen und sagte, während sie die Zigarettenstummel der gefüllten Aschenbecher zusammenschüttete, mit besorgter Stimme, daß die Frau Baronin zuviel rauche.

Halina, der Marthas Identifizierung mit ihrer Herrschaft von Minute zu Minute unerträglicher wurde, sah jetzt durch eine schaufenstergroße Glastür in den Wintergarten, der voller Palmen, Bananenstauden, Kakteen und einem Meer von blühenden kinderkopfgroßen Chrysanthemen in den verschiedensten Farben war. Sie hatte das Gefühl, in einem Theaterstück mitzuspielen, ohne zu wissen, in welcher Rolle sie besetzt worden war, welchen Text sie zu sprechen hatte und ob es je ein Ende geben würde.

Dort ist das Schlafzimmer, Martha zeigte auf eine im ersten Augenblick unsichtbare Tapetentür, da mach' ich aber selbst sauber. Und hier, sie ging durch die nächste Flügeltür, ist das Herrenzimmer des Herrn Majors.

Alles war von erdrückender Größe. Ein Kachelofen, groß wie zwei aufeinanderstehende Männer, eine Couch, auf der bequem mindestens sechs Personen nebeneinander liegen konnten und die über und über mit Kissen belegt war. Gegenüber ein Schreibtisch in chinesischem Stil, der den des Bankdirektors in Warschau an Größe weit übertraf. Auch hier waren die Wände wie im Eßzimmer getäfelt. Und über dem dunklen Tisch mit den dunklen Stühlen und dem dunklen Sofa hing ein Bild, aus dem ein beleibter, grimmig blickender Feldherr Halina in die Augen blickte. Über der Couch für sechs Personen war der Feldherr noch einmal abgebildet, aber jetzt als Husarengeneral, der mit gezogenem Degen und einem Kampfruf auf den Lippen im Sattel eines sich aufbäumenden Pferdes saß.

Der Großvater vom Herrn Major, sagte Martha, als sei es ihr eigener.

Fast hätte Halina ihre Beherrschung verloren. Sie mußte sich abwenden, um ihren Zorn über diese seltsamen Informationen zu verbergen, die ihr in ihrer Situation nicht nur lächerlich vorkamen, sondern sie auch zornig machten.

Für Sekunden tauchten vor ihren Augen der auf der Straße liegende Mann auf, die kranke Mutter und der hilflose Vater. Sie fuhr mit der Zunge in die Backentasche, fühlte dort Radeks Ring und sagte ein wenig zu barsch:

Und was ist meine Arbeit?

Die Frage löste bei Martha Ärger aus. Es war klar, sie hätte das alles dieser Polin nicht zu erzählen brauchen. Was verstand die schon vom deutschen Adel, dessen Überlieferungen und Gewohnheiten.

Na ja, sagte Martha mißmutig, das interessiert Sie wohl alles nicht.

Halina nahm allen Mut zusammen, nickte und antwortete nur: Ich bin Polin und hierher verschleppt worden.

Martha warf den Kopf zurück, und in ihrer Stimme war plötzlich die Arroganz zu hören, die Halina von der Mamsell, vom Dorfpolizisten und auch von Käte, dem Küchenmädchen, her kannte.

Und verdammtes Glück gehabt, das können Sie sich merken.

Danach zeigte sie Halina, wie im Schloß saubergemacht wurde. Es mußte gefegt, der Teppich mit der Teppichmaschine abgerollt, das Parkett mit dem Blocker poliert und gründlichst Staub gewischt werden.

Bis neun Uhr, sagte Martha, bis neun Uhr müssen hier unten alle Zimmer, einschließlich dem Portal, fertig sein, denn dann frühstücken die Herrschaften.

Während Halina begann, ihrer Arbeit als polnische Putzfrau im Schloß von Rohrdorf nachzugehen, deckte Martha im Eßzimmer den Frühstückstisch. Später kontrollierte sie Halinas Gründlichkeit, ohne etwas auszusetzen zu haben.

Halina war gerade dabei, im Salon die Rahmen der Ahnenbilder abzustauben, als sie nicht nur Schritte hörte, sondern auch das Parfum roch. Die Baronin stand hinter ihr.

Guten Morgen, Halina, wie geht es Ihrer Schwester?

Danke, besser, murmelte Halina und wischte weiter Staub, ohne die Baronin anzusehen. Sie hörte dem Ton der Frage nach, aus dem keine Arroganz herauszuhören war, sondern Interesse. Ob Teresa noch Fieber habe, wollte die Baronin wissen, und ob sie genug Flüssigkeit zu sich nehme. Jetzt drehte sich Halina um und sah dieser Frau in die Augen, von der Teresas und ihr Schicksal abhing. Von der Unnahbarkeit des Vortages war im Augenblick nichts zu spüren. Und als die Baronin jetzt auch noch sagte, daß Teresa Obst essen müsse und Halina bei Fräulein Hase in der Gärtnerei einen Korb Äpfel holen solle, errötete Halina. Sie wollte danken. Sie legte den Staubwedel beiseite, vergaß einen Moment, daß sie hier nichts weiter als eine polnische Zwangsarbeiterin war, die keinerlei Rechte besaß, außer im Schloß sauberzumachen, und begann ihren Satz mit den Worten: Sie sind sehr gut ...

Weiter kam sie nicht. Die Baronin lächelte zwar kurz, ging dann aber, ohne Halina ausreden zu lassen, an ihr vorbei durch den Salon ins Eßzimmer, wo sie sich zum Frühstück an den von Martha gedeckten Tisch setzte.

Was ist das für eine Frau, dachte Halina und nahm ihre Arbeit wieder auf. Sie rettet Teresa und mir das Leben, sie gibt uns zu essen, kleidet uns ein, schickt Teresa einen Arzt und erkundigt sich nach deren Befinden, als ginge es um eine Nachbarin. Aber sie hat keine Frage an mich, was uns widerfahren ist, wo wir herkommen, ob wir Eltern, Mann oder Kinder zurücklassen mußten und ob wir Tote zu beklagen haben.

Später mußte Halina im oberen Stockwerk die Zimmer von Anna, deren kleiner Schwester Marie und Fräulein Hase saubermachen. Das Treppenhaus war zu fegen, die Toiletten und die Schuhe des Herrn Majors, der Baronin, von Anna und Marie zu putzen. Kurz vor der Mittagszeit kam Fräulein Hase, von der Halina später erfuhr, daß sie früher die Erzieherin der Kinder gewesen war, aber seit dem Fronteinsatz des Gärtners die Gärtnerei betreute.

Hier sind die Äpfel für Ihre Schwester, sagte Fräulein Hase, die Frau Baronin hat mich beauftragt, für Sie einen Korb zu richten.

Auch Fräulein Hase sagte kein Wort mehr als nötig. Sie war

weder freundlich noch unfreundlich und zeigte wie alle in diesem Schloß gegenüber Halina und ihrer Schwester keinerlei Interesse.

In der Küche stand schon wie tags zuvor am Morgen das Tablett mit reichlich gefüllten Schüsseln. Die Mamsell nickte wieder mit dem Kopf und sagte laut und deutlich: Da!

Das wirkte auf Halina wie ein kleiner Schuß, der gefährlich dicht an ihr vorbeipfiff und ihr klarmachte, daß sie so schnell wie möglich aus der Küche zu verschwinden hatte.

Während sie im Eßzimmer, Salon, Damen- und Herrenzimmer putzte, im zweiten Stock die Betten machte, Waschschüsseln und Klos säuberte, lag Teresa wach im Bett. Das Fieber war noch nicht weg, aber längst nicht mehr so hoch wie am Vortag. Nur der Kopf schmerzte noch. Auch der Husten quälte sie und übertönte immer wieder die Geräusche, die vom Flur her durch Tür und Ritzen drangen. Auf den Steinfliesen war jeder Schritt zu hören, hallte nicht nur in Teresas Ohren, sondern klopfte wie Schläge im Kopf. Fremde Stimmen, Zurufe von einem Ende des Flures zum anderen, Gelächter, Flüche, alles in einer Sprache, die sie schwer verstand und nur stockend sprach. Einmal schlug irgendein Gegenstand an ihre Tür, und Teresa war hochgefahren. Aber es kam niemand herein. Sie blieb unbeachtet in diesem dunklen Rechteck, nicht größer als ein Hundezwinger, mit einer Wendeltreppe, die in eine Welt führte, in der sie nichts zu suchen hatte. Teresas Blick hing an den schmiedeeisernen Stäben vor dem Fenster. Sie schnitten das kleine Stück Himmel, das sie vom Bett aus sehen konnte, in handbreite graue Streifen. Irgendwann würde es regnen oder schneien oder beides. Teresa schloß die Augen. Die triste Umgebung machte ihr angst. Am meisten fürchtete sie diese kleine gewundene Treppe, die vor einer Tür endete, durch welche, wie Teresa sich einbildete, jeden Moment jemand hereinstürzen konnte, um sie zu erschießen, wie Radek erschossen worden war, oder sie aus dem Bett zu prügeln und abzutransportieren. Wenn sie die Augen ein wenig zukniff, sah sie Gestalten mit Fratzen statt Gesichtern, die die Treppe hinunterkamen und auf sie zuschlichen. Fratzen in Rot, Grün und Blau mit lodernden Augen, lippenlosen, aufgerissenen Mündern, aus denen die Stimmen, das Gelächter und hin und wieder auch ein Fluch drangen. Hier in diesem Raum gab es nichts Tröstliches außer der Wärme, die der Ofen ausstrahlte, weil ihn Halina am Morgen mit Briketts aufgefüllt hatte. Der Schrank, der Tisch, die Stühle und der Waschtisch, sonst nichts. Kein Bild an der Wand. Nur diese braunen, ineinander verschlungenen, wurmartigen Linien, die Teresa, wenn sie länger hinsah, schwindlig machten. Und über allem eine Glühbirne, umgeben von diesem tellergroßen Blechschirm. Hier war es nicht zum Aushalten, hier mußte sie raus, wenn sie nicht verrückt werden wollte. Da sie zu schwach war, um aufzustehen, floh sie, den vertrockneten Frosch in den Händen, zurück in ihre Fieberträume.

Sie setzte das Dienerzimmer in Bewegung, schwebte darin aus dem Schloß durch Luft, Regen und Schnee, Richtung Osten. Der Wind rüttelte an den Wänden, ließ das ganze Zimmer auf und ab tanzen, bis Schrank, Tisch und Stühle ins Wanken kamen. Nur ihr Bett stand still und rührte sich nicht von der Stelle. Wenn Teresa sich aufrichtete und aus dem Fenster sah, schwebte sie über Wälder und Felder, über Dörfer und an Kirchtürmen vorbei und glaubte sogar, Posen zu überfliegen. Sie erkannte das Rathaus und den alten Marktplatz und hörte deutlich die Worte des jüdischen Restaurantbesitzers: Erst die Juden, dann die Polen.

Teresa hätte ihm gern zugewinkt, aber das Dienerzimmer flog weiter und verlor erst an Höhe, als es die Ufer der Weichsel erreichte. Als es sanft auf dem Fluß aufsetzte und bis zum

Rand des Fensters im Wasser versank, glaubte Teresa ertrinken zu müssen. Das Wasser klatschte graugrün gegen das Glas, und das Dienerzimmer hatte alle Mühe, gegen den Strom zu schwimmen. Wie ein Schiff lag es zur Hälfte im Fluß und trieb als riesenhafter steinerner Würfel gen Warschau. Teresa begann die Landschaft zu erkennen, die Kirchen, die Häuser, und als das Dienerzimmer endlich dem Ufer zutrieb, wunderte sie sich nicht, als sich oberhalb der Wendeltreppe die Tür öffnete und Radek hereinkam.

Ich wußte, daß du mich finden würdest, sagte Teresa, und Radek antwortete, daß das, weiß Gott, nicht leicht gewesen sei. Ohne weitere Fragen zu stellen, zog er sich aus und legte sich zu ihr in das schmale Bett.

Das ist ja hier wie in der Backstube, sagte er und küßte Teresas Halsgrube.

Ich habe mich so nach dir gesehnt, flüsterte sie und schlüpfte aus dem von der Frau Baronin gekauften Nachthemd. Als sie mit ihren fiebrigen Armen Radeks kühlen Körper umschlang, ihre glühendheißen Wangen an seiner Brust rieb und seinen Geruch aufnahm, glaubte sie, an ihrer eigenen Zärtlichkeit zu ersticken. Jede ihrer Poren öffnete sich vor Sehnsucht, und in der Angst, Zeit zu verlieren, griffen ihre Hände nach Radeks Penis und führten ihn in sie hinein. Langsam begann der Zauber der Lust, der Liebe und Leidenschaft, ließ Teresa stöhnen, wimmern und schreien, bis sich die Tür zum Flur öffnete und sich die entsetzte Halina über sie beugte.

Was ist mit dir, Terenia, geht es dir nicht gut?

Und Teresa, der jetzt über die unerwartete Gegenwart der Schwester Tränen der Wut und Enttäuschung in die Augen schossen, sagte: Bis du kamst, ging es mir sehr gut.

Böse sah sie Halina an, die jetzt staunend den Frosch betrachtete. Was ist denn das?

Ein Frosch, er ist mein Talisman, von zu Hause, von der

Weichsel. Und bevor sich Halina das vertrocknete Tier näher ansehen konnte, legte Teresa es zurück in die Schachtel, die sie schnell unter das Kopfkissen schob.

Halina, die das unfreundliche Verhalten der Schwester dem Fieber und der Krankheit zuschrieb, schwieg und stellte das mitgebrachte Essen auf den Tisch.

Komm, sagte sie, wir haben eine Stunde füreinander Zeit.

Und dann?

Dann muß ich wieder rauf, abwaschen. Die anderen essen jetzt auch. Danach wird der Herrschaft serviert, hat Martha gesagt, und wenn die fertig ist, dann soll ich das Geschirr spülen.

Teresa antwortete nicht, schob ihre Füße aus dem Bett und kam langsam und ein wenig wankend zum Tisch. Das Essen war gut und reichlich, und erst als Teresa den ersten Bissen im Mund hatte, merkte sie, wie hungrig sie war. Halina erzählte, was sie erlebt hatte, beschrieb das Eßzimmer, den Salon, das Damen- und das Herrenzimmer und die kurze Begegnung mit der Baronin, die sich nach Teresas Gesundheit erkundigt hatte. Sie berichtete auch von den Zimmern im ersten Stock, die sie sauberzumachen habe, und den vielen Schuhen, die geputzt werden mußten.

Warum sagst du denn nichts, wenn ich dir erzähle, was ich mache, fragte sie schließlich Teresa, die in ihrem Teller herumkratzte und Halina nicht einmal ansah.

Lakaienarbeit, sagte sie schließlich, du machst nichts als Lakaienarbeit, begreifst du das nicht?

Statt sich über Teresa zu ärgern, lächelte Halina ihr mütterliches, alles verzeihendes Lächeln.

Die wirst du auch noch machen, mein Liebes, wenn du gesund bist.

Gar nichts werde ich. Keinen Finger mache ich für die *Szkopy* krumm, das schwör' ich dir, egal, ob ich krank oder gesund bin.

Dann wirst du uns umbringen, denn man wird uns zur Strafe ins KZ stecken.

Einen Augenblick lang glaubte Teresa, einen Ton der Ungeduld in der Stimme der Schwester zu hören, der sie unsicher machte.

Haben sie nicht Radek getötet?

Er ist nicht tot, Terenia. Ich fühl' das, ich weiß das.

Sie sagte das so heiter, so selbstverständlich, als redete sie von der Sonne am Himmel, vom Frühling, vom Sommer. Die Leute hier, fuhr sie fort, die haben jedenfalls nichts mit unserer Verhaftung in Warschau zu tun.

Aber sie sind Deutsche, *Szkopy*, die uns hassen und verachten.

Du bist verrückt, Terenia, sie haben uns das Leben gerettet.

Halina lachte. Ja wirklich, sie lachte, nahm die Schwester in den Arm und wiegte sie wie in Kinderzeiten hin und her. Sie strich ihr das Haar aus dem Gesicht und küßte sie auf die Stirn. Da schlang Teresa die Arme um ihren Hals und fing an zu weinen.

Ich weiß nicht, schluchzte sie und war kaum zu verstehen, ich weiß nicht, wie wir das hier alles aushalten sollen, Halinka.

Wir werden es aushalten, weil wir Glück gehabt haben. Denk an die, die wieder auf Transport mußten.

Und Teresa, die sich langsam beruhigte, flüsterte: Ich denke an Radek.

Von mir aus denk an Radek, vielleicht hilft es ihm.

Halina deckte die Schwester zu, sah nach dem Ofen, legte ein paar Briketts auf, steckte Radeks Ring in den Mund und verließ das Dienerzimmer mit denselben Worten, mit denen sie früher Teresas Kinderzimmer verlassen hatte: Schlaf ein bißchen, ich bin gleich wieder da.

In der Zwischenzeit hatte Martha im schwarzen Satinkleid mit weißer Schürze und weißen Handschuhen in mit blauen

Zwiebeln gemusterten Schüsseln das Mittagessen serviert. Die Mahlzeit war einfach, aber gut, und sie unterschied sich kaum von dem, was das Personal, Halina und Teresa zu essen bekommen hatten.

Das Gespräch drehte sich um die Lage an der Ostfront. Das sieht nicht gut aus, sagte der Herr Major, die Sowjets sind kurz vor Moskau zum Gegenangriff angetreten. Das sieht wirklich nicht gut aus.

Martha, die gerade dabei war, mit der linken Hand die Kartoffeln anzubieten und mit der rechten das Rotkraut, konnte ein kleines Zittern nicht verhindern. Der Löffel klirrte am Schüsselrand und lenkte die Aufmerksamkeit auf sie.

Sagen Sie mal, Martha, ist Ihr Verlobter nicht da irgendwo bei den Panzern?

Und Martha, die es nicht gewohnt war, beim Servieren angesprochen zu werden, wurde rot, zitterte noch ein bißchen mehr und sagte: Jawohl, Herr Major, bei der zweiten Panzerarmee.

Und du, Papa, mischte sich Anna ein, mußt du jetzt auch dorthin?

Nein, ich muß nach Kiew.

Martha war froh, daß sie nicht weiter in das Gespräch einbezogen wurde. Sie zog sich in die Anrichte zurück, einen kleinen, ungeheizten Raum neben dem Eßzimmer, wo sie wartete, bis nach ihr geläutet wurde, um die Teller zu wechseln und den nächsten Gang zu servieren. Das Tischgespräch wurde von Minute zu Minute einsilbiger. Immerhin saß noch die Gutssekretärin mit beim Essen. Da war es besser, nicht allzu viele Zweifel an der Einnahme von Moskau durch die deutsche Wehrmacht zu äußern.

Als Halina die Anrichte betrat, in der der Abwasch gemacht und das Silber geputzt wurde, saß von der Herrschaft, wie Martha sich stets ausdrückte, niemand mehr am Tisch.

Halina sammelte die leergegessenen Teller, das Besteck und

die Gläser ein. Danach begann sie mit der Arbeit. Martha hatte ihr noch erklärt, in welche Schränke das Geschirr geräumt werden müsse, und ihr aufgetragen, anschließend bis zum Abend Silber zu putzen. Lakaienarbeit. Halina schob Radeks Ring von einer Seite ihres Mundes in die andere und ließ warmes Wasser in das Spülbecken.

Während sie Teller für Teller, Schüssel für Schüssel abwusch und abtrocknete, glitten ihre Gedanken nach Hause, zu Radek und zu den Eltern. Es war nicht Radek, der tot auf der Straße gelegen hatte. Hundertmal und mehr hatte sie sich das Bild ins Gedächtnis gerufen, hatte sich nicht nur die Kleidung des Toten in Erinnerung gerufen, sondern auch die Haltung, die Haare, die ein Stück zu sehen waren und Halinas Meinung nach im Gegensatz zu Radeks lockig waren. Unter der halbgeöffneten Jacke hatte sie einen roten Pullover gesehen, Radek hatte aber einen beigefarbenen getragen. Es sei denn, den Pullover hatte Radeks Blut rot gefärbt. Unsinn. Blut färbte Wolle dunkel und nicht hellrot. Halina spießte mit ihrer Zunge den Ring auf und schob ihn in die andere Backentasche, legte ihn dort vorsichtig ab und biß die Zähne aufeinander, bis sie knirschten. Radek war pfiffig. Wenn er den Krieg überlebt hatte und es ihm gelungen war, sich abzusetzen, hatte er sich auch der Verhaftung entzogen, war blitzschnell in ein Kellerloch geschlüpft, hatte ein offenes Fenster entdeckt oder hinter einer Tür Schutz gefunden, war längst zu Hause und in Sorge, wohin es sie und Teresa verschlagen hatte. Vielleicht weinte er jetzt. Sie hatte Radek nie weinen sehen, und sie brauchte eine Weile, um sich Tränen auf seinem Gesicht, das Beben seines Kinns vorzustellen oder sein Schluchzen zu hören. Nachts würde er nach ihrem Kopfkissen greifen und es an sich drücken, als hielte er sie in seinen Armen. Morgens würde er der Mutter den Tee bereiten und vielleicht ... Nein, das würde er nicht machen. Er mußte ja in die Bäckerei. Höchstwahrscheinlich hatte er die Großeltern geholt, die sich nun gemeinsam mit dem Vater um die Kranke kümmerten. Radek besorgte Brot, tauschte es gegen Medikamente und sah zu, daß alle etwas zu essen hatten, nicht so wohlschmeckend, wie sie hier im Schloß aßen, aber immerhin so viel, daß niemand verhungerte. Vielleicht glaubte Radek, daß es ihnen den Verhältnissen entsprechend gutging, ebenso wie sie glaubte, daß er lebte und ihm nichts zugestoßen war. Sie war drauf und dran, seinen Namen zu rufen, als sich die Tür öffnete und Anna hereinschaute. Halina, die sich in ihrer Phantasie ertappt fühlte, zog die Hände aus dem Spülwasser und trocknete sie verwirrt ab. Anna, die Halinas Verlegenheit auf sich bezog, lächelte begütigend und fragte ähnlich wie am Morgen ihre Mutter, wie es Teresa gehe. Danke, murmelte Halina, besser.

Das freut mich, antwortete Anna höflich und schob Halina einen Korb hin, in dem nicht nur zwei Paar neue Filzpantoffeln lagen, sondern auch Seife, Zahncreme, zwei Zahnbürsten, Kamm, Bürste und ein Handspiegel. Sogar eine Nagelschere und eine Dose Niveacreme waren dabei.

Das schickt Ihnen meine Mutter.

Für uns?

Für wen sonst? Anna lachte ein bißchen kumpelhaft, hatte aber sonst keine Fragen an Halina.

Fräulein Anna, sagte Halina, während sie die einzelnen Dinge in dem Korb betrachtete, als wären es für sie fremde Gegenstände, warum haben Sie uns aus dem Transport geholt?

Das war Ludwik Janik, den müssen Sie fragen.

Aber Sie haben Teresa und mich in der Kutsche hergefahren.

Ach, wissen Sie, ehrlich gesagt, mir hat das Spaß gemacht. Und daß Sie hier untergekommen sind, haben meine Eltern angeordnet.

Und ehe Halina etwas darauf erwidern konnte, war Anna schon wieder weg, und die Tür der Anrichte zum Flur schlug ein wenig klirrend zu.

Lag es an dem Korb, lag es daran, daß sie ihre Phantasien über Radek verdrängen wollte; Halina machte sich mit größerem Eifer als zuvor an ihre Arbeit, räumte das Geschirr in die Schränke und stellte die Gläser in die an das Eßzimmer grenzende Kammer. Dann putzte sie das Silberbesteck, rieb es mit einem Pulver, das mit Spiritus angerührt wurde, ein, wusch es wieder ab und wienerte anschließend Stück für Stück mit einem Wolltuch. Als Martha gegen Abend kam, um nach dem Rechten zu sehen, wie sie sagte, hatte sie an Halinas Arbeit nichts auszusetzen, ließ sich aber auch nicht zu einem Lob hinreißen.

Inzwischen waren drei Wochen vergangen. Drei Wochen immer die gleiche Arbeit, deren Abwechslung darin bestand, daß Halina jeden dritten Tag zu bügeln hatte, statt Silber zu putzen. Drei Wochen Abend für Abend mit Teresa im Dienerzimmer. Kein Buch, keine Zeitung, kein Radio. Am schlimmsten waren die Sonntage, an denen Halina nur die Betten zu machen hatte und nach dem Essen der Herrschaft abwaschen mußte. Die übrige Zeit saß sie im Dienerzimmer, denn ein Ausgang war nicht ratsam, da sie behördlich nicht gemeldet war. Der Herr Major hatte das angeordnet, um nicht schlafende Hunde zu wecken.

Ziethen, der Dorfpolizist, wußte von der unterbliebenen Anmeldung ebensowenig wie das übrige Personal im Schloß oder die anderen polnischen Zwangsarbeiter im Dorf. Und weil Halina nirgendwo zu sehen war, schon gar nicht Teresa, gerieten die beiden bald in Vergessenheit.

Wenn Halina abends erschöpft von der Hausarbeit ins Dienerzimmer kam, saß Teresa still am Tisch und starrte in einen brennenden Kerzenstummel. Um die Schwester abzulenken, erzählte Halina, was sie am Tag gemacht, wer mit ihr gesprochen hatte und wer freundlich oder unfreundlich zu ihr gewesen war. Dann hörte ihr Teresa wortlos zu, stellte keine Frage und zeigte kein Interesse. Immerhin hatte sie sich angewöhnt, das gemeinsame Zimmer sauberzuhalten, Kohlen zu holen und die Asche wegzubringen. Sie nutzte dafür die Zeit, zu der sie am wenigsten Personal zu treffen glaubte, huschte in ihren Pantoffeln über den dunklen Flur und wandte sich grußlos ab, wenn ihr jemand begegnete.

Die hat sie nicht alle, behauptete Käte, nachdem sie Teresa zum ersten Mal gesehen hatte, die kann ja nicht mal guten Tag sagen. Vierzehn Tage nach Ankunft der Schwestern im Schloß hatte der Doktor noch einmal in Gegenwart der Baronin vorbeigeschaut und Teresa untersucht. Auch diesmal sagte sie kein Wort, erwiderte keinen Gruß und gab keine Antwort. Stumm und mit niedergeschlagenen Augen ließ sie sich Herz und Lunge abhören und schwieg auch, als ihr der Doktor mitteilte, sie sei wieder gesund und könne nun arbeiten.

Teresa hob den Blick und sah nicht nur an dem Doktor vorbei, sondern auch an der Baronin, die Teresa den Auftrag gab, sich am folgenden Tag bei Fräulein Hase in der Gärtnerei einzufinden.

Ich arbeite nicht für die Deutschen, sagte Teresa, als Halina nach Feierabend ins Dienerzimmer zurückkam.

Dann arbeite für mich.

Du kannst selbst für dich arbeiten.

Terenia, wenn du dich weigerst zu arbeiten, werden wir beide abgeholt, siehst du das nicht ein?

Ich denke, du bist so beliebt und schuftest für zwei. Da werden sie dich nicht hergeben.

Willst du mit deiner Sturheit riskieren, daß wir getrennt werden? Ich habe keine andere Möglichkeit, gegen Radeks Schicksal und unsere Verschleppung zu protestieren, sagte Teresa, ohne die Schwester anzusehen. Halina holte ihren Ring aus dem Mund und steckte ihn für die Nacht an den Finger. Er ist nicht tot, sagte sie mit der immer gleichen Bestimmtheit, und wenn wir ihn wiedersehen wollen, müssen wir am Leben bleiben, und wenn wir am Leben bleiben wollen, müssen wir arbeiten.

Ich bleibe dabei, sagte Teresa langsam, freiwillig geh' ich nicht arbeiten.

Und warum nicht?

Ich kann's dir nicht sagen, antwortete Teresa sanft, ich weiß nicht, wie ich es ausdrücken soll. Wenn ich für diese *Szkopy* arbeite, kommt es mir wie Verrat vor.

Verrat an wem?

Da war sie wieder, diese Ungeduld in Halinas Stimme, die Teresa schon als Kind Respekt eingeflößt hatte. Weil sie nicht sagen konnte, daß es ihr um den Verrat an Radek ging, flüsterte sie: Verrat an uns Polen.

Das hielt Halina für zu dramatisch. Hier nicht zu arbeiten, sagte sie, entspreche nicht der Situation, in der sie beide steckten. Das sei keine Munitionsfabrik, wo man mit Sabotage den Feind schwäche. Hier seien sie auf einem Gutshof, wo man sie den Umständen entsprechend anständig behandelte, und da wolle sie so lange bleiben, bis der Krieg vorbei sei.

Da Teresa darauf keine Antwort wußte, begannen sie sich auszuziehen, zu waschen und ins Bett zu gehen. Sie sagten einander nicht gute Nacht. Sie schlüpften unter die schweren Federbetten und drehten sich zur Wand, wütend, traurig und verzweifelt, daß eine die andere nicht verstand.

Ein paar Tage später wurde in der Waschküche, gegenüber der Küche, wo Teresa für Halina und sich das Wasser zu holen pflegte, Sirup gekocht. Das erforderte viel Arbeit, zumal wenn die Rüben in dem großen heizbaren Waschkessel zu Saft eingekocht wurden. Erst mußten die Rüben mit einer Wurzelbürste geschrubbt, dann geputzt und in Stücke geschnitten werden. Dann wurden sie unter ständigem Rühren so lange gekocht, bis sie sich erst in goldgelben und dann in braunen, honigartigen Saft auflösten.

Käte, Frau Klimka und die Frau des an der Front stehenden Chauffeurs waren unter der Aufsicht der Mamsell für diese Arbeit eingeteilt. Und weil die Mamsell meinte, daß das Putzen und Schneiden der Rüben neben der üblichen Küchenarbeit zuviel Zeit in Anspruch nehme, um rechtzeitig mit dem Kochen des Saftes beginnen zu können, sollte Teresa mit von der Partie sein.

Sagen Sie das Ihrer Schwester, forderte die Mamsell Halina auf, als diese am Morgen das Frühstück holte.

Teresa schüttelte nur den Kopf, als sie davon hörte, und ging auf Halinas flehentliches Bitten nicht ein.

Kurze Zeit später wurde die Tür aufgerissen, und vor Teresa stand nicht nur die Mamsell, sondern auch Käte, beide bereit, sie mit Gewalt in die Waschküche zu zerren.

Das wollen wir doch mal sehen, sagte die Mamsell mit gekräuselten Lippen und drohender Stimme, sich auf unsere Kosten Tag für Tag den Wanst vollschlagen und obendrein die Arbeit verweigern. Mit mir nicht.

Sie ging auf Teresa zu, sagte hopp und dalli und trieb sie mit winzig kleinen Stößen, Käte im Gefolge, vor sich her über den Flur in die Waschküche, wo die Rüben schon in den Waschtrögen lagen und von Frau Klimka und der Chauffeursfrau geschrubbt wurden. Das kann jetzt die Polin machen, sagte die Mamsell zu der Chauffeursfrau, stellte Teresa vor den Trog, in dem die Rüben schon längere Zeit im Wasser lagen, und wies die Chauffeursfrau an, mit Käte die gesäuberten Rüben in der Hobelmaschine zu zerkleinern. Das Wasser, in dem die Rüben lagen, war erdig und trübe. Teresa brauchte viel Kraft, um mit der Wurzelbürste alle Erde aus der schrundigen Wurzelhaut zu schrubben. Trotz des Wassers setzte sich Sand unter ihre Nägel und bildete dort feine schwarze Ränder, die ein ungewohntes

Gefühl hervorriefen. Teresa arbeitete so langsam wie möglich. Und weil sie damit nicht die erwünschte Aufmerksamkeit erzielte, begann sie, unsauber zu arbeiten. Sie ließ kleine Erdklümpchen zwischen den aus den Rüben sprießenden Wurzelenden, fuhr nicht mehr so hart mit der Bürste über die Rüben und änderte auch ihr Verhalten nicht, als Frau Klimka sie zwar mürrisch, aber leise darauf hinwies, daß sie sauberer arbeiten solle.

Du wirst doch wohl noch so eine Rübe schrubben können, sagte sie und machte Teresa vor, wie sie die Wurzel mit der linken Hand halten und mit der rechten zu putzen hatte. Wie kommt die Alte dazu, mich zu duzen, dachte Teresa, ohne zu ahnen, daß Frau Klimka jeden duzte, der jünger als sie war. Frau Klimka hatte nichts gegen, aber auch nichts für Teresa. Sie war nur daran interessiert, daß Käte und die Chauffeursfrau saubere Rüben auf den Tisch bekamen. Deshalb bemerkte sie auch nicht, wie Teresa die Augen zukniff und sich auf die Lippen biß, als hätte ihr Frau Klimkas nichtssagendes »du« eine Wunde zugefügt. Sie arbeitete noch langsamer, drehte die Rüben im Schmutzwasser von einer Seite auf die andere und hätte am liebsten einen von ihnen, schwer und groß, wie sie waren, Frau Klimka an den Kopf geworfen. In ihrer Phantasie warf sie auch Käte, der Chauffeursfrau und der Mamsell eine Rübe an den Kopf. Alle vier würden sie mit Gehirnerschütterungen und Löchern im Schädel auf dem Boden liegen, das Gesicht in der Pampe, die sich aus Wasser und Sand zu ihren Füßen gebildet hatte, mundtot und nicht mehr in der Lage, sie nach Lust und Laune zu duzen. Über alle vier würde sie hinwegsteigen, diese stinkende Waschküche verlassen, das Schloß, das Dorf, das Land und zu Radek gehen. Während sie eine der Rüben drehte und wendete, ohne auch nur die Bürste in die Hand zu nehmen, fiel ihr ein, daß sie die Schwester auf ihrer Flucht vergessen hatte. Beschämt lief sie wieder zurück, suchte die Schwester, fand sie in Bergen von Abwasch, zerrte sie zwischen den schmutzigen Tellern und Schüsseln der Herrschaft hervor und hinter sich her.

Dann passierte es. Käte bekam zum zweiten Mal eine von Teresas schlecht gesäuberten Rüben zu fassen und konnte im letzten Moment verhindern, daß sich Sand und Erde zwischen den zerkleinerten Stücken breitmachten und in den im Waschkessel kochenden Brei gelangten.

Wie ein Geschoß kam die Rübe, von Käte geworfen, auf Teresa zugeflogen. Haarscharf klatschte die kiloschwere Rübe an ihrem Kopf vorbei in den Trog und überschüttete Teresa von oben bis unten mit der sandigen Dreckbrühe.

Nicht einmal Kätes Gekreische hörte Teresa, hörte weder das du noch die Worte verdammte Polackensau, noch die Ermahnung der Mamsell, Käte möge sich beherrschen. Sie sah auch nicht, wie die Chauffeursfrau grinste und Frau Klimka seufzend den Blick zum Himmel warf. Teresa war nicht nur von oben bis unten naß, sie hatte auch eine Ladung Dreckwasser ins Gesicht bekommen. Der Sand brannte ihr in den Augen, und die Brühe war ihr in den Mund gespritzt, wo sie einen würgenden Husten auslöste.

Ganz langsam sackte Teresa in sich zusammen. Und als der Husten aufhörte, lag sie auf dem Steinboden in der Pampe, in der sie zuvor die vier Frauen hatte liegen sehen. Ihre Muskeln verkrampften sich. Da war es, das Angsttier aus ihrer Kindheit, das sie ihr Leben lang gefürchtet hatte und das nur Halina verjagen konnte. Aber jetzt hatte es sie nicht wie früher angefallen, gelähmt und sprachlos gemacht, jetzt hatte Teresa es gerufen, hatte sich ihm in die Arme geworfen und bei ihm Schutz gesucht. Sie lag wie aus Stein gemeißelt auf dem Boden, rührte sich nicht und jagte damit den Frauen einen gehörigen Schrekken ein.

Die ist tot, kreischte Käte, die fass' ich nicht an.

Halt den Mund, fuhr die Mamsell sie an, lauf rauf zu Martha, und hol die Schwester.

Dann beugte sie sich über Teresa, an der kein Muskel zuckte und die auf nichts reagierte.

Am besten, wir tragen sie weg, schlug Frau Klimka vor. Auch die Chauffeursfrau war dieser Meinung, weil, wie sie sagte, vielleicht mit einem weiteren Anfall der Polin zu rechnen sei. Sie packten Teresa, deren Arme und Beine steif am Körper lagen. Ihr Kreuz war durchgedrückt, der Kopf mit den geschlossenen Augen nach hinten gebogen. Sie schleppten sie wie ein Brett aus der Waschküche den Flur entlang bis ins Dienerzimmer. Sogar die Mamsell hatte mit zugegriffen und ihre Hände unter den Rücken der Bewußtlosen gelegt. Teresa konnte ihren Atem spüren, den Geruch ihrer Kleider, in denen der Rübendunst saß, gemischt mit Kernseife und dem Mief unter ihren Achseln. Im Dienerzimmer ließen sie die Kranke auf eines der Betten fallen, Frau Klimka zog die Schuhe von Teresas Füßen und deckte sie zu.

Jetzt ist gut, sagte die Mamsell und trieb die Frauen an, mit dem Sirupkochen weiterzumachen. Inzwischen war auch Käte mit Halina eingetroffen, die sich kurz über die Schwester beugte und dann die Tür mit den Worten hinter sich schloß: Schon gut, schon gut, vielen Dank.

Teresa, die von den Frauen in Halinas Bett gelegt worden war, rührte sich noch immer nicht, blieb steif und stumm, so wie Halina die Schwester seit ihrer Kindheit kannte, wenn sich das pure Entsetzen ihrer bemächtigt hatte. Vorsichtig und unendlich sanft nahm sie die Schwester in den Arm, wiegte sie sanft hin und her und murmelte immer wieder den gleichen Satz: Ich bin ja bei dir, Terenia, du brauchst keine Angst mehr zu haben.

Und wie es Halina gewohnt war, schlang Teresa bald darauf die Arme um ihren Hals, die Muskeln entkrampften sich, und ihre Stimme erhielt wieder die alte Kraft. Nur was Teresa sagte, war anders. Es waren nicht Worte der Erleichterung, der Dankbarkeit und der Freude darüber, nicht mehr allein zu sein, die Halina gewohnt war.

Teresa sagte: Ich habe keine Angst, Halinka.

Was dann?

Wut. Ich habe mich vor Wut auf den Boden geschmissen.

Sie erzählte Halina, was in der Waschküche vorgefallen war, und endete mit dem Satz: Ich will nicht für die Deutschen arbeiten.

Und der Krampf?

Der kam von allein.

Halina hatte längst aufgehört, die Schwester zu streicheln und zu wiegen. Ganz langsam erhob sie sich, und ihre Bewegungen wirkten eckig. Die Sanftmut war weg. Sie holte trockene Sachen aus dem Schrank und legte sie auf Teresas Bett, goß Wasser in die Waschschüssel und forderte Teresa auf, sich umzuziehen.

Hör zu, Teresa, sagte sie in einem Tonfall, der dem des Vaters glich, hör gut zu, spiel nie wieder verrückt, wenn ich dir noch glauben soll.

Teresa antwortete nicht, zog sich aus, wusch sich und streifte die Sachen über, die Halina ihr bereitgelegt hatte. Es war ein Wollkleid der Baronin. Teresa roch es an dem Parfum. Als Halina das Dienerzimmer verließ, um sich wieder an ihre Arbeit in den oberen Stockwerken zu machen, hatten die beiden noch immer kein Wort gewechselt.

Kapitel 4

Seit Teresas Zusammenbruch waren ein paar Wochen vergangen. Niemand im Schloß zeigte noch große Lust, sie zu einer Arbeit aufzufordern. Auch Fräulein Hase, der Teresa eigentlich in der Gärtnerei zur Hand gehen sollte, legte auf die Hilfe der Polin keinen Wert mehr. Sie wisse nicht, was sie machen solle, wenn Teresa so einen Anfall bekäme, sagte Fräulein Hase. Der Doktor, den die Baronin bei einem seiner Hausbesuche noch einmal zu Teresa geschickt hatte, wußte auch keine Erklärung und schlug vor, Teresa erst einmal in Ruhe zu lassen.

Halina, die gefragt wurde, ob die Schwester öfter diese krampfartigen Zusammenbrüche bekäme, hatte zwar genickt, war aber dabei über und über rot geworden.

Ich werde arbeiten, war ihre Antwort, ich werde arbeiten für zwei.

Sie zeigte sich unermüdlich, umsichtig und war als Hilfe für Martha bald nicht mehr wegzudenken. Man brauchte ihr alles nur einmal zu sagen. Nie machte sie etwas falsch, immer war sie höflich, immer bescheiden, und mit der Zeit sprach man von ihr nicht mehr als der Polin, sondern als Halina, und außer von Frau Klimka wurde Halina von allen gesiezt. Auch hatte es sich im Lauf der Wochen eingebürgert, vor Halina zu reden, wie einem der Schnabel gewachsen war. Sie mischte sich nie ein, äußerte auch durch Mimik oder Blicke keine Meinung, so daß man annehmen konnte, sie verstünde gar nicht alles, was ihr zu Ohren kam. Wurde sie gefragt, was sie von diesem oder jenem halte, lächelte sie freundlich und antwortete in den verschiedensten Tonlagen mit den Worten: Schon, schon.

Sie variierte diese beiden Worte derart, daß sie begütigend klangen, aber auch fragend. Mal glaubte man eine Befriedigung herauszuhören, mal Interesse, oder man verstand es als Bestätigung eines Auftrags. Das brachte ihr den Spitznamen Schonschon ein, mit dem sie aber niemand anzusprechen wagte.

Ganz anders war der Umgang mit Teresa, wenn man überhaupt von einem Umgang sprechen konnte. Sie legte es darauf an, frühmorgens oder spätabends, wenn das Personal nicht bei der Arbeit war, Kohlen und Wasser zu holen. Am Tag konnte man ihr höchstens begegnen, wenn sie die Toilette aufsuchte. Im Flur und auf der Treppe drehte sie stets den Kopf zur Wand, um nicht grüßen zu müssen. Traf sie die jüngste Tochter der Baronin, die kleine Marie, die, wohlerzogen, wie sie war, guten Tag sagte, blieb der Gruß unerwidert, auch Anna ging es nicht anders.

Die hat sie nicht alle, behauptete Käte und sprach damit aus, was alle anderen im Schloß auch dachten.

Die Eintönigkeit, die Teresas Tage ausfüllte, wurde von Mal zu Mal unerträglicher und war kaum noch auszuhalten. Ihre Bitte, Halina möge ihr doch auf irgendeine Weise Papier und Bleistift besorgen, blieb unerfüllt. Wenn sie sich langweile, könne sie arbeiten, hatte Halina freundlich, aber bestimmt entgegnet. Klauen würde sie Teresas wegen nicht, auch nicht um Papier und Bleistift bitten. Dafür brachte sie eines Abends einen Berg Strümpfe mit, die gestopft werden mußten.

Wem gehören die?

Na wem schon, antwortete Halina, der kleinen Marie und der Anna.

Ich soll den Deutschen die Strümpfe stopfen?

Anna hat dir das Leben gerettet, und Marie ist ein Kind.

Und schon war der Krach wieder da, denn Teresa war nicht bereit, Nadel und Faden anzurühren.

Ich mach' das nicht, sagte Teresa, und du weißt, daß ich es nicht mache.

Ein Wort gab das andere. Der ständige Streit entwickelte sich langsam zu einer zwischen ihnen wachsenden Glaswand, gegen die sie immer wieder verzweifelt stießen, um sie zu durchbrechen und einander zu verstehen. Aber weder gelang es Halina, Teresa zu überzeugen, noch konnte Teresa der Schwester klarmachen, daß sie sich geschworen hatte, Radek zu rächen. Als Teresa an jenem Abend zu schreien anfing und anzunehmen war, daß man sie auf dem Flur hören konnte, gab Halina auf. Sie nahm den Korb mit den Strümpfen, setzte sich in die Mitte des Dienerzimmers unter den Schein der Glühbirne und fing an zu stopfen. Keine Silbe kam mehr über ihre Lippen. Blaß und mit vor Müdigkeit hohlen Wangen und blinzelnden Augen verkörperte sie ein Bild des Vorwurfs und der Selbstaufgabe. Da sie nicht einmal mehr den Blick von ihrer Handarbeit hob, sah sie auch nicht Teresas Tränen. Sie wußte auch so, daß die Schwester weinte, aber sie ahnte nicht, wie Teresa mit sich kämpfte, ob sie ihr vielleicht doch helfen sollte.

Während Halina ebenso flink wie sorgfältig ein Loch nach dem anderen in Annas und Maries Strümpfen zustopfte, begann sie leise davon zu berichten, was sie tagsüber an Informationen aufgeschnappt hatte. Die Engländer haben Köln bombardiert, und an der Ostfront zieht sich die zweite Panzerarmee zurück. Die Sowjets sind im Vormarsch. Die Deutschen schaffen es nicht bis Moskau.

Und woher weißt du das?

Ich hab' es in der Küche gehört und von Martha. Ihr Verlobter ist bei den Panzern. Sie hat Angst um ihn.

Und du hast sie getröstet, stimmt's?

Ja, ich hab' sie getröstet.

Daß du dich nicht schämst. Anstatt froh zu sein um jeden *Szkopy*, der im Krieg draufgeht, stellst du dich hin und bangst mit den Deutschen um aufgegebenes sowjetisches Land.

Halina ließ sich nicht provozieren und stopfte weiter, nur die Nadel zitterte zwischen ihren Fingern. Es geht mir nicht um den Krieg, es geht mir um Martha, die um das Leben ihres Verlobten bangt und sehr geweint hat.

Und an Radek, denkst du nicht an Radek?

Der hat doch nichts mit Martha zu tun. Mein Leid ist nicht ihr Leid.

Du kotzt mich an mit deiner Art, wie du selbst noch den *Szkopy* beweisen willst, wie gütig du bist, wie großmütig und mitfühlend.

Halina zog den Kopf ein, als hätte ihr jemand einen Hieb versetzt. Aber als sie ihr Gesicht Teresa zuwandte, lächelte sie, und ihre Worte klangen sanft.

Du bist verrückt, Terenia, hilf mir lieber, die Strümpfe zu stopfen. Wenn du das nicht willst, leg dich hin und schlaf, aber beschwer dich nicht bei mir, wenn du dich langweilst.

Teresa wollte Halina nicht helfen, und schlafen konnte sie auch nicht. Also hockte sie sich mit angezogenen Beinen in eine Ecke ihres Bettes, die Schwester fest im Blick. Halina ließ sich nicht stören und hörte erst mit der Arbeit auf, als auch der letzte Strumpf gestopft war und der alte Wecker, den ihr Frau Klimka eines Tages mitgebracht hatte, nach Mitternacht zeigte.

Es war kurz vor Weihnachten. In der Zeitung war folgende Anzeige zu lesen: Dein Weihnachtsgeschenk für die Front, warme Wintersachen. Das hieß, auch das Weihnachtsfest im Schloß wurde nicht mehr wie früher gefeiert. Es gab weniger Geschenke, und das sogenannte Leuteweihnachten, an dem die Kinder der Landarbeiter von der Herrschaft beschenkt wurden, fiel ganz aus. Nur die Weihnachtsbäume, die der Förster abliefern ließ, waren von immer der gleichen Größe. Eine zweieinhalb Meter lange Fichte, die in der Plättstube für die Bescherung des Personals aufgestellt wurde, und eine bis an die Decke reichende Kiefer, die für die Herrschaft geschlagen worden war und im Saal ihren Platz fand.

Aus der Küche zog der Duft der Plätzchen und Pfefferkuchen bis unter die Tür ins Dienerzimmer. Man hörte die Melodie von Weihnachtsliedern, gepfiffen oder gesungen, und ständig ging die Tür der Plättstube auf und zu.

Anna, ihre ältere Schwester Laura, die zu Weihnachten aus Berlin nach Hause gekommen war, und die kleine Marie schmückten, wie jedes Jahr, die Fichte in der Plättstube. Teresa konnte ihr Lachen hören. Später war es die Frau Baronin, die aus und ein ging, Teller mit Süßigkeiten füllte, Kerzen aufstellte und für jeden, der im Schloß arbeitete, ein Geschenk einpackte.

Halina, die die Baronin die Treppen rauf- und runterlaufen sah und sofort ihre Hilfe anbot, wurde freundlich abgewiesen.

Danke, Halina, das mach' ich allein, denn es macht mir viel Spaß. Sie hatte dabei gelacht, wie Halina ihrer Schwester erzählte, zum ersten Mal wieder, seitdem der Herr Major an die Front zurückgekehrt war.

Ob die lacht oder heult, ist mir doch egal, hatte Teresa kopfschüttelnd geantwortet.

Was Halina nicht wußte, war, daß die Baronin den Förster gebeten hatte, ihr ein Tännchen mitzubringen. Nicht größer als so, hatte sie gesagt, ihre Hand in Kniehöhe gehalten und gleichzeitig darum gebeten, einen kleinen Ständer dafür anzufertigen. Das Tännchen wurde in die Plättstube gebracht, wo es die Baronin mit dem Lametta, den Kugeln und Kerzen schmückte, die ihre Töchter übriggelassen hatten.

Es war der Vormittag des 24. Dezember, als die Baronin bei Teresa an die Tür klopfte. Und weil sie kein Herein hörte, auch nicht, als sie noch einmal geklopft hatte, betrat sie mit dem geschmückten Tännchen das Dienerzimmer. Sie ging an der erschrockenen Teresa vorbei zum Tisch, stellte das Bäumchen ab und sagte: Damit Sie es ein bißchen weihnachtlich haben.

Eigentlich wollte sie Teresa die Hand geben. Aber die hatte sich mit gesenktem Blick derart an die Wand gedrückt, daß die Baronin auf den Handschlag verzichtete und nur etwas murmelte, was Teresa nicht verstand. Dann fiel die Tür ins Schloß. Teresa starrte das Bäumchen an, das mit seinen roten, goldenen und silbernen Kugeln so gar nicht in das karge Dienerzimmer passen wollte. Die Kerzen waren weiß, und das Lametta hing wie glattgekämmte Haarsträhnen von den Zweigen herunter. Das fröhliche Glitzern erinnerte Teresa an ihre Kindheit. Sie mußte an Vater und Mutter denken, an das Weihnachten in Warschau, an dem sie mit Radek, von Halina auf dem Klavier begleitet, Weihnachtslieder gesungen hatten. Sie glaubte, in den blitzenden Kugeln an dem Bäumchen, das ihr so mir nichts, dir nichts auf den Tisch gestellt worden war, die Gesichter von Vater, Mutter und Radek wie Totenbildchen zu sehen. Totenbilder, zum Fest an einen Weihnachtsbaum gehängt und von einer Deutschen persönlich überreicht.

In Teresa begann eine Wut zu wachsen, die ihr zwar die Luft nahm, aber auch Kraft gab. Sie packte das Bäumchen, öffnete mit dem Ellbogen die Tür und knallte es im Flur auf die steinernen Fliesen. Es war kein lautes Geräusch, mehr ein knisterndes Wischen, gemischt mit dem Klang der zerspringenden Kugeln, die jetzt in Splittern und kleinen Stücken zwischen den Zweigen auf dem Boden lagen und durch das Licht, das aus der offenen Tür des Dienerzimmers in den Flur fiel, gut zu sehen waren.

Die Baronin, die am Ende des Flurs stand und nach dem Öffnen der Tür des Dienerzimmers annahm, Teresa wolle sich wohl doch noch bedanken, starrte fassungslos auf das in den Splittern der Kugeln liegende Bäumchen. Im ersten Augenblick wußte sie nicht, was sie sagen sollte, so wütend wurde sie, und als sie jetzt zurückkam, hörte man ihrem Gang den Zorn an. Die Absätze ihrer Schuhe knallten mit jedem Schritt auf dem Steinboden. Die Baronin stieg über das Bäumchen, packte Teresa am Arm, drehte sie herum, so daß ihr das Licht des Dienerzimmers ins Gesicht fiel, und fragte: Warum haben Sie das gemacht?

Im Gegensatz zu ihrer sonstigen Gewohnheit senkte Teresa nicht die Augen, sondern sah die Baronin an. Es war ein langer, wortloser Blick, den die beiden Frauen austauschten. Als erstes sah die Baronin nur Haß in Teresas Augen. Aber dann verwandelte sich der Haß in Qual und Leid, und schließlich war nichts als Verzweiflung darin zu sehen, Tränen, für die sich Teresa sehr schämte.

Sie konnte nicht ahnen, daß die Baronin plötzlich an den Bericht des Zwangsarbeiters Jacek Staszak über dessen Vertreibung von seinem väterlichen Hof dachte und an den polnischen Lehrer Jan Orlinski, der mit seiner deutschen Freundin im Herbst erschossen worden war. Teresa bemerkte auch nicht die Unsicherheit, die die Baronin befiel, als sie leise na gut sagte, Teresa in das Dienerzimmer zurückschob und die Tür hinter ihr schloß.

Wenig später hörte Teresa, wie die Baronin Käte beauftragte, das Bäumchen mit dem zerbrochenen Weihnachtsschmuck wegzuräumen. Noch verwunderlicher war, daß die Baronin Halina gegenüber kein Wort über das Verhalten der Schwester verlor, sich weder beschwerte noch ihre Enttäuschung zum

Ausdruck brachte. Sie übergab Halina, ohne ihr fröhliche Weihnachten zu wünschen, einen Korb, in den sie ein paar praktische Geschenke gelegt hatte. Seife, Zahnpaste, Strümpfe, ein wenig Unterwäsche, eine Dose Niveacreme, Gebäck und eine Tafel Schokolade.

Halina bedankte sich mit hochrotem Kopf, sagte verwundert schon, schon, als könne sie es nicht fassen, Geschenke entgegennehmen zu dürfen. Als sie sich schließlich besann und auch im Namen Teresas dankte, schüttelte die Baronin lächelnd den Kopf und meinte zu Halinas Erstaunen, daß sie sich des Dankes Teresas nicht so sicher wäre.

Nach dem Mittagsabwasch war auch für Halina Feierabend. Sie legte die Geschenke der Baronin wortlos auf den Tisch. Teresa fragte nicht, woher die Sachen kamen. Teresa erzählte auch nichts von dem Besuch der Baronin und dem Weihnachtsbäumchen, das sie in den Flur geworfen hatte. Stumm klebte sie die von Halina im ganzen Schloß gesammelten Kerzenstummel auf das Fensterbrett, auf die Stufen der kleinen Wendeltreppe, bis hoch zum Portal und auf die Tischkante, ohne sie anzuzünden. Da standen sie nun, als wüchsen sie wie winzige, noch geschlossene Parasolpilze aus dem Holz, und veränderten die gewohnte Anordnung des Zimmers. Auch der Geruch der Pfefferkuchen und Plätzchen, die auf dem Tisch standen und von denen Teresa bisher nicht ein Stück gegessen hatte, gehörte eigentlich nicht hierher.

Wollen wir ein bißchen singen? fragte Halina, aber Teresa wollte nicht singen, dachte an ihre Tränen vom Vormittag und schämte sich. Als es dunkel wurde, hörten sie Schritte auf dem Flur. Das Personal, der Inspektor, der Förster und Gestütsmeister versammelten sich vor der Plättstube, und bald war auch Marie zu hören, die fragte, ob sie mit ihren Schwestern Anna und Laura den Baum anzünden dürfe. Es dauerte noch eine Weile, bis Halina und Teresa ein Glöckchen hörten, die Tür der Plättstube geöffnet wurde und sich die Schritte der Wartenden auf den Holzdielen verloren. Kurze Zeit später wurde in den verschiedensten Stimmlagen Stille Nacht, heilige Nacht gesungen, und danach war nichts mehr zu hören, weil die Baronin, wie Halina annahm, die Geschenke verteilte.

Komm, wir zünden die Kerzen an, schlug sie vor, und essen von den Plätzchen. Das Zimmer wurde durch das Licht der Wachsstümpfe ganz hell, und jede Ecke war ausgeleuchtet. Eigentlich hatte sich Halina vorgenommen, mit Teresa Erinnerungen auszutauschen, Geschichten von früher zu erzählen, aus ihrer gemeinsamen Kindheit, von den Eltern, von den Großeltern und von Radek. Aber es gelang ihr nicht. Sie brachte nicht einmal die Namen über die Lippen. Es war, als säßen sie alle bewegungslos unter einer dicken Eisschicht, kaum noch zu sehen, schon gar nicht zu erreichen. Es gab nichts mehr von ihnen zu erzählen, es war alles längst hundertmal gesagt.

Aus der Plättstube war ein weiteres Weihnachtslied zu hören, dann wurde die Tür geöffnet, die Bescherung war beendet. Die danach eintretende Stille war schlimmer. Noch nie waren sich die beiden so verloren und vergessen vorgekommen. Schweigend starrten sie in die kleinen Flammen, auf die Plätzchen und Pfefferkuchen, die Zahnpaste, die Seife und die Strümpfe.

Ich weiß, was du denkst, sagte Teresa leise.

Und was denke ich deiner Meinung nach?

Daß wir eigentlich dankbar sein müßten.

Als die Festtage vorbei waren, nahm der Alltag wieder seinen Lauf. Nur der Saal, in dem der Weihnachtsbaum stand und in dem die Bescherung für die Herrschaft stattgefunden hatte, war im Gegensatz zu sonst geöffnet. Halina hatte der Schwester in aller Ausführlichkeit über die Geschenke, die Höhe und

Breite des Baumes und die gläsernen Kugeln berichtet, die groß wie der Kopf eines Säuglings waren. Schon seit längerer Zeit erzählte Halina am Abend Teresa alles, was sie wußte, egal, ob die Schwester vorgab zuzuhören oder nicht. Halina hoffte, mit ihren Berichten Teresa vor der Isolierung zu bewahren.

Fräulein Hase weigerte sich immer noch, Teresa im Gewächshaus zu beschäftigen, fürchtete nach wie vor einen Anfall der Polin und die daraus entstehenden Schwierigkeiten.

Nachher stirbt die, und ich bin dran schuld, sagte sie abwehrend und stieß damit auf Verständnis.

So blieb alles beim alten. Halina arbeitete für zwei, wie sie sagte, und Teresa verließ das Dienerzimmer weiterhin nur, um Wasser und Kohlen zu holen, die Asche oder das Schmutzwasser wegzutragen und wenn sie die Toilette aufsuchen mußte.

Die sowjetische Winteroffensive im Mittel- und Nordabschnitt der Ostfront war voll im Gang. Der Frontverlauf oder Ortsnamen würden im Wehrmachtsbericht nicht mehr genannt, sagte Halina, die ein Gespräch zwischen der Baronin und Anna aufgeschnappt hatte, um die deutsche Bevölkerung nicht zu beunruhigen. Und Halina schloß ihren Bericht mit den Worten, daß die Deutschen vielleicht den Krieg gegen die Russen verlieren würden.

Vielleicht, wiederholte Teresa, vielleicht auch nicht.

Ihre Gesichtsfarbe hatte inzwischen den Ton von vergilbtem Leinen. Ihr leuchtend kastanienrotes Haar, das ihr in einem Zopf über dem Rücken hing, war stumpf geworden. Die grünen Augen, deren Ränder immer dunkler wurden, waren tief in die Höhlen gesunken und ließen Teresa krank aussehen. Jetzt waren es fast schon zwei Monate, daß sie nicht einmal an der frischen Luft gewesen war, sich kaum bewegte und mehr vor sich hin döste und schlief, als daß sie ihr Leben wahrnahm.

Du wirst noch verrückt, wenn du so weitermachst, jammerte Halina eines Abends, das hält doch kein Mensch auf die

Dauer aus. Willst du denn nicht endlich Vernunft annehmen, Terenia?

Nein.

Aber am folgenden Tag, als Halina morgens zur Arbeit ging, begann Teresa, sich mit ungewohnter Sorgfalt zu betrachten. Sie war dicker geworden, obwohl die Muskulatur zurückgegangen war. Ihr Körper fühlte sich teigig an und hatte an Straffheit verloren. Auch die Falten rechts und links der Nase waren tiefer, teilten das Gesicht, machten es alt und unansehnlich. So, wie sie jetzt aussah, würde ihr kein Mensch glauben, daß sie noch keine fünfundzwanzig war. Halina hatte recht, sie mußte Vernunft annehmen, es fragte sich nur, was darunter zu verstehen war.

Bestimmt nicht das, wozu sie sich ein paar Tage später nachts entschloß, als Halina eingeschlafen war. Teresa wußte, wenn die Schwester schlief, wachte sie erst auf, wenn der Wekker am Morgen klingelte. Nichts anderes konnte sie wecken, schon gar nicht, wenn sich Teresa leise anzog, die Streichhölzer und einen Kerzenstummel einsteckte, die Tür öffnete und auf Zehenspitzen verschwand. Die ersten Schritte im dunklen Flur waren leicht zu finden. Hier kam sie jeden Tag vorbei. Alles weitere war Teresa unbekannt, sie hatte nur durch Halina davon gehört. Der Vollmond am wolkenlosen Himmel kam ihr zu Hilfe, schien durch die Fenster und führte sie jetzt im milchigen Licht die Treppe aufwärts in den ersten Stock.

Sie hätte nicht genau sagen können, warum sie plötzlich das Dienerzimmer verlassen hatte, um im Schloß herumzuwandern, und sich der Gefahr aussetzte, entdeckt zu werden. Noch auf der Treppe hatte sie sich wie ein Tier gefühlt, das, seinem Käfig entflohen, sich endlich frei bewegen konnte. Vielleicht war es ja auch nur der Wunsch, etwas anderes zu sehen als die Wände des Dienerzimmers mit den braunen ineinanderverschlungenen Linien, die Wendeltreppe, den Ofen, den Schrank, den Waschtisch, die Betten, die Deckenlampe mit dem Blechschirm, den Tisch unterm Fenster und die zwei Stühle. Sie hatte diesen Anblick nicht mehr ausgehalten, auch nicht Halina mit ihren Berichten von der Herrschaft, von Martha und von der Mamsell. Nachdem Teresa ihren Körper untersucht und festgestellt hatte, wie er sich veränderte, überfiel sie die Vorstellung, immer dicker zu werden. Sie sah sich wachsen und bis zur Unkenntlichkeit aufgeblasen und vergrößert. Ihr Kopf stieß an die Decke, ihr Leib füllte das ganze Dienerzimmer aus, ihre Arme steckten zwischen den Stufen der Wendeltreppe, und ihre Füße waren so groß geworden, daß sie gerade noch in die Betten paßten, die wie Schuhe an ihnen hingen. Wenn sie sich jetzt nicht rechtzeitig auf den Weg machte, würde das Dienerzimmer zu einer Falle, in der sie ihren Verstand verlor.

Keiner der Läden war geschlossen, kein Vorhang zugezogen. Über allem das klare Januarmondlicht, das wie eine Totensonne durch die Fenster schien. Was sie hier sah, hatte sie nicht erwartet.

Ähnlich wie Halina kam ihr der Salon, den sie als erstes betrat, im Gegensatz zum Dienerzimmer wie ein Museum vor. Es herrschte penible Ordnung. Alles hatte seinen Platz. Selbst die silbernen Aschenbecher und Schälchen auf dem runden Tisch hatten den gleichen Abstand voneinander. Die Barockstühle, weißgold mit altrosa Bezügen, bildeten einen Kreis um den Tisch, auf dem eine mit Hyazinthen gefüllte Kristallschale stand. Ein betäubender Duft ging von ihnen aus. Das kalte Mondlicht war so hell, daß Teresa selbst die mürrischen Gesichter der Ahnenbilder in den schweren Goldrahmen erkennen konnte. Sie schienen alle in die Mitte des Raumes zu starren, wo sich plötzlich, wie aus der Luft gegriffen, der Herr Major, die Baronin, deren Töchter Laura, Anna, Marie und die Mutter des Herrn Majors, die alte Baronin, versammelten und auf den Stühlen rund um den Tisch Platz nahmen. Sie waren fröhlich und warteten auf irgend etwas. Teresa sah, daß sie feierlich angezogen waren. Besonders der Schmuck der alten Baronin fiel auf. Die Gehänge in den vom Alter faltig gewordenen Ohren zogen deren Läppchen unnatürlich in die Länge. Und auf dem Seidenripsband, das den Hals der alten Baronin umschloß, steckte eine talergroße Brosche mit einem Saphir, groß wie der Daumennagel des Herrn Majors. Als Teresa einen Schritt näher kam, sah sie auch das Saphirarmband, die Halskette, Ringe und eine Gürtelschnalle, die das schwarze Seidenkleid zusammenhielt. Die alte Baronin saß für eine alte Dame erstaunlich gerade auf ihrem Stuhl, die Hände im Schoß, ohne sich an dem Gespräch der Familie zu beteiligen. Der Herr Major trug seine Uniform mit allen ihm verliehenen Orden und Ehrenzeichen. Seine Frau, die Mutter der drei Töchter, fiel Teresa dadurch auf, daß sie wie ein Schlot rauchte und alle Aschenbecher benutzte, die um sie herum auf dem Tisch standen. Sie wirkte in dem enganliegenden Wollkleid am elegantesten von den Frauen, zeigte absichtlich ihre schönen Beine, und wenn sie sich zurücklehnte, konnte man sehen, daß sie keinen Büstenhalter trug. Es schien ihr zu gefallen, daß sich ihre Brüste wie Birnen durch den dünnen Wollstoff drückten und den Blick des Herrn Majors auf sich zogen. Laura fiel durch ihre Schönheit auf, während Anna knabenhaft wirkte, keinen Schmuck trug, auch nicht sonderlich schick angezogen war und ungeduldig wie ein Kind auf ihrem Stuhl herumrutschte, obwohl sie längst erwachsen war. Am wenigsten fiel die kleine Marie auf, die auf einem zierlichen Fußbänkchen neben der Baronin saß, die Hände gefaltet hatte und vor sich hin träumte, als befände sie sich nicht im Salon des elterlichen Schlosses, sondern in einem Märchenland.

Niemand der Anwesenden bemerkte Teresa, die unter ihnen war, zwar nicht mit am Tisch saß, doch hinter den Stühlen stand. Sie unterhielten sich lebhaft und ein wenig laut, weil jeder, bis auf die alte Baronin und Marie, ständig den anderen unterbrach, um seine eigene Geschichte zu erzählen. Auf diese Weise war der eine stets Stichwortgeber für den anderen, ohne sich die Mühe zu machen zuzuhören. Da war von Pferden die Rede, von Berlin, von Hitler, der Ostfront, von Musik, wie Weihnachten vor Kriegsbeginn gefeiert worden war und wann Anna endlich das Stück Rotwild schießen wolle, das man zur Herstellung der Hartwurst beim Schlachten in der nächsten Woche benötigte. Endlich mischte sich auch die alte Baronin ein, nutzte eine unerwartete Atempause ihres Sohnes, der Schwiegertochter und der Enkelkinder und erzählte eine Geschichte vom Kaiser Wilhelm, mit dem sie als Generalstochter mehrmals ausgeritten war und die alle Mitglieder der Familie schon Hunderte von Malen gehört hatten.

Was sind das für Menschen, dachte Teresa, die hier in einem Salon wie in einem Museum sitzen und sich Geschichten von Pferden, vom Krieg, von Musik und dem letzten Kaiser erzählen, während wir nur einen Stock tiefer, von zu Hause verschleppt, in einem Loch von Zimmer hausen müssen.

Teresa begriff, daß ihr und Halinas Schicksal für diese Leute hier nicht der Rede wert und in der Situation selbstverständlich war. Daß man Halina und sie vor dem KZ bewahrt hatte und ihnen Unterschlupf gewährte, hatte man als gute Tat verbucht, und damit war, abgesehen von den mit Kugeln und Kerzen versehenen Tännchen, Zahnpasta, Strümpfen und Weihnachtsgebäck, alles Mitgefühl und Interesse an menschlichem Unrecht erschöpft.

Sie sahen Teresa ja nicht einmal, sie hörten auch nicht ihre Stimme. Sie blieben bei ihren Geschichten und standen erst auf, als sich die Tür zum Saal öffnete. Dort stand eine Kiefer, so groß, wie sie Halina geschildert hatte. Der Höhe und Breite nach hätte sie niemals in das elterliche Wohnzimmer in Warschau gepaßt. So einen mächtigen Weihnachtsbaum hatte Teresa noch nie gesehen. Und obwohl die Kerzen nicht brannten und alles Licht nur dem Mond zu verdanken war, glitzerten Kugeln, Lametta und Engelshaar. Auf Tischen ausgebreitet lagen Geschenke. Nicht so üppig wie früher, sagte die Baronin, aber immerhin besser als nichts.

Plötzlich fiel die Saaltür zu, die Stimmen verloren sich in leisem Gelächter, und Teresa stand wieder allein im Salon. Der dumpfe Groll, der in ihr saß, war in Haß umgeschlagen, und das Bedürfnis, diesen Menschen Schaden zuzufügen, wuchs mit jeder Minute. Endlich sollten sie lernen, was Leiden heißt, was Verlust bedeutet und Angst. Ohne darüber nachzudenken, daß sie selbst in Gefahr geriet, zündete sie den Kerzenstummel an. Jetzt ging es nur noch darum, ihn richtig zu plazieren, um den Flammen schnell und reichlich Nahrung zu geben. Zum Beispiel könnte sie die Vorhänge anzünden oder die Tischdecke, den Teppich, die kleinen, von Putten getragenen Tischchen, auf denen wertvolle Uhren standen. Teresa konnte sich nicht entscheiden, kokelte ein wenig herum, sengte den Teppich und die Zehen der Putten an und war gerade dabei, die Kerze an die Vorhänge zu halten, als eine Stimme laut und deutlich hör auf sagte. Die Stimme gehörte unverkennbar Radek, und Teresa erschrak derart, daß ihr der Kerzenstummel aus der Hand fiel und auf dem Parkett verlosch. Sie fuhr herum, konnte aber niemanden sehen, hob den Stummel auf und wollte ihn wieder anzünden. Aber ihre Hände zitterten viel zu sehr, und als Radeks Stimme wieder zu hören war, glaubte sie, ohnmächtig zu werden. Sie mußte sich setzen und an der Stuhlkante festhalten.

Wo bist du, Radek?

Bei dir, antwortete die Stimme zärtlich.

Ich seh' dich nicht.

Aber du hörst mich, Terenia.

Minuten vergingen, in denen Teresa auf dem Stuhl saß und

sich nicht bewegte, immer nur lauschte, ohne etwas zu hören. Weder Radeks Stimme noch die der Herrschaft im Saal. Es gab keine Geräusche außer ihrem Atem. Wenn Radek tot war, wieso konnte sie ihn dann plötzlich hören? Oder konnte sie seine Stimme nur hören, weil er tot war? Die Frage war nicht zu beantworten.

Du wirst kein Feuer legen, Terenia, die Leute hier tragen an unserem Schicksal keine persönliche Schuld.

Keine Schuld? Beinahe hätte sie geschrien, und warum behandeln sie uns wie Verbrecher, denen kein menschenwürdiges Leben zusteht?

Weil sie, im Gegensatz zu uns, zu den Siegern gehören. Und Sieger, Terenia, Sieger denken selten über die Menschenwürde der Verlierer nach.

Nimmst du sie etwa in Schutz?

Natürlich nicht. Aber ich will dich beschützen und Halina, die unten im Dienerzimmer im Bett liegt und schläft.

Er dachte also auch an Halina, fürchtete um deren Leben und daß sie, Teresa, es in Gefahr bringen könnte, wenn sie den *Szkopy* das Schloß über dem Kopf anzündete. Er verstand nicht, warum sie den Deutschen zerstören wollte, was sie besaßen. Er dachte nur an Halina.

Ich wollte Feuer legen, weil ich dich rächen will, weil ich im Gegensatz zu Halina dachte, du seist tot, sagte sie.

Trotz sprach aus jedem Wort, Wut und Eifersucht. Sie wartete auf seine Antwort und auf seine Bewunderung für ihren Mut, sich nicht unterkriegen zu lassen. Aber es blieb still. Und als sie seinen Namen rief, blieb es ebenfalls still. Er war weg und verstummt, als habe sie ihn verärgert, als sei er, wie zu Hause, einfach aus dem Zimmer gegangen.

Radek, rief sie in alle vier Ecken des Salons, Radek, antworte mir, laß mich nicht allein. Und nach einer Pause: Ich will auch kein Feuer legen, aber sprich wieder mit mir.

Nichts. Und weil kein Bitten und kein Flehen half, machte sich Teresa auf die Suche nach ihm. Sie ging vom Salon ins Damenzimmer, setzte sich an den Schreibtisch der Baronin, in ihren Lesesessel, an ihren Rauchtisch. Sie flüsterte Radeks Namen zwischen die Palmen im Wintergarten, hauchte ihn über die Blütenköpfe der Chrysanthemen, schlich weiter in das Herrenzimmer, hoffte, seine Stimme hier am chinesischen Schreibtisch des Herrn Majors zu hören, unter dem Bild des Husarengenerals, zwischen der dunklen Wandtäfelung, und setzte sich schließlich auf die Couch, die für sechs Personen Platz bot, neben das Telefon. Einer Eingebung folgend, nahm sie plötzlich den Hörer ab und preßte ihn an ihr Ohr, ohne auf irgendeinen Knopf zu drücken oder eine Nummer zu wählen. Erst war es nur ein Rauschen, das sie hörte. Aber dann, wie von sehr weit her, kam Radeks Stimme, kaum zu verstehen und alles andere als deutlich.

Geh zurück ins Dienerzimmer. Wo du jetzt bist, hast du nichts verloren.

Dann war die Stimme weg, löste sich im Rauschen auf, und schließlich verstummte auch das. Teresa wußte nicht mehr genau, ob sie überhaupt etwas gehört hatte oder alles Einbildung war. Vielleicht saß sie ja auch gar nicht auf der Couch des Herrn Majors, sondern lag unten im Dienerzimmer in ihrem schmalen Bett und träumte.

Plötzlich fiel eine Tür ins Schloß. Teresa hörte Schritte. Im Damenzimmer ging eine Lampe an, und Teresa sah durch die geöffnete Flügeltür die Baronin, im Morgenmantel über dem Nachthemd, zu ihrem Schreibtisch gehen.

Eigentlich brauchte sie nur den Kopf zum Herrenzimmer zu wenden, und sie würde Teresa im Mondlicht sitzen sehen. Der Schreck, der Teresa durchzuckte, nahm ihr die Luft, und ganz langsam drückte sie sich in die unzähligen Kissen, die auf der Couch lagen. Nicht auszudenken, was passierte, wenn man sie, die polnische Zwangsarbeiterin, die nicht arbeitete und Krämpfe vortäuschte, hier nachts im Zimmer des Herrn Majors erwischte. Wie recht Radek hatte, wenn er sagte, sie habe hier nichts verloren.

Die Baronin hatte inzwischen Papier und Stift zur Hand genommen und wollte offensichtlich einen Brief schreiben. Aber sie brachte nur die Anrede zuwege. Dann starrte sie mit in die Hände gestütztem Kopf vor sich hin. Plötzlich fing sie an zu weinen, laut und schluchzend wie ein Kind oder wie Erwachsene, wenn sie sich allein glauben. Für ein paar Sekunden vergaß Teresa ihre eigene gefährliche Situation und dachte: Warum ist diese Frau so verzweifelt? Sie heult ja, als hätte ich ihr Schloß tatsächlich abgefackelt und allen Besitz verbrannt. Aber je mehr sie zuhörte und zusah, wurde ihr klar, die Baronin weinte um ihren Mann, fürchtete vielleicht seinen Tod an der Front und ahnte den Verlust, dem sie dann ausgesetzt sein würde. Unwillkürlich nahm Teresa die gleiche Haltung an, nur daß sie nicht weinte. Aber auf eine ihr befremdliche Weise fühlte sie sich plötzlich der Baronin verbunden. Obwohl es Teresa nicht paßte, wurde ihr die Gemeinsamkeit bewußt, die sie mit dieser Deutschen hatte, die Sehnsucht nach dem Mann, den sie, jede für sich, liebten und den sie verloren glaubten. Der Haß auf alles, was deutsch war, der Teresas Verweigerung wie ein Motor antrieb, schien sich zu verflüchtigen und machte einem Mitgefühl Platz, das Teresa einen tiefen Seufzer entlockte.

Der Kopf der Baronin fuhr hoch. Sie stand auf und kam Schritt für Schritt auf das Herrenzimmer zu. Teresa blieb nichts anderes übrig, als rücklings noch tiefer zwischen die Kissen zu gleiten, den Atem anzuhalten und zu hoffen, daß sie nicht gesehen würde. Glücklicherweise knipste die Baronin kein Licht an, begnügte sich mit dem Mondlicht und kam zu der Überzeugung, daß sie sich diesen Seufzer eingebildet hatte.

Vielleicht schrieb sie ihn auch dem Herrn Major zu, der, Gott weiß, wo er war, mit gleicher Intensität an sie dachte. Sie hob die Arme, als wolle sie jemanden umarmen, ließ sie einen Moment in der Luft hängen, flüsterte einen Namen, den Teresa nicht verstand, und knüpfte dann den Gürtel ihres Morgenmantels neu. Sie ging zurück zu ihrem Schreibtisch, löschte die Lampe und verschwand so schnell und so leise in ihrem Schlafzimmer, wie sie gekommen war.

Teresa lag noch immer auf dem Rücken zwischen den Kissen, und sie versprach Radek, was er von ihr verlangt hatte. Sie würde sich hier oben nie mehr blicken lassen.

Als sie wieder das Dienerzimmer betrat, war der Morgen längst angebrochen, wenn auch noch fern von Halinas Arbeitszeit. Die Schwester lag in der gleichen Stellung in ihrem Bett, in der Teresa sie verlassen hatte. Die Knie ein wenig angezogen, den Kopf in den einen Arm gedrückt, während der andere halb über ihrem Gesicht lag, und die Hand, an der Radeks Ring im Licht des verblassenden Mondes ein wenig glitzerte, fest in ein Kissen gekrallt, als müsse Halina sich im Schlaf daran festhalten.

Monat für Monat ging ins Land, ohne daß sich die Lebensumstände der Schwestern geändert hätten. Halina verrichtete zu aller Zufriedenheit immer die gleichen Hausarbeiten, machte sauber, wusch ab, putzte Silber oder bügelte, Teresa schlief tagsüber und war nachts unterwegs. Wenn Halina aufwachte, lag die Schwester längst wieder in ihrem Bett, war gerade eingeschlafen oder stellte sich schlafend. Allerdings war sie nie mehr in der oberen Etage aufgetaucht, hatte, Radeks Stimme im Ohr, weder den Salon noch das Damenzimmer oder das Herrenzimmer ein zweites Mal betreten.

Da die Eingangstüren im Souterrain nachts nur von innen verriegelt wurden, war es für Teresa ein leichtes, das Schloß zu verlassen. So führten sie ihre nächtlichen Wege in den Park, auf den Gutshof oder über die Felder. Sie machte die Nacht zum Tag, dankbar, auf diese Weise dem Dienerzimmer für ein paar Stunden entfliehen zu können und Radek nahe zu sein.

Halina, die von der täglichen Arbeit Abend für Abend in einen traumlosen Tiefschlaf fiel, merkte ebensowenig etwas von Teresas Ausflügen wie irgend jemand des Schloßpersonals. Sie litt unter der primitiven und eintönigen Arbeit. Und was noch schlimmer war, jeder hier im Schloß hielt es für selbstverständlich, ihr diese Tätigkeit zuzumuten. Jetzt war sie mit Teresa schon länger als ein halbes Jahr im Schloß, und noch niemand war auf die Idee gekommen, sie zu fragen, was sie eigentlich vor ihrer Zwangsverschleppung gemacht hatte, ob sie verheiratet war und wo sie gelebt hatte. Die Deutschen meinten offenbar, sie könne dankbar und froh sein, daß es ihr und ihrer verrückten Schwester so gutging, daß man sie duldete und nicht in ein Lager schickte. Und wer weiß, ob sich die Baronin und Anna nicht insgeheim Mut und Menschlichkeit zugute hielten. Schließlich waren die polnischen Schwestern nicht ordnungsgemäß gemeldet, auch wenn Ziethen, der Dorfpolizist, nichts davon wußte. Was aber Halina viel mehr schmerzte, ihr Kraft nahm und sie hin und wieder heimliche Tränen kostete, war die Tatsache, daß ihre Liebe zu der jüngeren Schwester in der Enge des Dienerzimmers an Intensität verlor. Erst waren es nur die Vorwürfe, die sie Teresa wegen deren Arbeitsverweigerung machte. Aber dann kam die Sprachlosigkeit dazu. Teresa stellte kaum Fragen. Was Halina von dem erzählte, was sie erlebte, aufgeschnappt oder gesehen hatte, Teresa nahm es schweigend zur Kenntnis, hörte aus Höflichkeit zu und zeigte nicht das geringste Interesse. Halina kam es vor, als befände sich Teresa in einer anderen Welt und lebe vom Schlaf, dem sie sich mittlerweile auch tagsüber hingab. Teresa wiederum konnte Halina nicht erzählen, daß sie nachts Radek suchte, ihn zwar hörte, mit ihm redete, ihn aber nie richtig sah, daß sie darauf wartete, ihn in die Arme schließen zu können, von seiner Liebe lebte, seiner nächtlichen Nähe und der Hoffnung, von ihm gerettet zu werden.

Nur einmal hatte Teresa Halina in ihrem Bericht unterbrochen und gefragt: Denkst du denn nie an Radek?

Sofort war Halina das Blut ins Gesicht geschossen. Diese Frage hatte sie nicht erwartet. Sie war ihr sogar peinlich. Natürlich denke ich an ihn, antwortete sie abwehrend, ich rede nur nicht darüber.

Damit war das Gespräch der Schwestern erschöpft. Halina wollte nicht über Radek reden, und Teresa wollte nichts von der Herrschaft, dem Personal und dem Alltag im Schloß hören.

An der Ostfront stand der Vormarsch im Südabschnitt bei den Deutschen still, und auf die Städte Hamburg, Hannover und Düsseldorf fielen die ersten Bomben der Briten. Alles kein Gesprächsthema für Teresa, schon gar nicht am Mittag, wenn ihr noch der Schlaf in den Augen saß.

Trotz des schönen Wetters, der offenen Türen und Fenster stand Halina im dunklen Flur und putzte Schuhe. Jetzt waren es nicht nur die von Anna und der kleinen Marie, jetzt waren auch die von der Baronin und Fräulein Hase dazugekommen. Wären die alte Baronin und Laura nicht längst wieder in Berlin, hätte Halina auch deren Dreck vom Leder zu kratzen gehabt. Teresas Frage, ob sie denn nie an Radek denke, wiederholte sich wie ein Refrain in ihrem Kopf. Warum hatte Teresa sie das gefragt? Warum wollte Teresa nichts davon wissen, wie sie hier für zwei arbeitete, um ihrer beider Leben zu retten? Auch Halina hatte gemerkt, daß Teresa zugenommen hatte. Nicht daß sie dick geworden war, aber aufgeschwemmt, von Tag zu Tag weißhäutiger, nahm sie etwas Drohnenartiges an. Sie bewegte sich kaum, gab wenig Antworten, stellte keine Fragen, aß und schlief und schlief und aß. Und da sollte sie mit ihr über Radek reden? Über ihre Sehnsucht nach ihm? Über ihre Hoffnung, daß es ihm gutging und sie bald wieder vereint sein würden? Das waren die Momente, wo Halina glaubte, nicht nur ihre Kräfte zu verlieren, sondern auch ihr Gefühl für Verantwortung. Dann konnte es passieren, daß sie sich wie eine Marionette vorkam, deren Fäden nicht mehr bewegt wurden. Sie hielt mitten in der Arbeit inne, starrte vor sich hin und fragte sich, warum Teresa sie das gemeinsame Schicksal allein tragen ließ, jede Tätigkeit verweigerte und die Schwester dadurch doppelt belastete. Sosehr sie darüber nachdachte, sie fand keine Erklärung, es sei denn, Teresas Verstand war gestört, vom erfahrenen Leid zerrissen und nicht mehr funktionsfähig. War Halina an diesem Punkt angelangt, geriet sie automatisch wieder in Bewegung, und ihr Verantwortungsgefühl setzte ein, vor allem aber fand sie wieder die Kraft, für zwei zu arbeiten.

Vielleicht wäre vieles für Halina leichter gewesen, wenn sie gewußt hätte, daß Teresa sich in den frühen Morgenstunden, wenn sie von ihren Ausflügen zurückkehrte, an das Bett der schlafenden Schwester setzte und deren von der Hausarbeit hartgewordene Hände streichelte. Es kam auch vor, daß Teresa sich leise auszog und zu Halina unter die Decke kroch, um sich für ein paar Minuten wie in Kindertagen an die Schwester zu schmiegen. Auch dann wachte Halina nicht auf, ließ sich im Schlaf umarmen und träumte von Radek.

Arme Halinka, flüsterte Teresa dann, ich bin es doch, die er liebt.

Es war immer das gleiche. Je nach Lichtverhältnissen und Uhrzeit kroch Teresa unter ihrer Bettdecke hervor und zog sich an. Mit den Schuhen in der Hand verließ sie das Dienerzimmer und zog lautlos die Tür hinter sich ins Schloß. Über den Flur lief sie auf Strümpfen, und wenn sie den Riegel an der Tür zur Parkseite zurückschob, glaubte sie, das leise Geräusch verstärke sich und wecke das ganze Haus. Aber alles blieb still.

Was für ein Gefühl, plötzlich keine Wände um sich zu spüren, keine Mauern, keine Türen. Es war, als trüge sie die kühle Nachtluft davon. Kaum daß sie den Boden unter den Füßen spürte, so leicht lief es sich. Vielleicht würde sie fliegen, wenn sie die Arme ausbreitete, hoch hinaus über das Schloß hinweg in den Himmel und von dort direkt zu Radek.

Auch das Gartentor ließ sich geräuschlos öffnen und schließen. Teresa befand sich im Park. Vor ihr lag ein kleines Ulmenwäldchen, rechts waren Wege, die zwischen Rasenflächen, an Ziersträuchern vorbei, zu Platanen führten, uralten Linden, Eichen und Buchen, als gäbe es nirgends eine Begrenzung. Links hingegen schien Teresa alles überschaubar. Kleine Beete, halb so groß wie das Dienerzimmer, mit Rosen bepflanzt, deren Duft die Luft wie ein Nebel schwängerte. Dazwischen schmale, mit hellem Sand bestreute und geharkte symmetrisch angelegte Wege, die nirgendwo hinführten, sondern nur die Beete voneinander trennten. Am Rand standen auf hohen Sockeln zwei Göttinnen aus weißem Marmor, deren Gesichter weder dem Betrachter noch den Rosen zugewandt waren. Sie blickten auf zwei Öffnungen in einer an die drei Meter hohen Thuja-Hecke, die gerade breit genug waren, daß ein Mensch hindurchgehen konnte. Teresa bekam von dem Rosenduft nicht genug und lief die kleinen Wege zwischen den Beeten auf und ab. Sie beugte sich immer wieder hinunter, umfaßte die Blüten mit beiden Händen und hielt ihr Gesicht zwischen die Rosenblätter, um deren Geruch bis tief in die Lungen einzuatmen. Die herbe Süße betäubte sie, erinnerte an Glück, an Radek, an Zärtlichkeit, an Träume, an Sonne, an alles, was ihr abhanden gekommen war. Ihr rotes Haar, das sie vergessen hatte zurückzubinden, fiel wie ein

Zelt vom Kopf über die Blüte unter ihrem Gesicht und schirmte sie gegen die Außenwelt ab. Teresa versank im Duft der Rose, vergaß, wo sie war und wer sie war. Rosarote Welt aus samtenen Blättern, die sich um ihren Körper legten, als sei sie der Mittelpunkt einer der Sonne zugewandten Knospe. Rosarote Welt, in der Haß und Gewalt fehlten und in der die Liebe das Sagen hatte. Teresa hätte es unter der Flut ihrer Haare die halbe Nacht über der Blüte aushalten können, als sie ein Wispern hörte und den Kopf hob. Da war es wieder, schien von den Göttinnen herzukommen, und wenn Teresa richtig hinsah, glaubte sie trotz der mit Blumen und Obst gefüllten Arme ein Winken der Hände zu erkennen. Sie zeigten auf die Thuja-Hecke, und jetzt wurde auch das Wispern verständlich.

Vergeude deine Zeit nicht zwischen den Rosen, glaubte Teresa zu hören, du wirst in den Hecken erwartet.

Radek, dachte Teresa und ließ die Rose los, Radek ist da. Sie lief so schnell, daß sie nicht einmal ihre Schritte auf dem Kies hörte. Sie lächelte den Göttinnen zu und verschwand zwischen den Hecken. Hier war es noch dunkler. Ebensogut hätte Teresa ihren Weg zwischen meterhohen Mauern suchen können. Die weichen Zweige streiften mal rechts, mal links ihre Schultern und Hände, als wollten sie sie in sich hineinziehen, verstecken und wie einen alten Grabstein überwachsen.

Radek, flüsterte Teresa, Radek, wo bist du?

Kein Radek. Statt dessen die Mutter. Sie hing wie ein großes Tier im Geäst. Ihre Stimme fragte jammernd, warum die Töchter sie diesem grausamen Schicksal überlassen hätten, hier in den Thuja-Hecken ihr Leben zu fristen. Und jetzt sah Teresa es deutlich, die Mutter war nackt und doch bekleidet. Es sah aus, als hätte man ihr die Haut vom Leib gezogen und ein Kleid daraus geschneidert, das ihr jetzt in schlechtsitzenden Falten über den Knochen hing. Kein Gesicht, keine Augen, keine Nase, kein Mund. Auch die Haare der Mutter waren zwischen den Zweigen nicht zu erkennen. Nur diese zu einem Kleid geschneiderte Haut schimmerte im Dunkel der Nacht, glänzte verschwitzt und roch ungewaschen. Teresa wandte den Blick ab und sah auf der anderen Seite der Hecke den Vater. Der war wenigstens angezogen, saß im Geäst, wie er zu Hause am Küchentisch zu sitzen pflegte, und verlangte nach seinem Milchkaffee, als sei nichts geschehen und alles beim alten. Da fing Teresa an zu laufen, fühlte sich von den Göttinnen betrogen. Es zuckte in ihren Fingerspitzen, und ihre Zehen krümmten sich in den Schuhen. Gleich würde sie ganz verkrampft sein und hinfallen, zu nichts mehr fähig, nicht mal zu einem Schrei, nur mit der Hoffnung, von Halina erlöst zu werden. Aber die war weit weg, lag im Dienerzimmer und schlief, wie sie immer schlief. Teresas Schritte wurden kürzer, die Heckenwände dichter und höher, während die nackte Mutter links und der Vater rechts mit ihr auf gleicher Höhe blieben.

Laßt mich in Frieden, rief Teresa mit schleppender Stimme, ich muß mein eigenes Leben retten, ich kann euch nicht helfen.

Jeder Schritt war schwer, als wären ihre Schuhsohlen aus Eisen. Die Luft schien klebrig, und Teresa mußte um jeden Atemzug ringen. Wenn sie nicht bald das Ende der Hecken erreichte und der Tunnel sich öffnete, wäre sie verloren, fiele um und würde am nächsten Morgen von Fräulein Hase entdeckt werden.

Radek, lieber Radek.

Noch konnte sie sich bewegen, noch war sie schneller als Vater und Mutter, die sie wie riesige Vögel in den knisternden Zweigen verfolgten. Endlich der sich verbreiternde Schimmer im Schwarz der Hecke. Die Zahl der Sterne verdoppelte und verdreifachte sich. Das Ende der Hecken war abzusehen. Vor Teresa tat sich ein Gemüsegarten auf. Den Weg säumten jetzt

Johannisbeersträucher. Rechts lagen Erdbeerbeete, neben denen Schoten wuchsen, Möhren, Radieschen, Salat, Bohnen und Kohl. Auf der anderen Seite des Weges standen Obstbäume voller Äpfel, Birnen und Pflaumen, noch längst nicht alle reif, aber in der Frucht zu erkennen. Und ein paar Schritte weiter wuchsen Himbeeren, die Zweige sorgfältig hochgebunden, so daß man zum Pflücken zwischen den einzelnen Sträuchern genug Platz hatte.

Und dort zwischen den dornigen Ranken, gerade in Brusthöhe sichtbar, stand Radek, die Hände voll mit den kleinen Früchten, die er sich seelenruhig in den Mund schob, als äße er sich davon schon die halbe Nacht satt.

Komm her, Terenia, die Himbeeren schmecken besser als die im Garten der Großeltern.

Teresa brachte im ersten Augenblick kein Wort heraus. Auf der einen Seite war sie glücklich und erleichtert, Radek endlich zu sehen, auf der anderen Seite enttäuschte es sie, daß er nicht nach ihr gesucht hatte.

Hier bist du also, sagte sie ein wenig pikiert.

Ja, mein Liebes, ich bin hier. Die Himbeeren sind wundervoll. Bevor du sie zerbeißt, liegen sie wie Samt auf der Zunge.

Teresa sah seine Hände voller kleiner Früchte, sie sah seinen geöffneten Mund, in den er jetzt die kleinen Früchte hineinfallen ließ, und sie sah seine Augen, die wie winzige Lämpchen leuchteten.

Weißt du eigentlich, was ich riskiere, um dich zu sehen? fragte Teresa vorwurfsvoll.

Es war dein Entschluß, in den Park zu kommen.

Weil ich dich liebe, Radek.

Ich weiß.

Aber ich habe Angst, das Dienerzimmer zu verlassen, weil Halina etwas merken könnte. Dann aus dem Schloß in den Park zu kommen. Und in den Hecken saßen die Eltern. Die

Mutter war nackt und hatte ihre Haut in ein Kleid umgeschneidert.

Wie das?

Was weiß ich. Sie sah schrecklich aus, und der Vater saß in den Zweigen und verlangte nach seinem Milchkaffee.

Arme, kleine Terenia, komm, iß von den Himbeeren.

Ich will keine Himbeeren, ich will dich, du sollst mich mitnehmen und mich retten.

Radek senkte den Blick und beleuchtete die Ranken, die Blätter, die Beeren und seine Hände.

Und Halina? fragte er leise zurück, was soll aus Halina werden? Teresa schwieg. Schon wieder Halina. Die Eifersucht nahm sie gefangen wie die Himbeerranken, die sich in ihren Kleidern festhakten und es ihr unmöglich machten, näher an Radek heranzukommen.

Sie arbeitet für dich, hörte sie ihn sagen, sie arbeitet für zwei, und deswegen schläft sie jetzt auch.

Und während er das sagte, wurden seine Hände durchsichtig, lösten sich auf und ließen die Himbeeren zu Boden fallen. Die Konturen seines Oberkörpers verschwammen, als sähe sie ihn durch fließendes Wasser. Sein Gesicht, eben noch deutlich erkennbar, zerrann in der Dunkelheit, und seine Augen, die alles wie mit Lämpchen beleuchtet hatten, gingen langsam aus, wurden zu winzigen Punkten und erloschen schließlich ganz.

Radek, wo bist du? Radek, geh nicht weg! Radek, bleib bei mir! Nichts mehr zu hören, nichts mehr zu sehen. Am Horizont tauchten Silberstreifen auf, und in den Obstbäumen schlug die erste Amsel an. Teresa hatte Mühe, sich von den Himbeerranken zu befreien. Jetzt war Eile geboten.

Mit der beginnenden Helligkeit waren auch die Eltern verschwunden. Die Göttinnen zeigten nicht mehr auf die Hecken, sondern hielten Blumen und Obst aus Marmor in ihren Armen, und ihre Gesichter waren weiß und tot.

Halina schlief und wachte auch nicht durch das leise Weinen von Teresa auf, die sich mit dem getrockneten Frosch in den Händen zur Wand gedreht hatte.

Es war Herbst geworden, und es jährte sich der Tag, an dem Halina und Teresa nach Rohrdorf verschleppt worden waren. In dem Leben der Schwestern hatte sich wenig verändert. Noch immer lief Teresa nachts davon, streifte durch den Park, den Hof und die Felder. Fast regelmäßig begegnete sie Radek, der zwar mit ihr sprach, sie aber nie berührte. Er war so unwirklich, daß Teresa immer mehr fürchtete, Opfer eines Hirngespinstes zu sein. Radek zählte längst nicht mehr zu den Lebenden. Das hatte zur Folge, daß er bei ihren nächtlichen Ausflügen ausblieb und weder zu sehen noch zu hören war. Da nützte kein Flehen, kein Jammern, kein Beten. Teresa wurde noch stiller, noch blasser und machte Halina von Tag zu Tag mehr Sorgen.

Sie versuchte, die Schwester so gut es ging aufzuheitern, erzählte, was sie erfahren hatte, um Abwechslung in Teresas Gedanken zu bringen. Es hieß, so sagte sie, daß der Kampf um Stalingrad immer härter würde. Sonst täte sich nicht viel an der Front, und der Siegesmarsch der Deutschen habe an Tempo verloren. Mittlerweile würden fast alle deutschen Städte von den Alliierten mit Bomben beworfen. Auch die Wohnung der alten Baronin sei ausgebrannt, und nun wohne sie für immer im Schloß, oben in der ersten Etage. Marthas Verlobter sei an der Ostfront gefallen, und Martha habe zu Halina gesagt, für sie sei der Krieg verloren, egal, ob ihn Hitler gewinne oder nicht. Der Herr Major kämpfe in Stalingrad und habe geschrieben, daß die Winteroffensive »kein Pappenstiel« würde.

Eigentlich ist mir das alles egal, hatte Teresa geantwortet und aus dem ebenerdigen Fenster zwischen den Eisenstäben hindurch auf das kleine Stück Herbsthimmel gestarrt.

Aber irgend etwas muß dich doch interessieren, gab Halina zur Antwort, irgend etwas ...

Darauf lächelte Teresa vor sich hin und sagte: Nein, mich interessiert nichts von dem, was du mir erzählst.

Wie immer endete das Gespräch in Schweigen. Halina berichtete mit keinem Wort, wie sie Martha getröstet hatte. Sie sprach auch nicht davon, daß sie anfing, ihre Arbeit zwar nicht gerade mit Liebe, aber doch mit einem gewissen Pflichtgefühl auszuüben. Sie wollte, daß alles schön aussah, ordentlich und sauber. Längst wußte sie, in welcher Reihenfolge die Silberschälchen und Aschenbecher im Salon zu stehen hatten, wie der Tisch zu den verschiedenen Mahlzeiten gedeckt werden mußte, auf welchen Stapel, in welchen Schrank die einzelnen Wäschestücke der Frau Baronin gehörten und nach welchen Farben die Kissen auf der Couch im Herrenzimmer angeordnet werden mußten.

Eines Tages hatte sie in Annas Zimmer ein Foto gefunden, das mit der Bildfläche nach unten auf dem Fußboden lag. Erst hatte sie geglaubt, es sei nur ein Stück Papier, und wollte es schon wegwerfen. Aber als sie das Papier umdrehte und darauf eine Abbildung von Ludwik Janik erkannte, steckte sie das Foto verwirrt ein. Wieso besaß das Fräulein Anna ein Foto von dem polnischen Traktorfahrer Ludwik Janik? Gern hätte sie das mit Teresa besprochen, aber sie wußte im vorhinein, daß die Schwester, wenn überhaupt, nur mit Vorurteilen aufwarten und eine Falle vermuten würde, in die Halina oder Ludwik Janik hineintappen sollten, oder aber sie gab Halina ihre Standardantwort, daß sie das alles nicht interessiere. Also behielt Halina das Foto und wartete auf die Gelegenheit, Anna allein zu begegnen.

Es war Mittagszeit, als sie sich trafen. Halina putzte in der Anrichte neben dem Eßzimmer Silber, und es roch wie immer nach Spiritus. Die Löffel blitzten, daß man sich darin spiegeln konnte, und zwischen den Zinken der Gabeln war kein schwarzes Pünktchen zu finden. Nur die Klingen der Messer mußten noch mit einem Korken und dem dafür angerührten Pulver bearbeitet werden.

Na, sagte Anna freundlich, als sie an der offenen Tür der Anrichte zur Hintertreppe vorbeiging, so gründlich hat, glaub' ich, schon lange niemand mehr das Silber geputzt.

Sie wollte gerade weitergehen, als Halina sie sanft am Ärmel festhielt. Fräulein Anna, sagte sie leise, zog Anna in die Anrichte und schloß die Tür.

Was ist los?

Beim Aufräumen in Ihrem Zimmer hab' ich das gefunden. Sie holte Ludwik Janiks Foto aus der Tasche. Es lag auf dem Boden, sagte sie noch, da hab' ich es eingesteckt.

Anna wurde rot wie die Geranien in den Tonkübeln vor dem Portal. Sie riß Halina die Fotografie aus der Hand und wußte im gleichen Augenblick, daß sie sich damit verraten und Halina zur Komplizin gemacht hatte. Leugnen wäre in diesem Moment das dümmste gewesen. Also versuchte sie ein Lächeln, bedankte sich und fügte hinzu, daß sie sehr froh sein müsse, daß Halina es war, die das Foto in ihrem Zimmer gefunden habe.

Mehr sagte sie nicht. Die Tür der Anrichte fiel klirrend ins Schloß, und Halina hörte, wie Anna, immer zwei Stufen auf einmal nehmend, die Treppe hinunterlief.

Es gab zwei Dinge, die für Teresa zum Verhängnis werden konnten. Das eine war eine Bestimmung, die angeblich der Führer persönlich erlassen hatte und die besagte, daß keine Lebensmittelkarten an Personen ohne Arbeitsnachweis ausgegeben werden durften. Das andere war, daß Käte mit der Tochter von Ziethen, dem Dorfpolizisten, eng befreundet war.

Das heißt doch nichts anderes, als daß Leute, die nicht arbeiten, auch nichts essen dürfen.

Genau das heißt es, bestätigte Ziethens Tochter Kätes Überlegung und wollte nun, neugierig geworden, wissen, ob Käte denn jemand bekannt sei, der äße und nicht arbeite.

Darauf berichtete Käte von Teresa, der polnischen Zwangsarbeiterin, die sich dreimal am Tag den Wanst vollschlage, aber nicht einen Finger krumm mache. Einmal hätte sie beim Sirupkochen Rüben putzen sollen. Aber statt zu arbeiten, habe sie sich auf den Boden geschmissen und sei dort liegengeblieben, bis man sie in ihr Bett geschleift habe.

Und? fragte Ziethen, dem wenig später die Geschichte von seiner Tochter in Kätes Gegenwart wortgetreu wiedergegeben wurde, wann hat sie wieder zu arbeiten angefangen?

Nie, sagte Käte, die frißt nur.

Das genügte Ziethen, um sich ins Schloß aufzumachen und für Ordnung zu sorgen. Da der Herr Major, wie jeder wußte, in Stalingrad kämpfte, fühlte sich der Dorfpolizist nicht verpflichtet, bei der Frau Baronin vorzusprechen. Vielmehr betrat er das Schloß durch einen der Eingänge im Souterrain und fragte in der Gutsküche nach den Polinnen. Halina wurde geholt, und als die flehentlich darauf hinwies, daß ihre Schwester krank sei und deshalb im Zimmer bleiben müsse, kündigte Ziethen im Namen des Führers an, er werde die Arbeitsunfähigkeit der Polin selbst überprüfen.

Während Halina befohlen wurde, dafür zu sorgen, daß sich Teresa anzog, suchte Ziethen Fräulein Hase auf und fragte, welche Arbeit es im Garten zu verrichten gäbe, die der Polin zuzuweisen sei.

Nichts einfacher als das, sagte Fräulein Hase, im Park wird Laub gerecht. Da kann sie mithelfen.

Natürlich weigerte sich Teresa, als Halina ihr mitteilte, was von ihr verlangt wurde.

Du weißt doch, daß ich mit den *Szkopy* nicht spreche und für sie nicht arbeite, antwortete sie, wickelte sich in ihre Decke und drehte sich mit gekrümmtem Rücken, den getrockneten Frosch in den Händen, zur Wand.

Terenia, der Polizist steht vor der Tür. Er wartet.

Teresa rührte sich nicht, blieb stumm und küßte heimlich den Frosch. Da verlor Halina die Nerven. Sie riß der Schwester die Bettdecke herunter, packte sie an den Schultern und drehte sie auf den Rücken.

Du riskierst nicht nur dein Leben, sondern auch meins. Willst du das? Willst du mich töten? Willst du Radek die Frau nehmen, willst du das wirklich?

Das war ein Stichwort, das Teresas Verhalten veränderte. Nein, Radek sollte nicht die Frau genommen werden. Ein winziges, nur in den Mundwinkeln sichtbares Lächeln zuckte in Teresas Gesicht auf, und sie begann sich anzuziehen.

Rauskommen, rief Ziethen und klopfte so laut an die Tür, daß es die Mamsell, Frau Klimka und Käte in der Küche hören konnten und in den Flur gelaufen kamen. Niemand wollte sich entgehen lassen, was sich hier abspielte. Ziethen, der Dorfpolizist, ließ Teresa vor sich hergehen, und seine Stiefel knallten auf den Steinfliesen. Er dirigierte sie zum Ausgang Richtung Park und raunzte Halina an, sie möge gefälligst ihrer eigenen Arbeit nachgehen.

Das war schon ein merkwürdiger Aufzug, wie Ziethen, Teresa vor sich hertreibend, im Park aufkreuzte, mit ihr über den Rasen lief, ihr einen Rechen in die Hand drückte und sie aufforderte, das Laub in großen Haufen zusammenzutragen, wie es Jahr für Jahr üblich war.

Inzwischen war Halina hinauf in den ersten Stock geeilt, wo sie vom Fenster aus ängstlich Teresas Treiben beobachtete. Nicht anders verhielten sich unten in der Küche die Mamsell, Frau Klimka und Käte, die aus den Fenstern des Personaleßraums Teresas Arbeitseinsatz verfolgten.

Was weder das Personal wußte noch Halina, war die Tatsache, daß auch die Baronin, die alte Baronin, Anna und Fräulein Hase, die von Ziethens Auftauchen Mitteilung gemacht hatte, Teresas Gartenarbeit beobachteten.

Eigentlich geht das den Ziethen ja gar nichts an, ob Teresa arbeitet oder nicht, sagte Anna, und ihre Mutter antwortete: Da hast du recht, aber er ist nun mal Polizist. Die alte Baronin vertrat den Standpunkt, wer essen wolle, der müsse auch arbeiten. Fräulein Hase sagte gar nichts.

Und Teresa? Sie führte widerstandslos die aufgetragene Arbeit aus, kratzte Bahn für Bahn das braune Laub zusammen und häufte es zu einem Haufen, groß wie ein Iglu.

Was das nun wieder soll, möchte ich wissen, unkte die Mamsell, und einen Stock höher schüttelte die alte Baronin verwundert den Kopf darüber, was sich so eine Zwangsarbeiterin alles herausnahm.

Ziethen, der Dorfpolizist, der längst gemerkt hatte, daß er und die Polin aus den Fenstern des Schlosses beobachtet wurden, hatte sich zurückgezogen und am Gartentor Posten bezogen, um eine eventuelle Flucht der Polackin zu verhindern.

Teresa spürte von denen, die ihr zusahen, nichts. Sie wußte nur eins, daß sie Radek nicht verlorengehen durfte. Auch wenn jetzt langsam Blasen an ihren Händen wuchsen, machte sie keine Pause. Es blieb ihr nichts anderes übrig, als so lange zu arbeiten, bis sie die Kraft hatte, umzufallen und steif wie ein Brett zu werden. Hinter dem Wäldchen, das sie längst Baum für Baum kannte, lag der Gemüsegarten mit der Thuja-Hecke, den Obstbäumen und den Himbeersträuchern. Vielleicht sah ihr ja Radek zu, versteckte sich in der mächtigen Platane über ihr oder in den Ästen der jahrhundertalten Linde. Obwohl die Blätter längst heruntergefallen waren, sah sie ihn nicht. Ein Blick zwischen die Zinnen und Dächer des Schlosses gab ihr die Gewißheit, daß er auch dort nicht zu suchen war. Die Arme wurden ihr lahm, die Blasen in den Handflächen waren geplatzt und schmerzten unerträglich, als sie endlich Radeks Stimme hörte. Sie kam direkt aus dem Laubhaufen, den sie mannshoch hinter sich aufgetürmt hatte.

Terenia, flüsterte Radeks Stimme aus dem Innern des raschelnden Laubs, meine kleine Terenia, ich bin hier, komm zu mir, ich warte auf dich.

Das ließ sich Teresa nicht zweimal sagen. Der Rechen flog, für alle ihre Zuschauer sichtbar, in hohem Bogen ins Gras. Sie stürzte sich mit einem wahren Hechtsprung in den Laubberg, als sei der ein Schwimmbecken. Die Blätter schlugen über ihr zusammen, begruben sie und ließen nur ihre Füße seitlich herausschauen, bewegungslos und steif, als hätte Teresa der Schlag getroffen.

Hab' ich mir's doch gedacht, prustete Käte am Fenster des Personaleßraums los, die macht wieder so einen Heckmeck.

Während die alte Baronin im Damenzimmer der Meinung war, daß diese Polin, die nicht arbeiten wolle, vielleicht geisteskrank sei.

Ich lauf' hin und seh' nach, was mit ihr los ist, sagte Anna und wartete keine Anweisung ihrer Mutter ab. Bis dahin hatten sie alle zusammen schweigend Teresa zugesehen, ohne daß einer von ihnen auf die Idee gekommen wäre, über das Schicksal von Teresa oder auch Halina ein Wort zu verlieren. Sie fragten sich auch nicht, warum Teresa nicht arbeiten wollte, keinen Gruß erwiderte und keine Frage beantwortete, ob sie nur halsstarrig war oder tatsächlich krank. Es genügte ihnen, daß die beiden ein Dach über dem Kopf hatten, zu essen bekamen und Halina im Haus arbeiten durfte. Alle, die Baronin, die alte Baronin, Anna und Fräulein Hase, sahen damit das Menschenmögliche erfüllt.

Natürlich hatte auch Halina Teresas Sprung in den Laubhaufen gesehen und lief nun, so schnell sie konnte, die Treppe hinunter, an Ziethen, dem Dorfpolizisten, der von all dem nichts mitgekriegt hatte, vorbei in den Park. Dort stand schon Anna und zerrte an den bis zu den Knöcheln herausragenden Füßen. Zu zweit zogen sie schließlich Teresa, die steif wie ein Brett tief im Laub steckte, heraus. Sie säuberten ihr das Gesicht und zupften die welken Blätter aus den Kleidern. Sie schlugen Teresa leicht auf die Wangen, riefen ihren Namen und hoben die Lider von den Augäpfeln. Nichts. Teresa blieb steif, stumm und leblos.

Jetzt kam Ziethen und starrte erschrocken auf die wie tot daliegende Teresa.

Da sehen Sie, was Sie angerichtet haben, sagte Anna mit Schadenfreude in der Stimme, Sie wußten doch, daß Teresa krank ist.

Krank, krank, knurrte Ziethen, Polacken haben nicht krank zu sein, die sollen arbeiten, und dafür habe ich zu sorgen.

Kommen Sie, Anna klopfte Halina, die neben ihrer Schwester im Gras kniete und auf sie einredete, freundlich auf die Schulter, wir tragen sie zusammen rein.

Und weil Teresa nach wie vor wie versteinert im Gras lag, als wäre sie wie die Göttinnen zwischen den Rosenbeeten aus Marmor gehauen, packten sie Anna und Halina an Füßen und Schultern und trugen sie aus dem Park. Im Unterschied zu vorher war es jetzt Ziethen, der vorneweg ging und auf Annas Aufforderung Gartentor, Haus- und Dienerzimmertür öffnete, als habe er eine Art Begleitschutz auszuüben.

Scheißpolacken, schimpfte er, als Teresa endlich auf ihrem Bett lag, und verließ fluchend das Schloß.

Soll ich den Arzt holen? fragte Anna, oder vielleicht Jula?

Halina schüttelte den Kopf und bat Anna, sie mit Teresa allein zu lassen. Kaum war Anna Halinas Wunsch nachgekommen und aus dem Zimmer gegangen, setzte sich Halina zu Teresa aufs Bett, zog die Schwester in ihre Arme, streichelte sie, küßte sie und wiegte sie wie ein Kind hin und her.

Ich bin ja bei dir, Terenia, du brauchst keine Angst mehr zu haben. Du mußt auch nicht mehr arbeiten. Du mußt nur aufwachen und aufhören, dich zu verkrampfen.

Halina murmelte alle Kosenamen, die sie früher für die kleine Schwester erfunden hatte. Aber nichts wollte nützen. Teresa blieb stählern und unbiegsam, als seien ihre Adern mit Erz ausgegossen. Da kam Halina auf die Idee, den vertrockneten Frosch, der unter dem Kopfkissen hervorschaute, Teresa auf die Brust zu setzen. Das wirkte Wunder. Die Muskulatur begann weich zu werden, die Finger bewegten sich, die Zehen und schließlich auch Teresas Lippen.

Radek, flüsterte sie, ist Radek hier?

Aber nein, Terenia, ich bin es, Halina.

Das Weihnachtsfest 1942 wurde nur noch im Familienkreis gefeiert. Es gab nicht einmal mehr eine Bescherung für das Personal. Die Baronin hatte nur jedem ein Päckchen gegeben. Auch für die Familie gab es keine Bescherung mehr, bloß ein paar vereinzelte Geschenke, und statt im Saal wurde eine weit kleinere Kiefer im Salon aufgestellt. Seit Wochen hatte die Baronin nichts mehr von ihrem Mann gehört, und daß die VI. Armee, zu der er gehörte, in Stalingrad eingeschlossen war, ließ in der Familie keine Weihnachtsstimmung aufkommen. Die anderen Kriegsschauplätze spielten unter den Bewohnern von Rohrdorf keine große Rolle. Afrika war zu weit weg, und die übrigen Frontabschnitte konnten sie sich nur schwer vorstellen, am wenigsten den U-Boot-Krieg im Atlantik. Wer in Rohrdorf, außer der Baronin, hatte schon das Meer gesehen. Da war es leichter, über Stalingrad und die Ostfront zu diskutieren und zu klagen. Selbst die Bombenteppiche, die auf die deutschen Städte niederfielen, nahm man kaum zur Kenntnis, zumal über Rohrdorf während des ganzen Krieges noch nicht ein feindliches Flugzeug geflogen war und es deshalb auch mit der Verdunklung nicht so genau genommen wurde.

Die Feiertage unterschieden sich von den Wochentagen nur durch eine schwer erträgliche Stille, die hin und wieder ein einzelnes Weihnachtslied unterbrach.

Teresa war nie wieder zu einer Arbeit gezwungen worden, schlief tagsüber und machte sich nach wie vor nachts, von allen unbemerkt, auf die Suche nach Radek. Fand sie ihn nicht im Park, nicht auf den schneebedeckten Feldern oder in den winterkalten Scheunen des Gutshofs, lief Teresa in die Ställe. Dann konnte es passieren, daß er zwischen den dampfenden Leibern der Kühe hockte, in den Futterkrippen der Pferde saß oder über den Koben der Schweine schwebte.

Es wird Zeit, daß du ins Warme kommst, Terenia, sagte er dann, du hast ja ganz kalte Hände und Füße.

Und woher weißt du das, wenn du mich nicht einmal berührst?

Ich fühle es, antwortete Radek und lachte sein von ihr so geliebtes Lachen.

Was auch immer sie versuchte, es gelang ihr niemals, Radek anzufassen. Egal, ob sie von einer Futterkrippe zur anderen turnte, über die schlafenden Milchkühe kroch oder sich zwischen die Schweine drängte. Immer tauchte er weg und an einer anderen Stelle wieder auf. Manchmal veränderte er seine Farbe, wurde blau, grün oder lila. Manchmal wuchs er über seine normale Größe hinaus und reichte vom Fußboden bis zur Stalldecke, manchmal hätte er in einem Hafersack Platz gefunden. Sobald Teresa an seiner Existenz zweifelte, glaubte, daß es ihn gar nicht gäbe und er nichts anderes als ein Geschöpf ihrer Einbildung sei, löste er sich in Luft auf, verdampfte vor ihren Augen und ließ sich in den folgenden Nächten nicht mehr blicken. Also hütete sie sich, an seiner Gegenwart zu zweifeln, gab sich mit seinen Worten zufrieden und notgedrungen auch mit seinen wechselnden Größen und Farben. Die Hauptsache war, sie spürte seine Nähe und er bestätigte ihr seine ewige Liebe.

An einem Abend Ende Januar wurde ein Telegramm im Schloß durchgegeben, in dem es hieß, der Herr Major sei mit einem der letzten Transportflugzeuge aus Stalingrad zurückgekehrt und komme am nächsten Morgen mit dem Frühzug in der Kreisstadt an. Teresa war gerade von einem ihrer nächtlichen Ausflüge wiedergekommen, als der Kutscher Lenart mit dem kleinen Jagdwagen vor dem Portal vorfuhr und dadurch Halina weckte.

Ist etwas passiert, fragte sie durch Fenster und Eisenstäbe, und Lenart antwortete: Der Herr Major kommt zurück.

Hast du das gehört? fragte Halina die Schwester, und Teresa, die todmüde war, gab mürrisch zurück, daß ihr das gleichgültig sei. Halina zog sich an, und als sie über die Wendeltreppe durch die kleine Tür in die Halle schlüpfte, stand da schon Marie, warm verpackt in Mantel, Schal und Mütze.

Mein Vater kommt aus Stalingrad, sagte sie zu Halina und biß sich vor Aufregung auf die Unterlippe, ich darf ihn mit Mama vom Bahnhof abholen.

Als die Baronin Halina neben Marie stehen sah, bat sie sie, Anna zu wecken, damit sie den Vater begrüße, wenn er nach Hause komme.

Es war schwer, Anna wach zu bekommen, und Halina mußte sie mehrmals sanft an den Schultern rütteln.

Ihr Vater kommt, Sie sollen aufstehen.

Mein Vater ist in Stalingrad, murmelte Anna schlaftrunken.

Dort war er, jetzt holt ihn Ihre Mutter mit Marie vom Bahnhof ab. Ich soll Sie wecken.

Da war Anna mit einem Satz aus dem Bett, wusch sich, zog sich an, lief ins Gewächshaus und schnitt, ohne Fräulein Hase zu fragen, die letzten Tulpen und Narzissen von den Töpfen.

Als der Wagen vorfuhr, stand sie, mit den Blumen für den Vater im Arm, im fahlen Morgenlicht vor der Portaltür.

Da Martha freihatte, sah es Halina als ihre Aufgabe an, eventuell Gepäck entgegenzunehmen oder in anderer Form behilflich zu sein. Aber der Herr Major hatte kein Gepäck. Er war kaum in der Lage, allein vom Wagen zu steigen, und mußte von der Baronin und Anna gestützt werden. So, wie er jetzt vor seinem Schloß stand, war er nicht wiederzuerkennen. Mit seinen siebenundvierzig Jahren war er als stattlicher Mann in den Krieg gezogen. Zurück war nun, drei Jahre später, ein Greis gekommen, dessen vorgestreckter Kopf auf dem viel zu dünnen Hals ständig zitterte, der gebückt ging, als säße ihm der Tod auf dem Rücken. Er bestand nur noch aus Haut und Knochen, und über sein Gesicht liefen Ströme von Tränen. Auch sprechen konnte er nicht. Schweigend nahm er Anna die Blumen ab und drückte sie seiner Frau in die Arme. Er atmete schwer, und seine Schritte, die er jetzt mühsam, auf die Schulter seiner Frau gestützt, ins Haus lenkte, waren nicht länger als die eines Kindes.

Anna und Marie folgten, hielten sich seltsamerweise an den Händen, und als die Eltern durch die Tür ins Herrenzimmer gingen, sahen sie einander an und liefen, ohne sich loszulassen, die Treppe hinauf in ihre Zimmer.

Auch Halina war wie gelähmt. Nur daß sie nicht vor Entsetzen davonlief. Sie hatte, kaum daß ihr der Herr Major zu Gesicht kam, an Radek denken müssen. Die Vorstellung, daß ihn der Krieg vielleicht in einen ähnlichen Zustand versetzen könnte oder versetzt hatte, raubte ihr fast den Verstand. Ohne sich dessen bewußt zu sein, folgte sie dem ungleich gewordenen Paar und blieb, wie auf Abruf, in der Nähe der Tür stehen, ständig Radek statt den Herrn Major in diesem elenden Zustand vor Augen.

Wie lange sie so dastand und wartete, wußte sie später nicht.

Die Baronin war jedenfalls über Halinas Gegenwart eher erleichtert als verwundert. Sie hielt einen in Zeitungspapier gewickelten großen Packen in einiger Entfernung von sich und überreichte ihn Halina.

Schnell, sagte sie, verbrennen Sie das alles, so schnell wie möglich.

Aber, sagte Halina, die sah, daß es sich um die Uniform und die Wäsche des Herrn Majors handelte, das darf man doch nicht verbrennen.

Doch, Halina. Das ist alles verlaust und verfloht und dann, die Baronin machte eine Pause, diese Uniform wird er bestimmt nicht mehr brauchen.

Also trug Halina die verlausten und verdreckten Uniformteile des Herrn Majors die Treppe hinunter, den Flur entlang, bis zur Zentralheizung. Sie öffnete den Ofen, in dem noch die Nachtglut still und rot wie ein schlafendes Tier lag, und stopfte die Majorsuniform mit allem Drum und Dran, Ordensspangen, Schulterklappen, Hoheitsabzeichen, Läusen und Flöhen, hinein, und das glühende Tier schlug mit riesigen Flammen zu. Es zischte und krachte, und Halina hörte die Metallknöpfe durch die Hitze gegen die Schamottwände springen. Als sie noch einmal die Tür aufmachte, drang ihr ein beißender, gelblicher, stinkender Rauch entgegen, den der Schornstein nicht schnell genug in den Himmel jagen konnte.

Schon zwei Tage später wurde der Herr Major ins Lazarett verlegt, von wo er Wochen später zwar wieder aufgepäppelt, aber für immer krank an Leib und Seele entlassen wurde.

Im Juli 1943 hatten sich die siegreichen Angriffe auf die Sowjetunion in schwere Abwehrschlachten verwandelt. In Sizilien griffen die Amerikaner die deutschen Stellungen an, auf die Italiener war, wie die Deutschen sagten, kein Verlaß mehr, und im Reich fielen mittlerweile in allen Städten Nacht für Nacht die Bomben. Die Heldenstimmung war verflogen, die Sondermeldungen im Radio nahmen mehr und mehr ab, die Zahl der Gefallenen nahm täglich zu, und in Rohrdorf kamen die ersten Zweifel am großdeutschen Sieg auf. Frau Klimka, deren Sohn östlich von Charkow gefallen war, glaubte nicht mehr an das Tausendjährige Reich und ging neuerdings wieder sonntags in die Kirche, während sich die Mamsell und Käte die Hoffnung auf einen Endsieg nicht nehmen ließen und an Adolf Hitler ebenso wie an dessen Vorsehung glaubten.

Eine Januarnacht. Teresas Schritte knirschten im Schnee, als sie über den Gutshof ging. Einen Augenblick glaubte sie, Radek tanze auf dem mächtigen Misthaufen, der in der Mitte des Hofes lag. Aber es war nicht Radek, es war einer der Hunde, die zum Schloß gehörten, die Teresa kannten und sie schwanzwedelnd begrüßten.

Willst du mitkommen, Radek suchen? fragte Teresa und fuhr dem Tier liebevoll über den Kopf. Aber der Hund folgte ihr nicht, hatte anderes im Sinn und trottete seiner Wege. Da kein Wind ging, war es auch nicht kalt, der leichte Frost kaum zu spüren.

Teresa beschloß, zuerst im Schweinestall nach Radek zu sehen. Längst hatte sie sich an den Dunst der Tiere gewöhnt, störte sich nicht an dem dumpfen Ammoniakgeruch, der ihr beim Öffnen der Tür entgegenschlug, und wartete ab, bis sich ihre Augen an die Dunkelheit gewöhnt hatten. Das Licht der Hoflampen vor dem langgezogenen Stallgebäude genügte, um Kojen und Tiere zu erkennen. Sie mußte leise sein. Schweine sind nervöse Tiere. Das kleinste Geräusch konnte sie in Panik versetzen und ein wildes Hinundherlaufen, Grunzen und Quietschen auslösen, als brächte man sie auf den Schlachthof. Teresa ließ keinen Laut hören. Die Muttertiere lagen mit ihren Ferkeln zwischen den Vorder- und Hinterläufen im dichten Stroh, schliefen und stießen kleine, zärtliche Laute aus, die ihren Kindern galten, die, wie rosa Marzipanstollen nebeneinander aufgereiht, mit der Schnauze in Nähe der Zitzen vor sich hin träumten. Auf der rechten Seite waren die Boxen größer. Hier wurden die älteren Jungtiere untergebracht, die Läufer, wie man sie nannte, deren Lebensdauer auf den Tag überschaubar war und deren Verarbeitung zu Wurst, Schinken, Kotelett und Gulasch bereits geplant war. Manchmal streckte Teresa ihre Hand zwischen die Bretter und schob ihre Finger durch die noch weichen Borsten eines der Tiere. Wenn sie das leise Zucken spürte, hielt sie ihre Hand ruhig und fing erst wieder an, ihre Finger kreisen zu lassen, wenn das Tier stillhielt. Manchmal entfuhr ihm dann ein wohliger Grunzlaut, und es rekelte sich unter der Berührung, als läge es satt in der Sommersonne.

Teresa schlich bis ans Ende des Stalls, flüsterte Radeks Namen, spähte zwischen die Tiere und in jeden Winkel. Nur der alte Eber in der letzten Koje schlief nicht, stand aufrecht auf seinen vier Beinen und drückte seinen Rüssel zwischen Trog und Balken. Er war der einzige, der Teresas Meinung nach wirklich stank, und wenn sie ihre Hand zwischen seine Borsten legte, dann war es, als greife sie in Wolle aus Draht.

Warum schläfst du denn nicht? fragte Teresa und beugte sich über den Kojenrand zu dem mächtigen Tier hinunter. Der Eber hob den Kopf, zeigte seine großen Zähne, lachte und antwortete: Ich habe auf dich gewartet.

Weißt du denn, wo Radek ist? fragte Teresa.

Geh zu den Kühen, antwortete er, hier war er schon.

Teresa lief den langen Gang hinunter, leise zwischen den Schweinen hindurch, zurück zur Tür. Die Entfernung zum Kuhstall betrug vielleicht fünfzig Meter. Der Weg war weit genug, um nach der Wärme des Schweinestalls die Kälte zu spüren, die Teresa durch den dünnen Mantel bis auf die Haut fuhr.

Radek, murmelte sie vor sich hin, laß mich nicht so frieren, das habe ich nicht verdient.

Im Kuhstall brannte eine Nachtlampe, die Teresas Weg erleuchtete. In der Futterkammer lagerten die Melasse, Rübenschnitzel und gegorene Rübenblätter, die tagtäglich aus einer Miete gestochen und für den kommenden Tag aufgetaut wurden. Auf der anderen Seite, gleich neben der Tür, stapelten sich die saubergewaschenen Kannen, in denen am Morgen die Milch zur Molkerei gefahren wurde. Trotz allen Schrubbens und Scheuerns roch es hier unangenehm säuerlich. Das mochte an den Seihtüchern liegen, durch die die frisch gemolkene Milch in die Kannen gegossen wurde und die, nachdem sie gewaschen worden waren, zum Trocknen über eine Leine gehängt wurden. Der Stall war von der Futterkammer durch eine Tür getrennt. Als Teresa sie öffnete, atmete sie die dampfende Wärme von hundert schlafenden Kühen ein. Kein Rasseln der Ketten, kein Muhen, nicht einmal ein malmendes Wiederkäuen war zu hören. Die Tiere lagen Rücken an Rücken im Stroh und dösten mit halbgeschlossenen Augen vor sich hin, längst nicht so schreckhaft wie die Schweine. Langsam und in schläfriger Neugier wendeten sie Teresa die Köpfe zu, vielleicht auch in der Annahme, die Zeit des Melkens sei gekommen. Die eine oder andere Kuh stand sogar langsam und träge auf, hob den Schwanz und entleerte sich klatschend in die steinerne Jauchegerinne.

Ich suche nur Radek, rief Teresa den Kühen fast entschuldigend zu, war er bei euch?

Die Kühe sahen sich an, und Teresa kam es vor, als schüttelten sie die Köpfe. Die, die aufgestanden waren, legten sich wieder hin, und die, welche liegengeblieben waren, schlossen wie zuvor die Augen zur Hälfte und vergaßen Teresas Gegenwart. Wie im Schweinestall der Eber, so hatte im Kuhstall der Bulle am Ende des Gebäudes seine abgeteilte Behausung. Wie der

Eber stand auch er auf seinen Beinen und glotzte Teresa an. Sein Nasenring schepperte über den Krippenrand, und sein Atem fuhr Teresa prustend ins Gesicht.

Weißt du etwas? fragte sie und kraulte den Bullen auf der Stirn zwischen den kurzen Hörnern.

Geh zu den Pferden, brummte er mürrisch, bei uns war er schon. Er sucht dich so, wie du ihn suchst.

Teresa warf dem Bullen eine Kußhand zu, lief aus dem Kuhstall, quer über den Hof zu den Pferden. Obwohl sich mehrere Pferdeställe auf dem Hof befanden, gab es nur einen, in dem Radek sein würde. Jedenfalls hatte sie ihn noch nie anderswo getroffen als hier, in der Box des kleinen blauschwarzen Rappen, der nicht einen einzigen weißen Flecken besaß, nicht auf der Stirn, nicht an den Vorder- und nicht an den Hinterbeinen. Er sah aus, als habe ihn nicht eine Stute geboren, sondern ein überdimensionales Tintenfaß. Er schien Teresa zu kennen, denn als er ihren Schritt hörte, fing er mit leiser und tiefer Stimme an zu wiehern, was einem Lachen ähnelte, während er ungeduldig mit einem Huf im Stroh kratzte.

Ich komme ja schon, sagte Teresa und schloß vorsichtig die Tür hinter sich. Dann schlüpfte sie in die Box und umarmte den Hals des Pferdes mit einer Innigkeit, als sei es Radek. Der Rappe hielt still, legte seinen Kopf über Teresas Schulter und drückte sie zärtlich an seine Brust. So standen sie eine Weile ineinander versunken wie ein Liebespaar, das sich nach langer Trennung erstmals wieder begrüßt. Teresas Finger glitten am Kamm unter der Mähne entlang bis zum Widerrist und zurück. Der Hals des Rappen zitterte voller Wohlbehagen, während er mit dem Kopf nickte, als wolle er noch weiter gestreichelt werden. Darauf drückte Teresa ihr Gesicht gegen Nüstern und Maul, und das fühlte sich so sanft, so warm und so unendlich weich an, als handelte es sich um Radeks schlafendes Geschlecht.

Weißt du, wo er ist? Ich kann ihn heute einfach nicht finden.

Der Rappe schüttelte wie zuvor schon die Kühe den Kopf, wollte nicht antworten und wollte liebkost werden. Plötzlich war ein Geräusch zu hören. Er hob den Kopf und stellte seine Ohren senkrecht. Dann stupste er Teresa sanft nach vorn in Richtung Tür. Und weil sie nicht gehen wollte, selbst etwas gehört hatte, klammerte sie sich ängstlich an den Pferdehals. Aber der Rappe drückte sie weg, stupste und stupste, bis sie ihm gehorchte, die Box und schließlich den Stall verließ. Kaum war sie draußen in der kalten Nachtluft, fuhr ihr der Schreck in die Glieder, und sie drückte sich fest an die Stallwand, um nicht gesehen zu werden. Zwei Gestalten huschten durch den Lichtstreifen der Hoflampe. Teresa erkannte die Personen auf den ersten Blick. Es waren Anna und Ludwik Janik. Sie lief vorneweg, beflügelt mit leichten Schuhen, den gefrorenen Boden kaum berührend. Ludwik Janik hingegen gelang diese Leichtfüßigkeit nicht. Seine Stiefel knirschten im Schnee und hinterließen Spuren. Da nützte es auch nichts, daß Anna sich umdrehte, den Finger auf ihren Mund legte und ihn wiederholt bat, leise zu gehen. Sie schienen ein Ziel zu haben, denn sie schauten weder rechts noch links, liefen auch nicht über den Hof, sondern am Inspektorhaus vorbei zu den Remisen, wo, sauber aufgereiht, nebeneinander sämtliche Pferdewagen der Herrschaft standen.

Da gab es den zweirädrigen Dogcart, den Ponywagen, mit dem Marie in die Schule gebracht wurde, den Einspänner, die verschiedenen, mit Gummirädern bestückten Jagdwagen, den Kremser, und weiter hinten standen die drei Wagen mit Verdeck. Als erstes der einfache Kutschwagen, mit dem Anna Halina, Teresa und Jula vom Hofmannswirt zum Schloß transportiert hatte, dann das Coupé, mit dem die Herrschaft in die Kirche und zu Einladungen fuhr, und am Ende die sogenannte Equipage, ähnlich wie das Coupé, nur eleganter, geräumiger, außen schwarz lackiert, innen mit weißem, glänzendem Stoff ausgestattet. Auf den Türen war rechts und links das Familienwappen angebracht, darüber eine Krone aus Messing. Seitlich vom Kutschbock hingen große, ebenfalls messingverzierte Laternen, hinter deren Glas Kerzen angesteckt werden mußten. Innen waren neben den Sitzen in Augenhöhe kleine Vasen befestigt, und an der Hinterwand, unter dem kleinen Rückfenster, gab es sogar einen Spiegel. Die Equipage wurde nur zu besonders feierlichen Anlässen wie Hochzeiten, Taufen und Beerdigungen hervorgeholt. Ansonsten hatten das Coupé und der Kutschwagen zu genügen.

Teresa kannte alle Wagen, hatte schon in jedem gesessen und war damit, fast immer in Begleitung von Radek, in ihre Träume gefahren. Nur wenn sie den Dogcart bestieg und der Rappe ihn zog, fuhr sie allein davon. Dann ließ sie das Pferd gegen jede Regel im gestreckten Galopp auf und davon laufen. Sie hielt zwar die Zügel, aber der Rappe wählte den Weg. Manchmal hob er sich hoch in die Lüfte, trabte über Nebeldecken und Regenwolken. Und wenn die ein Ende hatten, schob er große schwarze Schwingen aus den Schultern, mit denen er, den Dogcart und Teresa hinter sich herziehend, über das Land flog. Im Gegensatz zu dem Eber und dem Bullen konnte der Rappe nicht sprechen. Aber wenn er hoch in den Lüften wieherte, stoben Funken aus seinen Nüstern, mit denen er alle Eulen, Fledermäuse und Nachtigallen ins Blattwerk der Bäume jagte, wo sie sich stumm versteckten, bis das seltsame Himmelsgefährt verschwunden war.

Am liebsten kreiste der Rappe über Rohrdorf, zeigte Teresa von oben das Schloß, die Ställe, den Gutshof und das Land. Dann flog er so dicht an den Zinnen, dem Turm und den zahlreichen Giebeln vorbei, daß Teresa Angst bekam, sie könnten dagegenprallen.

He, Schwarzer, paß auf, rief sie dann, und der Rappe wieherte als Antwort, sprühte Funken aus seinen Nüstern, zog die Schwingen ein und glitt zur Erde hinab. Nie war ein Geräusch zu hören, wenn er durchs Dorf trabte, kein Klappern der Hufe, kein Rattern der Räder. Nirgendwo hielt er an, umkreiste am Ende des Dorfes vor der Wirtschaft des Hofmannswirts das Kruzifix mit dem hölzernen Jesus, küßte dessen Füße, machte sich auf den Weg in den Gutshof, verschwand in seiner Box und ließ Teresa allein in der Remise auf dem Dogcart sitzen.

Heute war alles ganz anders. Teresa bestieg keinen der Wagen. Lautlos schlich sie Anna und Ludwik Janik hinterher und sah gerade noch, wie die beiden in der Equipage verschwanden und die Wagentüren hinter sich zuzogen. Kurz darauf war ein Lichtschein zu sehen. Anna hatte in die kleinen Vasen rechts und links der Fenster Kerzen gestellt und angezündet. Die beiden schienen sich ihres Verstecks sicher zu sein. Sie redeten und lachten nicht nur miteinander, sie küßten sich auch. Und Teresa, die jetzt durch das briefumschlaggroße Rückfensterchen spähte, traute ihren Augen nicht. Anna und Ludwik Janik zogen sich aus. Die Kälte schien sie nicht weiter zu stören, und eilig hatten sie es auch. Was sie sagten, konnte Teresa nicht verstehen. Sie sprachen zu leise, und die Türen der Equipage waren ebenso schwer wie dicht. Anna und Ludwik. Eine vom Schloß und ein polnischer Zwangsarbeiter. Eine Deutsche und ein Pole. Teresa hielt den Atem an, und weil ihre Sicht durch das kleine Fensterchen zu sehr behindert war, schlich sie in der Dunkelheit um den Wagen herum, hockte sich auf eines der Räder des danebenstehenden Coupés und betrachtete in maßlosem Staunen, was da in der Equipage vor sich ging. Annas Haut war so weiß wie der Stoff, mit dem die Polster bezogen waren. Sie hatte nur den Pullover anbehalten und alle anderen Kleidungsstücke genau wie Ludwik abgestreift. Sie lag auf der Rückbank, und während sie Ludwik mit ihren Armen und Beinen umschlang, küßte er ihren Bauch, schob ihr den Pullover hoch und drückte sein Gesicht zwischen ihre kleinen Brüste.

Teresa, die nie auf die Idee gekommen wäre, den Liebesakt eines fremden Paares zu beobachten, konnte sich nicht sattsehen und mußte sich an den Speichen festhalten, um nicht vom Radkranz zu gleiten, so faszinierte sie der Austausch von Zärtlichkeit und Liebe zwischen diesen beiden Menschen in dieser seltsamen Umgebung. Sie glaubte die Küsse zu hören und auch das kleine Stöhnen aus Annas geöffnetem Mund. Teresa sah Ludwiks Glied, wie es zwischen Annas Schenkeln verschwand, und sie sah, wie sich Annas Körper auf und ab bog, wie sich ihre Füße gegen die Vorderbank stemmten und ihr Kopf in großer Lust hin und her flog. Es hätte nicht viel gefehlt, und Teresa hätte aufgeschrien, weil sie bei diesem Anblick die Sehnsucht nach Radek kaum noch ertragen konnte. Das Blut klopfte ihr nicht nur im Hals, sondern auch in den Fingerspitzen, in den Ohren und im Bauch.

Plötzlich hob Ludwik Janik den Kopf, und Teresa erkannte Radek. Er winkte ihr zu, lachte und schien sogar ungeduldig zu sein. Mit größter Anstrengung gelang es ihr, aus ihrer Haut zu schlüpfen, unter die von Anna zu kriechen und in Radeks Armen zu liegen. Sekundenlang brauchte sie alle Kraft, um bei Bewußtsein zu bleiben, denn endlich fühlte sie Radek, spürte seine Hände, seine Küsse, seine Wärme, und nicht nur das, sie hörte ihn auch reden.

Meine Schönste, meine Liebste, flüsterte er, das haben wir dir zu verdanken.

Er sagte nicht, was, aber Teresa wußte es auch so.

Seit der Verschleppung waren sie zum ersten Mal wieder vereint, konnten sich anfassen, spüren und lieben.

Sie roch seine Haut, sie fühlte seine Zunge in ihrem Mund, auf ihren Brüsten, in ihren Ohren, über ihrem Nabel und zwischen den Lippen ihrer Scham. Ihre Hände glitten über seinen Rücken, seine Lenden und streichelten sein Geschlecht, bis es wuchs und mit vertrauter Wärme in sie drang. Ihre Körper flossen langsam ineinander, wurden eins wie ihr Atem, der nicht mehr voneinander zu unterscheiden war. Die Equipage verwandelte sich von einer Sekunde zur anderen in die Warschauer Backstube und die Sitzpolster in das harte und viel zu schmale Sofa. An den Wänden hingen Werbeplakate für Brote und Kuchen, und in einer Pause, die sie sich gönnten, um neue Kraft für eine neue Umarmung zu schöpfen, stieg ihr sogar der bekannte Mehlgeruch in die Nase.

Radek überschüttete sie mit Küssen, drehte sich auf den Rücken, hob sie hoch und setzte sie mit großer Behutsamkeit auf sich, und Teresa glaubte sein Glied in der Mitte ihres Bauches zu spüren. Mit angezogenen Knien warf sie sich über ihn, klammerte sich an seine Schultern und flüsterte: Ich will hier bei dir bleiben, und ich will, daß du in mir bleibst, für immer.

Eine Weile lagen sie still und rührten sich nicht, als seien sie soeben mit dem gleichen Atemzug gestorben.

Plötzlich hustete jemand ganz in ihrer Nähe, und Radek erschrak derart, daß er, so wie er war, halbnackt vom Sofa sprang. Die Backstube wurde wieder zur Equipage, Teresa schlüpfte aus Anna, die sich jetzt wie Ludwik Janik ihre Kleider anzog. Ludwiks Husten beruhigte sich nur allmählich, und Anna versprach ihm, am folgenden Tag Hustensaft mitzubringen.

Teresa hatte sich inzwischen hinter dem Coupé versteckt. Jetzt wollte sie die Zärtlichkeiten der beiden nicht mehr sehen. Sie wollte nur noch warten, bis Anna und Ludwik verschwunden waren, um in der Erinnerung an Radek allein sein zu können. Die Kerzen in den kleinen Vasen waren heruntergebrannt, und Anna sagte zu Ludwik, daß es Zeit sei, nach Hause zu gehen.

Sie verließen die Remise, und es war wieder so, daß Teresa nur Ludwiks Schritte über den Hof gehen hörte, und als auch sie die Remise verließ, setzte sie ihre Füße, einen nach dem anderen, in die Spur seiner Schuhe.

Kapitel 5

Der Sommer 1944 war mit denen der Jahre zuvor nicht zu vergleichen. Das Radio berichtete immer häufiger von Abwehrschlachten an der Ostfront. Es ging nicht vor und nicht zurück, und im Raum südöstlich von Minsk waren die Reste der IV. Armee eingeschlossen. Im Dorf gab es kaum noch eine Familie, die nicht Gefallene zu beklagen hatte, und das Wort Endsieg hatte, wie Jula, die alte Hexe, sagte, einen blutigen Beigeschmack bekommen. In Italien waren die Amerikaner auf dem Vormarsch, hatten schon die Insel Elba und Rom besetzt und standen inzwischen nicht mehr weit von Florenz. Was aber noch schlimmer war: Die Alliierten waren in der Normandie gelandet, gewannen an Boden und marschierten Schritt für Schritt auf das Deutsche Reich zu. In den Städten lag kaum noch ein Stein auf dem anderen. Die Menschen, die bei den Angriffen nicht umgekommen waren, flüchteten, sofern sie die Möglichkeit hatten, aufs Land. Wer in der Stadt bleiben mußte, hauste in Kellern. Da nützte es auch nichts, wenn es hieß, daß die V1-Raketen London in ständiger Abfolge beschossen, und noch weniger die Nachricht, daß dabei Tausende von Zivilisten umgekommen seien.

Selbst die Mamsell und Käte waren stiller geworden, faselten nur hin und wieder vom totalen Krieg, dem die Deutschen, als Goebbels ihn im Berliner Sportpalast beschwor, zugestimmt hatten. Sie wußten allerdings selbst nicht so genau, was das eigentlich bedeutete. Der Herr Major, der, nachdem Stalingrad gefallen war, wochenlang mit niemandem gesprochen hatte, war von morgens bis abends auf seinen Feldern zu finden, wo er schweigend den Landarbeitern bei der Arbeit zusah.

Halina ging gründlicher denn je ihrer Hausarbeit nach und gab abends, wenn sie ins Dienerzimmer zurückkehrte, alle Nachrichten und Informationen, die bis zu ihr gedrungen waren, an Teresa weiter, egal, ob diese sich dafür interessierte oder nicht.

Es war fast schon ein Ritual, wenn sie sich gerade, manchmal auch mit gefalteten Händen, an den kleinen Tisch unter das Fenster setzte und zu reden begann. Dabei sah sie nicht etwa Teresa an, sondern vor sich hin oder in das kleine Stück Himmel, das von ihrem Platz aus noch mit Blicken zu erreichen war. Sie wußte selbst nicht genau, warum sie das Abend für Abend tat. Auf der einen Seite glaubte sie, Teresa nicht ihrer selbstgewählten Isolation überlassen zu dürfen, auf der anderen Seite verdrängte sie so die Angst vor der eigenen Einsamkeit. Das zwanghaft enge Zusammenleben in diesem Zimmerchen, das keine Distanz zuließ und jede der ständigen Beobachtung der anderen aussetzte, hatte die Schwestern nicht gerade zu Feindinnen gemacht, aber einen solchen Überdruß an ihrer Gemeinsamkeit entwickelt, daß das Bedürfnis, sich mitzuteilen, auch bei Halina mehr und mehr verlorenging. Blieb nur dieser seltsame Informationszwang, auf den Teresa kaum einging. Nur wenn es um den Stand der Ostfront ging, wollte sie Genaueres wissen. Meistens konnte Halina über den Gesamtverlauf des Krieges wenig berichten. Was sie zu sagen hatte, mußte sie sich mühsam aus den Sätzen zusammenreimen, die sie beim Aufräumen, beim Abräumen des Eßtisches oder in der Küche aufschnappte.

Wer weiß, ob's stimmt, war dann Teresas zweifelnde Reaktion. Nur einmal hatte Teresa Halina geglaubt. Das war, als die Schwester, während sie die silbernen Aschenbecher geputzt ins Damenzimmer zurückbrachte, die Baronin dabei erwischte, wie sie den Feindsender BBC hörte. Halina war unbemerkt hinter dem Türrahmen stehengeblieben, hatte mitgehört und wußte nun, wo die Amerikaner in Italien standen, wie weit die Alliierten in der Normandie vorgedrungen waren und daß die sowjetischen Truppen vor Wilna lagen.

Vielleicht können wir bald nach Hause, Halinka, hatte Teresa darauf geantwortet. Und Halina, die die ungewöhnlich sanfte Stimmung der Schwester nutzen wollte, sagte so beiläufig wie möglich: Terenia, ich weiß schon lange, daß du dich nachts aus dem Zimmer schleichst und erst in den frühen Morgenstunden zurückkommst. Was machst du in der Nacht, und wo, um Gottes willen, treibst du dich herum?

Obwohl Teresa seit Jahr und Tag mit dieser Frage rechnete, hatte sie keine Antwort parat und suchte nun, erschrocken, wie sie war, Streit.

Wenn du es schon so lange weißt, warum fragst du dann erst jetzt?

Halina ließ sich Zeit, und ihrem Gesichtsausdruck war anzusehen, daß sie auf Teresas Aggressivität nicht reagieren wollte. Sie versuchte sogar zu lächeln und meinte, es hätte wohl immer am richtigen Zeitpunkt gefehlt.

Und du meinst, jetzt ist der Zeitpunkt da?

Ja. Schließlich ist es ja auch mein Leben, das du ständig mit aufs Spiel setzt. Wenn wir deinetwegen noch vor Kriegsende hier weggebracht werden und in ein Arbeitslager müssen oder in ein KZ, möchte ich wenigstens wissen, warum.

Sie standen sich gegenüber, und zum ersten Mal spürten sie Haß aufeinander. Teresa hatte sogar den Wunsch, die Schwester zu schlagen. Und Halina, die kein Gefühl der Entfremdung und Kälte aufkommen lassen wollte, schloß die Augen.

Sag mir, was du nachts machst, flüsterte sie, und Teresa antwortete leichthin, beinah frech: Ich gehe spazieren.

Spazieren?

Halina riß die Augen auf. Ihre Stimme zitterte, und ihre Hände krallten sich in Teresas Schultern. Ich arbeite bis zum Umfallen, sagte sie, ich putze den Dreck von den Schuhen der Deutschen, ich säubere ihre Zimmer, mache ihre Betten, leere ihre Nachttöpfe, wasche ihr Geschirr ab, stopfe ihre Strümpfe, bügle ihre Wäsche und wienere ihr Silber, damit wir überleben, und du, du schläfst am Tag, um nachts spazierengehen zu können.

Und da war sie, die Ohrfeige. Nicht von Teresa gegeben, sondern von Halina. Sie schmerzte auch nicht sonderlich, sondern fiel nur durch das kleine, klatschende Geräusch auf, das zu hören war, als Halinas Hand auf Teresas Wange landete und dort einen roten Fleck hinterließ. Natürlich wollte Teresa im ersten Augenblick zurückschlagen. Aber dieses Bedürfnis war mehr ein Reflex. Im Grunde genommen konnte sie die Schwester verstehen. Der Haß, den sie eben noch gegen Halina gefühlt hatte, war mit der Ohrfeige von ihr gewichen und machte der verschütteten Geschwisterliebe Platz. Halina tat ihr leid. So sehr, daß sie den Kopf senken mußte, weil sie den Blick der Schwester nicht mehr ertragen konnte.

Du hast mich noch nie geschlagen, Halinka, flüsterte sie, und Halina antwortete:

Nein, und ich werde es auch nie wieder tun.

Sie glaubte, daß jetzt endlich der Moment gekommen sei, wo sie miteinander reden konnten, wieder zueinanderfinden würden, um ihr Schicksal gemeinsam zu tragen. Aber Teresa, die Halina deren Wunsch von den Augen ablas, schwieg. Was sollte sie der Schwester sagen? Vielleicht, daß sie nachts umherlief, um Radek zu treffen? Daß sie Anna und Ludwik auflauerte, um mit Radek in deren Körper zu schlüpfen? Sollte sie

Halina erzählen, daß sie sich nicht nur mit Radek traf, sondern ihn auch an den seltsamsten Orten liebte?

Schließlich mußte sie sich an Anna und Ludwik halten. Manchmal lauerte sie den beiden vergeblich auf. Manchmal kam Anna nachts nicht vor die Tür, und auch von Ludwik war dann nichts zu sehen. Dann traf Teresa auch nicht Radek, nicht in den Scheunen, nicht im Park und nicht bei den Tieren. Verließ Anna aber das Schloß, war auch Ludwik nicht weit. Teresa folgte ihnen nicht nur in die Remise, in die Ställe, auf den Heuboden oder auf den Kornspeicher, wo sie sich zwischen Hafer und Weizensäcken umarmten. Sie schlich ihnen mit dem beginnenden Sommer auch zwischen die Spargelhügel nach, in die Roggen- und Luzernefelder oder zwischen die Weichselkirschen an der Napoleonspappel. Und das alles sollte sie Halina erzählen?

Nein, Teresa blieb stumm und machte keinerlei Anstalten, mit Halina ins Gespräch zu kommen. Das einzige, wozu sie sich fähig fühlte, war, nach der Hand der Schwester zu greifen. Aber Halina entzog sie ihr und sagte nur spröde: Wie du willst, Teresa.

In den folgenden Nächten war weder Radek zu finden, noch waren Anna und Ludwik zu sehen. Wie lange und wo sie auch suchte, Radek zeigte sich nicht und gab ihr kein Zeichen.

In ihrer Verzweiflung schlich Teresa eines Abends durchs Dorf. Sie lief an der mit Efeu bewachsenen Parkmauer entlang über den Schwarzen Weg, der so hieß, weil er mit schwarzem Splitt aufgefüllt war. Er führte vom Schloß zum Dorf und wurde nur von den herrschaftlichen Pferdewagen benutzt. Auf der anderen Seite des Weges lagen die Koppeln, auf denen tagsüber die Vollblutstuten mit ihren Fohlen weideten. Hier gab es keine Lampen, und durch das dichte Blattwerk der Linden, die den Zaun säumten, drang nicht ein Schimmer des sommerlichen Sternenhimmels. Nur ein paar Fledermäuse begleiteten

Teresa, während aus dem Park ein warnendes Käuzchen rief. Teresa ließ sich von nichts abhalten, erreichte die Dorfstraße und bog am Kriegerdenkmal rechts ein, von wo ein dunkler Weg an einer Mauer entlanglief, bis die Silhouette der Kirche zu sehen war. Das alte Gotteshaus, aus Feldsteinen erbaut, hatte ein steiles, unendlich hohes Satteldach, dessen untere Kante so tief über dem Gemäuer hing, daß es ein Mann mit ausgestrecktem Arm hätte berühren können. Wie ein riesengroßes Zelt stand die Kirche inmitten eines kleinen Friedhofs, bewacht von einem daneben stehenden Holzturm, in dem die Glocke hing.

Teresa konnte sich nicht erinnern, wann sie zuletzt eine Kirche besucht hatte. Zu lange war das her, und das mochte auch der Grund sein, weshalb sie jetzt zögernd und ihrer Sache nicht sicher die Klinke herunterdrückte. Die Tür war offen, und vor der Figur der Gottesmutter brannten Kerzen, die das kleine Kirchenschiff so weit beleuchteten, daß Teresa die Umrisse der Bänke, der Kanzel und des Altars erkennen konnte. Aber Radek schien sich auch hier nicht aufzuhalten, war nicht zu hören und nicht zu sehen.

Teresa nahm auf einer der Bänke Platz, im Schatten der einzigen Säule, die es hier gab, faltete die Hände und bat die Mutter Maria um Radeks Erscheinung. Aber nicht Radek erschien, nahm sie in die Arme, tröstete und herzte sie, sondern die alte Jula tauchte hinter dem Altar auf.

Was machst du hier, mitten in der Nacht, fragte sie auf polnisch, wenn der Ziethen dich außerhalb der Sperrstunde erwischt, bist du dran.

Teresa hatte sich derart erschrocken, daß sie der Alten nicht antworten konnte. Wie gelähmt saß sie auf der Bank, die Hände ineinander verkrampft, stumm und mit fliegendem Pulsschlag. Was sollte sie sagen, was würde Jula glauben? Teresa überlegte fieberhaft. Aber bevor sie den Mund aufmachte, spürte sie den Zeigefinger der Alten auf der Brust: Bevor du mir antwortest, denk dran, Lügen sind Kleingeld, mit dem du nicht lange auskommst. Teresa roch Julas Atem, roch das Gemisch von Minze, Knoblauch und von Kernseife, deren Geruch in den Kleidern der Alten steckte und nicht in die Kirche paßte.

Also, was machst du hier?

Julas Zeigefinger hörte nicht auf, gegen Teresas Brust zu pochen. Nicht einmal weglaufen war möglich. Kaum, daß Teresa atmen konnte.

Beten, stieß sie schließlich mit gequetschter Stimme hervor, denn das war keine Lüge und konnte in den Augen der Alten nur Gutes bedeuten.

Soso, beten, brummte Jula, und ihr Zeigefinger fuhr an ihre Stirn, wo zwischen den Augen der kirschgroße Leberfleck saß, an dem sie jetzt herumzufummeln begann. Dabei grunzte und schmatzte sie, verdrehte die Augen und sagte unerwartet laut: Dein Gebet interessiert die Mutter Maria nicht. Sie hält deine Bitte für sündig. Teresas Hände glitten auseinander und klammerten sich an die Bank. Was sagte diese Hexe da, und vor allem, woher konnte sie etwas von ihr und Radek wissen?

Und Ihr, fragte Teresa mit dem Mut der Verzweifelten, haltet Ihr mein Gebet auch für sündig?

Bin ich die Mutter Gottes? krähte Jula, woher soll ich deine Gebete kennen. Geh zurück in dein Bett, und denk daran, eine Frau wird zweimal verrückt: wenn sie liebt und wenn sie anfängt, grau zu werden.

Dann schlug Jula die Hände ineinander und zischte kschsch, kschsch, als sei Teresa ein Huhn, das aus dem Gotteshaus getrieben werden mußte. Teresa sprang auf, drängelte sich durch die Bank und rannte, ohne vor dem Hauptaltar in die Knie zu gehen und das Kreuz zu schlagen, so schnell sie konnte aus der Kirche. Nicht einmal die Tür schloß sie, und zwischen ihren

Schritten glaubte sie hinter sich das Gekicher der Alten zu hören. Erst an der Einfahrt zum Schwarzen Weg blieb sie stehen und ruhte sich vom schnellen Laufen aus. Vielleicht hatte Jula recht, und sie war wirklich verrückt.

Die Folge dieser ungewöhnlichen Begegnung war, daß Teresa ein paar Nächte im Dienerzimmer blieb. Aber sie konnte nicht schlafen, war daran gewöhnt, die Nacht zum Tage zu machen, vermißte Radeks Zärtlichkeit und warf sich, den getrockneten Frosch zwischen den Fingern, hin und her.

In den folgenden Wochen war sie wieder unterwegs, lauerte Anna auf, wartete mit ihr und unbemerkt auf Ludwik, um später mit Radek in die Körper der Liebenden zu schlüpfen.

Danach ging es ihr wieder besser. Nur Halinas Blicke waren schlecht auszuhalten, ihr ständig stummer Vorwurf und die Art, wie sie sich ins Bett legte und die Decke über die Ohren zog, um nicht zu hören, wenn Teresa sich davonmachte.

Trotzdem erzählte sie mit merkwürdiger Sturheit, was sie im Schloß gehört hatte und wie der Verlauf der Fronten im Süden, im Westen und im Osten war. Manchmal schloß sie ihren Bericht mit resigniertem Schweigen, manchmal mit den Worten: Wenn du mich fragst, werden wir bald zu Hause sein.

Nur wurde sie nie von Teresa gefragt.

Eines Nachts, es war schwül und der Himmel wolkenlos, Anna und Ludwik, Teresa und Radek hatten sich in den Maisfeldern neben der Apfelallee geliebt und waren auf dem Weg nach Hause, tauchte Ziethen wie aus dem Busch plötzlich auf. Für Anna und Ludwik war es zu spät, um sich zu verstecken. Teresa ließ sich der Länge nach in das hohe Gras des Feldrains fallen. Auf diese Weise entging sie der Aufmerksamkeit des Dorfpolizisten. Der leuchtete mit seiner Taschenlampe erst Anna, dann Ludwik ins Gesicht: Wen haben wir denn da?

Teresa konnte Anna und Ludwik nur von hinten sehen. Sie spritzten auseinander, und ihre Köpfe zogen sich zwischen die

Schultern, als erwarteten sie Schläge. Anna war die erste von beiden, die sich fing und den Dorfpolizisten mit bemühter Arroganz fragte, was er denn hier zu suchen habe.

Russen, gab er ob dieser so selbstverständlich gestellten Frage verdutzt zur Antwort, heute nacht sind zwei vom Weißbauern abgehauen.

Ich habe keine gesehen.

Sie glaubte wohl schon, den Dorfpolizisten eingeschüchtert zu haben, als diesem bewußt wurde, daß er hier die Fragen zu stellen hatte. Wütend über sich selbst und die Art, wie er dem hochnäsigen Fräulein Anna vom Schloß Auskunft gegeben hatte, und wütend über diesen verdammten Polen, den er schon längst auf dem Kieker hatte, wurde er laut: Und Sie, Fräulein Anna, schrie er, daß es über das ganze Maisfeld hallte, was machen Sie hier mit dem Polacken?

Teresa, die nur ein paar Schritte von Ziethen entfernt im Gras lag, merkte, wie sie zu zittern begann. Wenn doch der Himmel einstürzte oder die Erde sich auftäte, um diesen gräßlichen Polizisten zu verschlingen. Aber der stand mit durchgedrückten Knien vor Ludwik Janik und forderte ihn auf, ohne Widerrede mitzukommen. Und warum? fragte Anna, immer noch bemüht, die Situation in den Griff zu bekommen. Aber ihre Stimme war dünner geworden und hatte ihre Arroganz ebenso wie ihre Sicherheit eingebüßt.

Weil für ihn Sperrstunde ist, das wissen Sie doch. Daß ich den Janik mit Ihnen hier mitten in der Nacht auf der Apfelallee getroffen habe, das wird noch ein Nachspiel haben, Fräulein Anna, das können Sie mir glauben.

Er nahm seinen Karabiner, den er ständig bei sich trug, von der Schulter, tippte damit Ludwik in den Rücken und sagte: Vorwärts.

Die Männer gingen im Gleichschritt, Ludwik Janik vorneweg, Ziethen, den Karabiner im Anschlag, hinterher. Ein merkwürdiger, ganz und gar unwirklicher Anblick, der langsam in der Dunkelheit verschwand, während Anna wie angewurzelt stehengeblieben war. Teresa, die drauf und dran war aufzustehen, zu dem jungen Mädchen zu laufen, um sie in die Arme zu nehmen und zu trösten, sah jetzt, wie Anna mitten auf der Allee in die Knie ging und mit den Fäusten auf die Erde trommelte, daß ihr die Steinchen nur so um die Ohren flogen.

Sie weinte nicht, sie fluchte, und ihre Handkanten scheuerten sich auf dem harten Sandweg blutig. Jetzt schlug sie sogar mit der Stirn auf den Boden, wobei sie einen derart jämmerlichen Schrei ausstieß, daß Teresa eine Gänsehaut bekam. Dann war es still. Anna kniete noch immer, mit dem Kopf auf der Erde am Boden. Kein Fluch, kein Schrei, kein Schluchzen. Kniete sie da nicht auf der Wegesmitte, hätte Teresa annehmen können, Anna wäre ohnmächtig geworden. Es dauerte Minuten, bis sie sich erhob. Teresa konnte es an den Schultern sehen, daß Anna nicht weinte. Sie ging mit schleppenden Schritten, aber hochaufgerichtet nach Hause.

Teresa folgte ihr in großem Abstand. Ständig Radeks Namen flüsternd, hoffte sie auf sein Erscheinen, seine Stimme oder seinen Rat. Aber er ließ sich nicht sehen und nichts von sich hören. Es blieb ihr nichts anderes übrig, als wachsam zu bleiben und darauf zu achten, ob Ziethen noch einmal auftauchte, um nach den geflüchteten Russen zu suchen. Die Apfelbäume würden ihr jederzeit Schutz geben, wichtig war nur, kein Geräusch zu verursachen, denn auch von Anna wollte sie unter keinen Umständen entdeckt werden, bis sie im Schloß hinter der Portaltür verschwand.

Als Teresa endlich das Dienerzimmer erreicht hatte und die Türe hinter sich schloß, raste ihr Herz, und eine böse, unheilvolle Ahnung machte ihr angst.

Halina, sagte sie leise und rüttelte die Schwester sanft wach, Halina, es ist etwas Schreckliches passiert.

Halina, die sich in letzter Zeit bemühte, während Teresas Ausflügen wach zu bleiben, und erst ruhig schlafen konnte, wenn die Schwester in den frühen Morgenstunden zurückkam, hatte die Müdigkeit in dieser Nacht schon vorher übermannt. Aus dem Tiefschlaf gerissen, kam sie nur mühsam zu sich und starrte Teresa mit leeren Augen an.

Ludwik Janik ist verhaftet, flüsterte Teresa, und ihre Unterlippe zitterte, als würde sie jeden Moment zu weinen anfangen, er war mit Anna in den Maisfeldern neben der Apfelallee. Die beiden ... Teresa machte eine Pause und wußte nicht recht, wie sie sich ausdrücken sollte, also, die beiden liebten sich heimlich. Ich hab' sie beobachtet. Was hast du?

Mein Gott, was kann ich dafür. Ich hab' sie nachts ein paarmal gesehen. Mal waren sie in den Ställen, mal im Heu, mal ...

Hör auf, ich will das nicht wissen. Schlimm genug, wenn du ihnen nachspioniert hast.

Teresa, die merkte, daß sie zu weit gegangen war und der Schwester nie würde erklären können, warum sie Anna und Ludwik stets gefolgt war, schwieg jetzt und bereute, etwas gesagt zu haben.

Und wieso ist Ludwik Janik mitten in der Nacht verhaftet worden? fragte Halina nun doch neugierig und weil sie fürchtete, die Schwester sei in eine für sie gefährliche Situation geraten.

Teresa, die an Radek denken mußte, da in ihrer Phantasie Ludwik und Radek ständig die Rollen vertauscht hatten, war froh, ihrer Angst Luft zu machen, indem sie Halina bis ins Detail genau schilderte, was sie erlebt hatte.

Ich hab' das eines Tages befürchtet, sagte Halina.

Wieso du? Hast du denn von den beiden etwas gewußt?

Halina nickte und berichtete, wie sie das Foto gefunden und Anna zurückgegeben hatte.

Das hast du mir nie erzählt. Teresas Stimme klang vorwurfsvoll und ein bißchen beleidigt.

Na hör mal, Halina hob kopfschüttelnd die Augenbrauen, du sagst doch immer, was die Deutschen machen, interessiert dich nicht.

Aber Ludwik Janik ist ein Pole.

Halina ging auf den Einwand der Schwester nicht weiter ein.

Und dich, fragte sie besorgt, hat dich wirklich niemand gesehen?

Nein, natürlich nicht. Mir passiert auch nichts, das weiß ich.

Dann kam sie wieder auf das Paar zu sprechen. Meinst du, daß die Anna dem Ludwik hilft?

Das glaube ich nicht.

Und wieso nicht?

Weil sie alles daransetzen wird, sich selbst zu helfen. Eine Deutsche und ein Pole, und dann noch eine vom Schloß, das kann nicht gutgehen.

Als habe Halina plötzlich das Todesurteil über Ludwik Janik und damit auch über Radek ausgesprochen, fing Teresa an zu weinen. Darauf legte Halina, wie schon seit vielen Monaten nicht mehr, den Arm um die Schwester und zog sie an sich.

Komm, sagte sie zärtlich, komm her und schlaf neben mir, in meinem Bett.

Die bedrückte Stimmung im Schloß war bis in die Küche spürbar. Käte hatte geklatscht, hatte weitererzählt, was sie von der Tochter des Dorfpolizisten wußte. Martha hatte an der Tür des Herrenzimmers gelauscht und gehört, wie der Herr Major entweder seine Frau oder seine Tochter anbrüllte. Die verweinten Augen der Baronin entgingen niemandem und schürten jedes Gerücht. Nur Anna bekam keiner zu Gesicht. Die hatte sich eingeschlossen und ließ nicht einmal Halina zum Aufräumen in ihr Zimmer. Nur Frau Klimka wollte die ganze Geschichte nicht wahrhaben.

Ich glaub' das nicht von unserem Annachen, sagte sie und

schälte die Kartoffeln langsamer als sonst, die macht so was nicht, und schon gar nicht mit einem Polacken. Während Käte der Meinung war, daß Ludwik Janik aufgehängt werden müßte.

Halina und Teresa aßen gerade an ihrem kleinen Tisch unterm Fenster zu Mittag, als ein Auto vorfuhr. Das kam nicht oft vor, denn seit der Krieg ausgebrochen war, verfügte in Rohrdorf kein Zivilist mehr über ein motorisiertes Fahrzeug. Der Motor wurde abgestellt, und auf dem Kies waren Schritte zu hören. Halina und Teresa sahen die Stiefel von Ziethen, schwer, schwarz und gewienert. Bald darauf ging die Portaltür auf, und jetzt schoben sich auch die Stiefel des Herrn Majors ins Blickfeld, leichte, aus feinem Leder gearbeitete Reitstiefel, deren Sohlen lautlos über den Kies glitten. Sie tänzelten vor Ziethens Schuhwerk hin und her und drückten Nervosität aus. Seine Stimme war leise, aber durch das geöffnete Fenster des Dienerzimmers gut zu verstehen.

Sie wissen, daß Sie meiner Tochter nichts nachweisen können, sagte er. Die Stiefelspitzen standen sich jetzt so dicht gegenüber, daß sie sich fast berührten.

Das kann man so nicht sagen, Herr Major, antwortete Ziethen laut und rückte seine Füße auseinander, um einen besseren Stand zu haben, während der Herr Major von den Zehen auf die Fersen und von den Fersen auf die Zehen wippte.

Doch, mein Lieber, man kann es so sagen, und ich wünsche, daß der Pole Janik wegen unerlaubten Zurückhaltens zweier Polinnen während eines Abtransports in Haft genommen wird, und von mir aus auch wegen Überschreitung der Sperrstunde.

Aber das mit den Polackenweibern war vor fast drei Jahren, Herr Major, widersprach Ziethen, und wie mir bekannt ist, sind die beiden bei Ihnen im Schloß. Die eine arbeitet, die andere nicht. Und deswegen soll ich den Janik verhaften? Nun fingen auch seine Fußspitzen an zu wippen.

Halina und Teresa hatten aufgehört zu essen und hingen am Fenster, die Blicke auf die Stiefel der Männer gerichtet. Sie hielten sich an den Eisenstreben fest, mit denen ihr Fenster wie alle Fenster im Souterrain geschützt war. Sie wagten kaum zu atmen, um auch jedes Wort hören zu können, und sahen sich dabei ängstlich an.

Der Zeitpunkt ist mir wurscht, war die kurze Antwort.

Ziethen schnaubte, seine Stiefel ruckten, dann sagte er: Und wenn ich angebe, was ich vermute?

Der Herr Major lief auf und ab, ließ sich und dem Dorfpolizisten Zeit und ließ Ziethen länger, als es dem lieb war, auf eine Antwort warten.

Das können Sie sich aussuchen, sagte der Herr Major plötzlich mit fester Stimme, aber wenn Sie nicht auf meinen Vorschlag eingehen, werde ich mit Ihrem Regimentskommandeur reden, der ein guter Freund von mir ist. An der Ostfront wird jeder Mann gebraucht, und einen Polizisten für Rohrdorf finden wir allemal.

Das saß. Ziethen schwieg, der Herr Major hatte gewonnen.

Kurze Zeit später, Halina und Teresa wußten nicht, woher, kam ein drittes Paar Stiefel dazu. Die waren ausgelatscht, hatten schiefe Absätze, waren ungeputzt und gehörten Ludwik Janik. Sie standen jetzt zwischen dem schweren, gewienerten Schuhwerk des Dorfpolizisten und den feinen Reitstiefeln des Herrn Majors. Gesprochen wurde vorerst nichts. Endlich war Ziethens Stimme zu hören, schnarrend und militärisch, wie es seine Art war, wenn er seines Amtes waltete.

Janik, Sie sind verhaftet wegen unerlaubten Zurückhaltens zweier Polinnen von einem Transport im Jahre 1941 und wegen Überschreitung der Sperrstunde in der Nacht von gestern auf heute.

Ludwik Janik sagte nichts. Er widersprach nicht, er verteidigte sich nicht, um Gnade bat er schon gar nicht.

Er schweigt, weil er Anna schützen will, flüsterte Teresa außer sich. Dann zog sie sich mit aller Kraft an den Stäben hoch und schrie, so laut sie konnte: Janik nicht schuld, Janik nicht schuld.

Sowohl der Herr Major als auch Ziethen bückten sich und starrten in das geöffnete Fenster des Dienerzimmers. Es war seltsam, in die geröteten Gesichter dieser Männer zu sehen, die, weil sie sich belauscht fühlten, ebenso verlegen wie wütend zu sein schienen. Aber bevor sie sich äußern konnten, hatte Halina die Schwester weggerissen, ihr mit der einen Hand den Mund zugehalten, mit der anderen das Fenster zugeworfen und den Vorhang zugezogen. Die Vorstellung war beendet. Was blieb, waren kaum hörbare Schritte, das Anlassen des Motors und das Wegfahren des Autos.

Teresa zappelte wild in Halinas Armen. Aber die hielt die Schwester fest und ließ sie erst los, als die Portaltür hinter dem Herrn Major zuschlug.

Sie werden ihn töten, rief Teresa, sie werden ihn erschießen, hängen, totschlagen, was weiß ich.

Ohne daß Halina darauf gefaßt war, warf sich ihr Teresa an den Hals und weinte ohne Pause, bis die Tränen versiegten.

Von diesem Tag an redeten sie wieder miteinander, und Halina schöpfte Hoffnung, daß ihr Verhältnis zueinander wieder das alte würde. Sie ließ keine Gelegenheit aus, die Schwester mit irgend etwas zu überraschen. Mal war es ein Apfel, mal ein Stück Schokolade, das Halina geschenkt worden war, mal ein Stück Kuchen oder ein Blumentöpfchen, das Fräulein Hase herausgerückt hatte. Terenia hier und Terenia da. Und ständig kam dieser Satz über ihre Lippen: Wir schaffen das schon. Bald sind wir zu Hause bei Mama, Papa und Radek.

Teresa glaubte, an der Liebe der Schwester zu ersticken, fand aber nicht die Kraft, sich zu wehren.

Seit Ludwiks Verhaftung hatte sich Radek kein einziges Mal mehr blicken lassen. Überall hatte sie ihn nachts gesucht, im Park zwischen den Thuja-Hecken, zwischen den Himbeeren, unter den Platanen und bei den Göttinnen. Sie war durch die Scheunen gelaufen und über die Felder. Sie war bei den Tieren gewesen und mußte feststellen, daß weder der Eber noch der Bulle auch nur ein einziges Wort sprechen konnten. Sie glotzten blöde vor sich hin, und wenn sie die Hand nach ihnen ausstreckte, wichen sie ängstlich zurück. Nur der Rappe zeigte die alte Zärtlichkeit, wieherte leise, wenn sie den Stall betrat, ließ sich umarmen und drückte sein Maul gegen ihren Hals. Aber wenn sie sich in der Remise in den Dogcart setzte, war er nicht mit von der Partie. Er zog sie nicht mehr in die Lüfte, um über Nebelbänke und Wolken zu traben. Er schob auch nicht mehr seine schwarzen Schwingen aus den Schultern und zeigte ihr Schloß und Dorf von oben. Er kam erst gar nicht aus seiner Box heraus und ließ sie allein auf dem Wagen sitzen. Teresa kam immer deprimierter von ihren nächtlichen Ausflügen zurück, und es geschah immer öfter, daß sie zu Halina ins Bett kroch, die dann bereitwillig, ohne Fragen zu stellen, beiseite rückte.

Was Teresa nicht wußte, war, daß Halina nach Ludwiks Verhaftung bei Anna gewesen war. Kein Wort hatte die Schwester davon berichtet, hatte mit Teresas Unverständnis gerechnet und lieber geschwiegen.

Mittags hatte man Ludwik verhaftet, und nachmittags, so behauptete es jedenfalls Martha, sei Anna noch immer nicht aus ihrem Zimmer herausgekommen. Die Baronin habe schon zweimal an die Tür geklopft, aber Anna sei nicht bereit gewesen zu öffnen und habe den ganzen Tag weder etwas gegessen noch getrunken. Am frühen Abend fand Halina noch immer Annas Gedeck auf dem Eßtisch vor. Daneben ein Schüsselchen Blaubeeren und ein Kännchen Milch. Halina stellte beides auf ein Tablett, stieg damit die Treppe hoch und klopfte an Annas Tür. Keine Antwort. Halina klopfte ein zweites Mal und flüsterte durch das Schlüsselloch: Ich bin's, Halina, machen Sie auf, Fräulein Anna.

Der Vorgang wiederholte sich noch mehrmals, bis sich Anna endlich entschloß zu öffnen. Die Vorhänge waren zugezogen. Es roch ungelüftet, und im Zimmer herrschte eine Unordnung, die so aussah, als sei sie absichtlich hergestellt worden. Papier, Bücher, Wäsche, Kissen, Schuhe, alles lag verstreut auf dem Fußboden herum. Anna mußte hier wie eine Furie gewütet haben. Der Schreibtisch war leer gefegt, als habe Anna alles mit einer einzigen Bewegung heruntergewischt. Das Bett war zerwühlt, und sie selbst stand, nur halb angezogen, inmitten des Chaos und starrte Halina mit ausdruckslosem Blick entgegen. Kein Gruß, kein Lächeln, keine Fragen. Anna wirkte auf Halina, als sei sie ausgestopft und trage einen Puppenkopf aus Gips, auf den man Augen, Nase und Mund gemalt hatte, leer und ausdruckslos. Die Hände hatte Anna auf ihren Bauch gepreßt.

Schon, schon, sagte Halina begütigend, weil ihr vor Schreck nichts anderes einfiel, ging zu den Fenstern, öffnete sie und zog die Vorhänge weg. Anna rührte sich nicht von der Stelle. Halina stellte die Blaubeeren und das Kännchen Milch auf den ebenfalls leergefegten Tisch, rückte einen Stuhl davor, nahm Anna an die Hand, führte sie wie eine Blinde vor den Teller und drückte ihr den Löffel in die Hand.

Ohne Aufforderung begann Anna zu essen, schluckte die Beeren und schlürfte die Milch, bis nichts mehr übrig war.

Halina hatte in der Zwischenzeit begonnen, so unauffällig wie möglich aufzuräumen, hob die Papiere auf, die Bücher, die Kissen, räumte die Schuhe in den Schrank und legte die Wäsche wieder zusammen. Anna sah ihr zu, immer noch, ohne ein Wort zu sagen, und immer noch mit diesen entsetzlich ausdruckslosen Augen. Während Halina aufräumte, schob sie unentwegt Radeks Ring im Mund hin und her. Sollte sie etwas sagen oder nicht? Es war ihr unmöglich, Anna in diesem Zustand zu verlassen und nicht wenigstens versucht zu haben, ihr zu helfen. Wie sie dasaß, krumm, die Hände schon wieder auf den Bauch gepreßt, die Füße nebeneinander und etwas einwärts gestellt, so wie bei Kindern, wenn sie unglücklich sind, das ging Halina zu Herzen.

Als sie das Zimmer wieder in Ordnung gebracht hatte und eigentlich hätte gehen sollen, entschloß sie sich zu bleiben. Zum ersten Mal blieb sie in Gegenwart einer Deutschen nicht stehen, sondern holte sich einen Stuhl und setzte sich Anna gegenüber. Erst wartete sie, ob mit Protest zu rechnen sei und sie vielleicht aus dem Zimmer gewiesen würde. Als nichts dergleichen passierte und sie Radeks Ring noch einmal von rechts nach links und wieder zurückgeschoben hatte, sagte sie leise: Ludwik Janik ist weg, verhaftet.

Anna schloß die Augen, ihr Oberkörper fing an, sich hin und her zu bewegen, als folge er einem für Halina unhörbaren Rhythmus.

Der Herr Major hat gesagt, weil Ludwik Teresa und mich damals versteckt hat und wegen der Sperrstunde.

Und Ziethen, was hat der gesagt?

Halina atmete auf. Endlich machte Anna den Mund auf, hatte zugehört und stellte Fragen. Sie hatte auch wieder die Augen geöffnet, mit denen sie jetzt Halina ansah, als habe es keinen Zweck, etwas vor ihr zu verheimlichen.

Nun ja, antwortete Halina und fuhr mit der Zunge über Radeks Ring, der wollte was anderes, hat aber nicht gesagt, was.

Und?

Der Herr Major hat geantwortet, an der Ostfront wird jeder Mann gebraucht. Er muß nur telefonieren. Da war dann der Polizist still und hat Ludwik Janik ins Auto gesteckt.

Und der, hat der was gesagt?

Nein, Fräulein Anna, kein Wort.

Mehr war nicht zu sagen. Sie saßen sich noch eine Weile schweigend gegenüber. Von draußen schien die Nachmittagssonne warm ins Fenster, und im Wäldchen im Park gurrten die Tauben wie eh und je. Plötzlich legte Halina ihre Hand auf Annas über dem Bauch liegende Hände, streichelte sie sanft und sagte begütigend: Schonschon.

Genauso hätte sie Alles wird gut sagen können oder Nichts wird so heiß gegessen, wie es gekocht wird. Jedenfalls zog für Sekunden ein winziges Lächeln über Annas Gesicht. Dann sagte sie mit merkwürdig harter Stimme:

Ich muß so schnell wie möglich heiraten, Halina.

Halina riß den Mund auf, wobei ihr beinah Radeks Ring herausgerutscht wäre. Heiraten, rief sie, wen, um Gottes willen, wollen Sie denn heiraten?

Anna hob den Kopf und sagte langsam: Wilhelm von Mickwitz. Es klang, als wolle sie die Wirkung dieser Nachricht erstmals an Halina ausprobieren.

Er muß nicht mehr an die Front. Er hat schon seine Kriegsverletzung weg und ein kaputtes Knie. Sie beugte sich weit vor, nahm Halinas Hände und legte sie auf den Tisch, als wolle sie sie ihr zurückgeben. Wer Wilhelm von Mickwitz war, wußte Halina im ersten Moment nicht. Sie glaubte, den Namen nie gehört zu haben, bis ihr schließlich einfiel, daß der junge Mann, kaum älter als Anna, ein Nachbarssohn war und ein paarmal in Rohrdorf zu Besuch gewesen war. Sie hatte ihm einmal bei seiner Ankunft den Mantel abgenommen und gesehen, daß er Anna freundschaftlich umarmte. Davon, daß Anna ihn und nicht Ludwik liebte, war Halina nichts bekannt, und es beschlich sie ein ungutes Gefühl. Anna erhob sich und hörte endlich auf, ihre Hände auf den Bauch zu pressen.

Es war sehr nett von Ihnen, mir zu helfen, sagte sie mit einer veränderten, auf Distanz bedachten Stimme, die Halina davon abhielt, weitere Fragen zu stellen. Also sagte sie ihr übliches Schonschon und ging aus dem Zimmer.

In dem langen, mit einem roten Teppich ausgelegten Flur, in dem Halinas Schritte lautlos versanken, war es so still, daß sie hörte, wie die Klinke einer Tür am anderen Ende des Ganges heruntergedrückt wurde. Das war das Zimmer der kleinen Marie. Und als sich Halinas Augen an das Dämmerlicht des Flures gewöhnt hatten, sah sie im Türspalt die Hälfte eines verweinten Kindergesichts.

Was hast du? fragte Halina.

Ich darf hier nicht raus!

Und warum nicht?

Weil ich erst meine Rechenaufgaben fertigmachen soll. Aber ich kann sie nicht, flüsterte Marie, ohne die Tür auch nur einen Zentimeter weiter zu öffnen. Halina überlegte nicht lange. Eigentlich hatte sie um diese Zeit im Kinderzimmer nichts zu suchen. Aber sie wußte, daß die Baronin jetzt mit der alten Baronin auf der Veranda saß, der Herr Major auf die Felder gefahren war und Fräulein Hase im Garten arbeitete. Marie tat ihr leid. Sie mochte das stille, immer höfliche kleine Mädchen mit den großen blauen Augen, die sich schneller als bei jedem anderen Kind ihres Alters mit Tränen füllen konnten.

Soll ich dir helfen? fragte sie so leise, daß es kaum zu hören war. Und Marie fragte ebenso leise zurück: Können Sie denn rechnen? Halina, die gerade dabei war, die Tür hinter sich zu schließen, hielt mitten in der Bewegung inne und starrte Marie an. Wie kam das Kind auf so eine seltsame Frage?

Vor Halina tauchte Herr Korbut, ihr Abteilungsleiter in der Bank, auf, und sie hörte ihn sagen: Ohne Sie, liebe Halina, hätte unsere Filiale in Warschau nicht den guten Ruf, den sie hat. Das ist auch Ihr Verdienst, das wissen Sie hoffentlich.

Und jetzt fragte diese kleine deutsche Göre, ob sie überhaupt rechnen könne. Schon wollte sie wieder gehen, um die Kränkung so schnell wie möglich zu vergessen, als schon wieder Tränen in Maries Augen stiegen und Halina klarwurde, daß das Kind sie nicht beleidigen wollte, sondern nur nachplapperte, was es zu hören bekam.

Warum glaubst du, ich kann nicht rechnen? fragte Halina. Marie hörte den Anflug von Schärfe in der Stimme, wurde rot und senkte den Kopf.

Na, murmelte sie verlegen, weil Sie doch eine Polin sind.

Und du meinst, Polen können nicht rechnen?

Polen vielleicht schon, aber nicht Zwangsarbeiter. Käte und die Mamsell sagen, die sind alle dümmer, als es die Polizei erlaubt.

Und was ist deiner Meinung nach der Unterschied zwischen einem Polen und einem polnischen Zwangsarbeiter?

Halinas Stimme klang freundlich, obwohl ihr nicht so zumute war. Und wenn Marie sie jetzt nicht mit ihren großen blauen Augen so hilflos angesehen hätte, wäre Halina aus dem Zimmer gelaufen.

Ich weiß den Unterschied nicht, aber wenn Sie wirklich rechnen können ...

Marie vollendete den Satz nicht, griff statt dessen nach Halinas Hand und zog sie zu ihrem Schreibtisch, auf dem ein Rechenheft mit ungelösten Teilungsaufgaben lag und ein Füllfederhalter, dessen Kappe zerbissen war. Halina nahm ein Stück Papier, schrieb die Aufgabe ab und rechnete sie schweigend in einem für Marie atemberaubenden Tempo aus.

Sie können ja schneller rechnen als unser Lehrer, sagte sie ungläubig.

Jetzt du, sagte Halina und zeigte dem Kind, wie die Aufgabe am schnellsten zu lösen sei. Es dauerte nicht lange, und die Schularbeiten waren fertig. Aber was noch viel wichtiger war, Marie hatte von Halina eine Methode gelernt, mit der sie besser denn je Teilungsaufgaben lösen konnte. Sie ging nicht runter in den Park, wie sie es vorgehabt hatte, sie blieb sitzen und fragte Halina, was sie in den fast drei Jahren noch von niemandem gefragt worden war.

Wo sie denn herkäme, wie lange sie zur Schule gegangen sei und was sie gemacht habe, bevor sie ins Reich gekommen sei. Und die staunende Marie erfuhr, daß Halina das Abitur gemacht und später bei einer Bank in Warschau als Kassiererin gearbeitet hatte.

Und warum sind Sie jetzt eine Zwangsarbeiterin?

Weil Krieg ist und wir Polen den Krieg verloren haben.

Und wenn die Deutschen den Krieg verlieren, das sagt nämlich immer meine Mutter heimlich zu meinem Vater, müssen die dann auch Zwangsarbeiter werden?

Maries Stimme zitterte ein wenig, und weil sie Halinas Antwort fürchtete, mußte sie mehrmals schlucken.

Ich weiß es nicht, Marie, ich weiß es wirklich nicht.

Sie strich liebevoll über den Kinderkopf. Am liebsten hätte sie jetzt Marie in die Arme genommen, so, wie sie früher Teresa in die Arme genommen hatte. Aber Marie hätte sich sicher erschrocken oder wäre irritiert gewesen. Welche polnische Zwangsarbeiterin konnte es wagen, ohne weiteres ein deutsches Kind zu umarmen.

Geh in den Garten, sagte sie, und wenn du wieder schwere Rechenaufgaben hast, sagst du es mir. Ich helf' dir gern.

Danke, vielen Dank, Halina.

So schnell sie konnte, rannte Marie aus dem Zimmer, die Treppe hinunter in den Garten, irgendwie froh, diesem befremdlichen Dialog entronnen zu sein.

Wilhelm von Mickwitz war in letzter Zeit immer öfter in Rohrdorf zu sehen, ritt trotz seiner Beinverletzung mit Anna aus, ging auf die Jagd und blieb hin und wieder auch über

Nacht im Schloß. Langsam tauchte das Gerücht einer Verlobung des jungen Herrn mit Fräulein Anna auf. Über Ludwik Janik wurde nicht mehr gesprochen, und wenn, dann nur mit vorgehaltener Hand. Denn niemand außer Teresa wußte, was Wahrheit war und was Gerücht. Sie hatte nicht einmal Halina Einzelheiten berichtet und wollte auch mit ihr nie mehr darüber sprechen. Also schwieg auch Halina, erwähnte selten die Besuche des jungen Herrn von Mickwitz und schon gar nicht das Gerücht der Verlobung.

Eines Tages, sie räumte gerade die Zimmer in der oberen Etage auf, kam Martha und richtete Halina aus, sie möge ins Herrenzimmer kommen, der Herr Major wolle sie sprechen.

Warum?

Martha wußte es nicht, sagte nur, der Herr Major habe es eilig, denn er wolle aufs Feld fahren. Lenart stehe schon mit dem Jagdwagen vor dem Portal, und die Pferde begännen unruhig zu werden. Halina spürte, wie sich ihr der Hals zuschnürte und der Mund trocken wurde, als hätte sich die Schleimhaut in Seidenpapier verwandelt. Selbst Radeks Geburtstagsring klebte fest in der Backentasche und ließ sich nur schwer hin und her schieben. In der ganzen Zeit, in der Halina im Schloß arbeitete, hatte der Herr Major, außer dem Tagesgruß, noch kein Wort mit ihr gewechselt. Wenn sie jetzt ins Herrenzimmer bestellt wurde, konnte das nichts Gutes bedeuten und hatte sicher etwas mit Ludwik Janiks Verhaftung zu tun. Halina benutzte nicht wie üblich die Hintertreppe, sondern stieg Stufe für Stufe über den roten Teppich bis in die Halle des Portals hinab. Sie hielt sich am Geländer fest, und ihre Gedanken kreisten nur um den einen Punkt, ob Teresa und sie jetzt die schützenden Mauern des Schlosses verlassen mußten. Später wußte sie nicht mehr, wie lange sie vor der Tür des Herrenzimmers gestanden hatte, bevor sie endlich anklopfte.

Der Herr Major lief mit eiligen Schritten im Zimmer auf und

ab, rieb dabei seine Hände aneinander und erwiderte Halinas Gruß unhöflich kurz. Die Baronin war auch da, saß auf der Lehne eines der Sessel und rauchte. Halina blieb an der Tür stehen, so wie der Inspektor, der Förster und sogar Ziethen an der Tür stehenzubleiben pflegten. Auch die Hände hatte sie auf den Rücken gelegt, hielt mit der einen die andere fest und wartete auf Unheil.

Halina, sagte der Herr Major endlich, machte eine viel zu lange Pause, in der er das Zimmer durchmaß, und sagte noch einmal, Halina ...

Ja bitte, Herr Major, preßte Halina hervor, schluckte und bohrte ihre Zungenspitze durch Radeks Ring.

Der Reichsbevollmächtigte für den totalen Kriegseinsatz, Reichsminister Goebbels, schnarrte der Herr Major mit militärischer Stimme plötzlich los, der hat ein neues Gesetz erlassen.

Leopold, unterbrach ihn die Baronin, die sah, wie blaß Halina geworden war, mach's kurz. Du jagst der Halina ja einen Todesschrecken ein.

Der Herr Major starrte Halina verwundert an und fuhr etwas weniger militärisch fort: Nach dem Erlaß müssen sämtliche fremdvölkischen Haus- und Wirtschaftsgehilfinnen der Rüstungsindustrie zugeführt werden.

Halina tastete nach der Türfüllung, um Halt zu finden und nicht zu wanken. Nur der Kopf fiel ihr vornüber, und ihre Knie begannen weich zu werden.

Aber, sagte jetzt der Herr Major, und seine Stimme wurde so leise, daß Halina ihn kaum verstand, Sie wissen ja wohl, daß Sie und Ihre Schwester von mir offiziell nie angemeldet wurden. Das weiß außer meiner Frau und meiner Tochter Anna kein Mensch, und ich möchte auch, daß das so bleibt. Infolgedessen werden Sie auch nicht angefordert werden.

Und der Herr Polizist? hauchte Halina

Der stellt keine dummen Fragen mehr, das können Sie mir

glauben. Danach ging er nebenan in sein Ankleidezimmer, holte seinen Hut, setzte ihn umständlich auf und sagte zu Halina einen Satz, mit dem sie nie im Leben gerechnet hätte. Er sagte: Ich hoffe, ich kann Ihnen damit ein wenig Angst nehmen.

Danach wandte er sich seiner Frau zu und bat sie, Halina alles andere, was seiner Meinung nach wichtig sei, mitzuteilen. Dann griff er an seinen Hut, was aussah, als lüfte er ihn kurz, und sagte, daß er jetzt auf die Felder fahren müsse.

Die Baronin, die inzwischen ihre Zigarette zu Ende geraucht hatte, erhob sich von der Sessellehne, kam auf Halina zu und legte ihr wie einer Komplizin die Hand auf die Schulter.

Mein Mann wünscht, daß Sie auch mit Ihren Landsleuten sowenig Kontakt wie möglich halten. Es wäre für uns alle schlimm, wenn herauskäme, daß Sie und Teresa nicht gemeldet sind.

Schon, schon, sagte Halina wie immer, wenn ihr nichts anderes einfiel. Außer mit dem Personal und Fräulein Hase hatte sie sowieso noch nie mit jemandem gesprochen. Aber Teresa, mit wem sprach Teresa während ihrer nächtlichen Ausflüge? Sie mußte mit ihr reden und sie dazu bringen, nicht mehr das Dienerzimmer zu verlassen. Vielleicht würde ihr das ja auch jetzt, wo sie sich mit der Schwester soviel besser verstand, gelingen.

Vielen Dank, Frau Baronin, sagte Halina jetzt, die gern die Hand ausgestreckt hätte, sich aber nicht traute, von uns wird niemand etwas erfahren.

Am Abend berichtete sie alles Teresa und bat sie anschließend, der Sicherheit halber nachts nicht mehr umherzuwandern.

Die haben Schiß, war Teresas einziger Kommentar, die wollen bei dir gut Wetter machen und sich nichts nachsagen lassen, wenn der Krieg aus ist und die Russen hier einmarschieren. Du glaubst doch wohl selbst nicht, daß ich, nur weil mich jemand sehen könnte, Tag und Nacht in diesem Loch bleibe.

Aber es ist gefährlich, Teresa.

Natürlich ist es gefährlich. Unser ganzes Leben ist gefährlich, oder nicht?

Halina ließ sich nicht provozieren und nahm einen zweiten Anlauf.

Wir sind nicht gemeldet, sagte sie so ruhig wie möglich, wenn dich einer sieht und du wegen Überschreitung der Sperrstunde angezeigt wirst, stürzt du nicht nur dich ins Unglück, sondern auch mich, Anna, die Baronin und den Herrn Major, die uns alle drei geholfen haben.

Teresa war von ihrem Bett aufgestanden, lief hin und her, immer an Halina vorbei, wobei sie die Schwester leicht streifte, so weit die sich auch zurücklehnte, weil sie die Berührung mit Teresa scheute.

Ich glaube, du möchtest, daß ich mich bei den *Szkopy* bedanke, stimmt's?

Halina nickte. Es wäre schön, sagte sie leise, weil ich finde, die haben es verdient, so wie sie dein Verhalten geduldet und auf eine offizielle Anmeldung verzichtet haben.

Du hast nicht ein Quentchen Stolz, Halina. Wahrscheinlich hast du überhaupt nie welchen gehabt und weißt gar nicht, was das ist, sonst würdest du mir nicht so einen absurden Vorschlag machen. Ich mich bei den Deutschen bedanken? Teresa machte zwischen jedem Wort eine lange Pause, was die Ironie ihrer Worte noch verstärkte.

Halina kamen diese Pausen wie winzige Gifttropfen vor, die ihr Teresa ins Herz träufelte. Sie zerstörte damit das kleine Pflänzchen der Zuneigung, das in der letzten Zeit zwischen ihnen wieder gewachsen war. Sie zog es vor, nicht zu widersprechen, damit Teresa sich beruhigte. Und sie sagte auch nichts, als Teresa nach Eintritt der Dunkelheit das Dienerzimmer verließ.

Noch lange lag sie angezogen auf ihrem Bett und starrte auf

die Eisenstreben vor dem Fenster, hinter denen sich das immer gleich große Stück Nachthimmel abhob. Radeks Ring, den sie im Dienerzimmer am Finger trug und den sie mit der anderen Hand ständig drehte, als könnte sie sich dadurch am Leben erhalten, war das einzige, woran sie sich festhalten konnte. Manchmal betete sie auch. Aber mit Gott war das so eine Sache. Sie wußte nicht recht, für wen er sich zuständig fühlte, obwohl sie und Teresa immer noch in allem Unglück viel Glück hatten.

Da sie es unter keinen Umständen zu einem weiteren Auseinanderleben mit Teresa kommen lassen wollte, berichtete sie, ob gefragt oder nicht, alles, was sie über den Verlauf des Krieges erfahren konnte.

Inzwischen hatte man sich im Schloß derart an die zurückhaltende, höfliche und hilfsbereite Halina gewöhnt, daß niemand mehr das Gespräch abbrach, wenn sie in Hörweite war. So erfuhr sie von dem erbitterten, aber ausweglosen Aufstand in Warschau, von der V1-Waffe, die London total zerstören sollte, die Käte und die Mamsell nur die Wunderwaffe nannten und mit der der Führer in letzter Minute den Krieg in einen Sieg umwandeln würde. Auch daß Paris gefallen war und die Amerikaner vor Florenz standen, erfuhr Halina und erzählte es Teresa.

Erstaunlich war für die Schwestern, daß alle über die täglichen Verluste und Rückzüge an den Fronten sprachen, als hätte es nur bedingt etwas mit Rohrdorf zu tun. Hier ging ja alles seinen üblichen Trott. Luftangriffe oder feindliche Flieger bekam man weder zu spüren noch zu hören, und viele schalteten ihr Radio nicht mehr ein, um sich nicht verrückt machen zu lassen. Nur das Attentat auf Adolf Hitler, bei dem ihm bis auf ein paar Schrammen am Arm nichts, aber auch gar nichts passiert war, blieb ein Gesprächsthema, das kein Ende nehmen wollte. Martha sagte, sie wolle sich lieber nicht äußern, Frau

Klimka, die so oft, wie es ihre Zeit erlaubte, in die Kirche lief, meinte, Gott wisse schon, was er damit gewollt habe, daß Hitler am Leben geblieben wäre, während die Mamsell und Käte den glücklichen Ausgang des Attentats der Vorsehung zuschrieben.

Nur Jula, die wie so oft im Sommer Kräuter in der Gutsküche ablieferte, nahm kein Blatt vor den Mund und antwortete der Mamsell, als diese von Vorsehung sprach, daß hinterm Ofen schon immer gut Krieg zu führen gewesen sei. Und als die Mamsell aufbrauste und Jula zurechtwies, antwortete die Alte so laut, daß es jeder hören konnte. Manche Hähne glauben, daß ihretwegen die Sonne aufgeht, und das ist ihr großer Fehler.

Wen sie denn damit meine, wollte Käte in der Hoffnung wissen, Jula reinlegen und vielleicht anzeigen zu können. Aber Jula tippte nur auf ihren Leberfleck zwischen den Augen und murmelte: Denselben wie du.

Dann ging sie, ohne sich zu verabschieden, und die Klimka, die ihr lange nachsah, meinte, daß die Jula mehr wisse als alle anderen zusammen.

Je öfter Halina Teresa von den Niederlagen der Deutschen zu berichten hatte, um so mehr sprach sie von Warschau, von den Eltern, vor allem aber von Radek. Im Gegensatz zu früher fiel jetzt sein Name gleich mehrmals in Halinas abendlichen Zukunftsvisionen. Dann saß sie mit angezogenen Knien auf dem Stuhl, das Gesicht dem winzigen Himmelsfleck zugewandt, und malte sich in bunten Farben ihre Hoffnungsbilder aus, in denen es keine Verwüstungen gab, keinen Tod und keine Krankheit. Sie redete von Kindern, die sie mit Radek haben wollte, von einem Häuschen mit Garten und dem großen Glück, das ihnen beiden nach den Jahren der Entbehrung beschieden sein würde.

Die ersten Male hatte Teresa auf solche Schilderungen hin Halina gebeten, den Mund zu halten. Aber als die nicht einsah, warum sie schweigen sollte, sondern immer weiter beschrieb, wie sie sich ihre Zukunft mit Radek dachte, hielt sich Teresa die Ohren zu. Nachdem sie nun das Gemurmel der Schwester nicht mehr verstehen konnte, blieb immerhin noch deren Anblick. Allein Halinas liebesverklärter Blick war unerträglich, ihr Mund, den sie offenhielt, als schwebe Radek durch die Eisenstreben herein, um sie zu küssen, brachte Teresa in Rage.

Radek ist tot, das weißt du doch, sagte sie.

Halinas Antwort war ein Lächeln. Dann schüttelte sie den Kopf, wiegte ihn hin und her, als folge sie einer Melodie. Du kannst mir mit deinen Zweifeln meine Hoffnung nicht nehmen, du nicht.

Und warum nicht?

Halina wandte ihr Gesicht der Schwester zu, sah sie lange an und antwortete: Weil ich jetzt weiß, daß du außer dir selbst niemanden auf der Welt lieben kannst.

Ich soll nicht lieben können?

Als die Schwester nickte und sie mit ihren unerträglich gütigen Augen ansah, fing Teresa an zu lachen. Sie lachte, bis sie Seitenstechen bekam, Halina das Dienerzimmer verließ und sich im Heizungskeller auf einen Hackklotz setzte, immer noch Teresas Lachen im Ohr.

Annas Verlobung mit Wilhelm von Mickwitz fand im Elternhaus des Bräutigams statt. Seit Maries Taufe wurde erstmals die Equipage aus der Remise gezogen, und der Kutscher Lenart fuhr Anna, die Brauteltern, Marie und die alte Baronin zum Nachbargut. Die Hochzeit sollte in Rohrdorf gefeiert werden.

Teresa wollte die Nachricht von der bevorstehenden Eheschließung nicht glauben. Sie geriet derart in Rage, daß Halina Stunden brauchte, um die Schwester zu beruhigen.

Es geht uns doch nichts an, Terenia, warum regst du dich so

auf? Teresa, die Halina nicht sagen konnte, daß mit Ludwik Janiks Verhaftung Radek für immer verschwunden war, schob ihre Wut auf Anna.

Ist das denn für dich kein Verrat an Ludwik? Anna ist eine verdammte *kurwa*, eine Hure, die es wohl nur zum Spaß mit einem Polen getrieben hat.

Red nicht so, Teresa, dazu hast du kein Recht.

Red nicht so, red nicht so, äffte sie die Schwester nach, bei dir kann einer machen, was er will, du wirst immer eine Entschuldigung finden. Denk doch mal nach, kaum ist Ludwik weg, verhaftet, in einem Lager, erhängt oder vielleicht erschossen, da sucht sie sich schon den Nächsten. Und dafür hast du Verständnis?

Teresa räusperte sich immer wieder und schluckte, so gut sie konnte, ihren Zorn herunter.

Mein Verständnis, Teresa, das interessiert niemanden. Vielleicht, fuhr sie vorsichtig fort, vielleicht hat Anna ja einen Grund, wenn sie jetzt heiratet.

Ich sag's ja, rief Teresa, ohne auch nur eine Sekunde über Halinas Satz nachzudenken, du hast für alles und jedes eine Erklärung oder Entschuldigung. Das kotzt mich an. Dein Problem, an dem du noch mal ersticken wirst, ist, daß du von allen geliebt werden willst, dich unentbehrlich machen möchtest, und was das schlimmste ist, du hast nicht den geringsten Stolz, nicht so viel.

Während Teresa die Hand hob und kaum einen Abstand zwischen Daumen und Zeigefinger ließ, fügte sie hinzu, daß sie sich für die Schwester schäme und daß Radek, wenn er ihr Verhalten zu beurteilen hätte, sich auch für sie schämen würde.

Laß Radek aus dem Spiel. Was er über mich denkt, geht dich nichts an.

Das denkst nur du, gab Teresa zurück, schwieg dann aber

und ballte die Fäuste auf dem Rücken. Noch nie hatte sie die Schwester wirklich gehaßt, nur immer mit dem Haß auf sie gespielt, ihn aber nicht zugelassen. Aber jetzt, wo sie Anna, die auf so hinterhältige Weise Ludwik Janik verriet, in Schutz nahm, flammte die Wut in ihr auf. Am liebsten hätte sie am Tag das Zimmer verlassen, um nicht noch länger den Anblick der Schwester ertragen zu müssen. Halina schien es nicht anders zu gehen. Sie nahm das Tablett mit den noch nicht einmal leergegessenen Tellern ihrer Mittagsmahlzeit und trug es schweigend hinaus in die Küche.

September. Annas Verlobung hatte im kleinsten Kreis stattgefunden, und nun wurde im Schloß die Hochzeit vorbereitet. Der Krieg war hier an der ehemals polnischen Grenze nach wie vor weit weg. Die Sowjets hatten zwar in Warschau den Vorort Praga eingenommen und standen bereits an der Weichsel, aber den polnischen Aufständischen halfen sie nicht, auch nicht, nachdem die Deutschen die Altstadt von Warschau in Schutt und Asche legten. Im Westen hatten die Amerikaner Verdun erobert, womit die Abschußrampen für die V1-Waffe verlorengingen.

Aber Käte wußte von ihrem Vater zu berichten, daß es jetzt eine V2 gäbe, die von Holland aus auf London abgeschossen würde. Nur vom Sieg sprach auch sie nicht mehr. Da machte es schon mehr Spaß, sich mit den Hochzeitsvorbereitungen zu beschäftigen. Beim Hofmannswirt, hieß es, sollte am Polterabend das ganze Dorf feiern, und obwohl es verboten war, ohne Schlachtgenehmigung zu schlachten, wollte der Herr Major zu diesem Zweck ein Schwein spendieren.

Das Brautkleid, ganz und gar aus echter Spitze und mit einem sieben Meter langen Schleier, hatte erstmals Annas Urgroßmutter getragen. Nach Meinung der Baronin war es wohl für die klein gehaltene Hochzeit etwas zu festlich. Den Meldungen des Oberkommandos der Wehrmacht nach war weder der Baronin noch dem Herrn Major nach einer größeren Feier zumute. Aber in diesen Zeiten gab es kein Brautkleid zu kaufen, und weiße Seide, um eins anfertigen zu lassen, gab es auch nicht. Also wurde das Gewand der prunksüchtigen Urgroßmutter aus der Truhe geholt.

Wie damals vor ihrer Trauung mit Radek stieg Halina, während sie Annas Schleier bügelte, der gleiche Geruch nach Mottenpulver in die Nase. Sie sah sich neben Radek vor dem Altar knien, sie sah sich mit Radek tanzen, und sie sah sich neben ihm im Bett liegen, ihn lieben und ihn in ihren Armen einschlafen.

Annas Schleier war groß genug, daß Halina, während sie ihn bügelte, in aller Ruhe die eigene Hochzeit nachvollzog. Sogar an das kleine Zittern erinnerte sie sich, als sie an Radeks Arm zum Altar schritt, und wie ihr die Schamröte ins Gesicht gestiegen war. Sie sah die Tränen der Mutter über deren Gesicht laufen und erinnerte sich an das grasgrüne Kleid, das Teresa getragen und das soviel Aufsehen erregt hatte.

Halina lächelte in der festen Überzeugung, daß der Tag, an dem sie Radek in den Armen halten würde, immer schneller nahte.

Mit diesem Lächeln auf den Lippen betrat sie jetzt Annas Zimmer, den Tüllschleier wie ein überdimensionales Sahnebaiser vor sich hertragend. Anna, die noch vor dem Spiegel stand und ihr Brautkleid anprobierte, drehte sich nicht um, als Halina hereinkam, sondern nickte ihr nur im Spiegel zu.

Sie sehen sehr schön aus, Fräulein Anna, sagte Halina und legte den Brautschleier auf das Bett. Anna drehte sich um, und Halina sah, daß sie blaß war und Ringe unter den Augen hatte.

Eine Braut muß glücklich sein, sagte Halina leise.

Glücklich? Nein, Halina, ich bin nicht glücklich, aber froh bin ich schon.

Sie legte, ähnlich wie bei dem Gespräch nach Ludwiks Verhaftung, ihre Hände auf den Bauch, als müsse sie ihn festhalten.

Ich bin schwanger, Halina. Schwanger von Ludwik Janik, und ich bin dankbar, einen Vater für das Kind heiraten zu können.

Sie nahm den Schleier und wickelte ihn um sich herum, bis nur noch ihr Kopf herausguckte. Ich weiß, es ist Betrug, aber was, um Gottes willen, soll ich sonst machen?

Halina wußte auch keine Antwort. Am liebsten hätte sie Anna, die selbst noch wie ein Kind aussah, gestreichelt. Aber wie immer traute sie sich nicht, und so blieb ihr nichts anderes übrig, als zu nicken. Wie in einer Wolke verborgen, stand Anna vor ihr, und ihr Kopf wirkte so unendlich klein, als könnte er jeden Augenblick wie der einer Puppe abbrechen und herunterfallen.

Kommen Sie, sagte Halina und wickelte Anna wieder aus dem Tüll, sonst ist er nicht mehr glatt. Sie nahm allen Mut zusammen und fragte, ob die Frau Baronin denn alles wisse.

Ach, Halina, sagte Anna und mußte lächeln, natürlich weiß meine Mutter nichts. Außer Ihnen und mir weiß es überhaupt niemand, nicht einmal Ludwik, und es darf auch niemand wissen. Denn das würde der Mann, der mich heiratet, nicht verdienen.

Halina, die Annas Geständnis berührte, begriff, daß es sonst keinen Ausweg gab.

Auch wenn sie versuchte, allen Gerüchten zu widersprechen, sie brachte mit der Schwangerschaft nicht nur Ludwik Janik in große Gefahr, sondern auch sich selbst und das Leben des Kindes.

Wie kann ich helfen? fragte Halina. Weil sie nicht wußte, ob sie Anna ansehen sollte oder nicht, begann sie den Brautschleier, den Anna eben noch um sich gewickelt hatte, als könnte sie sich darin verstecken, Meter für Meter wieder zusammenzulegen.

Helfen?

Anna nahm ihre Hände vom Bauch, und ihre sonst so feste Stimme zitterte.

Indem Sie niemandem erzählen, was Sie wissen, auch Ihrer Schwester nicht. Versprechen Sie mir das?

Schonschon, sagte Halina so liebevoll wie möglich, ich werde nicht reden. Sie können sich auf mich verlassen.

Danke, sagte Anna, umarmte Halina unerwartet herzlich und bat sie, den Reißverschluß des Brautkleides zu öffnen, um es auszuziehen. Und während sie Halina den Rücken zuwandte, fragte sie bemüht sachlich: Wissen Sie, wo Ludwik hingebracht worden ist?

Nein, Fräulein Anna, woher soll ich das wissen. Ich hab' nur gesehen, wie er verhaftet wurde.

Ich weiß nicht, ob ich das alles schaffe, Halina. Es ist so schwer.

Ohne Überlegung und ohne auch nur eine Sekunde zu zögern, nahm Halina Anna in die Arme, und eine Weile lehnten die beiden jungen Frauen aneinander, als müßte eine die andere stützen.

Sie schaffen es, ich weiß das, sagte Halina.

Erst dann ließ sie Anna los und ging ohne ein weiteres Wort aus dem Zimmer.

Wie versprochen, schwieg sie sich Teresa gegenüber aus und reagierte auch nicht auf deren Haßtiraden und Beschimpfungen, was Anna für eine *kurwa* sei.

Je näher die Hochzeit rückte, um so wortkarger wurde Teresa, und wenn sie nachts unterwegs war, lief sie ohne die Hoffnung, Radek zu finden, von einem Ort zum anderen. Oft gab sie sich nicht mal die Mühe, leise zu sein. Es war ein Wunder, daß sie noch niemand gehört hatte. Mit der Zeit wirkte es sogar, als lege sie es darauf an, erwischt zu werden. Am lautesten waren ihre Rufe nach Radek, dessen Name dann von den

Scheunenwänden hallte, zwischen den Tieren Unruhe stiftete oder von den Zweigen der Thuja-Hecke im Park verschlungen wurde. Er war nicht mehr da. Anna hatte ihn mit Ludwik zum Teufel gejagt.

Im Schloß wuchs die Aufregung. Laura kam aus Berlin, und die Fremdenzimmer wurden für die Eltern des Bräutigams, Freunde und Verwandte hergerichtet. Es war klar, daß die Hochzeit im kleinen Kreis gefeiert werden sollte. Mit sechzehn Personen hatte die Mamsell für das Hochzeitsessen zu rechnen, das der schweren Zeiten wegen aus nicht mehr als drei Gängen bestehen würde.

Halina half Martha beim Decken des Tisches mit dem festlichen Meißner Porzellan. Sie hatte jedes Glas auszuwischen, und Fräulein Hase sorgte für eine ausgefallene Blumendekoration, die aus Annas Lieblingsblumen bestand, Zinnien und kleinen gefüllten Sonnenblumen.

Lenart hatte die Pferdegeschirre gewienert und die verchromten Ringe, Schnallen und Kronen auf den Scheuklappen geputzt, daß sie in der Sonne wie Silber glänzten. Er selbst hatte sich für die Fahrt in die Kirche die Livree angezogen, die auf Veranlassung der Baronin seit Kriegsbeginn im Schrank geblieben war.

Die anderen Hochzeitsgäste benutzten die Jagdwagen. In scharfem Trab ging es vom Schloß durchs Dorf vier Kilometer bis zur Kirche in der Kreisstadt, vorneweg die Equipage mit Anna und ihrem Bräutigam, von den Dorfbewohnern am Straßenrand herzlich begrüßt.

Teresa hatte vom Fenster des Dienerzimmers aus gesehen, wie die Brautleute eingestiegen waren und wie Halina bemüht war, daß der Schleier nicht von der Tür eingeklemmt wurde. Teresa sah Annas blasses Gesicht, sah das Lächeln darin und das Leuchten der Augen, das nun dem Bräutigam statt Ludwik galt. Sie fragte sich, ob sich Anna nicht schäme, neben ihrem ahnungslosen Bräutigam ausgerechnet mit der Equipage zum Traualtar zu fahren, in der sie sich bis zur Erschöpfung mit Ludwik geliebt hatte. Eigentlich müßte ihr das Brautkleid vom Leib fallen, ihre Haut sich mit Krätze bedecken, ihr Gesicht mit Eiterbeulen, die Haare dünn wie die einer Greisin werden, und ihre Zunge, das wünschte sich Teresa, sollte ihr wie ein sterbender Lurch aus dem Mund hängen. Der entsetzte Bräutigam würde schreiend das Weite suchen, während Anna ob ihrer Häßlichkeit bis an ihr Lebensende in der Equipage eingesperrt blieb, allein, von Gott und allen Menschen verlassen.

Nach der Trauung in der Kirche fand das Hochzeitsmahl statt. Die Mamsell, Frau Klimka und Käte hatten alle Hände voll zu tun. Aber was Teresa am meisten in Rage brachte, war, daß die Baronin Halina gebeten hatte, beim Servieren zur Hand zu gehen.

Das willst du machen? hatte Teresa entsetzt gefragt, und Halina hatte lächelnd geantwortet: Warum nicht? So erlebe ich doch endlich mal etwas.

Teresa, die nicht wußte, wie sie ihrer Verachtung Ausdruck verleihen sollte, sah staunend zu, wie sich Halina eins der schwarzen Satinkleider von Martha überzog, das oben zu weit und unten zu kurz war und nur durch die weiße Schürze einen gewissen Halt bekam.

Du machst dich nicht nur lächerlich, sagte Teresa, du siehst auch noch lächerlich aus. An deiner Stelle würde ich mich zu Tode schämen.

Das würde ich an deiner Stelle schon lange tun, antwortete Halina mit einem Lächeln auf den Lippen, das Teresa nicht kannte und sie wütend machte.

So, wie du dich benimmst, scheinst du wohl zu vergessen, daß du eine Polin bist, fauchte sie und hätte Halina am liebsten die weiße Schürze heruntergerissen.

Ich vergesse gar nichts, antwortete Halina, noch immer mit diesem Lächeln im Gesicht.

Ich kann dich in diesem Aufzug nicht mehr sehen, und wenn ich daran denke, daß du den *Szkopy* jetzt auch noch das Hochzeitsessen servierst, wird mir übel.

Fast andächtig hatte Martha am Tag zuvor Halina die Grundbegriffe des Servierens beigebracht. Immer die Schüssel oder Platte von links anbieten, damit sich der Gast von rechts die Speisen nehmen kann, hatte sie dazu gesagt. Die freie Hand gehört auf den Rücken, der abgegessene Teller wird von rechts weggenommen, der saubere von links hingestellt, und Schüsseln wie Platten werden immer leicht an der Tischkante abgestützt, um ein Wackeln zu vermeiden.

Martha hatte es genau vorgemacht, hatte zur Probe einmal Halina bedient, und das andere Mal hatte Halina Martha die leeren Schüsseln serviert.

Prima, hatte Martha erleichtert gesagt, Sie lernen schnell, das hätte ich wirklich nicht gedacht.

So war das also. Marie glaubte, Polen könnten nicht rechnen, und Martha war der Meinung, sie könnten nichts lernen. Halina schwieg, setzte aber wieder dieses kleine Lächeln auf, das auch Martha unangenehm war.

Man weiß ja nie, fuhr sie halb entschuldigend fort, ohne den Satz zu beenden, und band sich mit Sorgfalt ein frischgestärktes Häubchen ins Haar.

Wollen Sie auch eins? fragte sie höflich. Halina lehnte dankend ab. Es genüge doch sicher, sagte sie, Teresas Worte im Hinterkopf, wenn sie als polnische Zwangsarbeiterin ein Servierkleid mit Schürze trüge. Martha verstand nicht die feine Ironie, sondern zuckte nur mit den Schultern, was soviel hieß wie, daß es ihr gleichgültig sei, ob Halina ein Häubchen trage oder nicht.

Nach der kirchlichen Trauung versammelten sich die Hochzeitsgäste im Salon, wo es zu warten galt, bis man zu Tisch gebeten wurde. Zur Feier der Hochzeit seiner Tochter Anna reichte der Herr Major zum Empfang nicht Sekt, was alle Gäste erwartet hatten, sondern dreihundert Jahre alten Ungarwein. Eine Rarität, die selbst in Schlesien eine Seltenheit darstellte und aus der Zeit stammte, als Schlesien noch zu Österreich-Ungarn gehört hatte. Während Martha die kleinen Gläser mit dem honiggelben, etwas öligen Wein anbot, hatte Halina einen Teller mit kleinen Stücken trockenen Graubrots anzubieten, denn so, sagte der Herr Major, müsse dieser alte Wein getrunken werden. Die Gäste stießen ein allgemeines Ah und Oh aus und schlürften die Köstlichkeit, von der einer der Gäste behauptete, daß sie von allein die Kehle herabliefe und keines Schluckens bedürfe. Man ließ das Brautpaar hochleben.

Als Martha das Signal aus der Küche bekam, daß serviert werden könne, wurden die Flügeltüren zum Eßzimmer geöffnet, in deren Rahmen, wie für Serviererinnen üblich, Halina und Martha standen und die Gäste an sich vorbeiziehen ließen. Als erstes das Brautpaar, dahinter Marie, die ihrer Schwester die Schleppe trug. Daß der Bräutigam hinkte, war kaum zu sehen. Es folgten die Eltern und Schwiegereltern, die Großmutter und Laura mit den Gästen.

Man nahm Platz, Halina und Martha servierten die Suppe, und danach schenkte Martha nach Wunsch den Wein ein, weiß oder rot. Halina stand in der Nähe der Anrichte, die Hände auf dem Rücken, und wartete ab, bis es an der Zeit war, die Teller für das Hauptgericht zu wechseln. Jetzt wurden Reden gehalten. Sie verstand nicht alles, aber die Worte Glück, Hoffnung und Sieg tauchten immer wieder auf und lösten freundliches Kopfnicken aus.

Von Angst war hier nichts zu spüren. Diese Hochzeitsgesellschaft schien wie auf einer unberührten Insel im stürmischen

Meer des Krieges zu schwimmen, feierte, aß und trank, lachte, ließ das Brautpaar hochleben, prostete sich zu und dachte keinen Moment daran, daß die sowjetische Armee ein paar hundert Kilometer weiter östlich Tag für Tag an Land gewann. Im Westen hatten die Amerikaner den Westwall durchdrungen und Aachen eingenommen.

Heute, so sagte der Vater des Bräutigams, wollen wir nicht vom Krieg reden, heute gehört die Zukunft euch beiden, und dazu wünsche ich euch viel Glück, er hob Anna sein Glas entgegen, und gesunde Erben für das Land unserer Väter.

Anna errötete bis unter die Haarwurzeln, und einen Augenblick befürchtete Halina, die Braut würde vom Stuhl fallen, so sank sie in sich zusammen. Aber der Bräutigam hielt die Braut fest und sah sie mit seinen großen braunen Augen fragend an.

Nichts, es ist nichts, sagte Anna, hob ihr Glas und stieß mit dem Schwiegervater an.

Halina war so versunken in dieses der Realität so ferne Bild, daß sie Marthas Geste, die Teller zu wechseln, nicht bemerkte.

Sie sind verrückt, dachte Halina, sie sind allesamt verrückt und merken nicht, daß sie längst auf dem Vulkan tanzen. Am liebsten hätte sie jetzt in die Hände geklatscht und aufwachen gerufen, hier gibt es nichts zu feiern, am wenigsten Annas Hochzeit. Das Kind in ihrem Bauch ist von einem Polen und soll dem ahnungslosen Bräutigam untergejubelt werden. Für wenige Sekunden spürte sie sogar Teresas Wut über das Affentheater, in dem sie ihre seltsame Rolle freiwillig übernommen hatte. Teresa hätte längst die Schürze abgebunden und wäre gegangen. Sollten sie ihre Teller doch selbst wechseln, würde sie sagen, die Schüsseln und Platten von Hand zu Hand reichen und sich vollfressen, bis sie einer nach dem anderen platzten.

Halina, zischte Martha jetzt so deutlich, daß sich die Baronin nach ihnen umsah, die Teller wechseln, los.

Wie aufgezogen setzte Halina sich in Bewegung und wechselte die Teller, wie Martha es ihr beigebracht hatte, den abgegessenen von rechts wegnehmen, den sauberen von links hinstellen. Kein Fehler unterlief ihr. Sie stieß keinen Gast an, und später servierte sie geschickt Kartoffeln und Gemüse, als wenn sie niemals etwas anderes gemacht hätte.

Am frühen Abend wurden die Gutsleute und die Bewohner vom Dorf zur Gratulation erwartet. So sei es üblich, hatte der Herr Major gesagt und verlangt, daß Kuchen und Schnaps ausgeteilt würden. Frau Klimka hatte an die zehn Bleche Streuselkuchen gebacken, der jetzt in der Anrichte stand und von Halina in Stücke geschnitten wurde.

Sie hatte an diesem Tag keine Zeit gefunden, um Teresa das Essen zu bringen, und hoffte, die Schwester würde sich einmal selbst in die Küche begeben.

Martha, der Halina die ganze Zeit geholfen hatte, stellte jetzt einen Tisch in die Halle oberhalb der Stufen, die zur Portaltür führten, baute den Kuchen auf und daneben Dutzende von Schnapsgläsern. Außerdem hatte sie zwei kleine silberne Tabletts geputzt. Das eine, so erklärte sie Halina, sei für Anna, um Kuchen anzubieten, das andere für den jungen Herrn, der den Schnaps auszugeben hatte.

Es war noch nicht sechs Uhr abends, als die ersten Gratulanten vor der Portaltür standen, ohne zu läuten. Ein wenig ehrfürchtig und leise warteten sie ab, bis sich die schmiedeeiserne Tür öffnen würde. Immer mehr Leute kamen. Die einen mit Blumen, die anderen mit kleinen, liebevollen Geschenken, und wieder andere brachten gar nichts mit, waren nur neugierig und wollten Schnaps und Kuchen. Als das Brautpaar und mit ihm die Hochzeitsgesellschaft auf den oberen Stufen der Halle erschienen, öffnete Martha beide Portaltüren. Die Mutigen kamen langsam herein, blieben aber im unteren Teil der Halle stehen und schoben die Kinder vor. Die hatten Blumen in der

Hand und Segenswünsche auf den Lippen. Als erstes kam ein kleines Mädchen die Stufen empor, gab Anna ein Geschenk, knickste und sagte mit der leiernden Stimme eines Dorfschulkindes zum Bräutigam gewandt:

Nimm so dir eine Frau,
auf daß du weißt genau,
du wirst dich immer freun
und niemals es bereun.

Anna gab dem Kind einen Kuß und ein großes Stück Kuchen. Als nächstes trat ein Junge hervor. Er genierte sich sehr und mußte von seiner Mutter geschubst werden. Endlich kam er die Stufen hinauf, überreichte Anna die Blumen, wandte sich dann dem Bräutigam zu, machte seinen Diener und sagte, so schnell er konnte:

Wenn du in den Krieg ziehst, bete einmal,
wenn du zur See fährst, bete zweimal,
wenn du heiratest, bete dreimal.

Gelächter brach aus, was der Junge wohl vorher geahnt hatte. Er wurde rot, grapschte nach seinem Kuchen und verdrückte sich. Es kamen noch drei Kinder mit Blumen oder Geschenken und einem Spruch, von dem es hieß, daß sie alle von Jula stammten. Der letzte Spruch lautete: Eine Frau ohne Mann ist wie ein Feld ohne Regen.

Danach ließ man Braut und Bräutigam hochleben, sang aus vollen Kräften und schielte nach dem Wodka, den Halina jetzt ausschenkte und der von dem Bräutigam herumgereicht wurde. Nach den ersten Gläschen wurde die Stimmung gelöster, auch der Kuchen schmeckte, und man entschloß sich, das Brautpaar noch einmal hochleben zu lassen.

Unser Fräulein Anna und der junge Herr, sie leben hoch, hoch, hoch!

Nur als die Lindnern, die, wie alle wußten, ein loses Mundwerk hatte und überdies zwei Gläschen zuviel getrunken hatte, plötzlich krähte: Ein Ehemann weiß nie, was das ganze Dorf weiß, wurde es für den Bruchteil einer Sekunde still. Einer sah den anderen an, und die Lindnern, die merkte, daß sie zu vorlaut gewesen war, sagte: Nichts für ungut, aber das ist ein altes polnisches Sprichwort. Als der Bräutigam herzlich lachte, war sie erleichtert.

In diesem Moment flog die kleine, fast unsichtbare Tür, die rechts neben dem Eingang zum Dienerzimmer führte, auf und knallte mit lautem Schlag gegen die Wand. Das klang wie ein Peitschenhieb und sorgte augenblicklich für Ruhe. Halina erschrak so, daß ihr eine Flasche aus der Hand fiel, die aber von Martha noch rechtzeitig aufgefangen wurde. Im Rahmen der kleinen Tür stand Teresa. Ihre roten Haare hingen ihr unordentlich vom Kopf, und in ihrem blassen Gesicht glühten die grünen Augen voller Haß. Sie schleuderte Anna zwei polnische Sätze entgegen, die niemand verstand. Denn Polen waren nicht anwesend, und die, die ein wenig Polnisch konnten, verstanden sie nicht, weil sie von Teresa zu schnell herausgeschrien worden waren. Nur Halina hatte sie verstanden und glaubte nicht nur, daß ihr das Herz stehenbleiben müsse, sie glaubte auch, daß Teresa nun tatsächlich verrückt geworden sei.

Du miese Schlampe, hatte Teresa gebrüllt, du hast nicht nur Ludwik, sondern auch Radek verraten. Ich wünsch' dir alles Unglück der Erde.

Im ersten Augenblick hatten Hochzeitsgäste und Dorfleute geglaubt, Teresa wolle dem Brautpaar gratulieren, auch wenn die ungestüme Art, mit der sie die Tür aufgerissen hatte, ungewöhnlich war. Dank des reichlich ausgeschenkten Wodkas nahm das aber niemand so genau. Da alle Ludwik Janik nur unter dessen Nachnamen kannten, fand sein Vorname in Teresas Beschimpfung keine Beachtung. Auch als Halina die wenigen Stufen heruntergestürzt kam, die Schwester an den Schultern packte, sie mit ganzer Kraft zurückdrückte und das Türchen hinter sich zuschlug, wußte man nicht genau, was das zu bedeuten hatte.

Die hat hier sowieso nichts zu suchen, piepste Käte und fand damit bei den meisten Leuten von Hof und Dorf Zustimmung.

Daß die beiden Schwestern mit Getöse die Wendeltreppe hinunterstolperten und nur dank des kleinen Geländers nicht stürzten, hörte niemand. Ohne es zu wollen, hielten sie sich aneinander fest. So standen sie sich, auf dem Fußboden des Dienerzimmers angelangt, noch immer eine an die andere geklammert, gegenüber.

Bist du des Teufels, Teresa, schrie Halina und schüttelte die Schwester, daß die sich nur mühsam freimachen konnte. Wenn auch nur ein Mensch verstanden hat, was du gesagt hast, sind wir beide verloren, und Anna dazu.

Na und? Teresa schwitzte vor innerer Erregung, das ist mir jetzt auch egal.

Als die ersten Leute vom Gutshof und Dorf an ihrem Fenster vorbeikamen, hatte sie noch neugierig aus dem Fenster geblickt, hatte zwar mehr gehört als gesehen, aber noch nichts von ihrem Zorn gespürt. Später war sie die Wendeltreppe emporgeschlichen und hatte, das Ohr an der Tür, die Glückwünsche vernommen, die Hochzeitssprüche der Kinder und schließlich den lauthals und mehrmals gesungenen Vers, mit dem die Gäste das Brautpaar hochleben ließen. Das war der Moment, in dem Teresa ihre Beherrschung verlor und sie die Wut auf Anna packte, die mit der Hochzeit ihren Liebsten und mit ihm Radek so schändlich verriet. Aber Anna litt nicht, sorgte sich nicht um Ludwiks Verbleib und Leben, weinte nicht und setzte auch nicht Himmel und Hölle in Bewegung, um ihn zu retten. Statt dessen hatte sie nichts Eiligeres zu tun gehabt, als sich einen Ersatzmann zu angeln, um weitere Gerüchte zum Schweigen zu bringen. Noch dazu einen Mann, der wegen einer Beinverletzung nicht mehr in den Krieg mußte und dem nicht weit von Rohrdorf ein Landgut gehörte, das sich sehen lassen konnte. Anna, der die Liebe nichts wert war, hatte, schneller als der Sommer vorbei war, ihre Angelegenheiten ohne Rücksicht auf Verluste geregelt. Während Teresa, der Verzweiflung nahe, Radek nächtelang überall suchte, hatte sich Anna ein neues Nest gebaut.

Das alles schoß ihr gleichzeitig durch den Kopf, und ohne Überlegung, ohne die Gefahr einzukalkulieren, riß sie die Tür auf, um Anna zu beleidigen und zu verfluchen. Wie immer hatte sich Halina eingemischt, und obendrein noch die Deutsche in Schutz genommen.

Und jetzt, fuhr Halina, immer noch außer sich und viel zu laut, fort, erklär mir mal, was Radek mit Anna zu tun hat und wieso sie ihn verraten haben soll.

Weil er jetzt nicht mehr da ist und ich ihn nachts nicht mehr treffen kann.

Wen?

Ich sag' dir doch, Radek.

Halina hörte auf zu schreien und sah die Schwester an, als wolle sie sie plötzlich umarmen.

Sie glaubt, ich bin verrückt geworden, dachte Teresa und ging einen Schritt zurück. Alles durfte jetzt passieren, nur durfte sie sie nicht umarmen. Ihre versöhnliche Fürsorglichkeit, mit der sie hoffte, die Schwester zu beschützen, war nicht auszuhalten. Ich bin nicht verrückt, Halina, glaub mir das.

Vor dem Fenster hörte man Schritte. Die Gratulanten gingen nach Hause, lachten, manche sangen auch ein bißchen, und alle zusammen hätten gern noch mehr Wodka getrunken und Kuchen gegessen.

Nach einer Weile fragte Halina so behutsam wie möglich, zärtlich und besorgt, als spräche sie mit einer Kranken: Was ist mit Radek, Terenia?

Nun war es Teresa, die schrie, die Halinas aufopfernde Güte nicht mehr aushalten konnte, vielleicht auch die jahrelange, entsetzliche Lüge.

Weil ich ihn liebe.

Noch versuchte Halina zu lächeln, noch dachte sie, die Schwester habe nur die Nerven verloren und müsse beruhigt werden. Aber weitere Fragen konnte sie nicht stellen. Nur Radeks Ring rutschte in ihrem Mund hin und her, stieß an die Zähne und blieb nicht da, wo er bleiben sollte.

Wie unter Zwang sprach Teresa weiter, obwohl sie wußte, daß Halina durch die Ungeheuerlichkeit der Wahrheit zusammenbrechen konnte. Es kam ihr vor, als sei es gar nicht sie, die redete, sondern eine Fremde, der sie, ob sie wollte oder nicht, genau wie Halina zuhören mußte.

Und die Fremde erzählte, von wem sie den Frosch hatte, seit wann sie Radek liebte und er sie, berichtete, wo sie sich an der Weichsel getroffen hatten, von der Wohnung in Posen und von der Backstube.

Und hier? Was war hier? flüsterte Halina, die nicht mehr blaß, sondern weiß im Gesicht war, deren Augen wie Murmeln aus den Höhlen traten und deren Lippen sich nach innen kehrten, als seien sie für immer verwelkt.

Hier habe ich ihn nachts getroffen. Wenn Anna und Ludwik sich liebten, sind wir in deren Körper geschlüpft und ...

Halt den Mund. Ich will nichts mehr hören.

Halina, die sich zuvor auf einen der beiden Stühle gesetzt hatte, erhob sich jetzt, stand zwar etwas wacklig auf den Beinen, aber sie stand, eine Armlänge von Teresa entfernt.

Und du wirfst Anna Verrat vor?

Mehr konnte Halina nicht sagen. Es gelang ihr nicht einmal, einen Gedanken zu Ende zu bringen. Das einzige, was sie spürte, war Radeks Ring, der in ihrem Mund wie eine Maus in der Falle kreiste. Plötzlich holte sie tief Luft, ging noch einen

Schritt zurück und spuckte ihn aus, direkt vor Teresas Füße. Er trudelte noch ein bißchen, wippte von einer Seite auf die andere, bis er schließlich liegenblieb. Danach hatte Halina nur noch den Wunsch, die Schwester nicht weiter anhören und ansehen zu müssen. Für die Situation gänzlich unerwartet, schloß sie leise die Tür hinter sich und reagierte auch nicht auf Teresas Bitte, sie möge bleiben, es sei noch nicht alles gesagt.

Teresa rührte sich nicht von der Stelle. Wie gelähmt saß sie mit hochgezogenen Knien auf ihrem Bett und starrte auf den kleinen Ring, den Halina ausgespuckt hatte und der jetzt matt glänzend auf den grauen Holzdielen lag.

Radek, flüsterte Teresa, ohne sich zu bewegen, Radek, komm und sag mir, was ich tun soll.

Aber Radek kam nicht, saß nicht auf der oberen Stufe der Wendeltreppe, versteckte sich auch nicht hinter dem braunen, verschlungenen Wandmuster. Nicht einmal seine Stimme ließ er hören. Es gab keinen Rat, keine Hilfe, keinen Trost. Mit Mühe kroch Teresa vom Bett, hob den Ring auf und legte ihn auf den Stuhl, auf dem Halina zuvor gesessen hatte. Dann schloß sie die Augen. Hör zu, Halinka, sagte sie leise, vielleicht hast du ja recht, und ich bin, ohne es zu wissen, wirklich verrückt geworden. Ich hätte dir meine Liebe zu Radek nie und nimmer gestehen dürfen. Ich weiß, wie unendlich ich dich damit verletzt habe, wie enttäuscht du sein mußt und daß du mich jetzt für immer haßt.

Teresa machte eine Pause, öffnete aber nicht die Augen und fuhr stockend fort:

Ich hätte mit dieser Lüge weiterleben müssen, so schwer mir das auch gefallen wäre. Aber plötzlich hatte ich das sinnlose Bedürfnis, mich davon zu befreien und dir die Wahrheit zu sagen.

Du warst fast vier Jahre lang, ohne es zu wissen, meine Rivalin. Radek hat nie etwas auf dich kommen lassen. Er war es auch, der nicht wollte, daß du etwas von unserer Liebe erfährst. Selbst in meinen Phantasien - denn jetzt weiß ich genau, daß es Phantasien waren -, selbst da hat er zu dir gehalten und darauf geachtet, daß du nicht gekränkt wirst.

Am Anfang, Halinka, am Anfang war ich eifersüchtig auf ihn. Ich hatte Angst, er nimmt dich mir weg, und ich habe mit ihm geflirtet, um dir zu beweisen, daß er ein Halodri ist, verstehst du das? Teresa schwieg eine Weile und wischte sich Tränen ab. Wie schön wäre es, wenn jetzt eine Antwort käme, wenn sie wenigstens ein kleines Ja hören könnte. Also redete sie weiter.

Und dann war es umgekehrt. Nicht er hat dich mir weggenommen, sondern ich ihn dir.

Ich möchte mich entschuldigen, und es tut mir so leid, was ich dir angetan habe. Aber, Halina, ich liebe Radek. Ich liebe ihn so sehr, daß er mir hier in Rohrdorf Nacht für Nacht erschienen ist. Wir sind Anna und Ludwik nachgeschlichen und waren mit ihnen identisch.

Wieder trat eine Pause ein. Teresa kämpfte mit sich, ob sie nicht lieber schweigen sollte, hielt aber die Augen geschlossen.

Deine ständige Güte hat dafür gesorgt, daß mein schlechtes Gewissen nicht überhandnahm. Deine Opferbereitschaft für die Eltern, für mich, für Radek und hier sogar für die *Szkopy* hat mich zur Weißglut gebracht. Ich haßte dich manchmal, weil du nie in der Lage warst, dich selbst in den Mittelpunkt zu stellen. Ich haßte es, dir ständig dankbar sein zu müssen, daß du für mich arbeitest. Ich durfte dir doch nicht sagen, daß ich die Trennung von Radek rächen wollte, seine Verhaftung, vielleicht sogar seinen Tod. Du hast mir krankhaften Egoismus und Gefühlskälte vorgeworfen und hattest keine Ahnung, daß meine Liebe zu Radek immer stärker war als meine Scham darüber, der Schwester, die mir bis dahin der nächste Mensch auf der Welt war, den Mann genommen zu haben.

Immer warst du die Gute von uns beiden und ich die Böse.

Du standst für die Wahrheit, ich für die Lüge. Dir schenkt man Vertrauen, ich hingegen werde verachtet. Das alles habe ich nicht mehr ausgehalten.

Nachdem Halina das Dienerzimmer verlassen hatte, lief sie wie in Trance über den Flur, die Treppen hinauf und stand nun in der leeren, nach Wodka, billigem Tabak und Zigaretten riechenden Halle. Die Hochzeitsgesellschaft saß im Salon, im Damen- und Herrenzimmer. Es wurde Tee gereicht, der eine oder andere trank auch noch ein Gläschen Wodka, und dazu gab es bis zur Eröffnung des kalten Büffets ein wenig Käsegebäck. Die älteren Herrschaften hatten sich auf ihre Zimmer zurückgezogen.

Halina, die Besen, Kehrschaufel, Putzeimer und Schrubber mitgebracht hatte, bewegte sich eckig und unnatürlich. Dazwischen hielt sie immer wieder inne und starrte vor sich hin, um gleich darauf mit einer anderen Arbeit zu beginnen. Das Ergebnis war, daß sie zwar ein paar Gläser zusammengetragen hatte, ein Stück Fußboden gekehrt, ein anderes gewischt hatte, aber mit nichts richtig fertig wurde. Nach einer halben Stunde sah die Halle noch genauso unordentlich aus wie zuvor. Nur die Luft war rein, denn Halina hatte die Portaltür weit aufgemacht. Es war mindestens das dritte oder vierte Mal, daß sie wie gelähmt stehenblieb. In ihren Ohren hallte ohne Ende das Echo von Radeks und Teresas Namen und übertönte die Geräusche der klirrenden Gläser, der Kehrschaufel oder das Plätschern des Wischwassers. Halina fürchtete, ihr zerplatze der Kopf. Erst als sie es gar nicht mehr aushalten konnte, als sie glaubte schreien zu müssen, hinzufallen und ähnlich wie Teresa Krämpfe zu bekommen, als sie die befremdliche Lust verspürte, ein Messer zu holen und damit durch die kleine Tür ins Dienerzimmer zu laufen, um der Schwester den Todesstoß zu versetzen, als sie den Wunsch hatte, die Treppen hinauf bis zur

Spitze des Schloßturms zu stürmen, um sich von den Zinnen hinab vor das Fenster des Dienerzimmers, vor Teresas Augen zu stürzen, da kehrte sich plötzlich alles um. Da wußte sie, daß alles, was Teresa erzählt hatte, nichts weiter als ein Produkt ihrer mittlerweile krankhaften Phantasie war. Die Schwester war nicht mehr bei Trost und hatte durch Verhaftung, Transport und Verlust der eigenen Existenz den Verstand verloren.

Ich habe mich falsch verhalten, dachte Halina und nahm die Arbeit wieder auf, räumte, kehrte und putzte, ohne wirklich Ordnung zu machen, und kam dabei zu der Überzeugung, daß sie Teresa hätte in den Arm nehmen und beruhigen müssen, statt sie zu beschimpfen. Sobald sie hier mit der Arbeit fertig war, würde sie ins Dienerzimmer eilen, ihre Schelte und Grobheit zurücknehmen und sich mit Teresa wieder versöhnen. Seltsamerweise dachte Halina nicht darüber nach, was mit Teresa geschehen sollte, wenn sie auf die Dauer nicht mehr klar denken könnte und ein Opfer ihrer Hirngespinste war. Sie hatte nur das Bedürfnis, Teresa in den Arm zu nehmen und alle diese schrecklich verletzenden Worte aus ihrem Gedächtnis zu löschen. Das Bedürfnis wurde so groß, daß sie wiederum mit ihrer Arbeit aufhörte, diesmal sogar mit dem nassen Scheuerlappen in der Hand, aus dem nun das Wischwasser auf den roten Läufer tropfte und einen dunklen Fleck bildete.

Aber dann sah sie plötzlich Bilder, die sich wie Riesenleinwände vor ihren Augen entrollten. Bilder, die nichts mit krankhaften Phantasien zu tun hatten, sondern der Wahrheit entsprachen und sich Halina jetzt in einem anderen Licht zeigten.

Radek und Teresa kommen gemeinsam zu spät zum Essen, und Teresa hat Mehl im Haar. Die Backstube. Jetzt wußte sie es, die beiden hatten sich in der Backstube geliebt, während sie, Halina, die Mutter versorgt und das Essen für die Familie vorbereitet hatte.

Der Scheuerlappen glitt ihr aus der Hand.

Ein anderes Bild. Der Frosch in Teresas Hand. Ein Frosch, den Radek an der Weichsel gefunden und ihr geschenkt hatte. Der Frosch, von dem sie sich nie trennte, den sie auch während der Verhaftung bei sich trug, der Tag und Nacht unter ihrem Kopfkissen lag und für Teresa so wichtig war wie der Ring für Halina. Sie sah das Märchenbuch vor sich, auf dessen Vorderseite ein in Gold geprägter Frosch abgebildet war. Radeks Weihnachtsgeschenk an Teresa, von dem er behauptet hatte, es ihr gekauft zu haben, weil das Buch eine antiquarische Seltenheit sei.

Halinas Herz setzte zwei Schläge aus. Sie schlug sich mit der flachen Hand gegen die Stirn. So war das also.

Das dritte Bild tauchte auf. Radeks Rückkehr aus Posen, nachdem er Teresa beim Umzug geholfen hatte. Wie wortkarg er gewesen war, wie still und mürrisch. Er habe nichts weiter erlebt, hatte er unwirsch geantwortet, oder ob sie wissen wolle, an welche Stelle er die einzelnen Möbelstücke gestellt habe.

Jetzt begriff sie, warum er damals nichts erzählt hatte, mundfaul und mit den Gedanken woanders gewesen war. Sie stöhnte, als habe man ihr einen körperlichen Schmerz zugefügt, und ihre Hände verkrampften sich.

Endlich waren Schnapsgläser und Teller in den Korb geräumt. Blieb nur noch der Dreck, den die Schuhe der Leute vom Dorf und vom Gutshof auf den steinernen Fliesen hinterlassen hatten. Vielleicht half das Putzen und Saubermachen, die drohenden Bilder und die Erkenntnis, was sich in Wahrheit abgespielt hatte, zu verdrängen. Es wäre gut, wenn sie weinen könnte. Aber nicht eine Träne löschte das Brennen in ihren Augen, und nicht ein Schluchzer saß in ihrer Kehle.

In der letzten Zeit hatte Radek zwar stets in ihren Armen geschlafen, aber kaum noch mit ihr. Egal, ob sie Radek gestreichelt hatte oder nicht, ob sie ihm ihre Sehnsucht nach seiner Zärtlichkeit zu verstehen gegeben oder ihn sogar gefragt hatte, ob er sie nicht mehr liebe. Seine Ausreden und Bitten, sie möge Geduld mit ihm haben, es würde bald wieder zwischen ihnen so wie früher sein, hatten kein Ende genommen. Und sie hatte geglaubt, daß seine Distanz eine Folge des Krieges war, mit dem Verlust seines Berufs zu tun hatte und mit der ständigen Bedrohung, verhaftet zu werden, der jeder Mann in Polen ausgesetzt war. Statt dessen hatte er es mit Teresa in der Backstube getrieben.

Halina stellte sich die Frage, wer von beiden die größere Schuld trug. Sie war derart hin- und hergerissen, daß ihr schwindlig wurde und sie sich, auf den Besenstiel gestützt, auf eine Truhe setzen mußte. Einmal war es der Mann Radek, der nicht die Finger von der hübschen Schwägerin lassen konnte, dann wieder war es Teresa, die der Schwester nicht gönnte, was sie selbst nicht besaß. Teresa, die schon zur Hochzeit nicht hatte kommen wollen, weil es nicht ihre eigene war.

Noch war Halina nicht bereit, beide für den Betrug verantwortlich zu machen, noch wünschte sie sich, wenigstens einem von beiden verzeihen zu können, um ihn oder sie in ihrem Herzen zu behalten, auch wenn sie nicht das geringste Verständnis für das, was passiert war, aufbringen konnte.

Als Anna, frisch zurechtgemacht, den Brautschleier über dem Arm, die Treppe herunterkam, um zu den Gästen in den Salon zu gehen, sah sie Halina in sich zusammengesunken auf einer Truhe in der Halle hocken und vor sich hin starren, als sähe sie ein Gespenst.

Was ist los, Halina, fragte sie freundlich, ist Ihnen nicht gut?

Schonschon, Pani Anna, antwortete Halina, die nicht, wie von der Baronin angewiesen, Frau Anna sagte, sondern lieber die polnische Form wählte, und rutschte langsam von der Truhe.

Hören Sie, sagte Anna und sah sich nach allen Seiten um, als sie fragte, was Teresa gewollt habe, als sie aus dem Dienerzimmer kam, und vor allem, was sie gerufen habe, Anna meinte, Ludwiks Namen verstanden zu haben.

Nein, log Halina, ohne zu erröten, Teresa hat nichts von Ludwik gesagt.

Was dann?

Es war erstaunlich, wie schnell Halina in fast fehlerfreiem Deutsch antwortete:

Sie hat Ihnen Glück gewünscht und daß Sie Ihren Mann nicht verlieren, so wie ich Radek verloren habe.

Wer ist Radek?

Mein Mann.

Sie sind verheiratet? fragte Anna erstaunt und sah auf Halinas rechte Hand, an der kein Ring steckte.

Halina war Annas Blick gefolgt und strich über den Ringfinger ihrer rechten Hand, als säße dort ein Ehering. Am Tag unserer Verhaftung hatte ich ihn zu Hause vergessen.

Und Ihr Mann?

Halina hob den Kopf und sagte mit einer für Anna kalt und spröde klingenden Stimme das Gegenteil von dem, was sie Teresa gegenüber mehr als drei Jahre lang ständig behauptet hatte: Er ist tot.

Das ist ja entsetzlich, warum haben Sie das denn nie gesagt?

Mich hat nie jemand danach gefragt.

Ist das bei der Verhaftung passiert?

Halina gab keine Antwort, nickte nicht und schüttelte auch nicht den Kopf. Sie sammelte ihr Putzzeug ein, und als Anna auf einer Antwort beharrte, verweigerte sie zum ersten Mal den Gehorsam. Nicht einmal das allen bekannte Schonschon kam über ihre Lippen.

Weil Anna nicht in den Salon ging, sondern hartnäckig vor ihr stehenblieb, sagte Halina schließlich leise, aber sehr bestimmt: Ich möchte nicht darüber sprechen.

Darf ich es wenigstens meiner Mutter erzählen?

Nein, ich sage ja auch nichts von Ludwik.

Die Worte klangen drohend und erschreckten Anna. Ich wollte Sie nicht kränken, flüsterte sie, ich wollte doch nur ...

Halina unterbrach Anna, sagte nun doch schonschon und ging mit ihrem Putzzeug und dem Korb voll leerer Flaschen und Gläser zur Hintertreppe, deren Tür gleich darauf klirrend ins Schloß fiel. Spät am Abend, Martha und Halina hatten das kalte Büffet längst abgeräumt, war es für das Brautpaar und Annas Schwiegereltern Zeit aufzubrechen. Von einer Hochzeitsreise war bei den schlechten Zeiten nie die Rede gewesen.

Anna hatte Halina gebeten, ihr beim Ausziehen des Brautkleids zu helfen. Die Koffer waren schon vorher gepackt und ein Teil ihrer Sachen bereits mit Pferd und Wagen auf das Nachbargut gebracht worden. Anna kämpfte mit Übelkeit, sie sah angestrengt aus, und ihr war mehr zum Heulen als zum Lachen zumute.

Manchmal weiß ich nicht, ob das alles richtig ist, was ich mache, sagte sie und zog die Nadeln und Klammern, mit denen der Brautschleier befestigt war, aus dem Haar.

Während der Trauung mußte ich ständig an Ludwik denken. Und als mir die Tränen kamen, hat mir Wilhelm sein Taschentuch gereicht. Er dachte wohl, ich weinte vor Rührung.

Halina antwortete nicht, öffnete Annas Kleid und half ihr heraus.

Warum sagen Sie nichts, Halina, Sie sind die einzige, die meine Wahrheit kennt.

Ich kenne Ihre Wahrheit nicht, Pani Anna, ich kenne nur Ihre Lüge.

Das ist kaum ein Trost für mich.

Anna schlüpfte in ein Kostüm. Vor dem Spiegel kämmte sie sich die Haare, schminkte sich ein bißchen und trank von dem Tee, den ihr Halina mitgebracht hatte.

Sie brauchen keinen Trost, Sie brauchen Kraft, Pani Anna.

Kraft wofür?

Für Ihre Lüge, sagte Halina wie zu sich selbst und sah aus dem Fenster in den Nachthimmel, sie wird wachsen, und eines Tages wird sie platzen, so wie alle Lügen eines Tages platzen.

Halina, ich habe Ihnen vertraut. Aber das war offensichtlich keine sehr gute Idee.

Halinas Gesicht schien aus Stein. Kein Muskel zuckte darin, und ihr Blick schien durch Anna hindurchzugehen.

Ich vertraue auch niemandem mehr, Pani Anna, erwiderte sie, schloß den Koffer, den sie fertiggepackt hatte, nahm ihn vom Bett und sagte, sie würde ihn zum Wagen tragen, wo die Herrschaften sicher schon warteten.

Vielen Dank, sagte Anna, die sich nicht noch eine Blöße geben wollte, ich bitte Sie zu vergessen, was Sie von mir wissen.

Halina ließ ihr übliches Schonschon hören, murmelte noch etwas, das wie ein Glückwunsch klang, und trug den Koffer aus dem Zimmer.

Die Baronin umarmte die Tochter, der Herr Major küßte Anna als junge Frau erstmals die Hand, und Marie weinte ein bißchen, weil sie wußte, daß sie die große Schwester vermissen würde. Das Ganze entwickelte sich zu einem fast dramatischen Abschied. Schließlich waren es keine dreißig Kilometer, die Anna von nun an von ihrem Elternhaus trennte, aber in diesen Zeiten, sagte die alte Baronin, die die Dinge gern auf den Punkt brachte, wisse man schließlich nie, was der nächste Tag bringe.

Als Halina das Dienerzimmer betrat, war es lange nach Mitternacht. Teresa lag, ohne zu schlafen, im Bett. Radeks Ring hatte sie gut sichtbar auf den Tisch gelegt. Aber Halina beachtete ihn ebensowenig, wie sie Teresa beachtete. Kein Blick, kein Wort. Nachdem sie sich ausgezogen und gewaschen hatte, aber immer noch keine Notiz von Radeks Ring genommen hatte, sagte Teresa leise: Ich hab' ihn dir auf den Tisch gelegt.

Halina reagierte nicht. Vielmehr benahm sie sich, als sei sie allein im Zimmer. Sie fragte auch nicht, wie es sonst zwischen ihnen üblich war, wie weit das Fenster geöffnet werden könne, ohne daß es zu sehr zöge. Sie riß beide Flügel weit auf, ging zu ihrem Bett und blieb plötzlich stehen, als hätte sie etwas vergessen. Dann ging sie zurück zum Tisch, nahm den Ring, und Teresa atmete auf. Das war das Zeichen, die Schwester würde ihr verzeihen, sie brauchte eben Zeit, viel Zeit. Nur Halina, die Nacht für Nacht Radeks Ring trug, steckte ihn nicht an den Finger, sondern warf ihn im hohen Bogen aus dem Fenster. Dann knipste sie die Lampe aus, ging zum Bett, gähnte laut, ließ sich fallen und wickelte sich fest in ihre Bettdecke.

Du bist ja verrückt, sagte Teresa in die Dunkelheit, du kannst doch nicht Radeks Ring wegwerfen.

Statt einer Antwort zog sich Halina die Zipfel ihres Kissens über die Ohren, drückte sie fest an den Kopf und drehte sich zur Wand.

Kapitel 6

In Rohrdorf war es stiller geworden. Die Arbeit ging den Bewohnern stockender von der Hand, und es fehlte überall an der sonst üblichen Genauigkeit.

Die Leute haben anderes im Kopf, sagte die Frau Baronin bei Tisch, als Halina die Suppenteller hinaustrug, sie haben Angst. Und wer Angst hat, denkt nicht an Arbeit.

Aber die Kartoffeln müssen vom Feld, damit vor Frostanbruch mit dem Pflügen begonnen werden kann, klagte der Herr Major.

Wenn das so weitergeht, knurrte die alte Baronin, wirst du bald keine Felder mehr zum Pflügen haben.

Mehr bekam Halina von dem Gespräch nicht mit. Auch in der Küche breitete sich Wortkargheit aus. Die Bombardierung von Breslau hatte die Mamsell stumm gemacht. Im Süden, Norden, Osten oder Westen, überall war von Rückzug die Rede. Frau Klimka verglich neuerdings die Feinde rund um das Reich mit Fischern, die ihre Netze ausgeworfen hatten, um Land und Leute zu fangen.

Und seitdem Käte wußte, daß der Vater in letzter Zeit seinen Karabiner sogar mit ins Schlafzimmer nahm, widersprach auch sie Frau Klimka nicht mehr.

Der erste Iwan, der hier reinkommt, hatte der Vater erst neulich gesagt, wird von mir eigenhändig abgeknallt.

Und der zweite? hatte Kätes Mutter gefragt.

Der auch.

Und der dritte, war darauf Kätes Frage gewesen, wofür sie sich eine Ohrfeige eingehandelt hatte.

Seit Ende Oktober hatte Ziethen keine Gelegenheit mehr, seinen Karabiner mit ins Schlafzimmer zu nehmen. Er mußte mit allen Männern zwischen sechzehn und sechzig Jahren zum Volkssturm, während seine bisherigen Aufgaben dem Bürgermeister oder einer von ihm ausgewählten Person übertragen wurden. Jetzt waren auch die Schuljungen und die Großväter an der Reihe, mußten sich melden, bekamen zwar keine Uniformen und nur Armbinden, aber Waffen, mit denen sie Volk und Vaterland zu verteidigen hatten.

Obwohl der Herr Major vorerst nicht eingezogen wurde, breitete sich auch im Schloß Unruhe aus. Der Bürgermeister war vorstellig geworden und hatte im Namen des Führers den Saal und das Eßzimmer beschlagnahmt, um Deutschen, die sich auf der Rückführung aus den Ostgebieten befanden, eine Unterkunft zu geben. In der Anrichte wurde eine Art Feldküche installiert, und der Stellmacher baute eine provisorische Treppe, die zur Nordveranda führte und von dort ins Eßzimmer. Saal und Eßzimmer waren miteinander verbunden, während die Türen zum Salon nicht nur mit Brettern vernagelt, sondern auch mit Schränken zugestellt wurden, die nicht zu den Barockmöbeln paßten. Der Salon wurde zum Eßzimmer degradiert, und der große ovale Eßtisch stand statt des runden Rauchtischs in der Mitte des Raumes und verschandelte das Interieur. Martha wußte nicht, wie sie im Salon servieren sollte. Die Anrichte fehlte, und ohne zu debattieren, wurde beschlossen, die Schüsseln jetzt selbst von Hand zu Hand zu reichen. Die alte Baronin fragte zwar, wo das noch hinführen sollte, bekam aber von niemandem eine Antwort.

Halina war stiller denn je. Auch wenn sie mit der gewohnten Gründlichkeit ihrer Arbeit nachging, fiel allen ihre Veränderung auf. Sie lächelte nicht mehr, sprach kaum noch, und wenn sie sich unbeobachtet glaubte, starrte sie minutenlang in den Himmel, ganz gleich, ob es regnete oder die Spätherbstsonne zwischen den Wolken hindurchschimmerte. Dabei bewegten sich ihre Lippen wie im Gebet, und Käte, die das einmal beobachtet hatte, behauptete, Halina bitte den Herrgott um feindliche Bomber, damit ganz Rohrdorf in Schutt und Asche gelegt würde.

Quatsch, sagte Martha, so was wünscht sich Halina nie, auch wenn sie eine Polin ist.

Martha hatte recht, Halina bat weder den Herrgott um feindliche Flieger, noch betete sie überhaupt. Sie sprach zu Radek. Sie faßte die Geschichte ihrer Liebe in knappe Sätze, als ginge es darum, sein Gedächtnis aufzufrischen. Sie erzählte von dem Kino, in dem sie sich kennengelernt hatten, von dem Film, den sie gesehen hatten, von dem Café, in dem sie gesessen, und von seinem Zimmer, in dem sie sich geliebt hatten.

Kein Detail, an das sie sich nicht erinnerte. Alles fand in ihrem Bericht seinen Platz. Nichts ließ sie aus, auch nicht das kleine Zittern auf dem Weg zum Traualtar. Nur Teresa erwähnte Halina mit keinem Wort. Es war, als müsse sie sich, mit dem Blick in den Himmel, ihre Liebe zu Radek von der Seele reden und die Wunde, die sie hinterlassen hatte, täglich neu desinfizieren. Sie wollte es so oft wiederholen, bis die Erinnerung nicht mehr schmerzte und sie in der Lage wäre, einen Entschluß zu fassen. Merkwürdig war nur, daß sie keine Fragen an Radek stellte. Es blieb nur bei dieser minutiösen Erzählung. Obwohl Halina nun schon wochenlang bei jeder Gelegenheit in den Himmel starrte, um Radek zu versichern, wie sehr sie ihn geliebt habe, hörte sie nach wie vor an immer der gleichen Stelle mit ihrem Bericht auf, nämlich an dem Zeitpunkt, als Radek sich auf den Weg nach Posen gemacht hatte, um Teresa bei ihrem Umzug zu helfen.

Mit Teresa wechselte sie kein Wort, überhörte jede Frage und stellte ihr nur das Essen hin, als sei die Schwester ein Hündchen, das ohne ihre Fürsorge verhungern müßte. Sie sah Teresa auch nicht an und brachte es Abend für Abend fertig, sich so zu verhalten, als bewohne sie jetzt das Dienerzimmer allein.

Selbst als der Stellmacher nach Annas Hochzeit kam und auf Anordnung des Herrn Majors, dem Teresas Verhalten nicht gefallen hatte, die kleine Tür zum Portal mit ein paar Latten vernagelte, gab Halina keinen Kommentar dazu ab.

Bitte, hatte Teresa sie angefleht, sprich wieder mit mir, ich halte das nicht aus, ich verlier' noch den Verstand.

Und um unter Beweis zu stellen, daß sie klein beigeben wolle, verzichtete sie sogar auf ihre nächtlichen Ausflüge. Wenn es Radek wollte, konnte er sie auch hier im Dienerzimmer aufsuchen, konnte ihr im Schatten der kleinen Wendeltreppe erscheinen, konnte ihr etwas zurufen oder sich ihrer Träume bemächtigen. Aber er blieb ebenso unsichtbar wie unhörbar. Radek hatte sich in Luft aufgelöst.

Da Halina jegliche Kommunikation mit der Schwester eingestellt hatte, wußte Teresa weder etwas vom Verlauf der Fronten, noch wo der Feind stand oder ob überhaupt ein Ende des Krieges absehbar war.

In der Nacht vor Halinas Geburtstag wollte Teresa eine Versöhnung mit der Schwester vorbereiten. Halinas Schweigen war nicht auszuhalten. Ihre Art, sie nicht zur Kenntnis zu nehmen, war nicht nur erniedrigend und schlimmer als Zorn und Wut, die Gefühlslosigkeit der Schwester begann Teresa zu ängstigen. Am schlimmsten wirkte diese entsetzliche Gleichgültigkeit, die sie Halina nie zugetraut hätte. Nichts war mehr von ihrer Güte zu spüren, ihrem Hang zu verzeihen und ihrem Bedürfnis, sich für andere verantwortlich zu fühlen. Teresa schien für Halina bedeutungslos geworden und keiner Mühe mehr wert.

Lange nach Mitternacht hörte Teresa die gleichmäßigen Atemzüge. Halina schlief. Es war also Zeit, sich anzuziehen. Kerzen und Streichhölzer hatte Teresa sich schon vorher zurechtgelegt. Jetzt ging es nur darum, so leise wie möglich zu sein. Selbst das Geräusch des über den Kopf gleitenden Pullovers war Teresa schon zuviel, und sie entschloß sich, Strümpfe und Schuhe im Heizungskeller anzuziehen. Die Tür, deren Angeln und Riegel sie am Tag mit Frühstücksmargarine eingefettet hatte, schloß lautlos. Beim Schein eines Kerzenstummels zog sie sich zwischen Holzscheiten und Koks fertig an.

Anders als bei ihren sonstigen Ausflügen zitterten ihr jetzt Hände und Knie. Ihre Zunge klebte am Gaumen, und sie dachte an Radeks Mahnung, sich nie mehr in die Räume der Herrschaft zu begeben. Aber heute ging es nicht um Radek. Nicht seinetwegen war sie unterwegs, sondern Halinas wegen. Für die Schwester begab sie sich in Gefahr. Wenn schon nicht ihre Liebe zurückzugewinnen war, dann wenigstens ihre Aufmerksamkeit. Es war so still im Schloß, als sei es bereits nicht mehr bewohnt. Wer nicht schlief, hatte die Bettdecke über den Kopf gezogen, um die Angst zuzudecken, die sich immer deutlicher bemerkbar machte und wie Schwelbrand stank. Nur wußte niemand so recht, wo die Ursache lag und wie er zu löschen war.

Den Krieg verlieren? Nein, das war undenkbar, das konnte der Führer nicht zulassen, dafür waren die Rohrdorfer Männer und Söhne nicht gefallen.

Auf der Hintertreppe brauchte Teresa kein Licht. Hier kannte sie sich aus, denn hier lag die Toilette. Erst als sie vor der Glastür zum Portal stand, mußte sie eine Kerze anzünden und hoch über den Kopf halten, um vom Licht nicht geblendet zu werden. Die Tür zum Eßzimmer war zu Teresas Erstaunen ähnlich vernagelt wie die Tür des Dienerzimmers, nur daß hier nicht einfache Latten verwandt worden waren, sondern glattgehobelte und gebeizte Bretter. In den Türrahmen hatte man eine Truhe geschoben, um die Veränderung zu verdecken. Auch den Salon erkannte Teresa nicht wieder. In der Mitte stand der Eßtisch, der zwischen den an der Seite stehenden Barockmöbeln mächtig und störend wirkte. Die hochlehnigen Stühle paßten nicht her, und schon gar nicht die Schränke, die man vor die Türen zum Saal und zum Eßzimmer gestellt hatte. Hier war etwas in Unordnung geraten und verwischte den alten Glanz. Im Damen- wie im Herrenzimmer war alles beim alten geblieben, was Teresa zu ihrer eigenen Verwunderung beruhigte. Hier hielt sie sich auch nicht lange auf, ihr Ziel war der Wintergarten. Die Schiebetür aus Glas mußte vorsichtig aufgemacht werden. Das geringste Geräusch konnte die Baronin und den Major wecken und nach dem Rechten sehen lassen. Dann wäre guter Rat teuer und Teresa verloren. Also schien es vernünftiger zu sein, sich diese Situation erst gar nicht vorzustellen, sondern nur daran zu denken, daß sie Halina eine Freude machen wollte.

Teresas Schritte knirschten auf den Kieselsteinen am Boden. Hier war es unmöglich, Geräusche zu vermeiden. Der Novemberhimmel hinter den hohen Glaswänden war schwarz und spendete nicht das geringste Licht. Es blieb bei dem Kerzenstummel, den Teresa über den Kopf hielt. Ihr Schatten tanzte über die Rückwand des Wintergartens, über die Palmen, die aus den mächtigen Kübeln bis zur Decke wuchsen, über die Blüten der gelben Chrysanthemen, die groß wie Kinderköpfe zwischen den Kakteen auftauchten. Die ungewohnte feuchtwarme Luft nahm ihr den Atem, und einen Augenblick setzte sie sich auf einen der Gartenstühle, die wie auf einer Terrasse um einen Tisch standen. Dahinter, auf einem halbrunden, breiten Brett, waren wie in einer Gärtnerei Hunderte von Alpenveilchen und Töpfe zu sehen, in denen Tulpen- und Hyazinthenzwiebeln die ersten Triebe zeigten. Teresa mußte sich entscheiden, ob sie die Blüten der Alpenveilchen pflücken oder eine der Chrysanthemen nehmen sollte. Aber nachdem sie zwischen den Töpfen ein Gärtnermesser gefunden hatte, trennte sie als erstes einen fächerförmigen Palmenwedel ab. Dann schnitt sie von den Alpenveilchen die Blüten vom Rand weg, damit der Verlust nicht sofort auffiel, und zum Schluß köpfte sie zwei der Chrysanthemen. Sie legte alle Blüten auf den Palmenwedel und machte sich schnell und lautlos aus dem Staub.

Im Dienerzimmer angelangt, überzeugte sie sich davon, daß Halina noch immer fest schlief, stellte die Blumen ins Wasser und verbarg ihre Beute unter der kleinen Wendeltreppe hinter dem Waschtisch. Hier waren sie bis zum Frühstück vor Halinas Blicken sicher.

Am Morgen, als sich die Schwester wie immer aufmachte, um das Frühstück zu holen, und dazu ihre Zeit brauchte, weil Frau Klimka, Käte und die Mamsell als erstes einen Bericht zur Lage gaben, wobei stets die das Wort hatte, die schon die Frühnachrichten gehört hatte. Diesmal war es die Mamsell, die mehr wußte als die anderen. Die Amerikaner waren im Elsaß einmarschiert. Auch wenn Käte und Frau Klimka nicht genau wußten, wo das Elsaß lag, stimmte sie die Nachricht bedenklich.

Ich weiß nicht, ich weiß nicht, ob das auf die Dauer gutgeht, klagte die Klimka und rührte in ihrem Milchkaffee herum.

In der Zwischenzeit holte Teresa den Palmwedel und steckte eine Alpenveilchenblüte nach der anderen hinein, so daß es wie ein kleines Kunstwerk aussah. Zum Schluß befestigte sie in der Mitte die Chrysanthemen, die wie kleine Sonnen strahlten und das ganze Dienerzimmer ausleuchteten. Als Halina mit dem Frühstückstablett hereinkam, hatte Teresa gerade die restlichen Kerzenstummel angezündet und wartete ungeduldig die Reaktion der Schwester ab.

Halina verharrte nicht eine Sekunde. Sie ließ sich auch nicht anmerken, ob sie den Blumenschmuck überhaupt wahrnahm. Sie schob das Tablett über den Tisch, und wenn Teresa nicht aufgepaßt hätte, wäre der Palmwedel mitsamt den Blüten und den Chrysanthemen über den Rand gekippt. Die Kerzenstummel fielen um, verlöschten und bekleckerten das Tischtuch mit Wachs. Halina stellte die Teller hin, das Brot, die Margarine, den Sirup und den Milchkaffee. Dann setzte sie sich auf ihren Platz und fing an zu essen. Sie kaute, schluckte und trank, ohne auch nur den Blick zu heben oder wenigstens aus den Augenwinkeln auf das zu schielen, was Teresa da für sie hergerichtet hatte.

Ich gratuliere dir zum Geburtstag, Halinka, sagte Teresa leise und schob den Palmwedel noch einmal dicht an Halinas Teller heran, ich wünsche dir alles Gute.

Halina nahm weder von dem Zweig Kenntnis noch von Teresas Worten. Statt dessen aß und trank sie schneller als sonst. Sie wollte weg, das sah Teresa ihr an. Sie wollte nicht zuhören, nicht antworten und nicht reagieren. Als sie schließlich aufstand, um zu gehen, stellte sich ihr Teresa blitzschnell in den Weg.

So geht das nicht weiter, Halina. Wir müssen irgendwann wieder miteinander sprechen, sagte sie und versuchte der Schwester in die Augen zu sehen. Aber die heftete jetzt ihren Blick an Teresas Ohr vorbei auf die Türfüllung, als könnte sie damit das Holz durchbohren und das Dienerzimmer verlassen.

Teresa kostete es viel Anstrengung, bis sie sich in der Lage fühlte, Halina endlich das zu sagen, was sie schon einmal in der Abwesenheit der Schwester geprobt hatte. Sie fing mit ihrer Eifersucht auf Radek an und schilderte ihre Angst, Halina zu verlieren. Die Erklärung, wie ihre Eifersucht in Liebe umschlug, war schon schwieriger, wollte sie Halina nicht erneut verletzen. Teresa begnügte sich mit den Tatsachen und erwähnte nicht einmal, daß auch Radek sie liebte.

Halinas Gesicht blieb starr, kein Zucken der Augenlider. Nicht einmal ihre Gesichtsfarbe veränderte sich.

Halinka, flehte Teresa, drauf und dran, die Schwester zu berühren. Aber Halina wich zurück und ließ sich nicht anfassen.

Halinka, für die Liebe kann man nichts. Sie hat mich überfallen, wie sie dich überfallen hat. Mein großer Fehler war, daß ich es dir gesagt habe, um mich auf deine Kosten zu entlasten. Ich bitte dich, laß uns reden, laß uns über Radek reden.

War das ein Stichwort? Halina machte einen Schritt vorwärts, packte sie an den Schultern und hob sie mit ungeahnter Kraft wie eine Puppe hoch, schob sie zur Seite, öffnete die Tür und verschwand.

Alles war vergebens, Halina lehnte jeden Versuch einer Versöhnung ab. Da war nichts zu machen. Ihr Haß und ihre Verachtung schienen keine geschwisterlichen Gefühle mehr zuzulassen. Aus Halinas Leben, so glaubte Teresa, war die kleine Schwester für immer verschwunden und nicht einmal mehr einer Rache würdig.

Mit jedem Tag wurden die Erinnerungen, in denen Halina bisher immer wieder versunken war, weniger. Dafür blieb sie öfters vor ihrem Spiegelbild stehen und betrachtete sich mit einer Intensität, als stünde eine Fremde vor ihr. Glaubte sie sich allein, redete sie vor sich hin: Wer bist du eigentlich, fragte sie und schob ihr Gesicht wie eine Blinde dicht an das Glas, wer bist du, daß du von den Menschen, die du am meisten liebst, so verraten worden bist?

Dann zeichnete sie die Linien ihres Gesichtes nach oder fuhr mit ihren Händen über ihren Körper, als müsse sie sich davon überzeugen, noch am Leben zu sein. Sie wollte auch nicht mehr wissen, wem sie die Schuld geben könnte, um wenigstens einem von beiden zu verzeihen.

Es kam ihr vor, als entferne sie sich immer weiter von Radek und Teresa. Sie schrumpften in ihrem Herzen und gehörten mit jedem Tag mehr der Vergangenheit an. Wenn sie nicht mit Teresa sprach, sie nicht ansah und von ihr keine Notiz nahm, dann nicht, um sich an der Schwester zu rächen, sondern um an sich selbst zu denken, so wie Radek und Teresa an sich selbst gedacht hatten. Dieser Entschluß kostete sie manchmal Tränen und hatte eine schmerzliche Leere zur Folge, die mit nichts auszufüllen war. Manchmal aber lächelte sie, ging aufrechter, und in ihrer Stimme schwang ein Ton mit, der allgemein auffiel.

Die denkt wahrscheinlich, daß der Krieg für uns schon verloren ist und sie nach Hause kann, murrte Käte, und Frau Klimka fügte hinzu, daß das ja bei den Nachrichten, die im Radio zu hören seien, kein Wunder sei.

Trotz der Ereignisse glaubte niemand in Rohrdorf ernsthaft an eine deutsche Niederlage. Erstens spielte sich der Krieg seit Wochen hauptsächlich im Westen ab, und der Westen war weit. Die Russen kamen über Warschau nicht hinaus, kämpften in Ungarn und im Balkan, und wer wissen wollte, wo Ungarn und der Balkan lagen, der mußte schon in einen Atlas gucken.

Kurz vor Weihnachten hielt es Teresa mit der schweigsamen Schwester im Dienerzimmer nicht mehr aus. Eines Tages zog sie sich das einzige Paar feste Schuhe an, das sie besaß. Mit Pullover, Mütze und Jacke erweckte sie den Eindruck, als wolle sie sich auf den Weg nach Hause machen, und Käte, die Teresa im Flur begegnete, erzählte atemlos in der Küche und in Halinas Gegenwart: Teresa haut ab, ich hab' sie gesehen.

Alle Blicke wandten sich fragend Halina zu. Aber die hob nur die Schultern und zeigte ihr neues Lächeln.

Wollen Sie ihr nicht nachgehn, wer weiß, nachher kriegt sie wieder einen Anfall, riet die Mamsell.

Schonschon, sagte Halina, und als sie merkte, daß diese Antwort niemanden zufriedenstellte, fügte sie ebenso gelassen wie bestimmt hinzu: Meine Schwester wird keinen Anfall bekommen.

Halina hatte recht. Teresa bekam weder einen Anfall, noch hatte sie sich auf den Weg nach Hause gemacht. Sie stand im dunklen Flur, um Fräulein Hase abzupassen, wenn diese nach dem Frühstück ins Gewächshaus ging. Leise schlich sie ihr durch den Obstkeller und den Heizungsraum in das Gewächshaus nach. Ahnungslos stand Fräulein Hase da und begann mit großer Sorgfalt, Gladiolenknollen für die Winterlagerung zu putzen.

Es war still, warm und feucht im Gewächshaus. Es roch nach Blattgrün und Blumenerde, gemischt mit dem zarten Duft von Teerosen, die Fräulein Hase jedes Jahr, ganz und gar gegen den Kalender der Natur, zum Blühen brachte.

Guten Tag, sagte Teresa und konnte es nicht vermeiden, daß die andere zu Tode erschrak. Um diese Uhrzeit stattete Fräulein Hase normalerweise niemand einen Besuch im Gewächshaus ab.

Was wollen Sie, fragte sie unfreundlich und wenig erbaut von der Gegenwart der Polin, die sich sonst nirgendwo sehen ließ.

Arbeiten, sagte Teresa, ich will arbeiten.

Ich dachte, Sie sind krank.

Fräulein Hase wandte sich wieder ihren Gladiolenknollen zu, entfernte Sand und kleine faule Stellen und zeigte keinerlei Interesse an Teresa.

Ich kann es im Dienerzimmer nicht mehr aushalten, sagte die jetzt in holprigem, aber korrektem Deutsch.

Und wenn Sie wieder umfallen und Krämpfe bekommen? Fräulein Hase zeigte sich mißtrauisch. Sie glaubte Teresa nicht und vermutete, daß ein Haken an der Sache sei.

Ich bin gesund, sagte Teresa, ich mache jede Arbeit.

Fräulein Hase überlegte. Unter keinen Umständen wollte sie Teresa hier neben sich arbeiten lassen. Die Polin mit den grünen Augen und roten Haaren war ihr unheimlich. Zum ersten Mal dachte Fräulein Hase darüber nach, wie man jahrelang in diesem Dienerzimmer hocken konnte, ohne zu arbeiten, ohne zu lesen, ohne eine Handarbeit zu verrichten, ohne Radio, ohne Zeitung und ohne Post. Die mußte doch verrückt sein, aber wieso kam sie ausgerechnet heute auf die Idee zu arbeiten, und dazu noch in der Gärtnerei?

Ich weiß nicht, sagte Fräulein Hase immer noch ablehnend, jetzt im Winter gibt es nicht viel zu tun.

Teresa blieb stur, stand im Rücken von Fräulein Hase, als sei sie dort festgewachsen, und wartete ab, bis diese sagte: Sie machen mich ganz nervös. Aber wenn Sie unbedingt was tun wollen, dann gehen Sie in den Schuppen im Gemüsegarten und holen alle Spaten, Schaufeln und Hacken her. Die müssen gesäubert und eingefettet werden. Das können Sie in der Heizung machen, wo ich die Geräte auch aufbewahre. Und wenn Sie schon mal da sind, können Sie auch gleich kontrollieren, ob alle Gießkannen leer und auf die Zaunpfähle gestülpt sind. Haben Sie das verstanden?

Ja, sagte Teresa und machte sich auf den Weg.

Den Park hatte sie nur einmal an dem Tag gesehen, an dem sie unter der Aufsicht des Dorfpolizisten das Laub unter den Platanen zusammenrechen sollte, als sie erst einen Krampf vorgetäuscht und dann wirklich bekommen hatte und zurück ins Dienerzimmer getragen worden war.

In der Nacht hatte es stärker gefroren als in der Jahreszeit üblich. Rasen und Bäume waren mit Rauhreif überzogen und gaben der Parklandschaft ein künstliches Aussehen, erinnerten Teresa an Zuckerwerk oder an die Kulisse einer Weihnachtsgeschichte. Das Schloß, pompös und mit Türmchen überladen, wirkte unter dem Rauhreif leicht und märchenhaft. Es fehlten nur Prinz und Prinzessin, die von den Veranden über die Treppen herunterkamen, Feen und Elfen, die sie begleiteten, Hasen und Rehe, die im Wäldchen hinter den Baumstämmen hervorguckten.

Wie friedlich das alles wirkte, wie menschenleer und nur für sie gemacht. Für sie und Radek, der sich nicht mehr blicken ließ, der ihr weder entgegenkam noch an der mächtigen Platane lehnte oder in den blattlosen Zweigen der Ulmen hockte. Teresa hatte jetzt die Rosenbeete erreicht, zwischen denen die mamornen Göttinen standen, lächelnd, mit blicklosen Augen den Thuja-Hecken zugewandt, in denen weder Vater noch Mutter zu sehen waren. Hätte Teresa nicht ihre Fußabdrücke im Weiß des Rauhreifs festgestellt, sie hätte sich eingebildet, durch eine ihrer Traumlandschaften zu laufen.

Aber jetzt war keine Zeit zu träumen, es war ihre Aufgabe, die Gartengeräte aus dem Schuppen zu holen, ins Gewächshaus zu bringen, um sie dort zu säubern und einzufetten.

Nachdem sie die Gießkannen geleert und umgekehrt aufgehängt hatte, lud sie die Gartengeräte in eine Schubkarre und brachte sie zurück ins Gewächshaus, wo sie im Heizungsraum mit ihrer Arbeit begann. Sand und Erde waren erst mit einer Wurzelbürste zu entfernen, während sie später das Metall mit einem öligen Lappen einzureiben hatte, bis alles wie neu glänzte, damit sich über den Winter kein Rost ansetzen konnte. Es war mühsam. Teresa, die drei Jahre lang keine Arbeit verrichtet hatte, tat bald der Rücken weh, und an ihren Händen bildeten sich Blasen. Obwohl die Tür zum Gewächshaus offen war, ließ sich Fräulein Hase nicht blicken. Sie kontrollierte auch die gesäuberten und eingefetteten Spaten nicht, vielmehr sah es so aus, als habe sie Teresa den Auftrag nur gegeben, um sich die Polin vom Halse zu schaffen.

So arbeitete jeder für sich, nur durch die offene Tür verbunden, die Fräulein Hase nicht schließen wollte, da ihr sonst die Wärme des Heizungsraums entgangen wäre.

Plötzlich klappte die Außentür des Gewächshauses auf, und Jula erschien. Sie habe die versprochenen Kräutersamen und Körbe mitgebracht, die Fräulein Hase bei ihr bestellt hätte.

Ach ja, die Körbe, seufzte Fräulein Hase und fügte hinzu, daß sie die zum Überwintern der Knollen brauche. Das letzte Jahr seien so viele verdorben, und es habe weniger Dahlien als sonst gegeben.

Aber nächstes Jahr wird es doppelt soviel Blüten geben, dafür sorge ich.

Jula antwortete nicht. Teresa konnte sehen, wie sie aus der Thermosflasche von Fräulein Hase einen Becher Tee bekam, den sie mit lauten Schlucken langsam austrank.

Nächstes Jahr, sagte sie dann und fummelte an ihrem Leberfleck herum, nächstes Jahr wird es hier keine Dahlien geben.

Wie kommen Sie denn darauf? Bisher hat es im Park von Rohrdorf immer Dahlien gegeben.

Fräulein Hase, die glaubte, Jula kritisiere ihre Arbeit, ärgerte sich. Sie schwieg eine Weile und nahm ihre Beschäftigung wieder auf. Auch Teresa kratzte weiter an den Spatenblättern. Wenn die beiden Frauen merkten, daß sie lauschte, würden sie vielleicht die Tür schließen. Jula tippelte hin und her. Immer wenn sie an der Tür vorbeikam, sah Teresa ihr kleines, verschrumpeltes Profil mit der großen Nase unter dem Kopftuch, und ein Hauch von Salbei und Minze wehte in den Heizungsraum. Obwohl Teresa, wie sie glaubte, längst von Jula bemerkt worden war, hatte die Alte weder einen Gruß noch einen Blick für sie. Sie sprach nur lauter als notwendig, und meist machte sie erst den Mund auf, wenn sie in der Nähe der Tür angelangt war, so daß Teresa nichts von dem entging, was sie sagte.

Wenn nächstes Jahr im Park keine Dahlien blühen, dann hat das nichts mit Ihnen zu tun.

Mit wem dann?

Mit den Russen.

Sind Sie verrückt? Fräulein Hases Stimme war ein ganzes Stück höher gerutscht, und das Messerchen, mit dem sie an den Gladiolenknollen herumgeputzt hatte, fiel zu Boden, ohne daß sie es wieder aufhob.

Die Russen, die Russen, rief sie immer noch mit ihrer Piepsstimme, das läßt Hitler nicht zu, egal, was man von ihm hält. Der angebliche Aufmarsch der sowjetischen Armee an der Ostfront, hat er gesagt, das sei der größte Bluff seit Dschingis-Khan.

Jula, die weder wußte, wer Dschingis Khan war, noch was ein Bluff ist, beeindruckte Fräulein Hases Widerspruch wenig.

Ich brauch' keinen Hitler, ich weiß auch so, was passieren wird. Sie hören doch nicht etwa den Feindsender? fragte Fräulein Hase vorwurfsvoll.

Mein Radio sitzt hier, kicherte Jula und tippte auf ihren Leberfleck.

Ach so.

Fräulein Hase hob das Messerchen wieder auf und putzte weiter ihre Knollen. Teresa konnte ihr erleichtertes Lächeln sehen, das sogar aus der Frage herauszuhören war, die sie jetzt Jula stellte: Und was sagt Ihr Radio?

Der Deutsche glaubt an sich wie der Teufel an seine Hörner.

Da Fräulein Hase jetzt richtig lachte, fuhr Jula laut und ernsthaft fort: Wenn das nächste Jahr noch keinen Monat alt ist, wird in Rohrdorf kein Deutscher mehr sein. Ich seh' Nacht für Nacht, wie die Menschen sich fortmachen. Wagen hinter Wagen, Fräulein Hase, und es ist kein Unterschied zwischen arm und reich.

So einen Unsinn, liebe Jula, so einen Unsinn will ich wirklich nicht hören. Ich rate Ihnen in aller Freundschaft, hüten Sie Ihre Zunge. Der Führer wird diesen Krieg nicht verlieren, auch wenn es für Sie in Ihren merkwürdigen Träumen so aussieht.

Kein Mensch wird Rohrdorf verlassen, das können Sie mir ruhig glauben.

Aber auch darauf hatte Jula eine Antwort. Jeder Irrtum hat seine Ausrede, sagte sie und stand jetzt plötzlich in der Tür zum Heizungsraum, wo Teresa schon längst ihre Arbeit eingestellt hatte, um besser zuhören zu können.

Und du, sagte Jula jetzt auf polnisch, du überleg dir, was du tust. Sonst wirst du deines Lebens nicht mehr froh.

Weder Fräulein Hase und schon gar nicht Teresa verspürten das Bedürfnis, auf Jula einzugehen. Als sie sich schließlich in ihr Umschlagtuch wickelte und vor sich hin brabbelnd das Gewächshaus verließ, herrschte eine angenehme und beruhigende Stille.

Fräulein Hase, die bald keine Arbeit mehr für Teresa hatte, schickte sie wieder fort. Jetzt lag es an Martha, Teresa zu beschäftigen, und die stellte sie zum Bügeln an. Seither stand sie von morgens bis abends in der Plättstube und bügelte, was ihr hingelegt wurde. Manchmal wurde sie auch von der Mamsell geholt. Dann hatte Teresa den Flur zu wischen, Kohlen zu schleppen oder Kartoffeln zu verlesen. Sie tat alles klaglos, sprach nur das Nötigste und dachte von morgens bis abends an Radek und Julas Worte. Wenn das neue Jahr keinen Monat alt ist, wird in Rohrdorf kein Deutscher mehr sein.

Die Tage und Wochen bis dahin zogen sich in eine quälende Länge. Während die Abwehrschlachten von Ungarn über Italien, Frankreich, Belgien und die Niederlande, Skandinavien bis Ostpreußen tobten, schien der Krieg an der Ostfront stillzustehen. Nur löste das wenig Hoffnung aus, und niemand wollte sich so recht mit den Vorbereitungen zum Weihnachtsfest beschäftigen.

Halina sprach immer noch kein Wort mit Teresa und ging gewissenhaft ihrer Arbeit nach, als hätten die sich steigernde Unruhe und die schleichenden Ängste im Schloß nichts mit ihr zu tun. Teresas Bemühungen, mit ihr ins Gespräch zu kommen, blieben ohne Erfolg. Entweder verließ Halina das Zimmer, oder sie kehrte beim ersten Wort, das Teresa an sie richtete, der Schwester den Rücken zu. Sie schenkte Teresa auch keinen Blick, wenn die es nicht merken konnte.

Es war, als könnte Halina nur bei Verstand bleiben, wenn sie Teresa aus ihrem Leben verdrängte und sie nicht wahrnahm. Auch daß Teresa jetzt arbeitete, interessierte sie nicht mehr, und wenn sie einander begegneten, ging sie wie eine Fremde an der Schwester vorbei. Am schlimmsten waren die Mahlzeiten. Dann saßen sie sich an dem kleinen Tisch unterm Fenster stumm gegenüber, aßen so schnell sie konnten, die Blicke auf ihre Teller gerichtet, nur von ihren gegenseitigen Kaugeräuschen begleitet. Einmal hatte Teresa dieses Schweigen zu unterbrechen versucht.

Ich kann nicht mehr, Halina, hatte sie gesagt, wir sind doch Geschwister und haben niemanden mehr außer uns.

Obwohl sie mit ihrem Eintopf noch längst nicht fertig war, hatte Halina den Löffel hingelegt und war aus dem Zimmer gegangen. Teresa war nichts anderes übriggeblieben, als Schüsseln und Teller auf das Tablett zu stellen und in die Küche zu tragen. Auch sie hatte sich angewöhnt, bei Gesprächen über die Lage so unauffällig wie möglich stehenzubleiben, um zu lauschen. So wie es aussah, gingen Julas Träume noch lange nicht in Erfüllung. Das einzige, was Teresa blieb, waren ihre Liebe zu Radek und die vage Hoffnung, daß er noch am Leben war.

Doch sosehr sie sich seine Stimme herbeisehnte, sie hörte ihn nicht mehr. Sie brachte es fertig, minutenlang in eine Ecke zu starren, auf eine Tapete, in ein Gebälk oder in die Zweige eines Baumes, er zeigte sich nicht. Dann stürzte sie sich in die Erinnerung seiner Liebkosungen, hörte mit der Arbeit auf und stand ganz still. Wenn sie die Augen schloß, konnte sie wenigstens seine Hände fühlen. Hin und wieder gelang es ihr, ihre Sehnsucht mit Zukunftsplänen, die nur Radek und sie betrafen, zu verdrängen. Dann gab es weder Halina noch die Eltern oder Großeltern. Es gab nur Radek, mit dem sie irgendwo, weit weg von Warschau, in einem Häuschen mit Garten leben würde. Vielleicht hätten sie Kinder, vielleicht auch nicht. Aber sie waren zusammen und lebten ein gemeinsames, glückliches Leben.

Es war kurz vor Weihnachten, es lag Schnee, und der Frost hatte sich verschärft, als von einem Tag zum anderen das Eßzimmer und der Saal mit Deutschen belegt wurden, die wegen der zu erwartenden Winteroffensive aus den polnischen Gebieten ausquartiert worden waren. Nein, Flüchtlinge seien das nicht, betonte der Bürgermeister, es handele sich nur um eine vorübergehende Notlösung. Mit den Fremden kam ungewohntes Leben ins Schloß, das sich hauptsächlich durch Geräusche ausdrückte. Da die eine Toilette für zwei Dutzend Leute und das Schloßpersonal nicht ausreichte, mußte in Windeseile, bevor der Boden ganz durchgefroren war, eine Grube gegraben werden, über die der Stellmacher aus noch rohem Holz zwei Häuschen setzte.

Das war schon ein merkwürdiger Anblick, diese beiden ständig benutzten Häuschen, die das Ende der herrschaftlichen Auffahrt zierten. Im Salon war durch die Türen das Gezänk von Frauen zu hören, das Weinen der Kinder und gegen Abend das Schnarchen der Alten.

Die Mahlzeiten im Salon wurden von Mal zu Mal kürzer. Kaum einer redete, und wenn, dann waren die Stimmen gedämpft, als sei man nicht mehr Herr im eigenen Haus.

Ich möchte wissen, wo das noch hinführt, sagte die alte Baronin zwischen zwei Löffeln Suppe, und Halina, die Martha an deren freien Tagen vertrat und gerade begonnen hatte, die Teller zu wechseln, erschrak zutiefst, als sie der Herr Major unvermittelt ansprach.

Na ja, Halina, sagte der Herr Major weder freundlich noch unfreundlich, für Sie scheint ja der Verlauf des Krieges günstig zu werden.

Das war ungeheuerlich. Mit so einer Bemerkung hatte niemand gerechnet, und allen am Tisch blieb nicht nur der Bissen im Hals stecken, sondern sie starrten auch Halina an. Diese sagte, was sie in Fällen größter Verlegenheit immer sagte: Schonschon.

Es lag wohl an der Situation, daß die Baronin lachen mußte und Marie erleichtert einfiel, froh, überhaupt ein Lachen zu hören, während die alte Baronin, der Herr Major und Fräulein Hase in Halinas Antwort keinen Grund zur Fröhlichkeit sahen.

Was soll denn die Arme darauf antworten, hörte Halina gerade noch die Baronin ihren Mann fragen, als sie mit dem Tablett voll abgegessener Teller den Salon verließ.

Da das Geschirr nicht mehr in der Anrichte gespült werden konnte, mußte Halina es hinunter in die Küche tragen und dort abwaschen.

Lassen Sie das doch Ihre Schwester machen, schlug die Mamsell vor, die hat noch drei Jahre Arbeit nachzuholen. Und Sie setzen sich mal hin.

Halina, die die Freundlichkeit der Mamsell nicht gewohnt war, sagte wiederum schonschon, wartete aber keinerlei Reaktion ab, sondern machte sich an die Arbeit.

Es war der erste Heiligabend in Rohrdorf, an dem es keinen Weihnachtsbaum gab. Die Frau Baronin hatte den Salon mit Tannenzweigen und Kerzen geschmückt, das mußte reichen. Wegen der Hellhörigkeit zu Eßzimmer und Saal, wo die Fremden auf ihren Matratzen hockten und an ihr Zuhause dachten, lehnte es die Baronin ab, Weihnachtslieder zu singen. Man aß Kartoffelsalat und Würstchen, die Geschenke fielen mickrig aus und waren eher als Geste gedacht.

Halina, die den Abendbrottisch gedeckt hatte, wurde zu ihrer Schwester geschickt, um mit ihr zu feiern, wie sich die alte Baronin etwas spitz ausdrückte.

Als Halina das Dienerzimmer betrat, war es bereits spät. Teresa hatte wie jedes Jahr über Tisch, Bettpfosten, Fensterbrett und die Stufen der Wendeltreppe Kerzenstummel verteilt. Auf dem Tisch lagen ein paar Tannenzweige und ein Teller mit Stollen, den die Mamsell Teresa am Nachmittag gegeben hatte und mit dem Teresa die Schwester überraschen wollte. Schon zweimal hatte sie die Kerzen angezündet und wieder ausgeblasen. Sie konnte nicht glauben, daß Halina den Abend irgendwo allein verbringen würde, nur um nicht mit ihr zusammensein zu müssen. Weihnachten war das Fest der Liebe, und Teresa wünschte sich an diesem Abend nichts sehnlicher, als sich mit Halina auszusprechen. Immer wieder überlegte sie sich neue Sätze, mit denen sie das Gespräch eröffnen wollte, kam auf die Idee, die Schwester einfach nur zu umarmen oder sie für die Lüge um Verzeihung zu bitten, nicht aber für ihre Liebe zu Radek.

Es war so still draußen. Kein Mensch ging über den Flur, und niemand befand sich in der Halle. Plötzlich hatte sie die Vorstellung, von allen im Schloß verlassen allein im Dienerzimmer zu sitzen. Vielleicht war der Krieg vorbei und alle Menschen längst über alle Berge, und mit ihnen Halina. Sie sah sich in einem leeren Schloß, das in einem leeren Dorf stand, von niemandem vermißt, von niemandem gesucht und von der Welt für immer ausgeschlossen. Zum ersten Mal dachte Teresa daran, sterben zu wollen und sich und Radek aufzugeben. Vielleicht war er ja schon längst tot, und wenn es ihnen im Leben nicht vergönnt war zusammenzusein, dann wenigstens im Tod. Wie ihre Phantasie bisher ihre Liebe zu Radek ausgemalt hatte, malte sie jetzt ihren Tod aus. Halina würde sie zuerst finden, erstickt, erhängt oder mit aufgeschlitzten Pulsadern. Sie sah das Entsetzen im Gesicht der Schwester, sie sah die Reue in den Augen und die Gewissensbisse, die ihr Gesicht verzerrten und sie in Tränen ausbrechen ließen.

Teresa zündete zum dritten Mal die Kerzenstummel an. Jetzt würde sie jeden Docht brennen lassen, selbst wenn dadurch das Tischtuch, das Bett oder eine der ausgetrockneten Treppenstufen in Flammen gerieten. Sie hockte sich mit dem Rükken an den Ofen und schloß die Augen. Als Halina hereinkam, war sie derart mit ihren verschiedenen Todesarten beschäftigt, daß sie nichts davon merkte. Und so, wie sie da in sich zusammengesunken mit dem Rücken am Ofen lehnte, den Kopf vornüber auf den Knien liegend, die Arme leblos herunterhängend und das Gesicht seitlich der Wand zugewandt, konnte man sie tatsächlich für tot halten.

Halina schrie zwar nicht auf, wie Teresa es sich in ihrer Phantasie vorgestellt hatte, aber sie stürzte auf die Knie und faßte nach den Händen der Schwester.

Was ist dir, Terenia?

Terenia, jubelte Teresa insgeheim, sie hat mich bei meinem Kosenamen gerufen. Sie hat Angst um mich, sie will nicht, daß mir etwas zustößt. Sie hielt die Hände der Schwester mit einer Kraft fest, über die weder eine Sterbende noch eine Kranke verfügen konnte. Sofort machte sich Halina los und richtete sich auf. Es dauerte seine Zeit, bis sie sich gefaßt hatte und mit einer um Gleichgültigkeit bemühten Stimme sagte: Ich hätte es mir denken können, daß du Theater spielst.

Halina blies bis auf zwei alle Kerzenstummel aus und versetzte das Dienerzimmer dadurch in eine bedrohlich wirkende Finsternis. Sie hatte das Versprechen an sich selbst, mit der Schwester kein Wort mehr zu reden, gebrochen und mußte jetzt sehen, wie sie damit zurechtkam.

Ich spiele kein Theater, Halina. Ich kann nicht mehr, und ich will auch gar nicht mehr können, solange du nicht mit mir sprichst.

Teresa hockte noch immer mit dem Rücken am Ofen und war in dem Licht der zwei Kerzenstummel kaum noch zu sehen. Das war gut so, denn so war es für Halina leichter, etwas zu erwidern.

Du glaubst, du kannst mich damit erpressen? fragte sie und fühlte, daß sie zumindest über ihre Stimme Gewalt hatte.

Teresa versuchte an die Sätze zu denken, die sie sich überlegt hatte, aber sie waren ihr alle entfallen. Übriggeblieben war nur der verzweifelte Wunsch nach Versöhnung.

Willst du mir denn für immer böse sein?

Böse? Halina gelang ein bitteres Lachen. Wie kann man jemandem böse sein, den man nicht mehr liebt.

Aber ich bin deine Schwester, und eben hast du noch Angst um mich gehabt.

Das ist ja das Schreckliche. Es ist viel schwerer, als du denkst, die eigene und einzige Schwester, die einem immer wichtiger war als man selbst, aus seinem Leben zu schicken.

Und das willst du?

Ja, Teresa, das will ich. Und ich will noch viel mehr, aber das geht dich nichts an.

Der Satz beunruhigte Teresa und ließ sie sofort an Radek denken und an Halinas Absicht, sich ihren Mann nicht wegnehmen zu lassen. Sie kroch aus ihrer Ecke hervor und setzte sich an den Tisch, Halina gegenüber, deren Gesicht mehr von Schatten verdeckt war, als durch Licht zu erkennen. Teresa drückte die Hände aneinander, bis ihre Finger weiß und taub wurden.

Wenn es um Radek geht, sagte sie leise, geht es auch mich etwas an.

Radek?

Halina sprach den Namen aus, als wüßte sie nicht, wer damit gemeint war. Ihre Augen, die scheinbar durch Teresa hindurchblickten, wurden groß und dunkel.

Vielleicht ist er ja tot.

Auf einmal sagst du, er lebt nicht mehr. Bisher warst du felsenfest davon überzeugt, daß er nicht erschossen wurde. Du hast es mir so lange eingeredet, bis ich es geglaubt habe, und jetzt, wo du weißt, daß auch ich ihn liebe, soll er tot sein. Das ist doch aberwitzig, oder wünschst du dir seinen Tod, weil du dann mit der Situation besser fertig wirst?

Teresa hatte nicht vorgehabt, Halina erneut zu kränken. In ihrer Hilflosigkeit verstummte sie und hielt einen der kleinen Tannenzweige in die Flamme, so daß er knisternd aufloderte und für einen Moment Halinas von tiefer Trauer überzogenes Gesicht zeigte. Da war nichts von Ablehnung, nichts von Haß und nichts von Verachtung. Nur Schmerz.

Ohne Überlegung griff Teresa nach Halinas Händen, die sich kalt und leblos anfühlten und nicht reagierten. Teresa hätte genausogut an einem trocknen Schwamm Halt suchen können. Aber sie gab nicht auf und sagte: Laß uns fortlaufen, bevor es zu spät ist. Zu zweit schaffen wir das. Kein Mensch wird noch ein Interesse an uns haben.

Fortlaufen? Wohin denn?

Nach Warschau zu den Eltern, den Großeltern und zu ...

Teresa sprach Radeks Namen nicht aus, hielt aber Halinas kalte und leblose Hände weiter fest. Aber die machte sich frei, und ihre Stimme hatte wieder zu der vorherigen Gleichgültigkeit zurückgefunden.

Warschau ist dem Erdboden gleichgemacht, sagte sie, der Großteil der Bevölkerung ist tot.

Und woher weißt du das?

Ich habe heute mit den Deutschen gesprochen, die im Eßzimmer und im Saal einquartiert worden sind. Man hat sie aus Warschau evakuiert, weil es in der Stadt nichts mehr zu verwalten gibt und die Russen an der Weichsel stehen. Eine Frau erzählte, von August bis Oktober habe es in der Stadt einen

Aufstand gegeben, dem der größte Teil der Zivilbevölkerung zum Opfer gefallen sei.

Halina hatte die Worte runtergeleiert, als ginge sie das alles nichts an. Sie spürte, daß ihre Kraft, mit Teresa zu reden, zu Ende ging und sie jeden Moment in Tränen ausbrechen würde.

Du meinst, sie sind alle tot?

Halina stand auf, knipste die Lampe unter dem runden Blechschirm an und blies die zwei Kerzenstummel aus.

Ich meine gar nichts, sagte sie und begann sich auszuziehen, um ins Bett zu gehen.

Wenn wir versuchen, uns nach Warschau durchzuschlagen, könnten wir doch wenigstens nach den Eltern suchen.

Noch haben die Deutschen den Krieg nicht verloren, und das heißt, daß auf jeden flüchtigen Polen geschossen wird. Und jetzt laß mich schlafen, ich bin müde und habe genug mit dir geredet.

Am dreizehnten Januar, so berichtete es das Oberkommando der Wehrmacht, hatte die sowjetische Armee mit der großen Winteroffensive begonnen, die vor allem von den Menschen im Osten Deutschlands voller Angst erwartet worden war.

In den folgenden vierzehn Tagen breitete sich nicht nur im Schloß, sondern auch im ganzen Dorf wachsende Lähmung aus. Wenn das so weiterging, würde der Russe bald da sein, und was dann?

Abhauen gilt nicht, hatte der Bürgermeister gesagt und einen Erlaß in den Außenkasten gehängt, in dem jedem Bewohner des Dorfes unter Strafe untersagt wurde, den Ort zu verlassen.

So ein Quatsch, sagte Frau Klimka und schälte die Kartoffeln noch langsamer als sonst, wo soll unsereiner denn hin?

Die Mamsell war da anderer Meinung. Bevor der Russe komme, sagte sie, sei sie über alle Berge, darauf könne die Klimka Gift nehmen.

Käte äußerte keine Meinung und hatte inzwischen auch aufgehört, vom Führer und seiner Wunderwaffe zu reden. Weil sich alle zu fürchten begannen außer Halina, machte niemand mehr seine Arbeit ordentlich zu Ende. Überall saßen die Angst und die Ungewißheit, ob der Krieg noch einmal eine Wende zum Guten nehmen und die Sowjets wieder ostwärts treiben würde. Eines Nachts war auch diese Hoffnung dahin. Erst wußte niemand dieses fremde und anhaltende Geräusch einzuordnen. Auch Halina und Teresa hörten es, da das Fenster des Dienerzimmers nach Nordosten lag.

Hörst du das? hatte Teresa gefragt, und Halina, die sich inzwischen angewöhnt hatte, wenigstens das Notwendigste mit der Schwester zu reden, sagte: Ja.

Aber nicht nur Teresa und Halina fragten sich, was sie da hörten. Auch die Baronin wollte es wissen, Fräulein Hase, die Mamsell, Martha und Frau Klimka. Die Leute in Rohrdorf standen trotz Kälte an den Fenstern und vor den Türen und lauschten stumm mit aufgerissenen Augen und Mündern. Die einen begriffen es früher, die anderen später. Was sie da hörten, waren unzählige im Schnee knirschende Räder von schwerbepackten Wagen. Und dazwischen ein weit hallendes Hü, Hott und knallende Peitschen, die Pferde antrieben.

Da machten sich Menschen mit Hab und Gut auf den Weg, und nicht nur am Tag, sondern auch in der Nacht. Zum ersten Mal fiel das Wort Flüchtlinge in Rohrdorf, und am folgenden Tag wurden die Kinder ausgeschickt, um nachzusehen, woher die Leute kamen und wohin sie wollten. Aus dem Warthegau berichteten die Kinder, aus Lodz und aus Kalisz.

Und wohin wollen die?

Ins Reich, sagen sie, antworteten die Kinder, wo der Russe nicht hinkäme.

Der Bürgermeister gab zum zweiten Mal die Parole aus, daß niemand auf eigenen Wunsch den Ort verlassen dürfe, worauf die Klimka abwinkte und brummte, daß Rohrdorf ja schließlich im Reich läge und es deshalb solche dämlichen Befehle nicht zu geben brauche. Trotzdem begannen die Dorfbewohner, sich auf ihren Dachböden und Kellern nach Taschen umzusehen. Koffer hatte kaum einer, denn in Rohrdorf war es nicht üblich zu verreisen. Manch einer, so erzählte Käte in der Küche, fing an, Kartoffelsäcke zu waschen, denn irgendwie müßte man ja im Notfall seine Habe transportieren können.

Eine Woche später kam unangemeldet Anna zu Besuch. Trotz großer Kälte war sie mit Pferd und Wagen vom Nachbargut herübergefahren, um, wie sie sagte, noch ein paar Sachen zu holen.

Was für Sachen?

Halina sah, wie die Baronin ihre Tochter umarmte und gar nicht mehr loslassen wollte.

Ich bin so froh, daß du zurückgekommen bist. Ich meine, die Familie gehört in solchen Zeiten zusammen.

Erst dann fragte sie nach Wilhelm und erfuhr, daß er trotz seiner Knieverletzung zum Volkssturm eingezogen worden war.

Dann werden es ja deine Schwiegereltern verstehen, wenn du jetzt bei uns bleibst, erwiderte die Baronin und nahm ihre Tochter ein zweites Mal in die Arme.

Anna befreite sich vorsichtig. Nein, sagte sie, das würden sie nicht verstehen. Wir haben für alle Fälle ein paar Treffpunkte mit Wilhelm ausgemacht. Du mußt das verstehen, wenn ich gleich wieder zurückfahre. Ich gehöre jetzt zu seiner Familie, dann machte sie eine Pause und fügte leise hinzu: Ich bin nämlich schwanger.

Auch das noch.

Mehr sagte die Baronin nicht, und Halina merkte ihr die Enttäuschung an, daß Anna nicht im Elternhaus bleiben wollte. Als sie später auf Marthas Bitte Tee und Weihnachtsgebäck ins Damenzimmer brachte, saßen die alte Baronin, der Herr

Major und die Frau Baronin steif und stumm um den Tisch. Halina wußte nicht, ob sie ihretwegen den Mund hielten oder in der Abschiedsstimmung keine Worte füreinander fanden.

Halina dachte an die eigene Mutter und deren Tränen, die sie jammernd vergossen hätte, wenn ihr Gelegenheit gegeben worden wäre, ihren Töchtern auf Wiedersehn zu sagen.

Halina, fragte Anna in das Schweigen hinein, könnten Sie mir ein bißchen beim Packen helfen?

Schon, schon, Pani Anna.

Pani Anna, ahmte die alte Baronin Halina ärgerlich nach, wird jetzt schon bei uns im Haus polnisch gesprochen?

Später in Annas Zimmer wußte Halina anfangs nicht recht, wie sie helfen sollte. Anna hatte alle Schränke und Kommoden aufgerissen. Nicht nur auf dem Bett lagen Kleider, Pullis und Wäsche verstreut, auch auf dem Tisch befanden sich Sachen. Papierkram und Bücher, Fotos, Schmuck und Erinnerungsstücke, die Annas Leben begleitet hatten.

Was soll ich bloß mitnehmen, Halina? fragte Anna und stopfte einiges in einen Koffer, um es ebenso schnell wieder herauszunehmen.

Alles, was praktisch ist, antwortete Halina, ich glaube nicht, daß Sie Bücher brauchen, wenn Sie von zu Hause wegmüssen. Und Halina fing langsam an zu packen, erinnerte sich, was sie alles mit Teresa vermißt hatte, als sie vor drei Jahren ins Dienerzimmer eingezogen waren. Sie dachte an alles, dachte an Annas Papiere, packte den Schmuck ein, legte ein Foto von den Eltern und eins von den Schwestern in den Koffer, suchte ebenso festes Schuhwerk wie Hausschuhe raus, sparte nicht mit Strümpfen und dicken Pullovern und schlug vor, kein Kleid für den Sonntag, wie sie sich ausdrückte, einzupacken. Sie war so bei der Sache, daß sie gar nicht merkte, wie Anna ihr zusah. Halina verhielt sich, als könnte sie nachholen, was ihr nicht möglich gewesen war.

Warum machen Sie das für mich?

Sie haben viel mehr für mich getan, Pani Anna. Da werde ich wohl für Sie noch einen Koffer packen, von dem ich besser weiß, was hineingehört, als Sie.

Und der Rest? fragte Anna. Was machen wir mit dem Rest?

Halina blickte zu Boden und schwieg. Anna hatte offensichtlich noch immer nicht begriffen, daß es sich hier um einen Abschied für immer handelte. Sie schien ihre Flucht für ein Abenteuer mit ungewissem Ausgang zu halten.

Wer weiß, wann und ob ich zurückkomme, sagte sie plötzlich lächelnd, es ist besser, wenn hier aufgeräumt ist. Jetzt war sie es, die zurückräumte, was nicht im Koffer Platz gefunden hatte, und Halina sah ihr zu.

Die Schreibtischschubladen schließe ich ab und nehme die Schlüssel mit, wer weiß ...

Als sie mit allem fertig waren, schickte Anna Marie zu Lenart, er möge das Pferd wieder einspannen. Jetzt standen sich die beiden Frauen eine Weile gegenüber, und Anna fand endlich den Mut, Halina nach Ludwik zu fragen. Doch diese wußte nichts von ihm und hatte kein Wort mehr über ihn gehört. Anna nickte, als habe sie diese Nachricht erwartet, und strich sich über den Leib, der in der Taille sichtlich an Umfang zugenommen hatte.

Sollten Sie jemals Ludwik Janik treffen, Halina, dürfen Sie ihm nie sagen, daß ich von ihm schwanger geworden bin, versprechen Sie mir das?

Halina nickte, sprechen konnte sie nicht.

Es verursacht nur Wunden, die bei niemandem zuwachsen würden, und das will ich nicht.

Und eh es sich Halina versah, hatte Anna sie umarmt und auf die Wange geküßt.

Danke, sagte sie, danke für alles.

Der Abschied von den Eltern war kurz und tränenlos. Anna

ließ einfach keine traurige Stimmung aufkommen, umarmte jeden nicht anders als sonst. Nur Marie drückte sie länger an sich und küßte sie auf die großen Augen.

Paßt auf, rief sie vom Wagen herunter und tippte dem Pferd mit der Peitsche auf die Kruppe, in ein paar Wochen sind wir alle wieder hier.

Von Tag zu Tag geriet alles mehr in Unordnung. Die einzige, die unverändert wie bisher ihre Pflichten erfüllte, war Halina. Immer öfter vertrat sie Martha, die sich um ihre Eltern kümmern mußte, die vor Angst nicht mehr aus und ein wußten. Käte kam nur noch stundenweise und war lieber zu Hause als im Schloß. Nur die Mamsell, die in Rohrdorf keine Verwandtschaft hatte und deren Habe schnell zusammengepackt werden konnte, kochte, wie sie immer kochte, inzwischen mit Teresas Hilfe. Die beiden Frauen redeten nicht viel miteinander. Teresa führte schweigend die Arbeit aus, die ihr aufgetragen wurde.

Alle Versuche, Halina zu überzeugen, nach Warschau aufzubrechen, waren erfolglos geblieben, und allein wollte sich Teresa nicht auf den Weg machen. Über Radek sprachen sie kein Wort mehr, und die eine wußte nicht, wie die andere sich die Zukunft dachte, falls er noch lebte.

Halina behandelte Teresa wie eine Fremde, distanziert und fast höflich. Es gelang ihr, jeder körperlichen Berührung mit der Schwester aus dem Weg zu gehen. Berührten sich ihre Hände beim Aufräumen des Tisches trotzdem, zuckte Halina zusammen, als habe sie sich verbrannt.

Du gehst mit mir um, als sei ich eine Giftschlange, hatte Teresa einmal gesagt, und Halina hatte nicht geantwortet, daß das nicht ihre Absicht sei, sondern nur, daß es ihr leid täte, wenn die Schwester diesen Eindruck habe, aber sie verspüre keine Lust mehr, sich zu verstellen.

Wir können doch auf die Dauer nicht so miteinander umgehen, hatte Teresa gerufen, worauf Halina die Schultern hochhob, Teresa ansah und mit kaltem Lächeln zurückfragte: Warum denn nicht?

Seit Teresa in der Küche half, waren die Schwestern nur noch nachts, wenn sie ins Bett gingen, unter sich. Die Mamsell hatte sie aufgefordert, mit ihr in der Küche zu essen. Die Bestimmungen wären ihr jetzt auch egal, hatte sie gesagt, und man müsse froh sein, wenn man überhaupt noch einen Tisch habe, an dem man essen könne.

Aus dem Dorf kam die Nachricht, daß die Deutschen aus Lissa und Umgebung bereits auf den Treck gegangen seien. Jetzt würde es also auch bald den Rohrdorfern an den Kragen gehen. Der Bürgermeister ordnete noch einmal an, daß keiner weggehen dürfe, bevor nicht von ihm der Befehl zum Verladen gegeben sei. Niemand, so hieß der Befehl, dürfe mehr als fünfundzwanzig Kilo Gepäck mitnehmen.

Das ist doch Wahnsinn, sagte die Baronin, während Halina den Eintopf auf den Tisch stellte, ich würde mich nicht wundern, wenn der Bürgermeister so lange das Gepäck der Rohrdorfer auf der Viehwaage kontrolliert, bis die Russen da sind, der ist doch verrückt.

Befehl ist Befehl, sagte der Herr Major, und ich wünsche, daß sich daran gehalten wird.

Von mir aus, brummte die alte Baronin, ich brauche sowieso nicht viel mehr.

Jeder begann nun seinen Koffer zu packen, legte Kleider, Schuhe und Wäsche hinein, Papiere, ein paar Fotos und den Familienschmuck, den sich die Frauen teilten, wobei die alte Baronin auf dem größeren Anteil bestand.

Am folgenden Tag ließ der Bürgermeister den Herrn Major wissen, daß in vierundzwanzig Stunden Abmarsch sei, und zwar pünktlich um neun Uhr. Da sonst niemand da war, bat der Herr Major Halina, auf den Hof zu Lenart zu gehen. Der möge veranlassen, daß von jeder deutschen Familie seiner Landarbeiter einer in zwei Stunden erscheine, er wolle Wagen und Pferde verteilen. Am Nachmittag sah Halina vom Fenster aus, wie die alten Männer und Frauen Wagen für Wagen mit jeweils einem Gespann vom Hof fuhren. Die Kutschpferde hatte sich der Herr Major selbst vorbehalten.

Am Abend wurde Halina gesagt, sie brauche nicht mehr im Salon anzurichten. Zum ersten und zum letzten Mal nahmen der Herr Major, die Baronin und die alte Baronin eine Mahlzeit in der Schloßküche ein. Es war ein seltsamer Anblick, wie sie da etwas verlegen ob der ungewohnten Umgebung um den Tisch saßen und aßen, was ihnen die Mamsell vorgesetzt hatte. Butter, Wurst, Käse und Brot, soviel jeder wollte, damit die Russen, wie die Mamsell sich ausdrückte, nicht zuviel zu fressen vorfänden. Plötzlich stand der Herr Major auf und kam nach einer Weile mit einigen Flaschen des dreihundert Jahre alten Ungarweines zurück. Die Mamsell habe ihn auf den Gedanken gebracht, sagte er und öffnete vorsichtig eine Flasche. Halina wurde nach oben geschickt, um die richtigen Gläser zu holen, und dann wurde eingegossen. Wenn man genau hinsah, konnte man sehen, daß die Hand des Herrn Majors ein wenig zitterte. Aber außer Teresa, die sich in die hinterste Ecke der Küche verdrückt hatte, sah niemand hin. Zu ihrem Erstaunen bekam auch Halina ein Glas eingeschenkt.

Wir sind Ihnen zu Dank verpflichtet, sagte der Herr Major und meinte wohl damit, daß Halina bis zum Schluß ihrer Pflicht als Hausmädchen nachkam. Dann wandte sich der Herr Major auch Teresa zu und hob wortlos und fragend die Flasche.

Nein, danke, sagte Teresa und schüttelte heftig den Kopf. Das fehlte ihr gerade noch, daß sie mit den *Szkopy* zum Abschied anstoßen müßte.

Jetzt hielt der Herr Major eine kleine Rede. Er sprach von dem Rittergut, das über siebenhundert Jahre der Familie gehört und alle Kriege bis auf diesen überstanden habe. Er erzählte von deren Besitzern, seinen Vorfahren, die es auch in den schlimmsten Zeiten vor Konkurs und Verkauf gerettet hätten. Ihm, als letztem Sproß der Familie, sei das nicht vergönnt. Ab morgen seien er und seine Familie Flüchtlinge, Menschen ohne Land, ohne Hab und Gut und ohne ein eigenes Dach über dem Kopf.

Um nicht Tränen aufkommen zu lassen, hob der Herr Major sein Glas und bat alle Anwesenden auszutrinken, damit er von dem köstlichen Wein nachschenken könne, der Maria Theresia, Kaiserin von Österreich-Ungarn, zu verdanken sei. So sparsam, wie alle seine Vorfahren mit diesem Wein umgegangen seien, so reichlich solle man jetzt davon trinken, um möglichst keinen Tropfen in russische Kehlen fließen zu lassen.

Man prostete sich gegenseitig zu, und die Mamsell bekam schon nach den ersten Schlucken rote Bäckchen. Niemand hatte Halina zugeprostet, und niemand war es aufgefallen, daß sie ihr Glas nicht erhoben hatte, auch nicht von dem Wein nippte, sondern ihr Glas unbemerkt und unberührt wieder auf den Tisch zurückstellte.

Damit der schwere Wein den Flüchtlingen von morgen nicht zu sehr in die Beine fuhr, schmierte Halina für alle Brote, belegte sie dick mit Wurst, Speck und Schinken. Man aß und trank und begann, sich auf ungewöhnliche Art an ungewöhnlichem Ort zu amüsieren. Die alte Baronin wurde gefragt, was sie denn mit dem ganzen Schmuck machen wolle, den sie aus den Schatullen genommen und in Seidenpapier verpackt in einer Ledertasche auf dem Schoß hielt.

Ich weiß es nicht, sagte sie, ich werde ihn aufheben, bis man ihn wieder tragen kann.

Marie wurde aufgefordert, die Puppe zu zeigen, die sie mitnehmen wollte. Fräulein Hase, befragt, was ihr das wichtigste von dem sei, was sie mitnehme, gab zu, einige Knollen der schönsten Mignon- und Pompondahlien eingepackt zu haben. Der Galgenhumor nahm von Stunde zu Stunde zu. Keiner mochte mehr die Küche verlassen. Sie saßen, wo sie noch nie gesessen hatten, als ob dieser Ort in ihren Alltag gehörte hätte. Sie fürchteten sich, hinaufzugehen, Salon, Damen- und Herrenzimmer zu betreten, weil sie wußten, daß es das letzte Mal sein würde. Sie sträubten sich, ihre bequemen und warmen Betten aufzusuchen, in denen sie, bevor sie nicht alle betrunken waren, keinen Schlaf finden würden, weil sie ab morgen, wenn überhaupt, nur noch mit Stroh und Decken zu rechnen hatten.

Da war es besser, Geschichten zu erzählen. Die alte Baronin machte den Anfang. Ihr Vater, der berühmte Reitergeneral, dessen Bild Halina vom Herrenzimmer her kannte, der habe, so erzählte sie, nach einer durchzechten Nacht eine Wette gewonnen, daß er einem Regimentskameraden dessen eigenes Pferd, einen Schimmel, verkaufen würde.

Wie das? riefen alle, obwohl sie bis auf Halina und Teresa die Geschichte längst kannten. Aber denen erzählte die alte Baronin die Geschichte eigentlich nicht.

Mein Vater, sagte sie und sah triumphierend in die Tischrunde, ließ den Schimmel durch seinen Stallburschen mit schwarzer Schuhwichse einreiben, führte das Pferd dann selbst vor und kassierte ein hübsches Sümmchen, von dem er seinem Regimentskameraden keinen Pfennig wieder zurückgab.

Alle lachten. Jetzt war es der Herr Major, der etwas zum besten gab, was gleichfalls allen bis auf Halina und Teresa bekannt war. Die Polinnen waren beim Erzählen der alten Geschichten in Vergessenheit geraten, und niemand nahm mehr Notiz von ihnen. Beim Hochwasser in den zwanziger Jahren, begann der Herr Major und lachte in fröhlicher Schadenfreude, seien die Karpfen aus der gerade frisch angelegten Zucht des Herrn von Mickwitz, Annas jetzigem Schwiegervater, über den zum Fluß angeschwollenen Straßengraben bis nach Rohrdorf geschwommen, wo er, der Herr Major, den Gärtner veranlaßt habe, die Karpfen zu fangen. Aber nicht, wie man annehmen könnte, um sie Mickwitz zurückzugeben, sondern um sie zu schlachten, auf polnische Art zubereiten zu lassen und, der Herr Major machte eine Kunstpause, Mickwitz und seine Frau zu dem Fischessen einzuladen.

Und? fragte Marie, war der Herr von Mickwitz böse auf dich?

Natürlich, sagte der Herr Major strahlend, er hat es mir bis heute nicht vergessen, und wenn ich nicht dabei bin, erzählt er die Geschichte andersherum, nämlich daß er meine Karpfen gefangen und mich zum Fischessen eingeladen hätte.

Wiederum Gelächter, neue kleine Schlucke vom dreihundertjährigen Ungarwein und neue Geschichten. Die Baronin war dran. Als junges Mädchen, erzählte sie, habe sie sich immer geschworen, nie nach Schlesien aufs Land zu heiraten, nie in ein Haus, in dem das Porzellan ein Zwiebelmuster habe und das Haus im Jugendstil eingerichtet sei. Alles sei eingetroffen. Seit fünfundzwanzig Jahren lebe sie in Schlesien auf dem Land, das von ihr so verhaßte Zwiebelmuster ziere nicht nur Teller, Platten und Schüsseln, sondern auch Messergriffe, Messerbänkchen, Lampenständer, Vasen, Uhrengehäuse und Nachttöpfe. An den Jugendstil habe sie sich auch gewöhnt, aber was das wichtigste für sie bleibe, sie sei in Rohrdorf immer glücklich gewesen.

Jetzt lachte keiner, und jedem, nur Marie nicht, war aufgefallen, daß die Baronin bereits in der Vergangenheit gesprochen hatte. Ich möchte auch etwas erzählen, krähte Marie, die wie alle auch ein Glas Wein bekommen hatte und deren Augen vor Spaß an der eigentümlichen Situation leuchteten. Du weißt doch, Papa, wie damals die Pferde auf dem Hof durchgegangen sind, ja?

Der Herr Major erinnerte sich, denn es war kurz vor Kriegsbeginn gewesen.

Und Marie berichtete minutiös, wie sie mit dem Sohn des Inspektors Knallerbsen besorgt und sie in der Mittagspause im Hof mit Sorgfalt unter die vorher ausgehobenen Pflastersteine plaziert habe. Von einem gut gewählten Versteck aus, nämlich im Holzschuppen, hätten sie dann das unerwartete Geschehen beobachtet. Die Knechte hätten die Pferde aus dem Stall geführt und wie jeden Mittag vor die Wagen gespannt, um auf die Felder zu fahren. Aber da seien nun die Knaller losgegangen, und es habe einen Krach gegeben, als sei der Krieg damals schon ausgebrochen. Einige Knechte hätten ihre Pferde halten können. Aber nicht alle, und ein Gespann sei mit den Eggen im Schlepptau über die Dorfstraße bis zum Friedhof gerast, wo es dann endlich eingefangen worden sei.

Diese Geschichte kannte noch niemand, und der Herr Major wußte nicht recht, wie er sich nun seiner jüngsten Tochter gegenüber verhalten sollte. Schließlich sagte er: Na ja, ein Scherz war das ja wohl nicht, aber jetzt ist es auch egal, Marie.

Wie wär's denn, flüsterte Teresa ihrer Schwester zu, wenn du jetzt unsere Geschichte zum besten geben würdest. Die kennt auch noch niemand.

Aber Halina schüttelte nur den Kopf und legte den Finger auf ihren Mund, um Teresa zum Schweigen zu bringen.

Fräulein Hase sagte, sie habe nichts zu erzählen, und die Mamsell kam nicht mehr dazu. Als sie aufstand, um aufs Klo zu gehen, sackten ihr die Beine weg, und sie mußte später von Halina auf ihr Zimmer geschleppt werden.

Der Herr Major, der zufrieden feststellte, daß die Flaschen, die er geholt hatte, ausgetrunken worden waren, klatschte plötzlich in die Hände und beendete das Abschiedsfest mit den Worten, daß morgen auch noch ein Tag sei.

Man stützte sich gegenseitig, wobei die alte Baronin am meisten Standfestigkeit zeigte und zum Erstaunen ihrer Familie zu singen begann. Noch nie hatte jemand die alte Baronin singen hören, selbst der Herr Major konnte sich aus seinen Kindertagen nicht daran erinnern. Um so verwunderter war man, als sie zwar nicht mit glockenheller Stimme, aber dafür mit einer selbsterfundenen Melodie folgendes zum besten gab:

Die Franzosen
mit den roten Hosen
mit den gelben Epauletten
fressen gerne Omeletten.

Kennt wohl niemand? fragte sie, als ihr Sohn, ihre Schwiegertochter, Marie und Fräulein Hase sie fassungslos anstarrten.

Nein, sagte der Herr Major streng.

Darauf winkte die alte Baronin ab, drückte ihre Schmucktasche an sich und verschwand ohne Gutenachtgruß in ihrem Zimmer. Niemand wünschte irgendwem eine gute Nacht, und als Marie leise fragte, ob sie bei den Eltern schlafen dürfe, was in ihren zehn Lebensjahren nicht einmal vorgekommen war, wurde es ihr gestattet. Auch im Dienerzimmer blieb das Licht noch lange an.

Ich glaube, die sind alle verrückt geworden, sagte Teresa und hätte sich gern mit Halina über diesen denkwürdigen Abend mokiert. Aber diese spielte wie immer nicht mit und reagierte nur mit dem Satz: Sie sind nicht verrückt, sie sind traurig, und das ist ein Unterschied.

Immer nimmst du diese *Szkopy* in Schutz. Hast du denn noch nicht die Schnauze voll?

Und als Halina nicht antwortete, sondern sich auszuziehen und zu waschen begann, wie sie es jeden Abend zu tun pflegte, verlor Teresa die Geduld.

Willst du denen vielleicht noch die Koffer hinterhertragen? rief sie empört. Aber Halina reagierte nicht, hatte wieder diesen Blick, der Teresa nicht wahrnahm, und den befremdlichen Zug um den Mund.

Laß uns gehen, Halinka. Laß uns jetzt verschwinden, wo

alle im Aufbruch sind und sich keiner mehr um uns kümmert. Ein paar Kilometer weiter östlich liegen die ersten Dörfer, in denen polnische Familien leben, die nehmen uns auf und helfen uns weiter.

Auch darauf antwortete Halina nicht. Sie zog sich ihr Kopfkissen über die Ohren, und obwohl Teresa das Licht nicht gelöscht hatte, hörte sie bald die regelmäßigen Atemzüge der Schwester.

Morgen, sagte Teresa mehr zu sich als zu Halina, morgen mache ich mich auf den Weg nach Hause, egal, ob du mitkommst oder nicht.

Sie zog sich nicht aus und legte sich auf das Bett, als müßte sie jeden Augenblick aufspringen und loslaufen. Nur das Licht löschte sie. Jetzt in der Stille waren wieder die Räder der Flüchtlingswagen im hartgefrorenen Schnee zu hören. Das Thermometer war bis auf zwanzig Grad minus gefallen, und die Stimmen, die in ständiger Wiederholung die Pferde antrieben, waren so nah, daß man glauben konnte, der Treck zöge hinter dem Gutshof entlang.

Da Teresa nicht schlafen konnte, versuchte sie wenigstens, mit geschlossenen Augen von Radek zu träumen. Sie sah sich ihm entgegenlaufen, ihn in die Arme schließen, ihn küssen und streicheln. Sie fühlte seine Nähe, seine Wärme und roch seinen Körper. Sie lag mit ihm im Bett, saß mit ihm im Garten, ging mit ihm spazieren, nahm mit ihm Mahlzeiten ein, tanzte mit ihm, sang mit ihm und war seine Frau.

Der andere Traum, den sie immer abwechselnd mit diesem träumte, war traurig. Darin stand sie mit Halina an seinem Grab, das sie beide schmückten, stumm und im Schmerz vereint, für immer durch ihre Liebe zu Radek aneinander gebunden.

Dazwischen riß sie immer wieder die Augen auf und versuchte, auf dem Wecker die Uhrzeit zu entziffern, um aufstehen zu können. Sie wollte hier raus, wollte nach Warschau, um der jahrelangen Ungewißheit endlich ein Ende zu setzen, ganz gleich, wen und was sie zu Hause vorfinden würde.

Halinas fester Schlaf machte sie so zornig, daß sie der Schwester am liebsten die Bettdecke weggezogen hätte. Wie konnte sie schlafen, wenn mit jeder Stunde der Moment nahte, wo sie sich auf den Weg machen konnte, um Radek zu suchen.

Gegen Morgen schlief Teresa über ihre Träume und ihren Zorn endlich ein und wachte erst auf, als Halina das Dienerzimmer längst verlassen hatte und in der Küche das letzte Frühstück zubereitete. Die Henkersmahlzeit, wie die Baronin später sagte.

Es war noch kälter geworden. Fünfundzwanzig Grad minus, hatte Fräulein Hase vom Thermometer abgelesen. Da niemand mehr die Zentralheizung bediente, war es kalt im Haus. Jeder hatte sich so warm wie möglich angezogen. Und so, wie sie jetzt um den Küchentisch herumstanden, den heißen Kaffee tranken und sich Brote in den Mund stopften, waren sie von ihrem Äußeren her kaum zu unterscheiden. Bis auf den Herrn Major, der Uniform trug, denn in der Kreisstadt hatte er sich beim Volkssturm zu melden, und die alte Baronin trugen alle Trainingshosen. Darüber mindestens zwei Röcke und so viele Pullover, wie unter einem zugeknöpften Mantel Platz hatten. Um den Hals baumelten ihnen Handtaschen mit Papieren und dem Geld, das sie besaßen, und nur Marie hielt ihre Puppe in den Armen. Sie behauptete, noch vor dem Frühstück ihr Zimmer aufgeräumt zu haben, damit die Russen, wenn sie kämen, nicht von ihr dächten, daß sie ein unordentliches Mädchen sei. Das erhoffte Lob blieb aus. Nur die Baronin strich ihrer Tochter über die Wollmütze.

Inzwischen war Lenart vorgefahren. Kein Jagdwagen, kein Kremser, keine Equipage und keine Kutsche. Ein ganz gewöhnlicher Kastenwagen, wie er zur Kartoffelernte benutzt wurde, stand vor dem Portal. Einziger Luxus mochten die Gummiräder sein, die die schlimmsten Stöße des ungefederten Gefährts auffingen. Lenart hatte nicht nur für zwei Sitzbänke gesorgt, sondern auch für eine Ladung Heu, die vorerst gegen die Kälte schützen sollte und wenn nötig als Futter für die Pferde gedacht war. Jetzt luden Halina und Lenart die Koffer und Taschen auf und stapelten sie im hinteren Teil des Wagens so geschickt, daß sie nicht umfallen konnten. In den Taschen, so hatte es die Baronin angeordnet, waren Waschzeug, Wäsche zum Wechseln und alle Wertgegenstände.

Jetzt war auch Teresa gekommen. Aber sie hielt sich versteckt, denn sie wollte auch nicht einem der Deutschen die Hand geben, Lebewohl oder gar auf Wiedersehen sagen. Es genügte, wenn ihre Schwester die *Szkopy* bis zum Schluß wie ihre Herrschaft bediente.

Während die Mamsell und Fräulein Hase schon vor dem Schloß standen und darauf warteten, welcher Platz ihnen zugewiesen würde, gingen der Herr Major, seine Frau, seine Mutter und die kleine Marie noch einmal durch das Herren-, das Damenzimmer und den Salon. Von hier aus war der Blick auf den Park am schönsten. Sie blieben in jedem Raum ein paar Sekunden stehen und nahmen Abschied. Keiner von ihnen weinte oder klagte. Ihre Gesichtszüge waren wie unter Eis erstarrt, und kein Wort kam über ihre Lippen. Auch Marie sagte nichts mehr. Als sie langsam, einer nach dem anderen, aus dem Salon durch die Halle vor das Portal traten, räusperte sich die alte Baronin und sagte: Na da wolln wir mal.

Der Herr Major und Lenart halfen ihr auf den Wagen, wo sie sich kerzengrade, ihre Schmucktasche auf dem Schoß, auf eine der Bänke setzte und ihren Blick auf die Kruppen der Pferde richtete. Dann folgten die anderen. Die Baronin war die einzige, die Halina die Hand zum Abschied gab und ihr alles Gute wünschte. Zu mehr Worten war sie nicht fähig.

Schon, schon, sagte Halina und reichte Decken, Fußsäcke und Pelze in den Wagen, bis sie nichts mehr in den Truhen fand. Der Herr Major schloß die Portaltür ab. Es schien mehr eine symbolische Geste zu sein, denn nun gab er den Schlüssel Lenart, seinem polnischen Kutscher, und sagte bestimmt, sogar ein wenig herrisch: Passen Sie auf, Lenart, daß mir die Russen nicht alles kaputtmachen.

Lenart antwortete zwar: Jawohl Herr Major, drehte aber verlegen seine Mütze in der Hand, da er nicht wußte, wie er das verhindern sollte.

Während der Herr Major leise mit der Zunge schnalzte und die Pferde sich in Bewegung setzten, blieben Halina und Lenart vor der Portaltür stehen und sahen dem Wagen, ohne zu winken, nach. Allerdings drehte sich auch niemand nach ihnen um.

Auf dem Gutshof warteten die anderen Gespanne, die Wagen vollbepackt mit Säcken und Bettzeug, Taschen und Futter für die Pferde. Als sich der Treck hinter dem Wagen der Herrschaft langsam in Bewegung setzte, war aus der Ferne erstmals leise das Grollen von Artilleriegeschützen zu hören.

Was soll ich mit dem Schlüssel? fragte Lenart, ich hab' genug mit dem Rest der Pferde und dem Vieh zu tun. Er hielt Halina den Schlüssel hin.

Machen Sie, was Sie wollen, Sie kennen sich im Schloß besser aus. Ich will damit nichts zu tun haben.

Er drehte sich um und ging über Einfahrt und Hof in die Ställe, als sei alles beim alten und er habe nur auf die Befehle des Herrn Majors zu warten, wenn angespannt und vorgefahren werden sollte. Die einzige Veränderung an Lenart war, daß plötzlich wieder das lila P auf gelbem Grund an seiner Jacke zu sehen war. Das P, das jeder Pole zur Kennzeichnung als Mensch zweiter Klasse zu tragen hatte wie die Juden den Judenstern. Nachdem er sich 1940 vergeblich bemüht hatte, ein

Volksdeutscher zu werden, hatte der Herr Major seinem Kutscher dazu verholfen, wenigstens kein P auf seinem Kutschermantel tragen zu müssen. Auf diese Weise war er zumindest äußerlich vier Jahre ein Deutscher gewesen, während er sich nun wieder seiner polnischen Herkunft besann.

Halina hatte ohne viele Worte den Schlüssel an sich genommen, hatte das Portal auf- und hinter sich wieder zugeschlossen, war ins Souterrain gelaufen und hatte auch dort die beiden Türen zum Park und zum Hof verriegelt.

Teresa war ihr schweigend und ein wenig verwundert gefolgt.

Warum machst du das?

Ich will nicht, daß hier einer kommt und sich bedient.

Das kann uns doch egal sein, Halinka. Komm, laß uns nach Mänteln und Schuhwerk suchen, damit wir die Tageszeit ausnützen und ein ordentliches Stück Weg hinter uns bringen, solange es hell ist.

Dann such dir was Passendes, sagte Halina. Und weil die Schwester ins Dienerzimmer ging, nahm Teresa an, sie wolle dort ihre Siebensachen zusammensuchen.

Im ganzen Schloß gab es kein warmes Eckchen mehr, und als Teresa vom Damenzimmer aus in den seit drei Tagen nicht mehr beheizten Wintergarten sah, stellte sie fest, daß alle Alpenveilchen und Chrysanthemen vom Frost zerstört worden waren. Schlaff hingen die Blüten seitlich an geknickten Stielen herunter, hatten ihre Farben verloren und erinnerten an Chaos und Tod. Auch die Palmen und Bananenbäume hatten an Kraft eingebüßt und schienen langsam am Frost einzugehen.

Teresa schlüpfte durch die Tapetentür, durch die sie vor Jahr und Tag nachts die Baronin hatte verschwinden sehen. Hier, so war zu vermuten, mußte sich das Schlafzimmer mit den Kleiderschränken befinden. Obwohl Teresa wußte, daß sich außer Halina niemand mehr im Schloß befand, bewegte sie sich leise, als könnte sie jeden Augenblick ertappt werden. Die Betten waren ungemacht, auf dem Nachttisch der Baronin stand ein Glas Wasser neben einer Schachtel Schlaftabletten, die sie wohl vergessen hatte einzustecken. Sachen lagen herum, und der große Safeschrank stand weit offen, bis auf die letzte Schublade geleert. Teresa sah sich erfolglos nach Kleiderschränken um. Außer dem Safe und den Betten stand nur noch ein Sofa in dem für ein Schlafzimmer wirklich großen Raum. Ein umfangreicher Toilettentisch war noch zu sehen, eine Kommode, in der Handschuhe, Gürtel, Schals und Handtaschen lagen. Auf einem lebensgroßen Eisbärfell mit ausgestopftem Kopf stand ein ausziehbarer Nähkasten auf Rädern. Wo aber waren die Kleider der Baronin?

Eine weitere Tür führte in ein ovales, geräumiges Badezimmer, eine andere zu einer Treppe und in das Ankleidezimmer des Herrn Majors. Erst als Teresa sich umdrehte, bemerkte sie die dritte Tür, und als sie sie öffnete, stand sie in einem begehbaren Kleiderschrank. Der Duft, der die Baronin ständig umgab, jagte Teresa für Sekunden ein schlechtes Gewissen ein. Links hingen Kleider, Röcke und Mäntel, soviel, wie Teresa in ihrem ganzen Leben nicht besessen hatte. Gegenüber lagen in Regalen fein säuberlich gestapelt Seidenhemdchen und Höschen, Spitzennachthemden, Strumpfhaltergürtel und ganze Kästen voll mit Seidenstrümpfen. Ein Fach darüber lagen Sommer- und Winterpullover, Wollstrümpfe, Wollhosen. Ganz oben stapelten sich Blusen, Bade- und Strandanzüge, Hüte und Mützen. An der Rückwand zwischen Kleidern und Wäscheregalen war ein bis zur Decke reichender und mit Lampen versehener Spiegel angebracht. Teresa sah lange hinein. Noch nie war sie sich so ärmlich vorgekommen, so abgerissen und so häßlich.

Trotz der Kälte begann sich Teresa auszuziehen. Jedes Kleidungsstück warf sie im hohen Bogen aus dem Schrankzimmer, bis sie splitternackt vor dem Spiegel stand. Drei Jahre hatte sie ihren Körper nicht mehr auf diese Weise betrachten können.

Die Schultern waren knochiger geworden. Der Bauch, durch die vielen Kartoffeln nach vorn gewölbt, war ein ungewohnter Anblick und erschreckte Teresa. Nur der Busen war wie eh und je klein und fest.

Radek, flüsterte Teresa und hauchte in den Spiegel, bald bin ich bei dir.

Danach beeilte sie sich, sich anzuziehen, und trug sorgfältig die wärmsten Sachen zusammen, die die Baronin nicht mitgenommen hatte. Wäsche, Strümpfe, Socken, Rock, zwei Pullover und darüber einen Mantel aus Seehundfell. So gestiefelt und gespornt, machte sie sich auf den Weg, Halina zu suchen. Nur die war weder in der unteren noch in der oberen Etage zu finden. Also lief Teresa ins Souterrain. Vielleicht machte die Schwester in der Küche einen Proviantbeutel zurecht. Aber in der Küche war Halina ebensowenig wie im Dienerzimmer. Alles Rufen war vergeblich. Da entdeckte Teresa, daß die Tür zum Heizungskeller offenstand.

Was machst du denn hier, Halina, ich dachte, du suchst dir Sachen zum Anziehen.

Halina hatte mit viel Mühe die Zentralheizung in Gang gesetzt und war jetzt dabei, Koks in den Ofen zu schaufeln. Sie betrachtete die Schwester eine Weile in deren neuem Aufzug und schaufelte dann weiter, ohne ein Wort zu sagen.

Wir wollen doch gehen, warum heizt du denn jetzt?

Die Rohre könnten platzen, antwortete Halina, ich brauche die Wärme.

Sie klappte die Ofentür zu und ging voran, die Treppe hoch bis zur ersten Etage in die Halle, Teresa dicht auf den Fersen.

Sag mir jetzt, was du vorhast. Willst du vielleicht, bis die Russen kommen, Schloßherrin spielen? Ich möchte nach Hause, verstehst du?

Dann geh!

Ich will aber mit dir gehen. Allein habe ich Angst.

Sie standen dicht voreinander. Halina in ihrer farblosen, ärmlichen Arbeitskleidung, Teresa, umgeben vom Duft der Baronin in deren Rock, Pullover, Schuhen und Pelz, ganz und gar fremd anzusehen. Vielleicht war es das, was Halina die Antwort, die sie sich seit Stunden zurechtgelegt hatte, leichter machte.

Aber ich nicht mit dir, sagte sie langsam.

Und warum nicht?

Teresa, die Halinas Verhalten nicht verstand, schrie die Frage der Schwester ins Gesicht.

Weil ich den Heimweg nicht mit einem Menschen antreten möchte, zu dem ich kein Vertrauen mehr habe.

Teresa, die langsam verstand, daß Halina eine gemeinsame Flucht ablehnte, begann mit den Tränen zu kämpfen.

Denkst du denn nicht an die Eltern und Großeltern?

Du wirst sie finden.

Und Radek?

Wie schon einmal sah Halina Teresa jetzt an, als wüßte sie nicht, wer das sei, und es dauerte eine Weile, bis es ihr gelang, auch darauf eine Antwort zu geben.

Für mich ist Radek tot, egal, ob er lebt oder nicht.

Jetzt konnte Teresa die Tränen nicht mehr zurückhalten. Sie griff nach Halinas Arm, aber die wollte sich nicht anfassen lassen und verschränkte ihre Hände auf dem Rücken, wie ein kleines Mädchen, das sich vor etwas ekelt.

Willst du denn hierbleiben?

Halina verneinte und sagte schließlich, daß sie noch etwas vorhabe. Sie wolle versuchen, der Baronin und dem Herrn Major ein paar Wertgegenstände nachzubringen. Was und wie, wüßte sie noch nicht, aber irgend etwas würde ihr bestimmt noch einfallen. Teresa glaubte, nicht richtig gehört zu haben. Nun war sie es, die zurückwich, während ihre Verzweiflung nach und nach in Wut umschlug.

Du mit deiner krankhaften Opferbereitschaft, schrie sie, daß jedes Wort in der Halle ein Echo gab, mit deinem Wahn, von allen, auch von deinen Feinden, geliebt zu werden, du weißt ja gar nicht, wie lächerlich du dich machst. Du denkst, du gehst aufrecht, aber du kriechst auf allen vieren durch dein Leben. Den *Szkopy* Wertgegenstände nachbringen! Teresa versuchte zu lachen und schlug sich mit der flachen Hand gegen die Stirn, draufgehen wirst du dabei, oder sie schleppen dich mit. Der Krieg ist ja noch nicht zu Ende.

Halina war bei jedem Wort, das ihr Teresa entgegenschleuderte, eine Stufe weiter bis zur Portaltür heruntergegangen, die sie jetzt aufschloß und öffnete.

Ich werde dir sagen, warum mein Entschluß feststeht, sagte sie sanft und im Gegensatz zu Teresas Wutausbruch sehr leise. Ich will nicht mein Leben lang der Baronin und dem Major dafür dankbar sein müssen, daß sie dir und mir das Leben gerettet haben. Ich möchte sie guten Gewissens vergessen können. Und jetzt geh!

Sie machte die Tür weit auf, als sei sie wirklich die Schloßherrin. Die Kälte schoß schneidend herein und fraß das bißchen Wärme auf, das sich gerade in der unteren Etage des Schlosses breitmachte.

Ist das dein letztes Wort? fragte Teresa noch einmal und zögerte, die Halle zu verlassen.

Ja, antwortete Halina und machte trotz der eiskalten Luft die Tür noch ein Stück weiter auf, es ist mein letztes Wort.

Teresa ging schweigend an ihr vorbei, die Einfahrt entlang über den Hof, Richtung Osten, ohne sich umzudrehen. Halina sah ihr nach, bis sie hinter den Bäumen der Apfelallee verschwunden war. Am Anfang hatte sie sogar die Schritte der Schwester gezählt, und schließlich mußte sie sich beide Hände auf den Mund legen, um Teresa nicht wieder zurückzurufen. So stand sie lange vor der Portaltür, ohne zu frieren, ohne zu weinen, seelenlos und einer Statue weit ähnlicher als einem

Menschen. Erst als der Frost in ihren ungeschützten Händen zu schmerzen begann, kam sie wieder zu sich, trat zurück in die Halle und schloß die Portaltür hinter sich ab.

Mit gewohntem Tempo lief sie die Treppen hinauf in eine Kammer, wo sie unter Körben, Taschen und Koffern einen mit Wachstuch ausgeschlagenen großen Reisekorb auswählte. Dann schloß sie einen der Wäscheschränke auf, nahm ein paar Dutzend säuberlich gemangelter und mit einem Band zusammengehaltener Geschirrtücher heraus und schleppte beides nach unten ins Parterre. Als nächstes stellte sie alles Silber, das sie für wertvoll hielt, auf den Eßtisch im Salon. Da war die Taufschale der Familie aus dem 18. Jahrhundert, zwei klassizistische dreiarmige Kandelaber, ein Teeservice aus der gleichen Zeit, Barockleuchter, Kannen und Schalen, silberne Becher, ein paar alte Uhren aus der Vitrine und ein Nähzeug in einer Hülle aus Elfenbein mit aus Gold eingelegter Krone und Initialen. Dazu stapelte sie das silberne Besteck, das sie drei Jahre lang täglich geputzt hatte und das ebenfalls mit Krone und Initialen versehen war, einiges davon auch mit dem Wappen der Familie.

Halina wußte nicht, ob sie alles, was sie zusammengetragen hatte, in dem Reisekorb würde verstauen können. Aber versuchen wollte sie es. Und während sie die einzelnen Teile in die Geschirrtücher wickelte, damit sich Kannen, Leuchter, Schalen und Besteck nicht gegenseitig zerkratzten, kam Halina noch ein weiterer Gedanke.

Sie lief in die Küche, nahm dort das schärfste Messer an sich, das sie finden konnte, und begann jetzt behutsam, die in Öl gemalten Ahnenbilder aus den Rahmen zu schneiden. Da ihr die Familienverhältnisse nicht bekannt waren, wählte sie die Vorfahren aus, die auf sie den sympathischsten Eindruck machten. Das war die schöne, wenn auch ein wenig dümmlich wirkende Frau in einem Reifrock, der mit Spitzen behangen von ihrer Wespentaille aus das ganze Bild einnahm. Die schwarzen Lokken, in denen zwei Rosen steckten, umrahmten ein weißes Gesicht, das schicksalsergeben den Betrachter ansah. Weiter wählte Halina einen Kinderkopf mit fröhlichen, leuchtendbraunen Augen aus. Ein Ehepaar, würdig und weise, die Frau schmuckbehangen, der Mann mit Orden um den Hals und am Revers.

Die leeren Rahmen wirkten wie Löcher und machten auf Halina einen unheimlichen Eindruck. Aber sie gab der schleichenden Angst nicht nach, legte die Ahnenbilder zuunterst in den Korb und packte mit Bedacht Stück für Stück das in die Geschirrtücher gewickelte Silber übereinander. Jeder Hohlraum, der sich ergab, füllte sie mit dem Besteck aus, und als der Korb voll war, hatte sie zwar beileibe nicht alles, aber einen Großteil der wertvollen Familienstücke verpackt.

Als sie fertig war, verspürte sie Hunger. In der Küche war es kalt, und sie begnügte sich mit dem Brot, Speck und der Wurst, die von dem Abschiedsabend der Deutschen übriggeblieben waren. Natürlich hatte die Mamsell Lebensmittel mitgenommen, soviel sie konnte, hatte Würste und Schinken eingepackt, Zucker und Mehl, Linsen und jede Menge getrockneter Erbsen.

Kochen wollte sich Halina nichts. Nur für Tee machte sie sich mit dem Tauchsieder heißes Wasser.

Inzwischen war es Nachmittag, und Dämmerung zog auf. Längst war das Knirschen der Räder im hartgefrorenen Schnee nicht mehr zu hören. Statt dessen ein Artilleriefeuer, das näher und näher zu kommen schien, unterbrochen von Autos und Lastkraftwagen, die dem deutschen Militär gehörten und westwärts fuhren.

Halina hatte ihren Tee und die Brote im Dienerzimmer zu sich genommen, als gäbe es für sie auch jetzt noch keinen anderen Platz im Schloß. Der Hunger war ihr ebenso schnell vergangen, wie er gekommen war. Sie aß aus Vernunft und weil sie wußte, daß sie noch viel Kraft brauchte. Als sie fertig war, trug sie ihr Tablett in die Küche und stellte es dort ab, wo sie es immer abgestellt hatte. Ihr war, als könnte sie ihr Vorhaben nur schaffen, wenn sie an den alten Gewohnheiten festhielte. Es hätte nicht viel gefehlt, und sie hätte die restlichen Schuhe geputzt, die im Flur neben dem Putzzeug auf einem Tisch standen. Und weil Halina merkte, wie sie den Mut verlor, wie sie Angst bekam, wie Einsamkeit und die unnatürliche Stille im Schloß sie bedrohten, ging sie in die Küche, wo sie noch Reste des dreihundert Jahre alten Ungarweins fand. Es reichte für ein ganzes Glas, das Halina in kleinen Schlucken, ohne Geschmack daran zu finden, austrank. Ein paar Minuten später verwandelte sich ihre Angst in verwegene Entschlußkraft. Sie zog sich ihre alte Jacke an, schloß die Portaltür auf und ging über den Hof in die Ställe, wo sie den Kutscher Lenart anzutreffen hoffte.

Sie hatte Glück. Lenart hockte im halbleeren Stall auf der Futterkiste und trank Wodka. Zwar nicht mit kleinen Schlukken, wie Halina soeben in der Küche den alten Ungarwein getrunken hatte; er soff in vollen Zügen, wie er es gewohnt war.

Herr Lenart, sagte Halina höflich, ich habe eine Bitte an Sie.

Eine Bitte, fragte der Kutscher, rülpste und hielt Halina lachend die Flasche hin, Sie wollen doch hoffentlich nicht von mir nach Hause gefahren werden?

Nein, antwortete Halina ernst und lehnte dankend ab, Wodka zu trinken, aber ich brauche morgen früh, wenn es hell wird, ein Pferd und einen Wagen.

Da könnte jeder kommen, mein Fräulein, aber noch sind die Russen nicht da, noch gehören die Pferde dem Herrn Major, und solange sie dem Herrn Major gehören, passe ich auf sie auf.

Ich weiß, sagte Halina. Sie sah sich im Stall um, wo nur noch drei Pferde in den Boxen standen, zwei ältere Stuten und der Rappe. Er hob den Kopf, und als er Halinas Stimme vernahm, wieherte er. Es kam ihr vor, als ließe sie das Pferd nicht mehr aus den Augen. Sie sprach langsam und deutlich, sah mal den Kutscher Lenart an, mal den Rappen, und faßte sich so kurz wie möglich.

Der Herr Major und die Frau Baronin haben meiner - sie machte eine Pause - kranken Schwester und mir das Leben gerettet. Wir sind von einem Transport aus Warschau abgehauen. Ludwik Janik hat uns beim Hofmannswirt versteckt, und Pani Anna hat uns später ins Schloß gebracht, wo wir ohne Anmeldung bleiben durften. Wenn es rausgekommen wäre, hätte man uns ins KZ gebracht. Dafür möchte ich mich bedanken, Herr Lenart, verstehen Sie?

Und wieso brauchen Sie ein Pferd mit einem Wagen dazu?

Ich habe einen Korb mit Silber und Bildern vollgepackt. Den will ich der Frau Baronin und dem Herrn Major nachbringen.

Lenart riß Mund und Augen auf, als könnte er nicht glauben, was sich Halina da vorgenommen hatte.

Sie sind ja verrückt, sagte er. Sie können doch nicht den Deutschen hinterherfahren, das ist zu gefährlich, und außerdem, Lenart betrachtete Halina voller Skepsis, Sie können doch gar nicht mit Pferden umgehen.

Halina sah dem Rappen in die Augen, lächelte und antwortete: Wenn Sie mir den da vor den Wagen spannen, dann kann ich es.

Und, fragte Lenart lauernd zurück, wissen Sie denn überhaupt, wo Sie langfahren müssen?

Sie werden es mir sagen, antwortete Halina ebenso bestimmt wie freundlich. Dann ging sie in die Box, klopfte dem Rappen den Hals, spürte einen Augenblick die samtene Pferdeschnauze an ihrer Wange und fügte hinzu, daß, wenn Lenart ihr den Weg nicht sage, sie sich dem Pferd anvertrauen werde.

Alles Verrückte, sagte der Kutscher, nahm einen großen Schluck und versprach, den Rappen am kommenden Tag anzuspannen, denn im Grunde genommen sei ihm alles egal.

Wieder im Schloß, machte sich Halina Gedanken, was sie anziehen sollte, um bei der Kälte die Fahrt im offenen Wagen zu überstehen. Es war nicht vorauszusehen, wann und wo sie den Major und die Baronin finden würde. Wie Teresa ging auch sie zuerst in das Schlafzimmer der Baronin, wo sie ein ungewohntes Durcheinander vorfand. Wäsche und Pullover waren aus den Regalen gezerrt und lagen auf dem Fußboden, ebenso Röcke und Mäntel. Teresa schien alles durchprobiert zu haben. Ohne darüber nachzudenken, begann Halina Ordnung zu machen, hängte Röcke und Mäntel auf, legte die Wäsche zusammen und die Pullover zurück in die Regale. Es dauerte eine Weile, bis sie sich ihrer sinnlosen Handlung bewußt wurde. Nein, es gelang ihr nicht, die Kleidung der Baronin anzuziehen, um später vielleicht noch eine Erklärung dafür abgeben zu müssen.

Lieber wollte sie bei Anna nachsehen, ob etwas Geeignetes für sie zu finden war. Inzwischen waren Zimmer und Flure wieder warm. Was fehlte, waren nur die Menschen und die Geräusche, die sie machten. Keine Tür fiel zu, kein Schritt war zu hören, kein Rufen, kein Lachen und kein Wort. Ein Geisterschloß.

In Annas Kleiderschrank kramte sie eine alte Skihose hervor, die ihr paßte, und einen dicken Pullover, während Stiefel, die ihrer Größe entsprachen, bei Fräulein Hase zu finden waren. Den notwendigen Mantel hatte sie auch schon gesehen. Es war ein mit Pelz gefütterter schwerer Stoffmantel, der für Gäste aus der Stadt stets in der Garderobe hing. Die hatten selten die richtige Kleidung fürs Land, und schon gar nicht, wenn sie den Herrn Major oder Anna auf der Jagd begleiten wollten. Hier fiel ihr auch eine lederne Autokappe in die Hände, die sie unter dem Kopftuch tragen konnte, um die Ohren warm zu halten. Als letztes nahm sie sich aus der Schublade im Ankleidezimmer des Herrn Majors ein Paar pelzgefütterte Handschuhe, womit ihrer Meinung ihre Kleidung perfekt war.

Schließlich machte sich Halina ein Proviantpaket zurecht.

Sie schnitt das letzte Brot auf, bestrich es mit der letzten Butter und belegte es mit der letzten Wurst. Dann war es Zeit, sich eine Schlafstätte zu suchen. Im Dienerzimmer wollte sie die letzte Nacht nicht verbringen. Sie brachte es aber auch nicht fertig, sich in eins der fremden Betten zu legen. Lange lief sie, ohne zu wissen, was sie wollte, herum, räumte immer wieder ein bißchen auf, legte noch die eine oder andere Kleinigkeit in den Reisekorb und entschloß sich endlich für die große Couch im Herrenzimmer mit den vielen Kissen, von denen nicht eins mitgenommen worden war. Sie deckte sich mit Annas Steppdecke zu, die sie auch morgen mit auf die Fahrt nehmen wollte, denn Decken und Fußsäcke waren nicht mehr zu finden gewesen. Ohne sich auszuziehen, lag Halina jetzt lang ausgestreckt auf dem Rücken und horchte in die Nacht. Das Artilleriefeuer war näher gerückt, und hin und wieder klirrte leise eine der Fensterscheiben.

Den ganzen Tag über war sie gedanklich mit den Vorbereitungen ihres Plans beschäftigt gewesen. Jetzt war dafür nichts mehr zu tun. Jetzt hatte sie nur noch zu warten, bis es hell wurde, Lenart den Rappen angespannt hatte und sie sich auf den Weg machen konnte.

Sobald sie die Augen zumachte, sah sie Teresa vor sich, wie sie im Pelz der Baronin aus der Tür über den Hof und die Allee entlanggegangen war. Hielt sie die Augen weiter geschlossen, sah sie Radek, der der Schwester entgegenkam, um sie in die Arme zu schließen. Das Bild war nicht auszuhalten. So müde Halina war, sie mußte die Augen wieder aufreißen. Dann fiel ihr Blick jedesmal auf das Bild des Reitergenerals, der mit gezogenem Degen und einem Kampfruf auf den Lippen sein sich aufbäumendes Pferd über eine Hürde jagte. Je öfter Halina den General ansah, um so öfter glaubte sie, er zwinkere ihr zu und mache ihr Mut. Und als sie schließlich doch einschlief, sprang er in ihren Traum.

Halina, rief er, und sein Schnauzbart zitterte vor Energie und Kampfeswille, du darfst nicht aufgeben. Wer sich aufgibt, ist verloren.

Er umkreiste sie mit seinem wilden Pferd, und sie fürchtete schon, daß er sie mit seinem gezückten Degen aufspießen würde, als er zu lachen anfing, von seinem Pferd stieg und sie in den Sattel hob.

Und jetzt los, rief er, stach mit dem Degen leicht in die Seite des Pferdes, das darauf zu einem gewaltigen Sprung ansetzte und Halina aus dem Traum warf.

Die Qual nahm kein Ende. Entweder sah sie Teresa in Radeks Armen, oder der General setzte sie auf sein Pferd, von dem sie nie herunterfiel, weil sie jedesmal vorher aufwachte.

Schließlich stand sie auf, suchte das Messer, mit dem sie die Ahnen aus den Rahmen gelöst hatte, und schnitt jetzt auch den General aus seiner Umrandung, rollte ihn zusammen und legte ihn zu den anderen Bildern in den Korb.

Von da an hatte sie Ruhe und schlief traumlos und ohne daß ihr Teresa oder Radek erschienen bis in den frühen Morgen.

Lenart hatte tatsächlich den Rappen vor den Dogcart gespannt und den Wagen vor das Portal gefahren. Er hätte nicht sagen können, womit ihn Halina überzeugt hatte. Wahrscheinlich mit der Bestimmtheit und Selbstverständlichkeit, mit der sie ihm erklärt hatte, sie wolle der Frau Baronin und dem Herrn Major nachfahren. Dabei hielt er das Vorhaben nicht nur für verrückt, sondern eher für eine Todesfahrt. Die Front rückte fast stündlich näher, und wenn Halina nicht mitten hineingeraten wollte, mußte sie sich mehr als beeilen. Auf alle Fälle hatte er ihr noch einen Sack Hafer unter den Sitz gepackt, der nicht nur für den Rappen gedacht war, sondern Halina auch gegen die Eiseskälte abschirmen sollte.

Halina hatte mit Mühe den Reisekorb aus dem Salon gezerrt und ließ ihn jetzt langsam über die Stufen bis zur Portaltür rutschen. Allein heben konnte sie ihn nicht. Da mußte Lenart schon helfen. Mit Riemen und Seilen banden sie den Korb unter einer Pferdedecke hinten auf den Wagen fest. So sah nicht jeder, was sich darunter verbarg, und Lenart meinte, man könnte das Ganze auch für eine Futterkiste halten.

Dann half er Halina in ihrem schweren Mantel auf den Wagen und drückte ihr Zügel und Peitsche in die Hand.

Und der Weg? fragte Halina, während sie sich in Annas Steppdecke wickelte, können Sie mir sagen, wo ich langfahren muß? Lenart drückte ihr einen Zettel in die Hand, auf den er den Weg von der Kreisstadt bis Glogau Ort für Ort aufgeschrieben hatte. Und wie komm' ich zur Kreisstadt?

Auf der Dorfstraße links, sagte er seufzend, weil er nicht damit rechnete, daß Halina die Frau Baronin und den Herrn Major je finden würde, am Kriegerdenkmal rechts und dann immer geradeaus.

Danke, Herr Lenart, haben Sie herzlichen Dank.

Sie schnalzte mit der Zunge, wie sie es Hunderte von Malen gehört hatte, wenn Lenart, Anna oder der Major mit den Pferden von dem Portal aus losgefahren waren. Der Rappe spitzte die Ohren, schnaubte ein wenig, froh, bei der Kälte lostraben zu dürfen, und verschwand mit dem Wagen, Halina und dem großen Reisekorb voll Silber schneller aus Lenarts Blickwinkel, als der gedacht hätte.

Spar deine Kräfte, rief Halina dem Rappen zu, du hast noch genug Kilometer vor dir, und so schnell gibt es keine Pause.

Im Dorf war keine Menschenseele zu sehen. Das eine oder andere Hoftor stand offen, und nur einige Katzen streunten vorsichtig über die Straße. Irgendwo brüllte eine Kuh, die vergeblich darauf wartete, gemolken zu werden, und ein paar Gänse stoben zischend und mit ausgebreiteten Flügeln, von Hunden gejagt, durch den Schnee rund um das Kriegerdenkmal.

Jetzt rechts, sagte sich Halina und lenkte den Rappen auf die baumlose Chaussee. Hier pfiff der Wind und biß Halina ins Gesicht, bis sie sich den Schal über den Mund zog. Außer dem ständigen Artilleriefeuer war nichts zu hören und bis auf die Dächer der ein paar Kilometer entfernten kleinen Stadt und dem Kirchturm nichts zu sehen. Nur brettflache, schneebedeckte Felder, hin und wieder durch die Silhouette einer alten Eiche oder eines wilden Birnbaums unterbrochen. Halina war, als führe sie mit Hilfe des Rappens aus ihrem bisherigen Leben heraus, ohne eine Ahnung, wohin die Reise ging.

Sie drehte sich ebensowenig um wie Teresa. Nicht nur, daß sie der Anblick des Schlosses nicht interessierte, es gab auch nichts mehr aus ihrer Vergangenheit, wonach sie sich sehnte, nicht die Eltern, nicht Teresa und nicht Radek. Sie war frei für ein neues Leben, sie mußte nur lernen, von vorn anzufangen.

Die Kreisstadt war nicht ganz so leer wie Rohrdorf. Hier trieben sich wenigstens ein paar Soldaten herum, scharten sich um Fahrzeuge oder liefen nervös hin und her. Von einem Einsatz war nichts zu spüren, und die Männer hatten Zeit, dem einzelnen Einspänner mit der warm verpackten Frau auf dem Kutschersitz nachzusehen, die jetzt im zügigen Trab am Rathaus vorbei Richtung Bahnhof fuhr.

Dort, so stand es auf Lenarts Zettel, sollte sie sich etwas rechts halten, und dann sei sie schon auf der Straße nach Glogau. Jetzt war mehr Militär zu sehen, dafür keine Zivilisten. Manche Soldaten fuhren mit ihren Autos und Panzerwagen so dicht an Halina vorbei, daß sie mit Pferd und Wagen in den Graben zu kippen drohte. Weil sie immer wieder dem einen oder anderen Trupp im Weg stand, wurde ihr ein Fluch nach dem anderen nachgeschickt. Sie mußte es sich gefallen lassen, angepöbelt zu werden, und manchmal geriet sie auch in die Gefahr, daß man ihr Pferd und Wagen wegnehmen wollte, um selbst damit zu fliehen, zu desertieren und Hitler seinen Krieg allein weiterführen zu lassen. Aber dann war der Rappe schneller, schnappte nach den Händen, die ihm in den Zügel griffen, keilte aus, wenn sich jemand in die Nähe des Dogcarts begab, und legte an Tempo zu, bis Halina außer Gefahr war, angehalten zu werden. Auf halbem Weg entschloß sie sich in einer Feldeinfahrt hinter einem Gebüsch für eine Pause, gab dem Rappen ein wenig Hafer und aß selbst ein Brot. Es ging auf den Nachmittag zu, und Glogau war nicht mehr weit. Wenn sie die Stadt nicht im Hellen erreichte, würde sie den Rohrdorfer Treck in keinem Fall finden. Wir müssen uns beeilen, sagte sie zu dem Rappen, klopfte ihm liebevoll den Hals und stieg wieder auf den Wagen.

Nachdem sie die erste Oderbrücke überquert hatte, war wieder Leben auf den Straßen. Halina hatte das Ende der Flüchtlingstrecks erreicht. Wie laut es auf einmal war. Kinder brüllten, Mütter riefen, alte Männer fluchten, und dazwischen Weinen und Jammern der Kranken und Verlorengegangenen. Wagen wurden umgeladen, Pferde ausgewechselt, und überall war die Frage zu hören: Wann geht es weiter? Wohin und wann können wir wieder zurück? Das wollten hauptsächlich die Kinder wissen. Die Erwachsenen hatten längst anderes im Sinn und waren froh, wenn es hieß, daß es irgendwo eine warme Suppe gab.

Halina hatte auf dem Weg immer wieder geübt, ihre Frage nach dem Rohrdorfer Treck möglichst ohne Akzent zu stellen. Sie fürchtete, Pferd, Wagen und vor allem den Reisekorb mit dem Silber loszuwerden, sollte sie jemand als Polin erkennen. Aber niemand interessierte sich für ihren polnischen Akzent. Immer wieder stellte sie ihre Frage, und immer wieder war die Antwort ein Achselzucken, bis ihr endlich ein Mann auf einem Fahrrad, der offensichtlich die Quartiere organisierte, die gewünschte Auskunft gab.

Die Rohrdorfer, sagte er freundlich, da müssen Sie durch die Stadt, Richtung Brieg, im ersten Dorf, und er nuschelte einen Namen, den Halina nicht verstand. Der Rappe setzte sich in

Bewegung und zottelte los, als wisse er, wohin es ging. Die Straße nach Brieg war leicht zu finden, und wie der Mann auf dem Fahrrad gesagt hatte, waren die Rohrdorfer im ersten Dorf hinter Glogau einquartiert. Wer bei den Bauern keinen Platz fand, schlief in der Schule auf Stroh, und manche mußten sogar mit der Kirche vorliebnehmen.

Es war wie ein Wunder, aber die Frau, die am Straßenrand vor einem der Bauernhäuser stand, war die alte Klimka.

Frau Klimka, rief Halina, hielt das Pferd an und wäre beinah vom Wagen gefallen, weil sich ihre Beine in dem dicken Mantel verhedderten. Frau Klimka, sagte sie noch einmal, können Sie mir sagen, wo die Frau Baronin ist?

Die Klimka glaubte zu träumen. Der Unterkiefer klappte ihr herunter, und weil sie glaubte, ein Trugbild vor sich zu haben, bekreuzigte sie sich. Das konnte doch nicht sein, daß die Polin hier mit einem der Kutschpferde der Herrschaft im Dogcart auftauchte und nach der Baronin fragte. Folglich brachte sie nur ein Jesus Maria über die Lippen und bekreuzigte sich ein zweites Mal. Dann lief sie, so schnell sie ihre alten Beine trugen, in das Haus und kam kurze Zeit später, gefolgt von der Baronin, der Mamsell und Fräulein Hase, wieder heraus. Alle vier umringten sprachlos den Dogcart, neben dem Halina verlegen stand und nach Worten suchte.

Halina, sagte schließlich die Baronin, wollen Sie denn mit uns kommen? Und wo ist Ihre Schwester?

Jetzt war es an Halina, sprachlos zu sein. Die Baronin nahm tatsächlich an, daß ausgerechnet sie, Halina, die polnische Zwangsarbeiterin, mit den Deutschen gemeinsam vor den Russen flüchten wollte. Fast wäre sie über die fragwürdige Vorstellung der Baronin wütend geworden. Sie schüttelte aber nur den Kopf und folgte jetzt Fräulein Hases Blick, die ihre Schuhe wiedererkannt hatte. Vielleicht würde sie die wiederhaben wollen?

Aber was ist dann der Grund, warum sie uns nachgefahren

sind? fragte die Baronin ratlos und mit einem Hauch Ungeduld in der Stimme.

Das hier, sagte Halina und zeigte auf den unter der Pferdedecke versteckten Reisekorb. Plötzlich stürzten sich alle auf den Dogcart und zerrten an Riemen und Seilen, bis sie den Korb herunterhoben. Während ihn die Baronin öffnete und als erstes das Ölbild des Reitergenerals in den Händen hielt, deckte Halina den schwitzenden Rappen mit der Pferdedecke zu.

Mein Gott, rief die Baronin tief über den Korb gebückt, das ist ja das halbe Familiensilber, das Sie uns nachgebracht haben. Ich versteh' das alles nicht, Halina. Warum haben Sie das gemacht? Sie haben Ihr Leben aufs Spiel gesetzt. Sie hätten erschossen werden oder verunglücken können ...

Halina nickte.

Fräulein Hase starrte nicht mehr auf ihre Schuhe. Sie sahen sich alle gegenseitig an. Die Mamsell, Frau Klimka, Fräulein Hase und die Baronin, und jeder wußte vom anderen, daß keiner von ihnen an Halinas Stelle zu diesem Opfer bereit gewesen wäre.

Wie soll ich Ihnen danken, sagte jetzt die Baronin leise und zutiefst beschämt.

Gar nicht, antwortete Halina, Sie haben meiner Schwester und mir das Leben gerettet, und ich habe Ihnen Ihr Silber nachgefahren. Ich hoffe, das kommt jetzt auf eins raus. Auf polnisch heißt das: *jesteśmy kwita*.

Eigentlich wollte sich Halina jetzt umdrehen und sofort auf den Heimweg machen. Aber das ließ die Baronin nicht zu. Der Rappe wurde ausgespannt und in den Stall zu den anderen Pferden gebracht. Halina wurde in die Stube des Bauern geführt und bekam warme Suppe zu essen und einen Schnaps zu trinken. Obwohl sie kein Wort sagte, redeten alle auf sie ein, erzählten vom bisherigen Verlauf der Flucht, von der Unterkunft und daß der Herr Major sich in der Kreisstadt beim Volkssturm gemeldet habe. Und als sei Halina drauf aus, doch noch mitzukommen, berichteten sie von den Gerüchten, wann es weitergehen sollte und wo das nächste Quartier sein sollte. Spät am Abend sorgte die Baronin dafür, daß Halina ein ordentliches Bett bekam, um sich von den Strapazen auszuruhen.

Morgen könne man gemeinsam überlegen, wofür sich Halina entscheiden wolle.

Aber am folgenden Morgen war Halina nicht mehr da. Niemand hatte bemerkt, wie sie heimlich das Haus verließ, und niemand hatte gesehen, daß sie noch einmal in den Stall ging, ihre Arme um den Hals des Rappen legte und ihn küßte.

Epilog

Teresa

Der Weg hatte Teresa von der Apfelallee über die Napoleonchaussee bis auf die Straße nach Lissa geführt, wo sie bei einem polnischen Ehepaar Unterschlupf fand und so lange bleiben durfte, bis sich die Front nach Westen verschoben hatte. Die Reise nach Warschau war beschwerlich gewesen und hatte über eine Woche gedauert. Wenn sie nicht zu Fuß lief, wurde sie von sowjetischen Soldaten, die für Nachschub zu sorgen hatten, mitgenommen.

In Warschau angekommen, fand sie sich anfangs in den Trümmern der Stadt kaum zurecht. Die Wohnung der Eltern war verbrannt und mit ihr die Eltern. Im Gartenhaus lebte nur noch die Großmutter, inzwischen gebrechlich und schwerhörig, während der Großvater wie die Eltern ein Opfer der Vernichtung von Warschau geworden war.

Das größte Wunder aber war, Radek lebte. Bei der gemeinsamen Verhaftung 1941 war er nicht erschossen worden, sondern hatte sich mit viel Glück rechtzeitig verstecken können. Später war er in den Untergrund gegangen, hatte dort bis zum Schluß, wenn auch vergeblich, im Warschauer Aufstand gegen die Deutschen gekämpft und lebte jetzt bei der Großmutter.

Als Teresa vor der Tür stand, war er ihr wortlos in die Arme gefallen, und sie hatten sich lange aneinander festgehalten. Das hier war nicht der Radek aus den Himbeeren im Park von

Rohrdorf, nicht der aus den Ställen und Scheunen, der selten zu sehen, aber immer zu hören gewesen war, das war auch nicht der Radek, der im Gebälk oder auf der Wendeltreppe des Dienerzimmers saß. Der Radek, der sie jetzt küßte, ähnelte schon mehr dem, der in Ludwik Janiks Körper geschlüpft war, so wie sie in den von Anna, um sich lieben zu können. Nur daß sich eben dieser Radek nicht mehr in Luft auflöste, sondern aus Fleisch und Blut vor ihr stand und jetzt, nachdem er Worte gefunden hatte, nach Halina fragte. Teresa erzählte sachlich und ohne Umschweife, daß Halina es vorgezogen habe, den Deutschen, bei denen sie beide als Zwangsarbeiterinnen untergebracht gewesen seien, Wertgegenstände nachzubringen. Und sie hat dich allein ziehen lassen? fragte Radek verwundert und wollte Teresas kurzem Bericht nicht so recht glauben. Erst in der zweiten Nacht und weil Radek mit seinen Fragen nach Halina keine Ruhe gab, entschloß sich Teresa, zu weiteren Lebenslügen unfähig, die Wahrheit zu sagen.

Radek sprach es nicht aus, aber er begriff, daß Halina ihrer Schwester das Leben gerettet und wie zum Dank dafür seinen Betrug mit Teresa erfahren hatte. Von nun an stand ihr Verrat wie eine Hürde zwischen ihnen, die von Tag zu Tag wuchs und die weder Radek noch Teresa je bewältigten.

Obwohl sie nach Teresas Heimkehr zusammenlebten, wartete er lange Zeit tagtäglich auf Halina. Monate später ließ er sie über das Rote Kreuz suchen und fuhr sogar ein Jahr später nach Rohrdorf, um dort eine Spur von ihr aufzunehmen. Der Kutscher Lenart konnte ihm auch nicht mehr sagen als das, wovon alle wußten, Halinas Fahrt Richtung Glogau, bepackt mit dem Silber der Deutschen. Radek und Teresa lebten zwar wie ein Ehepaar, aber sie waren keins, und Radek weigerte sich, diesen Zustand jemals zu ändern, auch nicht, als sie nach dem Tod der Großmutter in eine gemeinsame Wohnung in die Stadt zogen.

Halina

Niemand verstand, warum Halina ohne Abschied das Weite gesucht hatte. Als erstes war die Klimka in den Stall gelaufen und hatte nach dem Rappen und dem Dogcart gesehen. Aber beides war noch da, Halina war zu Fuß gegangen.

Ich versteh' das nicht, sagte die Baronin, ich versteh' wirklich nicht, daß sie lieber den Russen in die Arme läuft, als mit uns zu fliehen. Auf eine Person mehr oder weniger kommt es doch nun wirklich nicht mehr an.

Um ganz sicherzugehen, erkundigte sie sich im Dorf, ob irgend jemand Halina gesprochen oder wenigstens gesehen habe. Noch war Zeit, denn der Aufbruch des Rohrdorfer Trecks war erst für den kommenden Tag angekündigt.

Später wußte die Baronin nicht mehr, wie viele Leute sie gefragt hatte, aber gegen Mittag bekam sie endlich eine Auskunft. Einer der Einheimischen, ein alter Mann, dessen Nächte, wie er sagte, kürzer waren als die anderer Leute, hatte Halina beobachtet. Sie war ihm in ihrem langen Kutschermantel aufgefallen, weil sie kaum Gepäck bei sich hatte und Richtung Osten lief, jetzt, wo sich doch alle nach Westen aufmachten. Aus purer Neugier war er ihr nachgelaufen, hatte sie angesprochen und gefragt, wo sie denn so allein hinwolle. Erst habe sie keine Antwort gegeben, dann aber auf polnisch gesagt: Wo das Schicksal sie hinführe. Da er Polnisch verstehe und auch einigermaßen sprechen könne, habe er sie darauf hingewiesen, daß die Front keine zehn Kilometer entfernt sei und es hieße, daß der Feind bei Glogau aufgehalten werden solle. Wenn sie weiter nach Osten gehe, habe er gesagt, dann bräuchte sie weder Brot noch Wasser, sondern einen Sarg. Die Frau habe darauf gelächelt und gesagt, in diesem Falle entscheide sie sich aber für Brot und Wasser.

Ohne ein weiteres Wort sei sie dann in Richtung Glogau gelaufen und im Morgengrauen verschwunden.

Halina kam wohl nie in Warschau an. Jedenfalls meldete sie sich weder bei Teresa noch bei Radek. Sie war wie vom Erdboden verschwunden und wurde auch nicht mit Hilfe des polnischen oder des deutschen Suchdienstes gefunden. Radeks Bemühungen, etwas über den Verbleib seiner Frau zu erfahren, blieben vergeblich. Er brachte es aber auch nie fertig, Halina für tot erklären zu lassen. Er gab nie die Hoffnung auf, daß sie lebend davongekommen sei. Da sie von ihm und Teresa betrogen worden war, wünschte er sich, daß sie irgendwo in Polen, in Deutschland, vielleicht auch in Amerika ein anderes, von ihm fernes Leben führte und glücklich war.

Teresa glaubte hingegen, daß Halina in der Schlacht um Glogau zwischen die Fronten geraten war und dabei den Tod gefunden hatte.

Da weder die eine noch die andere Version je bestätigt wurde, blieb Halinas Schicksal ebenso umstritten wie ungewiß, wodurch die Erinnerung an sie stetig zunahm und nie ein Ende fand.